Gisela Heidenreich

DAS
ENDLOSE
JAHR

GISELA HEIDENREICH

Gisela Heidenreich, geboren 1943 in Oslo, aufgewachsen in Bad Tölz und München, studierte Pädagogik, Sonderpädagogik und Psychologie. Weitere Ausbildungen in Paar- und Familientherapie und Mediation. Langjährige Lehrtätigkeit in Schulen und Instituten, seit vielen Jahren Paar- und Familientherapeutin und Mediatorin in freier Praxis.

Bisherige Publikationen: Fachartikel und Übersetzungen aus dem Englischen, Fachliteratur und Theaterstücke, letztere zusammen mit Gert Heidenreich.

Sie lebt mit ihrer Familie in der Nähe von München.

Gisela Heidenreich

DAS ENDLOSE JAHR

Ein Lebensborn-Schicksal

ROMAN

Weltbild

Besuchen Sie uns im Internet:
www.weltbild.de

Genehmigte Lizenzausgabe für Verlagsgruppe Weltbild GmbH,
Steinerne Furt, 86167 Augsburg
Copyright © 2002 by Scherz Verlag, Bern, München, Wien.
Umschlaggestaltung: grimm.design, Düsseldorf
Umschlagmotiv: SV-Bilderdienst, München
Gesamtherstellung: Freiburger Graphische Betriebe GmbH & Co. KG,
Bebelstraße 11, 79108 Freiburg
Printed in Germany
ISBN 3-8289-7455-4

2007   2006   2005   2004
Die letzte Jahreszahl gibt die aktuelle Lizenzausgabe an.

Inhalt

Teil I
DER WASSERFALL 9

Teil II
DER PROZESS 81

Teil III
DIE BRÜCKE 211

Anhang
Der Lebensborn e. V. – Eine Legende ohne Ende? 303

Literaturverzeichnis 319

Dank 320

Meinen Söhnen
Michael und Julian
und
in memoriam
Johannes
† 2001
und meinem Enkel Adrian

*Wer sich der Vergangenheit nicht erinnert,
ist verurteilt, sie erneut zu durchleben.*

Santayana

Teil I

Der Wasserfall

Kaum hatte sie den Boden betreten und sich auf ihre Krücken gestützt, fragte sie:

«Wo ist denn der Wasserfall?»

Ich zuckte die Achseln. Sie sah suchend hinauf zu den Hügeln hinter den Holzhäusern. Dort oben waren wir durch blühende Wiesen gefahren, hoch über dem schmalen *Holsfjorden*, wo das Ufer steil abfällt zum Wasser, dunkelgrün drüben im Schatten der hohen Fichten, lichtblauer Himmelsspiegel auf unserer Seite. Schmale Treppen zu Bootshäusern und Stegen, die meisten Boote draußen, Segel im sanften Wind gebläht.

Die Holzhäuser gelb, dunkelgrün oder rot lackiert mit weiß gerahmten Fenstern und Türen, manche mit weißen geschnitzten Holzbordüren auf dem Giebel, wie Spitzenhäubchen.

Auf lang gezogenen Serpentinen waren wir heruntergefahren in eine andere Welt. Der weite Platz sieht eher aus wie ein amerikanischer Busbahnhof in einer Stadt im Mittelwesten: Betonplatten, mit Wellblech überdachte Wartehäuschen an den Haltestellen, große Tafeln mit Fahrplänen.

«Wo ist denn der Wasserfall?»

Der Platz ist menschenleer, niemand, den ich nach dem Wasserfall fragen kann. Die wenigen Menschen, die mit uns zur Endhaltestelle gefahren waren, hatten sich rasch verlaufen, der Linienbus war mit einigen jungen Leuten gleich wieder in die Hauptstadt zurückgefahren.

Dort drüben an dem flachen Gebäude steht «Information».

Ich eile hinüber, der Schalter ist geschlossen.

Sie steht immer noch da, auf ihre Krücken gestützt, blickt sich ratlos um.

Ich beruhige sie:

«Einen Wasserfall kann man nicht einfach zubetonieren, der muss irgendwo sein. Wir werden ein Taxi finden und uns zu dem

Wasserfall fahren lassen, dort wirst du das Haus wahrscheinlich finden.»

«Doch nicht dort», sagt sie, «das war doch nicht direkt in Hönefoss, das war doch in Klekken.»

«Klekken, wieso Klekken? Du hast immer von Hönefoss gesprochen!»

«Ja, weil Klekken zu Hönefoss gehört und weil da die Haltestelle am Wasserfall war. Da hat uns dann der Fahrer mit dem Auto abgeholt, oder wir sind zu Fuß gegangen.»

«Klekken – ist das nicht dort oben?»

Das Schild *Klekken 5* war mir an der letzten Straßenkreuzung vor der Serpentine aufgefallen.

Ich werde ärgerlich: Also hat sie die ganze Zeit gewusst, dass nicht Hönefoss das Ziel war!

Es hatte alles so einfach ausgesehen. Nach der Ankunft am Donnerstagabend waren wir vom Flughafen mit dem Taxi in die Stadt gefahren. Auf dem ersten Linienbus, der uns entgegenkam, stand *Hønefoss*. Laut rief ich: «Schau, da steht es – es gibt einen Bus, der nach Hönefoss fährt!» Es war wie ein Gruß für mich: «Willkommen, ich zeige dir den Weg!»

Kein Wort von Klekken.

Ich blickte mich um, sah, wie der Bus vor der Universität hielt: Die war leicht wieder zu finden! Minuten später erreichten wir das Hotel. Ich brachte sie rasch auf ihr Zimmer und lief zurück zu dem *Holdeplass Universitet* in der prächtigen *Karl Johansgate* und stellte zufrieden fest, dass die Busse von 8.07 bis 23.07 Uhr stündlich verkehren.

In der hellen Sommernacht lief ich die *Universitetsgate* hinunter zum Hafen, vorbei am roten Backsteinbau des *Rådhus* mit den beiden klobigen Türmen – das einzige Bild, das ich von Oslo im Kopf hatte; ein Foto des Rathauses hatte ich einmal aus einem Erdkundeschulbuch herausgerissen. Damals hatte ich den Bau hässlich gefunden – jetzt gefiel er mir, weil mir alles sofort gefiel in dieser Stadt.

Auf den Holzplanken der *Aker Brygge* setzte ich mich an einen

Tisch gleich am Wasser und schaute durch die Segelmasten hindurch auf den silbrig glänzenden Oslofjord, trank ein Glas Wein und wartete, bis der helle Himmel langsam bleigrau wurde und die ersten Sterne zeigte.

Am nächsten Morgen erzählte ich ihr, dass ich den Fahrplan gefunden hätte, und meinte, es könne wohl nicht weit sein nach Hönefoss.

«Ja, eine halbe Stunde wird man schon fahren.»

Kein Wort von Klekken.

Gut, dann würden wir morgen dorthin fahren, heute eine Stadtrundfahrt machen und ins Kunstmuseum gehen; ich war besonders gespannt, Edvard Munchs «Schrei» endlich im Original zu sehen.

Am Samstag wollte ich dann doch das Widerstandsmuseum in der Festung Akershus und Heyerdahls Floß besichtigen, am Sonntag wäre ja auch noch Zeit, «krönender Abschluss» gewissermaßen, bevor wir am Montag zurückflögen. Sie nickte zustimmend.

Am Sonntag überlegte ich, bei nur einer halben Stunde Fahrzeit könnte man es doch am Nachmittag erledigen, mit dem letzten Bus um 22 Uhr zurückkommen, da wäre es immer noch taghell.

Dann wäre am Vormittag noch Zeit für das Völkerkunde-Freilichtmuseum. Die Bilder im Reiseführer von den nachgebauten Dörfern und den Menschen in ihren bunten Trachten hatten es mir angetan. Ihr war alles recht.

«Mach's nur so, wie du meinst.»

Mittags wollte ich gleich von der Halbinsel Bygdøy mit dem Taxi zur Universität – nein, sie musste noch ins Hotel zurück und «nur ein paar Minuten ausruhen». Dabei hatte ich sie den ganzen Weg im Rollstuhl durchs holprige Gelände geschoben.

Folglich verpassten wir den 14.07-Uhr-Bus, und dann stellte ich erschrocken fest, dass ich mir den Sonntagsfahrplan nicht angesehen hatte:

Helligdager ging der Bus nur alle zwei Stunden!

Wir fuhren also erst um 16.07 Uhr. Sie schien etwas beunruhigt, als die Fahrt weit hinausging auf eine lange Brücke über den Oslofjord.

«Die hat's damals bestimmt net gegeben – und die Straß' is' glei' über die Berg' 'gangen.»

Wir waren schon länger als eine halbe Stunde unterwegs, als der Bus in eine andere Straße abbog.

Hønefoss 39 las ich auf dem Straßenschild. Von wegen eine halbe Stunde!

Sie aber meinte, damit könnten unmöglich Kilometer gemeint sein, «39» sei wohl die Straßennummer.

Ich beugte mich nach vorne zu einem älteren Ehepaar:

«Excuse me, when does the bus arrive in Hönefoss?»

Lächelndes Kopfschütteln: «No English.»

Ich steckte den Ärger über die Mutter weg.

Wie sollte die alte Frau sich auch nach so vielen Jahren noch erinnern können? *Ich* hätte mich besser erkundigen müssen, es war *meine* Schuld. Warum habe ich nur diese Fahrt so lange hinausgeschoben – schließlich sind wir doch *deswegen* nach Norwegen geflogen!

«Jetzt können wir es nicht mehr ändern, du hast dich eben getäuscht, kein Wunder nach der langen Zeit.»

«Nein, damals war es bestimmt nur eine halbe Stunde, das weiß ich genau.»

Es war 17.30 Uhr, als wir endlich in Hönefoss angekommen waren.

Ob zu diesem Kaff auch ein Bus fährt?

Auf der Tafel der Haltestelle 7 finde ich *Klekken*.

Sonntags fährt der letzte Bus um 17.25 Uhr.

Als ich ihr das sage, sieht sie mich mit einem Aufblitzen in den Augen an und einem Gesicht, das lächeln will und triumphierend aussieht:

«Ja mei, da kann man nichts machen. Es hat halt nicht sein sollen.»

Ich spüre Wut in mir aufsteigen, auch über mich.

Ich selbst war es ja, *ich* habe die Fahrt immer wieder verschoben!

Sie hat doch nur gesagt: «Mir ist alles recht.»

Aber ich habe nicht gewusst, was sie wusste.

Wie immer hat sie mir nicht gesagt, was ich wissen sollte. Ich kannte nur eine Teilwahrheit – wie immer.

«Mei, ob's des Heim überhaupt noch gibt nach fünfzig Jahren, des weiß ma' doch sowieso nicht.»

Ich packe sie fest an den Schultern – am liebsten würde ich sie schütteln.

«Du glaubst doch nicht, dass ich zweitausend Kilometer geflogen bin, um endlich dieses Haus zu sehen, und jetzt fünf Kilometer vorher wieder umkehre! Wir werden heute noch nach Klekken fahren, das schwöre ich dir. Und du bleibst jetzt hier sitzen, bis ich das organisiert habe.»

Ich drücke sie unsanft auf die Wartebank.

Ich sehe ein Taxi langsam über den Platz rollen. Ich laufe ihm entgegen. Der Chauffeur ist mürrisch, der einzige unfreundliche Mensch, der mir in Norwegen begegnet ist.

Nein, er könne nicht nach Klekken fahren, er habe ein anderes Ziel. Nein, ein anderes Taxi könne er nicht rufen. Dort drüben sei ein Taxistand, allerdings würden sonntags um diese Zeit nicht viele hierher kommen.

Die Busse nach *Jevnaker* würden in Klekken halten, allerdings nur jeder zweite Bus – und ob da heute noch einer führe – Achselzucken. Er rollt das Seitenfenster hoch, gibt Gas, fährt rasch weg.

Wahrscheinlich hat er den deutschen Akzent in meinem Englisch erkannt.

Wahrscheinlich hat er geahnt, was ich in Klekken suche.

Wahrscheinlich *wollte* er uns nicht hinfahren.

Mein Blick bleibt an einer Telefonzelle hängen.

Da telefoniert jemand! Ich warte, bis ein großer Mann herauskommt – Cordhose, ein kariertes Hemd unter dem offenen dunkelroten Anorak. Er hält mir die Türe auf, nickt mir freundlich zu.

Ich schüttle den Kopf.

«No. Thank you, I don't want to use it. Do you speak English?»

«Yes, a little. Can I help you?»

Ob er zufällig wüsste, ob der letzte Bus nach Jevnaker in Klekken hielte, der Taxifahrer habe mir das gesagt, aber ich könne es auf dem Fahrplan nicht finden.

Er blickt mich durch die Gläser seiner randlosen Brille erstaunt an. Dann fragt er langsam:

«Klekken – why Klekken? What do *you* want in Klekken, Lady?»

Das e dehnt er und es klingt fast wie ein ä: «Klääken.»

Keine Diplomatie, keine Halbwahrheiten, nur Ehrlichkeit hilft mir weiter.

Fest blicke ich in diese freundlichen hellblauen Augen und sage:

«To be honest, I was born there. In 1943. I am German. Perhaps you know where.»

«I know what you mean», sagt er langsam und mit ernstem Gesicht. Und dann lächelt er auf einmal und nimmt sanft mein Gesicht in seine großen Hände und sagt:

«Welcome home.»

Und während mir die Tränen in die Augen schießen:

«You *look* Norwegian.»

Ja, ich weiß, wohl alle dachten das, seit ich gelandet bin in Oslo und sehr bewegt meine Füße auf norwegischen Boden gesetzt habe – tatsächlich dachte ich daran, ihn wie Papst Johannes Paul zu küssen!

Die Stewardess, die uns erwartete, sprach mich norwegisch an, ohne zu zögern. Ich nickte, weil ich *verstand*, dass der Rollstuhl noch nicht da sei und sie erst telefonieren müsse, und sie plauderte munter weiter, bis ich endlich sagte: «Sorry, I don't speak Norwegian», und nach einem verwunderten Kopfschüttteln wechselte sie ins Englisch.

Kaum hatte der Zollbeamte meinen deutschen Pass kontrolliert, redete er los, und ich verstand nur *snakker norsk*. Ich murmelte hilflos mein «sorry», und er sagte mit Blick in den Pass auf Deutsch:

«Sie sprechen also nicht Norwegisch, obwohl Sie in Norwegen geboren sind. Das ist eigenartig.»

Er blickte mich sehr ernst an.

Was weiß er, was denkt er?

Er sah wohl die Schamröte in meinem Gesicht, das Wasser in meinen Augen, und er verbesserte sich:

«Das ist schade. Sie sollten es lernen.»

Im Taxi, an der Hotelrezeption, im Restaurant, in den Museen, auf der Straße – überall wurde ich norwegisch angesprochen.

Mein «norwegisches» Aussehen empfinde ich als einen doppelten Betrug. Aber ich sehe eben *nordisch* aus.

«Sorry. I am not.»

Und dann erzählt er mir, dass er selbst auch nicht aus der Gegend stamme, er sei erst nach seiner Pensionierung vor ein paar Jahren hierher gezogen – in ein kleines Haus auf dem Land – ohne Telefon.

Sonntags rufe er immer seinen Sohn in Oslo an. Er lacht:

«But never before I called from this telephone – the one I always use was broken today!»

Nur deshalb sei er heute hierher gekommen, weil er hier eine andere Telefonzelle zu finden hoffte.

Als Osloer kenne er sich hier nicht so gut aus, habe aber schon gehört:

«During occupation there was a German hospital in Klekken.»

Ob dieser Bau noch existiere, wisse er nicht, es gebe aber zwei große Gebäude, das eine «a very extravagant hotel for privileged people», das andere «a rehabilitation clinic».

«I can drive you there, if you want.»

Man könne sich ja dann dort erkundigen.

Ich kann es nicht glauben, erschrecke, werde misstrauisch – warum würde ein Mann einer fremden Frau ein solches Angebot machen?

Er könnte mich schließlich mit dem Auto irgendwo hinfahren: Wie einfach, ich habe ja keine Ahnung von dem Weg.

Ich schaue noch mal in das Gesicht, es sieht offen und liebenswürdig aus. So kann ich mich nicht täuschen.

Wie freundlich von ihm, bedanke ich mich, gerne würde ich sein Angebot annehmen, freilich auch gerne für seine Unkosten aufkommen – und nachfragen müssten wir wahrscheinlich nicht, weil ich glaube, dass meine Mutter, mit der ich hierher gekommen sei, sich daran erinnern würde.

Ich zeige hinüber zu der zusammengekauerten Gestalt im Wartehäuschen, und noch einmal blitzt ein Lächeln auf:

«She is Norwegian?»

«No, also German.»

Jetzt wird er noch mal nachdenken. Freilich haben dort eigentlich norwegische Frauen ihre von deutschen Soldaten gezeugten Kinder geboren. Aus Furcht vor der Schande haben viele ihr Kind «freiwillig» zur Adoption freigegeben, hunderte dieser Kinder sind zur *«Aufnordung des deutschen Blutes»* per Anordnung *«heim ins Reich»* verschleppt worden.

Himmler freute sich *«über jedes Kind, das wir von dort bekommen»*.

Ängstlich schaue ich ihn an, wahrscheinlich hat er gedacht, dass ich eines jener verschleppten Kinder sei, als er sagte:

«Welcome home!»

Jetzt wird er sich fragen, warum eine Deutsche in Klekken entbunden hat, und es wird ihm klar werden, dass diese Frau hier das Unrecht mitverwaltet hat.

Aber nein, er bleibt freundlich, will sein Auto holen und zu dem Häuschen kommen, in dem sie wartet.

Ich erkläre ihr, dass ich jemanden gefunden habe, der uns nach Klekken fährt, und sie weigert sich:

«Ich geh doch nicht mit einem Wildfremden mit!»

Aber da fährt er schon vor mit einem alten klapprigen Volvo; zugegeben, das Gefährt sieht wenig Vertrauen erweckend aus. Er begrüßt meine Mutter mit einer leichten Verbeugung, schiebt den Beifahrersitz ganz nach hinten und hilft mir, die schwach protestierende Frau ins Auto zu schieben.

Ich setze mich auf den Rücksitz, und mein Herz klopft wild, als diese Reise ins Ungewisse beginnt. Krimifantasien gehen mit mir durch:

Und wenn er es doch ganz einfach auf unsere Handtaschen abgesehen hat? Hoch kann seine Rente nicht sein, sonst müsste er nicht ein solches Schrottauto fahren und in einer telefonlosen Hütte irgendwo im Wald leben! Und wenn er uns dorthin bringen würde, fesseln, knebeln – Lösegeld erpressen?

Er ist groß und stark, leicht könnte ich mich nicht gegen ihn wehren. Ich betrachte sein schütteres graues Haar von hinten. Er muss Ende sechzig sein, das heißt, er hat die ganze Besatzungszeit bewusst miterlebt.

Was hat er erlitten? Wen hat er verloren?

Was haben die Deutschen ihm, seiner Familie angetan?

Vielleicht hat er seit fünfzig Jahren auf eine Gelegenheit gewartet, sich zu rächen? Vielleicht hat er deshalb gelacht, als er sagte, noch nie habe er von dieser Zelle aus telefoniert?

Er kann uns irgendwo niederschlagen, aus dem Auto werfen oder zu diesem mysteriösen Wasserfall fahren und uns hineinstoßen. Nach dem Wasserfall werde ich ihn jedenfalls besser nicht fragen.

Solche Gedanken rasen durch meinen Kopf, während er den Wagen bedächtig steuert und mit seiner ruhigen Stimme auf meine Mutter einspricht, die ihm einsilbig antwortet.

Und auf einmal bin ich ganz ruhig, schiebe die Hirngespinste weg. Es passiert, was passieren muss; eine innere Stimme sagt mir:

«Es hat alles seine Richtigkeit.»

Nach der Abzweigung *Klekken 5* wird die Straße schmäler, sie windet sich hinauf, rechts und links mehr und mehr rote Holzhäuser. Wir biegen in die Einfahrt zu einem Hotel ein und halten an. Ein lang gestreckter, weiß lackierter Holzbau mit großzügiger Glasfront zur Eingangshalle.

Ein livrierter Hoteldiener eilt auf das Auto zu, seine Schritte verlangsamen sich, als er den Zustand des Volvo erkennt.

Unser Fahrer kurbelt die Fensterscheibe herunter, ruft dem Hotelangestellten etwas auf Norwegisch zu, der entfernt sich wieder, blickt sich ein paar Mal misstrauisch um.

«Is this the place, Lady?», fragt er meine Mutter. Sie schüttelt energisch den Kopf:

«Definitely not.»

«Okay. I bring you to the next place.»

Nur ein paar hundert Meter weiter halten wir wieder vor einem großen Areal mit mehreren flachen Gebäuden. *Hospital* steht über dem Eingangstor.

Selbe Frage, selbes Kopfschütteln, selbe Antwort.

Er bleibt geduldig, fragt sie:

«Tell me – *what* can you remember?»

Sie wird ungeduldig, dreht sich zu mir um:

«Mein Gott, an was soll ich mich denn erinnern, ja, solche ochsenblutfarbigen Häuser, die habe ich von meinem Fenster aus gesehen – aber die gibt's hier ja überall.»

Dann schweigt sie, auf einmal schweift ihr Blick in die Ferne, und sie sagt sinnend:

«Doch – der Kirchturm, da war eine Kirche. – I remember a church!»

«A church? There is only one church – let us drive to the church.» Und er steuert den Wagen hinunter in eine Senke – auf der rechten Seite eine Kirche mit spitzem Turmdach. Er hält den Wagen an.

Sie blickt lange hinüber zu dem Kirchturm, nickt bedächtig und wendet dann wie in Zeitlupe ihren Kopf langsam hinüber zur linken Straßenseite.

Lange schweigt sie, es ist ganz still im Auto, ich spüre die Spannung in meinem Nacken.

Dann zögerlich:

«Ja – das muss es sein. Da unten, die Fenster, die sind neu, drum hab ich's nicht gleich erkannt. Ja, das ist es.»

Das sei eine Schule jetzt, erfahren wir, die sei jetzt freilich wegen der Ferien geschlossen. Ich bin enttäuscht, aber sie sagt:

«Das macht nichts. Reingegangen wär ich da sowieso nicht. Wie es da drin heut' ausschaut, mag ich gar nicht wissen. Ich mag meine alten Erinnerungen behalten. Lass mich doch einfach da ein bisserl sitzen. Schau dich du nur um.»

Vor dem weißen Gebäude gibt es eine halbrunde Holzbank, sie macht die wenigen Schritte darauf zu, setzt sich direkt neben die Bronzeskulptur eines kleinen Mädchens mit Zöpfen.

Nein, die Statue sei damals noch nicht da gewesen.

Die Fassade sei verändert – dort bei dem großen Fenster sei der Eingang gewesen und das große Eckzimmer gleich rechts daneben, das war ihr Zimmer mit dem Blick auf die Straße und die Kirche auf der anderen Straßenseite. Aus dem anderen Fenster hätte sie auf die große Wiese geschaut – ganz weiß von Margeriten sei sie gewesen, als sie angekommen war damals, im Juni 1943.

«Als Erstes habe ich einen dicken Blumenstrauß gepflückt, weil ich so froh war, dass es hier die gleichen Blumen gab wie daheim. Ja, genau – hinter der Wiese, da sind ja diese ochsenblutroten Häuser!»

Ich mag es nicht, wenn sie das dunkle Rot immer «Ochsenblut» nennt, obwohl das, glaube ich, die korrekte Farbbezeichnung ist.

Die Häuser sind immer noch da, die Wiese ist jetzt ein Sportplatz.

Der Eingang muss jetzt auf der anderen Seite sein, eine Einfahrt führt rechts am Haus vorbei. Unser Fahrer begleitet mich auf meinem Rundgang um das Haus.

Gläserne Flügeltüren zur gefliesten Vorhalle, ein typischer moderner Schuleingang, am Haupthaus ein winkelförmig angebauter langer Seitenflügel, den hat es damals wahrscheinlich noch nicht gegeben. Mein Blick gleitet über die Zimmerfenster im Altbau. Hinter irgendeinem war wohl früher der Kreißsaal.

Hier also bin ich zur Welt gekommen.

Wieder das Brennen in den Augen, wieder das eigenartige Gefühl im Bauch, wie gleich nach der Landung – «heimatlich» darf ich es wohl nicht nennen.

Durch meine Geburt im mit Gewalt besetzten Land habe ich mir kein «Heimatrecht» erworben. Bin ich im Gegenteil nicht zugleich auch schuldig geworden durch diese Geburt?

Dennoch spüre ich so etwas wie «angekommen sein», fühle eine tiefe Ruhe nach der Anspannung der letzten Stunden und Tage – vielleicht der vergangenen Jahrzehnte.

Hier also habe ich den Namen bekommen, den ich als Kind nicht ausstehen konnte. Ich wollte heißen wie meine Freundinnen: am liebsten Maria, vielleicht auch Hanna oder Christel, zur Not noch Bärbel oder Heidi – aber *Gisela* hieß kein Kind in der oberbayerischen Kleinstadt!

«Des is doch koa Nama», wurde mir schon am ersten Tag im Kindergarten erklärt, und ich habe mich geschämt.

Als ich mit fünf Jahren endlich getauft werden sollte, habe ich um einen *richtigen* Namen gebeten. Das konnte meine Mutter nicht verstehen:

«Gisela ist doch so ein schöner deutscher Name.»

Und außerdem sei das sowieso unmöglich, einen Eintrag in der Geburtsurkunde könne man nicht mehr ändern.

Ich konnte nicht begreifen, dass dieser vergilbte, zerfledderte Zettel mit übertippten Einträgen, den ich vermutlich zum ersten Mal bei der Einschreibung im Kindergarten gesehen habe, eine solche Bedeutung haben sollte. Gerne lege ich meine Geburtsurkunde vom *Standesamt Norwegen* aus dem Jahr 1943 nicht vor, weil immer stirnrunzelnd der Stempel *Der Standesbeamte für die besetzten norwegischen Gebiete* entziffert wird und mich misstrauische Blicke mustern. Zwar hat nie ein Beamter die Rechtmäßigkeit dieses Papiers angezweifelt, aber ich werde nicht merkwürdig angeschaut, wenn ganz selbstverständlich die *Bescheinigung des Standesbeamten des Standesamtes L in der Herzog-Max-Str. 5–7, München* aus dem Jahr 1945 akzeptiert wird, obwohl darin behauptet wird, dass ich gar keine Geburtsurkunde habe. Die Bemerkung *«Die Ausstellung einer ordnungsgemäßen Geburtsurkunde durch den Standesbeamten in Oslo ist zur Zeit nicht möglich»* erweckt weniger Misstrauen als die Urkunde aus Oslo. Das «L» wird ohne Misstrauen zur Kenntnis genommen, weil kaum jemand weiß, wofür es steht.

Der «Lebensborn e.V.» hat die juristischen Sonderrechte zur Einrichtung eigener Standesämter nur erhalten, um die Geheimhaltung in seinen Heimen zu garantieren und die Meldung an die für die Mütter zuständigen Standesämter zu vermeiden. Damit wurde scheinbar dem Gesetz Genüge getan und die vorgeschriebene Beurkundung der Geburten vollzogen.

Mein Name wurde also im Lebensborn-Standesamt eingetragen, nachdem ich in der *«Namensweihe»* eine Art Taufe erhalten hatte. Dabei wurde nicht gefragt:

«Widersagst du dem bösen Feind?»

Sondern es trug sich so ähnlich zu:

Auf die Frage *«Deutsche Mutter, verpflichtest du dich, dein Kind im Geiste der nationalsozialistischen Weltanschauung zu erziehen?»* musste meine Mutter wohl mit *Handschlag* ihr *Jawort* gegeben haben.

Danach wurde mein *SS-Pate* gefragt:

«Bist du bereit, die Erziehung dieses Kindes im Sinne des Sippengedankens unserer Schutzstaffel zu überwachen?»

Anstatt mit dem Kreuz wurde ich dann mit einem SS-Dolch berührt:

«Ich nehme dich hiermit auf in den Schutz unserer Sippengemeinschaft und gebe dir den Namen Gisela Brunhilde. Trage diesen Namen in Ehren!»

Und mit dieser Formel war ich, kaum geboren, ordentliches SS-Mitglied.

Also doch schuldig?

Brunhilde war der häufigste Name für Mädchen in Lebensborn-Heimen. Die meisten Knaben wurden selbstverständlich *Siegfried* genannt.

Ich kann von Glück reden, dass meine Mutter noch kurz vor meiner Geburt einer *Gisela* begegnet ist und deshalb die germanische Brunhilde auf den zweiten Platz rückte!

Auch wenn er nicht gefährlich war wie andere Zweitnamen, die damals anderen Deutschen per Zwang in den Pass eingetragen wurden, fühle ich mich noch immer unwohl mit diesem Namen.

Ich setze mich auf den Wiesenstreifen am Sportplatz, scheinbar in Betrachtung der alten Häuser und des lichten Birkenwäldchens dahinter versunken.

Meine Hände streichen sanft über das Gras; ich hoffe, dass es dem Mann nicht auffällt.

Er setzt sich schweigend neben mich – ich habe Angst vor Fragen, die er nicht stellt. Nach einer Weile sagt er, es sei schade, dass ich während der Ferienzeit gekommen sei, der Direktor der Schule hätte mir gewiss das Gebäude gezeigt. Ich müsse eben wiederkommen und mich anmelden vorher.

Das werde ich, bestimmt werde ich wiederkommen, aber jetzt müssten wir wohl zurück, um noch einen Bus zu erreichen.

Wir stehen gleichzeitig auf, gehen zurück zu meiner Mutter. Sie sitzt noch immer regungslos auf der Bank, schaut sich nicht mehr um nach dem weißen Gebäude. Ihr Blick schweift hinüber zu den bewaldeten Hügeln.

Nein, sie will nicht mehr dableiben und nachdenken.

«Wozu auch.»

Zu gerne würde ich wissen, was ihr durch den Kopf gegangen ist, während ich sie allein gelassen habe. Ich umarme sie, danke ihr für meine Geburt:

«Ich weiß, es war schwer für dich.»

«Ja, *schön* war das nicht – es war kein Vergnügen!»

Ich weiß, ich war eine Zangengeburt – das hat sie mir kurz vor der Geburt meines ersten Kindes erzählt, es hat mir nicht viel Mut gemacht.

Außerdem war ich «überhaupt nicht schön», weil ich mit «schiefem Gesicht» zur Welt kam. Sie sei «so erschrocken» über das «hässliche Kind».

«Das hätt' ich damals freilich net gedacht, dass ich einmal mit so einer schönen Tochter wieder herkommen würde!»

Wie ich dieses viel zu hohe Lachen kenne, mit dem sie immer schon traurige Gefühle weggelacht hat! Keine Chance mehr, weitere Fragen zu stellen.

Der Norweger meint, er könne ein Foto machen von Mutter und Tochter am Geburtsort. Freilich – den Fotoapparat hatte ich ganz vergessen.

Später werde ich über *mein* Lächeln auf dem Bild erschrecken.

Als er mir den Apparat zurückgibt, drücke ich ihm fest die Hand und bedanke mich. Er könne sich gar nicht vorstellen, wie wichtig mir das gewesen sei, hierher zu kommen.

«It was such a big gift, it was so much you did for us.»

Er schüttelt den Kopf: «It was not for you, it was for me.»

Meinen irritierten Blick beantwortet er mit einer Geschichte. Auf einmal spricht er rasch und fließend Englisch, in der singenden Melodie seiner eigenen Sprache:

Vor etwa zehn Jahren, als er noch Angestellter im Rathaus in Oslo gewesen sei, habe er eines Tages nach Dienstschluss das Haus zusammen mit einer alten Frau verlassen. Eine deutsche Frau, mit Krücken, wie meine Mutter. Sie habe ihn auf Englisch angesprochen, ihm erzählt, dass sie eben endlich herausgefunden habe, wo ihr Sohn begraben liege, und ob er ihr helfen könne, den Weg zu dem Friedhof zu finden. Sie zeigte mit dem Kinn auf den Zettel in der Hand. Er habe «nein» gesagt, obwohl er die Gräber der Deutschen genau kannte, und er sei zu seinem Auto gegangen. Im Wegfahren habe er noch gesehen, wie sie da stand und ihm hilflos nachschaute. Er hätte sie leicht mitnehmen können, sein Heimweg führte ihn ohnehin an dem Friedhof vorbei.

«But *then* I *could not* do it.»

Mit Nachdruck betont er, dass er das damals einfach nicht konnte. Er erklärt nicht, warum, aber er habe nie den Blick der alten Frau vergessen und sich seitdem Vorwürfe gemacht. Wer sei sie schon gewesen! Eine arme Frau, «no enemy», die aus Deutschland gekommen war, um nach Jahrzehnten endlich das Grab ihres vielleicht einzigen Sohnes zu finden, der vielleicht nicht wirklich *Nazi* gewesen sei, sondern eben Soldat. Vielleicht sei er, als er hier erschossen wurde, so alt gewesen wie jetzt sein Sohn.

Und heute hätte er einer anderen alten Frau aus Deutschland helfen können, und wie viel besser sei es, einen *Geburtsort* zu finden als ein *Grab*.

Er lacht. «So I did it for *me* – it was a gift for myself that I could help you! *I* am happy now!»

Ich muss diesen Fremden in die Arme nehmen und die Tränen laufen mir über die Wangen und er lacht und weint gleichzeitig. Eine Weile halten wir uns ganz fest umarmt.

Unsere Tränen vermischen sich. Und unsere «Schuld».

Beim Einsteigen frage ich ihn nach dem Wasserfall.

Freilich könne er da vorbeifahren, der sei mitten in der Stadt.

Meine Mutter hat die ganze Zeit schweigend dagesessen. Irritiert hatte sie auf die norwegisch-deutsche Umarmung reagiert.

«Na so was», murmelt sie, als ich ihr die Geschichte übersetzt habe, «glaubst du des?»

Immerhin, ein *tusen takk!* kommt ihr über die Lippen, bisher hatte sie kein Wort Norwegisch gesprochen.

«*Mange takk!*», bedankt er sich fröhlich lachend zurück.

Sie wird wieder lebhaft, als sie das Wasser rauschen hört.

«Da ist er ja!»

Der *Wasserfall* entpuppt sich eher als ein steiler, reißender Gebirgsfluss, eine breite Brücke führt ans andere Ufer.

Er fährt langsam hinüber. Sie blickt hinaus und sagt:

«Das war eine Holzbrücke damals. Da ist man oft an dem Brückengeländer gestanden und hat hinuntergeschaut in die Gischt. Und sich gefragt, wie alles denn werden soll mit dem Kind.»

Ich bitte ihn anzuhalten. Ein steiler Pfad führt hinunter zum Fluss. Dort knie ich nieder und tauche meine zur Schale geformten Hände ins klare Wasser. Es ist eiskalt. Das tut gut, immer wieder lasse ich es über mein heißes Gesicht schwappen, bis es sich anfühlt wie unter einer Eismaske.

Auf dem Rückweg sieht sie schweigend aus dem Fenster. Wie gerne wüsste ich, was sie jetzt denkt! Aber ich will sie nicht mit meiner Neugierde bedrängen, nehme ihre Hand und versuche, mich hineinzudenken in diese Frau, die versehentlich meine Mutter geworden ist, denke an die schwere Geburt, die wohl noch schmerzhafter gewesen sein muss nach unerwünschter Schwangerschaft.

«Sei ehrlich», hatte ich sie schon früher gefragt, «hast du nie an Abtreibung gedacht?»

«Gedacht manchmal schon, aber da gab's doch keine Möglichkeit damals – das war doch sowieso verboten – und moanst du, ich wär zu einer ‹Engelmacherin› gegangen irgendwo in einem Hinterzimmer? Nein, das wär mir schon zu riskant gewesen. Und außerdem: *das Kind* von einem hohen SS-Offizier abtreiben – da wär ich ja ins KZ gekommen, wenn des auf'kommen wär – und auf der anderen Seite wollte ich das Kind auch kriegen.»

Immer sagt sie *d a s* Kind, wenn ich sie nach mir frage.

Klar, Deutschland konnte *«es sich nicht leisten … auch nur einen Tropfen guten Blutes durch Abtreibung zu verlieren»*. So wird Himmler in einem Lebensborn-Bericht zitiert. Derart begründet er die Notwendigkeit, 1935 den «Lebensborn e. V.» einzurichten.

Nach einem Bericht aus dem Jahr 1939 habe der Verein *«durch seine Tätigkeit … allein bis jetzt für die deutsche Volkszukunft Werte in Höhe von Reichsmark 83 200 000 geschaffen»*, wenn man berechnet, *«daß jedes geborene Kind durch seine spätere Arbeitskraft der deutschen Volkswirtschaft einen Betrag von Reichsmark 100 000 zuführt»*.

Nach Kriegsbeginn konnten Hunderttausende wegen vorzei-

tigen Ablebens oder Invalidität das erwartete Soll nicht erreichen – der frühe, noch so ehrenvolle Tod für Führer und Vaterland schadete der Volkswirtschaft …

Was lag da näher, als mit geeigneten Mitteln die *Produktion* zu
erhöhen?

Meine Mutter hatte sich wohl mehr unter diesem Gesichts-
punkt und aus Angst vor Bestrafung dazu entschlossen, *das Kind*
auszutragen, denn aus mütterlichem Instinkt:

«Im Krieg müssen alle Opfer bringen.»

Das wurde ihr immerhin durch ihren «*erscheinungsbildlichen
und erbbiologischen Wert*» leichter gemacht, denn sie wurde den
strengen Auslesekriterien für die Aufnahme in ein Lebensborn-
Heim gerecht, wonach auch die werdenden Mütter in «*rassischer
und erbbiologischer Hinsicht alle Bedingungen erfüllen mußten, wie
sie in der Schutzstaffel allgemein gelten*».

Schließlich sollte aus dem Lebensborn «*der Adel der Zukunft,
wertvoll an Körper und Geist*» hervorgehen.

Meine Mutter überschritt die vorgeschriebene Mindestgröße
von 155 cm ja sogar um zwanzig! Ihre Größe galt als ein klares
Indiz gegen «*westische*» oder «*ostische*» Rassenmerkmale. Besonders durch Zugehörigkeit zur «*ostischen Rasse*» disqualifizier-
ten sich potenzielle Mütter von SS-Nachwuchs selbst.

Sie wurden abgelehnt, weil «*insbesondere die ostische Rasse in
ihren Charaktereigenschaften der nordischen geradezu widerspricht
und weil durch die Mischung ‹nordisch-ostisch› Menschen entstehen,
die innerlich zerrissen und unausgeglichen sind*».

Solche unausgeglichenen Menschen konnte man freilich zum
Aufbau des Tausendjährigen Reiches nicht brauchen, die hätten
möglicherweise Zweifel bekommen angesichts der Leichenberge.

Als reine nordisch-nordische Mischung habe ich also eigentlich keinen Grund für meine innere Zerrissenheit.

Ich schiebe die bitteren Gedanken weg, versuche mich wieder
auf die Frau an meiner Seite zu konzentrieren und breche das
Schweigen: «Ich bin dir so dankbar, dass du die Strapazen auf

dich genommen hast und diese beschwerliche Reise mit mir gemacht hast. Ich bin froh, dass ich jetzt weiß, wo ich geboren bin.»

«Dann ist's ja recht, wenn es dir gefallen hat. Und für mich war die Reise ja auch interessant.»

«Und die Erinnerungen – die sind doch sehr schmerzhaft?»

«Ja schon, aber an die brauch ich ja nicht denken – es gab ja auch viele schöne Momente hier. Lange Spaziergänge haben wir gemacht im Sommer, stundenlang, und Beeren gepflückt – es gab so viele köstliche Waldbeeren! Und überhaupt war das Essen sehr gut und die frische Milch – jeden Tag mussten wir einen Liter trinken, ganz frisch gemolken! Das gab's ja daheim gar nicht mehr. Wir haben auch viel Spaß gehabt, das waren eigentlich lauter nette Frauen hier.»

«Die meisten waren aber doch Norwegerinnen, wie habt ihr euch denn verständigt?»

«Die hatten doch alle einen deutschen Freund, sonst wären sie doch nicht zu uns gekommen, und konnten schon ein bisserl Deutsch. Und die meisten waren doch scharf drauf, dass sie auch heiraten und mit nach Deutschland gehen können, damit sie nicht länger *tysker tøs*, «Deutschenflittchen», genannt werden, drum haben die mit Begeisterung Deutsch gelernt, ich hab gern Lehrerin g'spielt! Und das Personal war ja sowieso deutsch.»

«Du hast mir mal erzählt, dass du mich Gisela genannt hast, weil deine Bettnachbarin im Kreißsaal so hieß?»

«Ja, das stimmt. Ich war doch überzeugt, dass ich einen Sohn bekomme – bei *dem* Vater!»

Sie lacht schon wieder.

Rechnete sie damit, dass der in Erfüllung des Himmlerschen Befehls zur außerehelichen Fortpflanzung auch mit ihr rassisch wertvollen *männlichen* Nachwuchs gezeugt hatte, weil er schon einen ehelichen Sohn hatte?

«Dann hätte *das Kind* ‹Friedrich-Karl› geheißen.»

«Aber mein Vater hatte doch schon einen Sohn namens ‹Karl-Friedrich›!»

«Eben, drum hätte ich den Namen ja umgedreht und Friedrich als ersten genommen und Karl als zweiten, weil das Kind freilich auch den Namen von seinem Vater haben sollte. Dann hätte es halt ‹Fritz› geheißen wie mein gefallener Bruder.»

Sie schweigt, dann sagt sie: «Manchmal hab ich gedacht, wenn es ein Bub geworden wär, hätten es mir die anderen leichter gemacht, besonders der Martin.»

Die anderen – das waren die Familienmitglieder. Wenn ich also wenigstens ein Junge geworden wäre, hätte ich vielleicht meinem Onkel Martin den gefallenen Bruder, meiner Großmutter den toten jüngsten Sohn ersetzt. Wahrscheinlich wäre es leichter für sie gewesen, einen kleinen «Fritz» statt einer widerborstigen «Gisi» großzuziehen.

Als Kind hatte ich mir oft gewünscht, ein Junge zu sein, und als Jugendliche hatte ich, ohne diese Namensgeschichte zu kennen, die gleiche Leidenschaft wie jener Onkel Fritz, der schon vor meiner Geburt im Krieg gefallen war: das Klettern im Gebirge. Meine Mutter wusste das allerdings nicht, sie wähnte mich beim *Bergwandern*, wenn ich in einer Felswand hing.

Nur meine Großmutter wunderte sich, dass ich ein großes Foto ihres jüngsten Sohnes beim Kaminklettern in den Dolomiten in meinem Zimmer aufgehängt hatte. Manchmal stand sie davor und betrachtete es lange. Im Gegenlicht aufgenommen, sieht es aus wie ein Scherenschnitt: links und rechts fast senkrechte Felswände, dazwischen im Profil ein Junge, der sich mit dem Rücken und einem Bein gegen die eine und mit dem anderen Bein gegen die andere Wand stemmt.

«Wie der Fritz», sagte sie, wenn ich mit Rucksack und Bergstiefeln loszog.

Glücklicherweise heiße ich nun nicht so.

Eine groteske Vorstellung, wie sonst, zwanzig Jahre nach meiner Geburt, die erste Begegnung mit meinem Halbbruder verlaufen wäre:

«Schön, dass wir uns endlich kennen lernen, Karl-Friedrich. Ich bin dein Bruder und heiße Friedrich-Karl.»

Wieso hat sie nicht daran gedacht, dass die Kinder des gleichen Vaters sich irgendwann begegnen würden?

«Und drum hab ich mir überhaupt keine Mädchennamen überlegt. Des war ein nettes junges Ding, diese Gisela. Die wollte ihr
Kind überhaupt nicht, die hat sich halt auch mit einem SS-Offizier eingelassen – anders wär sie ja net ins Heim gekommen –,
und sie hat auch möglichst weit weg von daheim entbinden müssen. Die hat von Anfang an geplant, dass sie das Kind zur Adoption freigibt, die war noch nicht einmal zwanzig und wollte sich
das Leben nicht mit einem Kind versau'n. Aber das Kind ist dann
glücklicherweise schon nach ein paar Tagen gestorben, an einem
Magenpförtnerkrampf. Verhungert praktisch, da is' nix nei-
ganga, es hat die Milch einfach wieder ausg'spuckt. Mei, des war
halt ein Geburtsfehler. So hat sich das alles ganz gut gelöst und
die Gisela ist glücklich wieder heim nach Westfalen, sobald der
Bauch weg war. Da hat dann niemand je erfahren, dass sie nicht
dienstlich in Norwegen war.»

So wie sie.

Seit ich mich erinnern kann, hat sie meinen für ein oberbaye-
risches Kind, als das ich mich fühlte, seltsamen Geburtsort Oslo
mit dem Satz begründet: «Weil ich da dienstlich zu tun hatte.»

Dieses «dienstlich» war immer ein bedrohliches Wort für
mich. Damit begründete meine Großmutter auch, warum meine
Mutter mit den MP-Polizisten mitgehen musste und fast ein
Jahr nicht mehr zurückkam.

Da hatte sie «dienstlich» in Nürnberg zu tun.

Und was genau hatte sie «dienstlich» in Oslo zu tun?

Bei unserer Stadtbesichtigung konnte ich dazu nicht viel erfahren. Als wir bei der Busrundfahrt am Parlament vorbeifuhren, kommentierte sie die Aussage der Reiseleiterin, dass sich
auch hier während der Besatzungszeit die deutsche Besatzung
eingenistet habe, nur mit der Bemerkung:

«Des braucht's doch nicht, dass man das immer noch erwähnt – da muss doch einmal Schluss sein damit!»

«Mutti, das ist ein Teil der Geschichte dieses Landes, ein
sehr schmerzlicher noch dazu, warum sollte sie das unterschlagen?»

«Du glaubst doch nicht, dass die zum Beispiel bei einer Stadtrundfahrt in Tölz auf die Junkerschule hinweisen?»

«Nein, wahrscheinlich nicht – ich finde, sie sollten es tun.»

Später schauten wir uns auch das Schloss Akershus an. Die
einst mittelalterliche Burg, teilweise in ein Renaissanceschloss
umgebaut, mit den schön möblierten Sälen gefiel ihr. Ich wollte
vor allem das im Festungswall integrierte *Norges Hjemmefront-
museum*, das Heimwehrmuseum, das auch «Museum of Resis-
tance» genannt wird, besichtigen.

Sie wollte sich lieber auf dem Wall auf einer Bank niederlas-
sen. In das *Widerstandsmuseum* wollte sie nun wirklich nicht mitgehen.

«Sei mir nicht bös, aber das muss ich mir nicht anschauen,
Uniformen kann ich keine mehr sehen.»

Wahrscheinlich war es gut, dass sie nicht mitkam, ich weiß
nicht, wie ich sie an meiner Seite ausgehalten hätte angesichts
der Bilder von Gewalt.

Ich wusste es nicht. Ich hatte zwar in der Schule mehr erfahren als die meisten Gleichaltrigen, für die deutsche Geschichte
1933 aufhörte und erst nach dem Krieg wieder begann, aber das
Kapitel «Norwegen» war auch in meinem Geschichtsunterricht
nicht vorgekommen.

Und obwohl Oslo in meinen Ausweisen steht, habe ich mich
immer mit der lapidaren Erklärung «Das war eben damals deutsches Besatzungsgebiet» abgefunden. Wahrscheinlich war es
auch eine Art innerer Widerstand, der mich daran hinderte, Genaueres zu recherchieren.

Erst in diesem Museum erfuhr ich, dass der Führer in *«geheimer Kommandosache»* schon am 1. März 1940 beschloss:

*«Die Entwicklung der Lage in Skandinavien erfordert es, alle Vor-
bereitungen dafür zu treffen, um mit Teilkräften der Wehrmacht
Dänemark und Norwegen zu besetzen.»*

Diese «Vorbereitungen» liefen sofort danach unter dem
Decknamen «Weserübung» an, und schon am 9. April 1940
wurde das friedliche Norwegen in einer Nacht-und-Nebel-
Aktion überfallen und besetzt.

Die «Herrenmenschen» unterdrückten auch dieses «rassisch so wertvolle nordische Volk» im Sinne der Parole:

«Heute gehört uns Deutschland und morgen die ganze Welt!»

Dabei kalkulierten sie gleichzeitig gezielt die «Aufnordung» des eigenen Volkes ein.

Ich war stehen geblieben vor dem Saal mit der Überschrift:

«1943 – ET LANGT ÅR – THE ENDLESS YEAR»

Es fiel mir schwer weiterzugehen, um zu erfahren, wie die Menschen in meinem Geburtsjahr, dem dritten Jahr der Besatzung hier, gelitten hatten. Nun las ich in Berichten der «Deutschen Zeitung in Norwegen», deutschen Bekanntmachungen und Anordnungen, in englischen Übersetzungen norwegischer Dokumente, in geheimen Aufrufen und Manifesten, wie die Norweger nach und nach ihrer Rechte beraubt, wie Lebens- und Heizungsmittel rationiert worden waren. Widerstand war erfolglos – dieses grausame Jahr schien kein Ende zu nehmen. Viele sind verhungert und erfroren, viele inhaftiert und ermordet worden.

Fotos von Menschen mit dem Judenstern, von Geschäften mit der Aufschrift *Jødisk Forrettning* – wie zu Haus im Reich!

Sie standen mit Lebensmittelmarken Schlange, während die Tische der «Besatzer» reich gedeckt waren. Wenn Fischer versuchten, vom reichen Fang, den sie abliefern mussten, auch nur einen Fisch für die eigene Familie zu behalten, wurden sie hart bestraft.

«Die waren doch froh, die norwegischen Mädchen, dass sie im Heim was G'scheits zum Essen gekriegt haben, in Oslo gab's doch nichts mehr – es war doch Krieg!»

So klang mir die Rechtfertigung meiner Mutter in den Ohren.

Nicht der Krieg der Norweger, der Krieg der Deutschen – die hingegen genug zu essen hatten und auch die Mädchen «fütterten», die von deutschen Soldaten schwanger waren.

«Zu meiner Zeit war kein einziges Mädchen im Heim, das nicht in einen deutschen Soldaten verliebt war, die wollten die

Kinder schon kriegen, sie sind ja sogar finanziell unterstützt worden! Dass sie mit ihren Familien Probleme hatten nachher, ist was anderes. Aber da ist's uns ja net viel anders 'gangen.»

Sie *mussten* sogar frische Milch trinken, erzählt meine Mutter.

Damit der «*nordische Nachwuchs zur Aufbesserung deutschen Erbgutes*» auch gesund zur Welt kam?

Es ist mir schwer gefallen, sie nach dem Museumsbesuch wieder abzuholen; langsam ging ich auf sie zu.

Sie saß zusammengekauert auf der Steinbank, hatte sich fröstelnd auch noch meinen Mantel um die Schultern gehängt, ein Kopftuch umgebunden gegen den scharfen Wind, der vom Hafen heraufblies. Sie hatte mich nicht kommen hören. Ich blieb stehen, betrachtete sie, wie sie bewegungslos auf das Meer blickte – oder ins Leere.

Plötzlich tat sie mir sehr Leid. Der ohnmächtige Zorn, der mich in jenem Raum befallen hatte, auch auf sie, die sie in diesem vergewaltigten Land alle Privilegien genossen hatte, war verflogen. Ich sah eine junge Frau alleine ankommen da unten am Hafen in einem fremden Land, unendlich weit weg von Familie und Freunden, keine Ahnung von der Sprache, ohne Vater für ihr Kind, das sich bald nicht mehr unterm weiten Dirndlrock verbergen ließ.

Zum ersten Mal spürte ich ein echtes Mitgefühl *als Frau* und konnte für einen Moment den Zorn der Tochter vergessen.

Ich setzte mich schweigend neben sie und nahm ihre kalten Hände.

«Schon komisch, da sitzt man hier und fragt sich, wo die Zeit hingekommen ist», sagt sie leise, «fünfzig Jahre – das kann doch gar nicht sein.»

«Siehst du die junge Anni da unten mit dem Schiff ankommen, ganz allein?», fragte ich nach einer Weile behutsam.

«Nein, wieso – ich bin mit dem Zug gekommen, und allein war ich auch nicht.»

Ach so?

Ich schwieg wieder, mein Mitgefühl wich rasch der Neugierde:

«Warum bist du eigentlich ausgerechnet nach Oslo versetzt
worden, als du schwanger warst – du hättest doch sicher auch in
einem anderen Heim entbinden können, warum denn nicht in
Steinhöring?»

«Es hat doch niemand gewusst, dass ich ein Kind krieg! Du
hast doch gar keine Vorstellung davon, was des für eine Schand'
war für unsere Familie! Ich hab richtig Angst gehabt vor dem
Martin! Und drum hab ich meinen Chef gebeten, mich so weit
wie möglich von München zu versetzen – das Heim in Oslo war
damals am weitesten entfernt! Freilich war des schwer, so weit
weg von daheim und so fremd alles und kein Mensch zum
Reden.»

Die Angst vor dem «großen Bruder» konnte ich gut verstehen – er war mein Vormund, und ich habe ihn gefürchtet! Aber:

«Heißt das, dass du es nicht einmal deiner Mutter gesagt
hast?»

«Nein, nur meiner Schwester habe ich es dann geschrieben,
die hat's der Mama später langsam beigebracht, wie du schon in
Tölz warst.»

Schon war ich wieder den Tränen nahe, ich umarmte sie. Das
arme Mädchen! Obwohl, so jung war sie nun auch wieder nicht,
immerhin fast dreißig – ich war noch keine zwanzig, als ich zum
ersten Mal schwanger war.

Nein, jetzt nicht daran denken, wie sie mich behandelte, als
ich es ihr «beichtete»! Ich hatte einen Vater für mein Kind, der
sich darauf freute, und wir wollten heiraten.

Aber sie – wie konnte sie nur mit dieser Diskrepanz zwischen
Ideologie und kleinbürgerlicher Moral zurechtkommen?

«Da hat man sich schon g'fragt, ob des hat sein müss'n, dass
man die Schuld auf sich genommen hat, und warum man sich mit
einem einzigen Fehltritt das Leben so versaut hat.»

Das ernüchtert, mein Mitgefühl «von Frau zu Frau» schwin-
det, der «Fehltritt» macht mich wieder zur Tochter, der es kurz
die Sprache verschlägt.

«Wenn du mit dem Zug angekommen bist, müssen wir auch
noch zum Bahnhof gehen.»

35

Wieso eigentlich mit dem Zug?

«Bis Stockholm sind wir geflogen, und von da bin ich im Sonderzug vom Reichskommissar Terboven mitgefahren. Am Bahnhof sind wir mit Musik und Blumen begrüßt worden.»

Die kleine Angestellte, die sich zum Entbinden nach Norwegen hatte schicken lassen – im Flugzeug und im Sonderzug?

Wir brachen auf. An der Tür des Museums blieb sie kurz stehen:

«Und – hast du viele deutsche Uniformen geseh'n da drin?»

Ich nickte ganz langsam.

Ich setze mich im halb leeren Bus auf die andere Seite, um wie meine Mutter besser aus dem Fenster sehen zu können, und denke wieder an diese Gisela, der ich meinen Namen verdanke.

Wäre das nicht auch die Rettung für meine Mutter gewesen, wenn *das Kind* gestorben wäre nach der Geburt? Dann hätte niemand erfahren müssen, dass sie «einen Fehltritt» begangen hatte, dann wäre ihr Leben nicht «versaut» gewesen.

Aber *das Kind* war trotz anfänglicher Hässlichkeit gesund, «erbgesund» sogar, und sie hat es nach Ende des Mutterschaftsurlaubs wieder im Flugzeug, «zusammen mit einer Krankenschwester und mehreren Kindern», nach Deutschland gebracht und gleich bei ihrer Schwester in Bad Tölz abgegeben.

Im Grunde gehörte es auch genau dorthin, weil da alles angefangen hatte.

«Ich bin doch nur nach Tölz, weil es meiner Schwester so schlecht ging nach der Geburt vom Heini», war immer ihre Antwort auf die Frage, weshalb sie im Herbst 1937 ihre gute Stellung in München aufgegeben und sich um einen Posten in der neu errichteten Junkerschule beworben hatte.

Damals war meine Mutter zweiundzwanzig und arbeitete seit dem Abschluss der Handelsschule Riemerschmid schon seit drei Jahren als Sekretärin in einer angesehenen Firma in München.

Viel lieber hätte sie ja Abitur gemacht, auf der richtigen

Schule war sie schon gewesen, dem Mädchenlyzeum im Angerkloster. Sie war eine sehr gute Schülerin, und die «Armen Schulschwestern» bedauerten es, dass sie die Schule nach der mittleren Reife verlassen musste. Aber der «kleine Bruder» hatte
ebenso gute Noten auf seinem Gymnasium, und da nur ein Kind
weiter Schulgeld beanspruchen konnte, war klar, dass die Entscheidung zugunsten des Jungen ausfiel, der schließlich irgendwann eine Familie zu ernähren hatte. Immerhin durfte sie noch
die Handelsschule besuchen, weil Schreibmaschine, Stenogra-
phieren und Buchhaltung nicht auf dem Lehrplan des Lyzeums
gestanden hatten. Mit dem doppelten Schulabschluss hatte sie
bessere Chancen bei der Bewerbung um die begehrten Arbeits-
stellen.

Sie wohnte noch in der elterlichen Wohnung, obwohl die
Verhältnisse dort sehr beengt waren. Daran hatte sich durch den
frühen Tod des Vaters zwei Jahre zuvor nicht viel verändert.
Auch sie wollte dessen Schlafplatz im «Alkoven» – eine fenster-
lose Kammer neben dem Schlafzimmer – auf einer schmalen
Ottomane nicht übernehmen. Lieber schlief sie weiterhin im
Ehebett neben ihrer Mutter, das sie sich immerhin nicht mehr
mit ihrer Schwester teilen musste.

Der Älteste hatte kurz vor dem Tod des Vaters endlich eine
Stelle als Hilfslehrer bekommen und war aus der Abstellkammer
in das größte und schönste Zimmer gezogen, weil er es sich jetzt
leisten konnte, gleichsam als Untermieter bei seinen Eltern zu
wohnen.

Bis dahin war dieser Raum immer an einen «Zimmerherrn»
vermietet gewesen; das schmale Gehalt des Vaters reichte nicht,
um die sechsköpfige Familie zu ernähren.

Obwohl sie auf das Geld angewiesen war, nahm meine Großmutter nicht jeden an. Der Untermieter musste schon ein «bes-
serer junger Herr» mit Bildung sein, am liebsten ein Student aus
gutem Hause. Er bekam das Frühstück auf seinem Zimmer serviert, das war ebenso wie Reinigung und Bettwäsche im Preis in-
begriffen. Manchmal wünschten die Herren auch ein kleines
Abendessen, Bratkartoffeln oder Spiegeleier.

Das zuzubereiten und aufs Zimmer zu bringen war Aufgabe der Mädchen. Meine Mutter hasste es, einen hochnäsigen Studenten zu bedienen, besonders dann, wenn der joviale Bemerkungen machte oder ihr gar großzügig 20 Pfennige zuschob. Nur solange sie klein war, hat sie das Geld genommen, später fühlte sie sich gedemütigt und hat es übersehen.

Die Großmutter verdiente sich mit Waschen und Bügeln von Hemden und Unterwäsche noch ein kleines Zubrot, auf die paar Kleidungsstücke mehr kam es beim vierzehntäglichen Waschtag auch nicht mehr an. Der begann um vier Uhr morgens in der Waschküche des Gemeinschaftskellers mit dem Heizen des Kessels unter dem riesigen Zuber. Ob da noch ein paar Unterhosen und Hemden mehr in der Seifenlauge kochten, spielte wohl keine große Rolle. Allerdings mussten die Wäschestücke per Hand auf dem Waschbrett geschrubbt, mehrmals ausgewrungen, auf den Dachboden im fünften Stock geschleppt und dort aufgehängt werden.

«Manchmal habe ich am Abend meine Hände nicht mehr gespürt, und die Handgelenke taten tagelang weh», erzählte Großmutter mir viel später, als sie schon alt war und wir gemeinsam die großen Wäschestücke zum Waschsalon brachten. Sie konnte es gar nicht fassen, dass eine Maschine ihre Arbeit übernahm, während sie zusah und die Hände in den Schoß legen konnte.

Wie froh war sie also, dass sie endlich keinen Zimmerherrn mehr versorgen musste und auch der jüngste Sohn einen Raum für sich bekam.

Er hatte in der kleinen Stube neben der Küche auf der Eckbank am Esstisch geschlafen, seit er dem Gitterbettchen im Schlafzimmer entwachsen war. Jetzt konnte er in die frei gewordene Kammer umziehen. Das kleine Fenster des Abstellraums ging zwar nur zum Treppenhaus hinaus, und man musste es nachts ganz verdunkeln, damit man nicht von jedem späten Heimkehrer, der das Licht einschaltete, geweckt wurde. Gegen die schweren Schritte, die direkt am Fenster vorbeipolterten, half nur guter Schlaf. Bei allen Nachteilen war es doch immerhin sein eigenes Reich, endlich mit 18 Jahren, kurz vor dem

Abitur. Lieber arbeitete er nun an dem winzigen Tisch in der düsteren Kammer, wo er seine Bücher und Hefte liegen lassen konnte und sie nicht bei jeder Mahlzeit vom Tisch räumen musste.

Bis der große Bruder ausziehen würde, konnte es auch nicht mehr allzu lange dauern. Schließlich war er schon dreißig und verlobt. Sobald er eine Planstelle als Lehrer bekommen würde und damit ein höheres Gehalt, würde er heiraten. Dann würde Mutter das große Zimmer bekommen und ganz nach ihrem Geschmack einrichten. Sie hatte schon angefangen, auf richtige Wohnzimmermöbel zu sparen. Die geschwungenen Möbel, die sie bei Strobel in der Bayerstraße gesehen hatte, sollten es sein: ein großes Büfett mit verglastem Aufsatz aus hoch poliertem dunklen Walnussholz und eine dazu passende kleine Kredenz, eine Chippendale-Bettcouch mit niedrigem Couchtisch dazu, zwei passende Sesselchen, die Polsterbezüge ein großzügiges grünes Blumenmuster auf hellem Grund.

Bis dahin schlief sie weiterhin im Ehebett rechts neben ihrer Mutter, wo sie immer geschlafen hatte, seit sie sich erinnern konnte. Früher hatte sie sich dieses Bett mit ihrer Schwester teilen müssen; sie war glücklich, dass sie seit deren Heirat vor drei Jahren endlich ein ganzes Bett für sich allein hatte!

«Aber dein Vater muss doch irgendwann in diesem Bett geschlafen haben!», wunderte ich mich, als meine Mutter mir diese Wohnverhältnisse zum ersten Mal schilderte. Sie habe sich, als sie erwachsen war, selbst gefragt, wie es überhaupt zum Zeugungsakt zwischen ihren Eltern hatte kommen können, gestand sie dann. Niemals habe sie auch nur den Hauch einer Zärtlichkeit zwischen den beiden erlebt, keine Berührung, kein Streicheln, schon gar keinen Kuss – wie war es da «zu mehr» gekommen? Und vor allem wann und wo? Ihre acht Jahre ältere Schwester jedenfalls hatte auch schon im Ehebett geschlafen, seit sie sich erinnern konnte!

Aber irgendwie muss «es» gelegentlich passiert sein: Immerhin wurde sie nach größerem Abstand von den ersten beiden Kindern geboren, zwei Jahre später der jüngste Bruder und wieder einige

Jahre danach hatte ihre Mutter wohl einen «Abgang». Meine Mutter erinnert sich jedenfalls genau, wie sie eines Morgens aufgewacht war, weil das Bett ganz feucht war, und sie erschrocken befürchtete, ins Bett gepinkelt zu haben. Es war aber Blut, das eindeutig aus der Mutter herausfloss; deren Nachthemd war ganz rot. Sie habe voller Angst aufgeschrien, und erst ihr Schrei habe die Mutter geweckt, die wie tot dagelegen habe und so schwach gewesen sei, dass sie nicht aufstehen konnte. Der Vater sei weggelaufen, um einen Arzt zu rufen, und der sei gleich mit Sanitätern zurückgekommen. Auf einer Bahre trugen sie die Mutter weg, eine Nachbarin nahm sie und den kleinen Bruder zu sich, die beiden Großen mussten zur Schule. Erst nach Tagen war die Mutter zurückgekommen, sehr bleich und lange noch schwach. Niemand habe den Kindern erklärt, welche «Krankheit» die Mutter so habe bluten lassen. Erst viel später, nach der Geburt des ersten Enkelkindes, habe sie der älteren Tochter erzählt, dass sie damals ein fünftes Kind «verloren» hatte. Sie hätte auch wirklich nicht gewusst, wie sie das noch hätte unterbringen können:

«Du weißt doch selbst, wie eng's bei uns war.»

Mein Großvater hatte im Jahr 1903, kurz nach der Heirat mit der Lehrerstochter Auguste, ohne Beruf, seinen Posten als berittener Gendarm in der unterfränkischen Kleinstadt – unweit des Dorfes, in dem beide Großeltern geboren und aufgewachsen waren – aufgeben müssen und wurde ganz unerwartet als «Königlicher Sortierbriefträger» in die Landeshauptstadt versetzt. Meiner Großmutter war das gar nicht recht:

«Schad', dass er die Uniform hat auszieh'n müssen», erzählte sie gern mit einem Achselzucken, «so schön war er danach nicht mehr!»

Dann lachte sie, und in ihren alten grauen Augen blitzte es ein wenig:

«Auf seinem Rappen ist er dahergekommen, als er beim Vater um meine Hand angehalten hat, da hat er schon stattlich ausg'schaut, der oide König, als ‹Schwollisché›!»

Viel später ist mir klar geworden, dass sie mit diesem merk-

würdigen, mir als Kind gänzlich unverständlichen Wort den
«Chevalier» gemeint hatte!

Als ob er keinen Vornamen gehabt hätte, sprach sie übrigens
nie anders von ihrem Mann als vom «alten König».

«Er hat doch Kaspar geheißen», hatte ich irgendwann als
Kind herausgefunden, «warum sagst du immer ‹der oide
König›?»

«Weil er immer schon ein alter Mann war, schon bei der Heirat, da war ich zwanzig und er fast doppelt so alt.»

«Warum hast du denn einen so alten Mann geheiratet?»

«Weil mein Vater froh war, dass wieder eine von seinen Töchtern versorgt war.»

Diese Antwort konnte ich ebenso wenig verstehen wie die Behauptung, dass einer mit nicht ganz vierzig schon ein alter Mann
sein sollte. Leider gab es kein Hochzeitsbild von den Großeltern, das war beim Bombenangriff verbrannt. Ich kannte nur
den gestrengen alten Herrn mit dem weißen Schnauzbart auf
dem Foto im breiten Silberrahmen. Das stand auf der Kredenz
im Wohnzimmer direkt unter dem düsteren Gemälde eines
Mannes, der dem auf dem Foto so ähnlich sah, dass ich lange
glaubte, das sei auch mein Großvater.

Diese merkwürdige, golden schimmernde Kopfbedeckung
hielt ich für die «Pickelhaube», von der die Großmutter erzählt
hatte. Die gehörte zur Gendarmenuniform, die er nach der
Hochzeit hatte ausziehen müssen, also war es vorher schon gemalt worden; er sah damals wirklich schon ganz schön alt aus …

Ich mochte das Bild nicht, weil es so duster war, es flößte mir
Respekt ein, und als kleines Kind hatte ich Angst vor dem unheimlichen Mann, wenn ich in der Dämmerung das Zimmer betrat und der Goldhelm ein wenig aufleuchtete und vom Gesicht
nur der weiße lange Schnauzbart zu erkennen war.

Ich habe mich nicht getraut zu sagen, dass es mir lieber gewesen wäre, man hätte das Bild vertauscht gegen ein helles Bild wie
bei anderen Leuten, Sonnenblumen vielleicht oder eine heitere
Landschaft. Das Bild musste da wohl hängen, weil der Großvater sich in seiner schönen Uniform hatte malen lassen, und jetzt

war er schon lange tot und meine Mutter wollte das Gemälde ihres Vaters, meine Großmutter das ihres Mannes nicht entfernen.

Als ich alt genug war zu überlegen, dass es doch sehr teuer gewesen sein müsse, sich von einem richtigen Maler porträtieren zu lassen, und das gar nicht zu den vielen Geschichten über die Armut der Familie passen wollte, lachten sie wieder über mich:

«Was geht nur in dem Kopf von dem Kind vor? Auf Ideen kommst du!»

Meine Mutter sagte, das sei nicht der Großvater, sondern ein ganz berühmtes Bild von dem berühmten Maler Rembrandt und freilich auch nicht das wirkliche Bild – das sei ganz kostbar und hänge jetzt in einem Museum in Berlin. Dies sei nur ein Druck. Recht hätte ich allerdings mit der Ähnlichkeit, die sei so frappierend, dass meine Mutter damals noch das Original immer wieder in der Alten Pinakothek in München angeschaut hätte. Als sie später den Druck in dem schönen Goldrahmen beim Hanfstaengel im Schaufenster entdeckte, habe sie ihn gekauft und das Bild ihrer Mutter zu Weihnachten geschenkt.

«Da war er schon tot, es hätte ihm bestimmt nicht gepasst, dass wir es aufgehängt haben!»

Auch nach dem Tod der Großmutter blieb das Bild genau an derselben Stelle hängen, und als meine Mutter zu uns zog, war es unter den wenigen Sachen, die sie mitnahm. Es hängt jetzt in ihrem Zimmer im Altenheim, und der «Vater» wird sie wohl bis zu ihrem Tod nicht aus den Augen lassen.

Die Gründe, warum der Großvater so plötzlich nach München versetzt wurde und vom Polizeidienst zur Post wechselte, wurden nie erörtert. Ganz beiläufig erfuhren die Kinder nur, dass er im gleichen Jahr nach München versetzt worden war, in dem sein älterer Bruder nach Amerika ausgewandert war.

Als junge Frau besuchte ich in Amerika die Nachkommen des Bruders meines Großvaters. Dieser Georg, so erfuhr ich, sei ein «jolly good fellow» und seinen sechs Kindern ein liebevoller Vater gewesen, der sich nie recht einleben wollte in der Fremde. So habe er den Kindern verboten, zu Hause Englisch zu sprechen, er selbst habe nur die notwendigsten Brocken der fremden Sprache gelernt und immer Heimweh nach seiner Rhön gehabt. Allerdings sei er sehr jähzornig gewesen, man durfte ihn nicht reizen, sonst konnte es schon vorkommen, dass Geschirr und Möbel zu Bruch gingen. Vielleicht sei das ja der Grund gewesen, dass sich in der Familie das hartnäckige Gerücht hielt, er habe in einer Nacht-und-Nebel-Aktion Deutschland fluchtartig verlassen müssen, weil er im Streit versehentlich einen anderen erschlagen habe. Wahrscheinlich habe sein jüngerer Bruder Kaspar davon gewusst, vielleicht sei er sogar dabei gewesen und habe ihn gedeckt oder als Gendarm die Ermittlungen behindert.

Jedenfalls hat wohl auch Kaspar sein geliebtes Unterfranken nicht freiwillig verlassen, er wäre wahrscheinlich genauso gern wie seine Frau im vertrauten Rhöndorf geblieben. In München ist er nie heimisch geworden, er kam mit den «Stadtmenschen» nicht zurecht und hat sich auch mit dem neuen Beruf nicht abgefunden. Nach ein paar Jahren Postsortierens – er musste das Haus bereits vor Morgengrauen verlassen und verlangte von seiner Frau, mit ihm aufzustehen und ihm das Frühstück um 4 Uhr früh herzurichten – wurde er zum Postassistenten befördert. Jetzt konnte er zwar später aus dem Haus gehen, und meine Großmutter musste nicht ganz so früh aufstehen, aber ihre Hoffnung, dass nun mit stetigem Aufstieg in der Beamtenlaufbahn künftig auch das Gehalt so wachsen würde, dass man auf den «Zimmerherrn» verzichten könne, erfüllte sich nicht.

«Ein König erfüllt seine Pflicht», pflegte er zu sagen oder auch: «Es ist meine verdammte Pflicht und Schuldigkeit, zum Dienst zu gehen», und so ging er täglich klaglos den kurzen Weg zur Hauptpost am Bahnhof, auch wenn er krank war, im Winter oft von Bronchitis gequält. Er war immer korrekt gekleidet, in schwarzem Anzug und weißem Hemd, und bestand darauf, dass seine Frau ihm täglich einen frisch gestärkten Kragen und steife Manschetten vorlegte. So erfüllte er seine Arbeit wohl gewissenhaft, aber ohne Ambition, jedenfalls kam es zu keiner weiteren Beförderung, er ging als Postassistent in Pension und starb nach einem halben Jahr schwer hustend, am Ende Blut spuckend, angeblich an Lungenentzündung.

Auch sein Privatleben unterlag strengen Regeln. Wenn er abends pünktlich heimkam, musste das Abendbrot bereits auf dem Tisch stehen, die Kinder ihn dort mit gewaschenen Händen erwarten. Er stellte dann einige Fragen, die sich auf die Schule bezogen und die beantwortet werden durften, ansonsten hatten die Kinder zu schweigen.

«Beim Essen spricht man nicht.»

Jedenfalls nicht als Kind. Er richtete manchmal auch das Wort an seine Frau, ansonsten schwieg auch sie.

Nach dem Essen zog er sich mit seiner Zeitung in den einzigen Sessel zurück, ein alter speckiger Ledersessel, den er sich als Erbstück von seinem Vater erbeten hatte. Die Kinder mussten die Stube verlassen, weil er seine Ruhe brauchte. Das war schwierig für sie, weil es keinen rechten Platz zum Spielen gab in der winzigen Küche oder auf dem Flur, wo man freilich auch flüstern musste. So suchten sie nach Spielgefährten, die man besuchen konnte.

Meine Mutter ging am liebsten in die große Wohnung im ersten Stock zu ihrer Freundin Ilse, die sogar ein eigenes Zimmer ganz für sich allein hatte! Das wurde aber nicht so gern gesehen, weil Ilses Vater der neue Hausbesitzer war, der Viehhändler Vollmer. Er war nicht «blutsaugerisch» wie viele andere, ja, es kam sogar vor, dass er ein Auge zudrückte beim Mietezahlen, wenn er gut gelaunt war. Das war er meistens, weil die Geschäfte gut liefen, sonst hätte er es sich nicht leisten können, zum Hinterhaus jetzt auch noch das Vorderhaus dazuzukaufen. Am Ersten des Monats gab er sich oft mit der halben Miete zufrieden, weil er wusste, dass die arme Frau König mit ihrem Geld nicht zurechtkam. Die Schulen haben mit dem Schulgeld nicht gewartet, bis sie genug gewaschen und gebügelt hatte. Aber Herr Vollmer wusste, dass sie ihm die Schulden vor Monatsfrist auf Heller und Pfennig zurückzahlen würde.

Freundliche Leute also, die Vollmers, aber Juden halt doch, keine Manieren und ohne Contenance. Es ging halt zu bei denen «wie in einer Judenschul'»: laut und undiszipliniert. Meine Mutter fand das gar nicht, sie war froh, dass man dort lachen konnte und Ilses Eltern fröhlich waren, auch wenn sie ab und zu laut miteinander stritten.

Die Vollmers sind dann irgendwann «abgeholt» worden eines Nachts, das war wahrscheinlich 1940, jedenfalls waren sie schon «weg», als meine Mutter aus Tölz zurückkam.

«Die Ilse war doch deine Freundin, du musst dir doch Gedanken gemacht haben, wo die Familie hingekommen ist!»

«Was heißt Freundin, als Kind schon, später waren wir doch zu verschieden. Und sie ist auch irgendwie nach England, glaub ich, ich hab nichts mehr von ihr gehört später. Und Gedanken hat man sich keine gemacht, wenn Juden abgeholt worden sind – es hat halt g'heißen, die Juden werden alle ‹umgesiedelt›.»

Wahrscheinlich wurden sie gerade mal in den Stadtteil Milbertshofen umgesiedelt, in das große Münchner Lager auf dem heutigen BMW-Gelände, und von dort aus mit dem ersten Transport vom Güterbahnhof nach Kaunas in Litauen deportiert, wo sie ermordet wurden.

«Was, glaubst du, war die wichtigste Eigenschaft deines Vaters?», fragte ich meine Mutter einmal.

«Er hat nie gelacht», antwortete sie, ohne nachzudenken.

Der Großvater ging nie aus, er hatte keine Freunde, nie kam er später heim, weil er etwa mit Kollegen noch ein Bier getrunken hätte. Zum wöchentlichen Stammtisch der Männer aus der Nachbarschaft in der Wirtschaft «Zum Sängereck» war er bis zur Geburt des ältesten Sohnes gegangen, dann meinte er sich die «Halbe Bier» dort nicht mehr leisten zu können.

Meine Großmutter hielt das allerdings für eine Ausrede, weil das Bier in der Wirtschaft gerade mal zehn Pfennig mehr kostete als am Ausschank. In Wirklichkeit mochte er das «dumme Geschwätz» der anderen nicht, hatte wohl den Stammtisch eher als eine Art Pflichtübung betrachtet, um nicht ganz isoliert zu sein von den Nachbarn, und war froh, einen guten Grund für seine Ungeselligkeit angeben zu können.

Sie beneidete die anderen Frauen um den «freien Abend»,

gerne wäre sie auch mal ohne das «grantige Mannsbild» beim Flicken am Radio gesessen und hätte sich fröhliche Musik angehört, die bei ihm als «Gedudel» verpönt war.

«Das hätt mir nichts ausgemacht, wenn er auch mal einen über den Durst getrunken hätt, vielleicht wär er dann auch mal so lustig gewesen wie andere Männer», würde sie später erzählen.

So aber holte er sich die «Halbe» im Glaskrug an der «Gassenschänke», bis der Sohn alt genug war, das für ihn zu tun. Dann brauchte er das Haus am Abend gar nicht mehr zu verlassen, er konnte lesend und schweigend im Sessel sitzen bleiben und sich danach zurückziehen in seine höchstpersönliche Klause im Alkoven.

Das Leben in der Großstadt muss dem Bauernsohn eine Qual gewesen sein. Einziger Lichtblick waren ihm wohl die Sonntage. Man ging hinaus nach Sendling, das damals tatsächlich noch ein Dorf war, und gleich hinter der alten Sendlinger Kirche auf die Felder und Wiesen. Da schien er sich wohl zu fühlen, und wenn er Kartoffeln und Korn begutachtete, sprach er sogar mit den Kindern. Er lehrte sie, Getreidesorten zu unterscheiden und die vielen Wiesenblumen beim Namen zu nennen, schien zufrieden, wenn die Kinder ihm sagen konnten, was sie gelernt hatten – da soll er sogar manchmal gelächelt haben. Seinen gesamten Jahresurlaub nahm er gegen Ende September.

Wenn seine Frau zum Oktoberfestauftakt am Samstagmittag vom Fenster aus zusah, wie die geschmückten Rösser die schweren Bierwägen am Haus vorbei zur nahe gelegenen «Wiesn» zogen, und die Kinder mit vielen anderen aufgeregt hinterherliefen bis zu den großen Bierzelten, saß er schon mit einem kleinen Koffer und einem großen leeren Rucksack im Zug nach Kissingen, um am Abend dann von dort aus mit dem einzigen Postbus des Tages weiterzufahren in die Rhön.

Ein wichtiger Grund, genau an diesem Tag aufzubrechen, war für ihn, diesem «Irrsinn» auszuweichen, den «Verrückten», die nichts Besseres zu tun hatten, als ihr sauer verdientes Geld irgendwelchen hergelaufenen Schaukelburschen nachzuwerfen oder ins törichte Gelächter vor den Schaubuden einzustimmen. Geschmacklos sei es und ohne Moral, «Damen ohne Unterleib» auszustellen, beim «Schichtl» sich scheinbar köpfen zu lassen. Er konnte da keinen Grund zum Lachen finden und sah keinen Sinn darin, Geld auszugeben, um sich in der düsteren «Geisterbahn» von lächerlichen Grimassenschneidern erschrecken zu lassen. Im Gegenteil, man hätte ihm viel Geld geben müssen, um dafür in einen Wagen der Achterbahn einzusteigen oder sich «wie ein Aff'» an den langen Ketten eines bunt bemalten Karussells festzuklammern.

Und das «alberne Gedudel» der Leierkästen – nicht auszuhalten!

Nur einmal war er mit seiner jungen Frau im Jahr ihres Umzugs nach München durch die breiten Wies'n-Straßen gegangen, hatten doch die wenigen zu Hause, die je die große Reise zum größten Volksfest der Welt gemacht hatten, so davon geschwärmt. Das musste man sich schon einmal ansehen. Meine Großmutter war aus dem Staunen nicht mehr herausgekommen; alles, was sie bisher an öffentlicher Lustbarkeit gesehen hatte, war der kleine Wanderzirkus gewesen, der sich alle paar Jahre in ihr Dorf verirrt hatte, und das kleine Varieté-Theater in Bad Kissingen. Sie hatte dafür einmal von ihrer «Herrschaft» eine Eintrittskarte zum Geburtstag bekommen. Was für ein Unterschied! Zu gerne wäre sie in den schwankenden Sitzen der behäbigen «Krinoline» mitgefahren, voller Neid sah sie den lachenden Menschen zu, die im Walzertakt unter den bunten Baldachinen schaukelten!

Viel später hat sie sich diesen Wunsch erfüllt: Mit mir, der Enkeltochter, ist sie auf die Wies'n gegangen, und fast war es mir peinlich, wie die alte Frau in ihren Witwengewändern – sie hat nach dem Tod ihres Mannes bis an ihr Lebensende nur noch Schwarz getragen – lachend ihren Hut festhielt!

Wie gern wollte sie damals mitschunkeln in einem Bierzelt, eine frische Brez'n wenigstens essen, wenn schon die Schweinswürstl vom Rost unerschwinglich waren, und sich eine echte Wies'nmaß im Steinkrug mit ihrem Mann teilen! Über solche

Wünsche konnte er nur den Kopf schütteln, seine Geduld war am Ende. Eine «Halbe Bier» gab's dann daheim, Schweinswürstl standen auch dort nicht auf dem Verzehrplan, die gab's nur einmal im Jahr: an Weihnachten.

Er hat die «Wies'n» nie wieder zur Festzeit betreten. Auch die Gerüche von «Steckerlfisch» und «Hendl», die bei günstigem Wind herüberzogen ins geöffnete Fenster, konnten ihn nicht reizen. Kaufen hätte man die unverschämt teuren Luxusgüter ohnehin nicht können. Seine Frau und die Kinder aber sogen den Duft ein und träumten davon, eines Tages reich genug zu sein, um sich solche Köstlichkeiten leisten zu können. Die laute Musik und das Johlen der Betrunkenen, die am Haus vorbeitorkelten, raubten ihm die kostbare Nachtruhe. So war es die beste Lösung für ihn, zu seiner Schwester zu fahren, die mit ihrem Mann den kleinen väterlichen Hof übernommen hatte, als der Älteste alles stehen und liegen ließ, um nach Ohio auszuwandern, und der Jüngere nach München versetzt worden war.

Nun half er in seinem Urlaub bei der Kartoffel- und Gemüseernte, kelterte Äpfel und hackte Holzvorräte für den Winter.

Wenn auf der Wies'n die Schausteller abgefahren waren und die Bierzelte abgebaut wurden, kam er zufrieden und sonnengebräunt zurück. Der schwere Rucksack war bis obenhin voll gepackt mit Kartoffeln und Kohlköpfen, und in der Hand schleppte er noch einen Korb mit Äpfeln.

Feierlich überreichte er jedem Kind einen ganz besonders schönen, sorgfältig polierten Apfel. Seine Frau bekam das große Stück geräuchertes Wammerl aus dem Koffer – für die Speisekammer.

Die tief stehende Sonne auf der Fahrt zurück nach Oslo blendet mich, ich stehe auf und setze mich wieder auf die andere Busseite neben meine Mutter. Sie schaut mich an, lächelt ein wenig.

Um wieder mit ihr ins Gespräch zu kommen, frage ich:

«Dein Vater war doch schon tot, als du nach Tölz gezogen bist?»

«Wie kommst du denn jetzt auf meinen Vater?»

«Weil ich über deine Familie nachdenke.»

«Ja, freilich, der ist doch schon 1935 gestorben», antwortet sie bereitwillig, «ausgerechnet am Faschingsdienstag! Einen besseren Tag hätt er sich net aussuchen können, da hat er uns das bisserl Spaß auch noch verpatzt.»

Er hatte seit Tagen vor sich hin gekränkelt, eine schwere Bronchitis gehabt wie schon seit Jahren im Winter, das war nichts Außergewöhnliches um diese Jahreszeit. So ging seine Frau wenigstens am Vormittag für ein Stündchen zum Viktualienmarkt.

Wie konnte sie lachen über die grell geschminkten dicken Marktweiber, die an diesem Vormittag ihren Kunden zuprosten und ausgelassen tanzen. Und sie konnte ihr schlechtes Gewissen, den kranken Mann allein in der Wohnung gelassen zu haben, mit dem Einkaufen am Markt beruhigen. Eine kräftige Kalbsknochenbrühe mit Wurzelgemüse würde ihm gut tun, er hatte seit Tagen fast nichts gegessen.

Auf die Brühe konnte er nicht mehr warten. Kaum hatte die Großmutter Feuer gemacht und die Zutaten im großen Topf auf den Herd gesetzt, hörte sie den Großvater heftig husten und schwer atmen. Als sie rasch nach ihm sah, hatte er ein Taschentuch vor den Mund gepresst, und sie sah den blutigen Auswurf. Sie bekam es mit der Angst zu tun, und sie wollte den Doktor holen.

«Später hat die Mama uns erzählt, dass sie sich noch mal umgedreht hat an der Tür, weil sie sich solche Sorgen g'macht hat um ihn, und da hätt er den Kopf g'schüttelt und sie so fest ang'schaut mit seinen schönen blauen Augen wie schon lang nicht mehr», erzählt meine Mutter weiter ganz lebhaft vom Tod ihres Vaters. Sie scheint froh zu sein, über ein anderes Thema als den Lebensborn sprechen zu können.

«Als die Mama zurückkam, lag er ganz friedlich da mit geschlossenen Augen. Er ist einfach eingeschlafen. Als wir heimgekommen sind, waren wir natürlich ganz fröhlich, weil der halbe Tag frei war und wir uns gleich maskieren und ins Faschingstreiben in der Innenstadt stürzen wollten. Aber das hat ihm ja sowieso nie gepasst. An diesem Faschingsdienstag sind wir daheim geblieben.»

«Das klingt nicht so, als ob ihr sehr um ihn getrauert hättet!»

«Ganz ehrlich g'sagt – nein. Freilich, er war unser Vater, aber seit die Maria aus dem Haus war, ist er noch schweigsamer geworden und hat sich immer weniger um uns gekümmert. Und ich glaub fast, dass die Mama eigentlich froh war. Seit seiner Pensionierung war er ja nur noch unerträglich, den ganzen Tag dahoam rumg'hockt, und wenn er was g'sagt hat, dann hat er sie kritisiert, nix hat ihm 'passt. Natürlich hat sie g'weint bei der Beerdigung, aber schon ein paar Tag danach hat sie laut g'sungen in der Küch' – das hat sie vorher lang nicht mehr gemacht. Ich glaub, sie war dann noch ein bisserl glücklich, weil sie auch so stolz war auf den Fritz. Aber auch nicht mehr lang.»

Jetzt schweigt sie und schaut wieder aus dem Fenster. Ich muss sie zu ihrem jüngsten Bruder auch nichts fragen. Meine Großmutter hat mir am meisten über ihn erzählt, nie ohne feuchte Augen.

Fritz bestand ein Jahr nach dem Tod seines Vaters sein Abitur mit Auszeichnung. Er war sehr ehrgeizig und brauchte ein hervorragendes Zeugnis, weil er sich um eine Einstellung als Offiziersanwärter bei den Gebirgsjägern bewerben wollte.

Früher wollte er unbedingt Abitur machen, weil er Sport, Physik und Mathematik studieren und Gymnasiallehrer werden wollte, nicht auf die «Lehrerbildungsanstalt» gehen wie sein älterer Bruder und Volksschullehrer werden wie schon der Großvater und der Onkel mütterlicherseits. Er wollte der Erste sein in der Familie mit einem richtigen Universitätsstudium. Inzwischen hatten sich die Zeiten geändert, die «Aufbruchstimmung» seit 1933 hatte auch ihn erfasst, und er wollte aktiv im Militärdienst dazu beitragen, aus Deutschland wieder eine starke Nation zu machen.

Die Abweisung seines Gesuchs vom Reichswehrministerium, angeblich wegen des *«großen Überangebots voll geeigneter Bewerber»*, traf ihn schwer. Er hatte schon befürchtet, dass nicht seine schriftlichen Unterlagen und das gesundheitliche Tauglichkeitszeugnis ausschlaggebend gewesen waren. Er war in ausgezeichneter körperlicher Verfassung, seit Jahren schon Mitglied in der Jungmannschaft der Alpenvereinssektion Hochland und extremer Kletterer. Mehrmals wöchentlich fuhr er mit dem alten klapprigen Fahrrad nach Grünwald zum «Klettergarten» am felsigen Hochufer der Isar, um sich fit zu halten. Er wurde von zwei liebenswürdigen jungen Leutnants zu einem persönlichen Vorstellungsgespräch ins Offizierskasino eingeladen, bei dem ganz offensichtlich seine Tischmanieren begutachtet werden sollten – er wusste freilich wenig anzufangen mit den vielen Bestecken und diversen Gläsern. Es war ihm klar, dass die anderen Bewerber meist aus Offiziersfamilien oder anderen «besseren Kreisen» stammten, aber er hatte bis dahin nicht geglaubt, dass dies als eigentliche Qualifikation gewertet würde. Es sei doch sehr ungewöhnlich, dass er sich als Waise eines «wie war das gleich? – ach ja – Postassistenten» für eine gehobene Laufbahn interessiere. Er habe doch gewiss im Verwandten- oder Bekanntenkreis wenigstens zwei Vorbilder im Offiziersrang, die ihn gut genug kannten, um gewissermaßen für ihn zu bürgen?

Fritz kannte nur einen Offizier, den künftigen Schwager seines Bruders, einen Major, den er auch namentlich und mit Regimentsadresse nennen konnte. Diese Beziehung allein reichte aber anscheinend nicht aus.

Als große Demütigung empfand er es, dass ihm sogar mitgeteilt wurde, dass *«wegen der großen Zahl von Gesuchstellern eine etwa im nächsten Jahr beabsichtigte Wiederholung des Bewerbungsgesuchs auch bei einem anderen Truppenteil kein günstigeres Ergebnis erzielen dürfte»*, und es wurde ihm sogar *«deshalb im eigenen Interesse geraten, davon abzusehen»*!

Seine Schwester war nicht minder empört, war sie doch stolz auf den «kleinen» sportlichen, gut aussehenden Bruder und hatte sich schon vorgestellt, wie gut er in der feldgrauen Uniform mit Leutnantsspiegeln aussehen würde – ein bisschen schwärmte sie ja für den genannten Major, der sie auch schon zum Tanzen ausgeführt hatte, leider zusammen mit seiner Verlobten, einer hochnäsigen Generalstochter. Man musste sich jetzt ja vor der künftigen Verwandtschaft direkt schämen!

So musste Fritz wie andere Jungmannen auch erst einmal seinen Arbeitsdienst antreten, wurde aber aufgrund seines Abiturs immerhin gleich als «Feldmeister» eingestuft, das heißt, er übernahm von Anfang an die Leitung und Verantwortung für die Gruppe, die im Allgäu Buckelwiesen begradigen musste. Er hat hart gearbeitet und das auch von seinen Leuten verlangt und sich so bewährt, dass er nach Ausbruch des Krieges den Wehrdienst sofort als «Fahnenjunker» antreten durfte. Leider nicht bei den Gebirgsjägern, sondern nur bei der Infanterie, dafür aber hat er sein Ziel, Offizier zu werden, doch noch erreicht: Er wurde noch im selben Jahr zum Leutnant befördert, erhielt für seine mutigen Einsätze in vorderster Front das Eiserne Kreuz II. Klasse – denen hat er es bewiesen, dass auch der Sohn eines Postassistenten als Offizier «seinen Mann stehen» konnte.

Oder auch: «den Kopf hinhalten». So haben sie es aber erst nach dem Krieg genannt. In der Todesanzeige stand noch:

«Im großdeutschen Freiheitskampf gab am 6. April 1940 in Jugoslawien unser heißgeliebter Sohn, Bruder, Schwager und Onkel F. K., Leutnant in einem Inf.-Rgt./Inh.d.E.K.II, Teilnehmer am Feldzug in Polen und Frankreich, im Alter von 24 Jahren sein hoffnungsvolles Leben für Führer und Vaterland. Er war unser aller Stolz. Unser Schmerz um ihn ist unsagbar.»

Noch aber dachte damals niemand an einen Krieg. Meine Mutter bedauerte es sehr, dass der Fritz nur noch gelegentlich zum Wochenende nach Hause kommen konnte. Lieber wäre ihr gewesen, der Martin, der Älteste, wäre ausgezogen.

Obwohl er selbst sehr unter der unnachgiebigen Strenge seines Vaters gelitten hatte, so meinte der Älteste doch, ihn nach seinem Tod ersetzen zu müssen, und spielte sich nun mit der Autorität des Familienoberhauptes auf, der die Mutter kontrollieren und die Geschwister noch mehr maßregeln musste, als er es immer schon getan hatte.

Schlimm genug, dass er die Heirat der Schwester Maria nicht hatte verhindern können, ausgerechnet mit einem Bekannten von ihm, den er auch noch selbst vor einigen Jahren ins Haus gebracht hatte, nicht ohne zu zögern. Aus der gemeinsamen Studentenverbindung, der «Ludvigia», kannte er dessen Wirkung auf Frauen. Aber er war dem Kameraden, der ihm die Freundschaft aufdrängte, ebenso wenig gewachsen, wie seine Schwester sich dessen Faszination entziehen konnte. Hals über Kopf verliebte sie sich in den gut aussehenden Charmeur. Sie wollte dem Bruder nicht glauben, der vergeblich versuchte, ihr klar zu machen, ihr neuer Verehrer sei «ein Hallodri, wie er im Buche steht».

Wenigstens hat der seine Schwester nicht gleich «rumgekriegt» wie die vielen Frauen vor ihr. Eine Affäre war bei ihrer Vorstellung von Anstand und Moral unvorstellbar, mehr als die heftigen Umarmungen im Hausflur ließ sie nicht zu. So hoffte der Bruder inständig, der Draufgänger würde sich nach einer anderen umsehen, als er nach Norddeutschland versetzt wurde, und seine Schwester würde dem Werben eines anderen Verehrers nachgeben. Sie sehnte sich zwar danach, der erdrückenden Enge des Elternhauses zu entrinnen, schlug aber alle Angebote aus, selbst die von der ganzen Familie favorisierte «gute Partie»: den Sohn eines Brauereibesitzers – man stelle sich vor, wie wohlhabend sie geworden wäre! Ihre Liebesbriefe nach Pirmasens wurden tatsächlich erhört, und sie konnte warten, bis der Auserwählte ihr einen Heiratsantrag machte. Sosehr der Bruder gegen diese Verbindung stimmte, so gelang es Maria doch, dem Vater, der damals noch lebte, die Erlaubnis zur Hochzeit abzuringen. Sie hatte es schon als Kind verstanden, ihm «um den Bart zu gehen»: Als Einzige durfte sie sich sogar auf seinen Schoß setzen und ihm mit der kleinen Bürste aus Ebenholz mit Perlmuttintarsien den Bart striegeln, was er mit geschlossenen Augen und winzigem Lächeln über sich ergehen ließ.

Maria hatte seine scharfe Strenge und harte Hand nicht so zu spüren bekommen wie Martin, und so war er wohl auch hier zu nachgiebig. Leider hat ihr Bruder Recht behalten: Meine Tante ist nicht glücklich geworden in ihrer Ehe. Sie wusste genau, dass ihr Mann zu ihrem großen Leid nicht auf andere Frauen verzichtete, auch wenn er versuchte, seine häufige Abwesenheit mit seinem großen politischen Engagement als frühes Parteimitglied zu kaschieren.

Da die ältere Schwester nun nicht mehr zu retten war, konzentrierte Martin sich umso mehr auf die jüngere, auf die musste man ohnehin besonders aufpassen. Sie hatte schon früh alle Gelegenheiten genutzt, um sich aus dem Haus zu stehlen: Der Turnverein, die Pfarrjugend, der Chor, und schließlich war es ihr tatsächlich sogar gelungen, einen Tanzkurs bei Thea Sämmer im Deutschen Theater als «Schulveranstaltung» zu deklarieren.

Da der Kurs von der Handelsschule organisiert wurde, gaben die Eltern zögerlich ihr Einverständnis. Es war Martin unbegreiflich, und er machte den Eltern bittere Vorwürfe: Die Mutter habe keine Ahnung von der Verdorbenheit des Großstadtlebens und der Vater sei wohl schon zu senil, um zu begreifen, welchen Gefahren ein Tanzkurs Vorschub leiste!

Ihm selbst, als jungem Mann, bei dem das doch etwas ganz anderes sei, hätte der Vater zehn Jahre zuvor die Teilnahme an einem Kurs mit seiner Abschlussklasse untersagt.

Der Vater habe überhaupt bei den beiden Jüngeren zu wenig durchgegriffen und die Erziehung mehr und mehr seiner Frau überlassen, bei der es zwar hin und wieder eine Ohrfeige setzte, aber die Schläge, die er hatte einstecken müssen, hätten die «Kleinen» auch nötig gehabt, und er werde schon sehen, was aus denen noch werden würde!

Die «kleine Schwester» tanzte nun für ihr Leben gern, obwohl es nicht leicht war, bei ihrer ungewöhnlichen Größe passende Tanzpartner zu finden. Sie war 1,75 m groß; das war deutsches Durchschnittsmaß für Männer, Frauen waren meist mindestens zehn Zentimeter kleiner! Es war normal für einen Mann, einer Frau von oben herunter in die Augen zu sehen, selbst wenn sie hochhackige Schuhe trug. Eine, die gleich groß oder gar größer war, passte schlecht ins Bild der Idealfrau. «Stöckelschuhe» mussten vorläufig ein Traum bleiben für meine Mutter. Selbst mit den flachsten Ballerinas, die gar nicht elegant aussahen zum schwingenden Tanzkleid, war es nicht einfach.

Manchmal war sie frustriert, weil es so wenige größere Männer gab, aber glücklicherweise hatte sie eine Freundin, die fast genauso groß war und der es ähnlich ging. Wenn eine von beiden bei der Damenwahl wieder mal versehentlich einen erwischte, der ganz betreten zu ihr aufsah, konnten sie wenigstens gemeinsam darüber lachen. Wie gut, dass der große Bruder sich ein wenig in ihre lebenslustige Freundin verliebte, sich von ihr die Grundschritte zeigen ließ und mit den beiden Damen am Sonntagnachmittag zum Tanztee ging! Das hatte den Vorteil, dass auch sie einen entsprechenden Tanzpartner hatte, und den Nachteil, dass er sie auch da noch überwachte. Glücklicherweise gelang es der Freundin, ihn gelegentlich abzulenken.

Wenn er nicht dabei war, bestand er darauf, dass sie pünktlich nach Hause kam, und wann immer es ihm möglich war, holte er sie ab, auch vom Geschäft in der Sendlingerstraße. Ihre Kollegen sollten nur wissen, dass er auf den guten Ruf der Schwester achtete.

Es passte ihm nämlich gar nicht, dass deren Chef sich beim Diktat zu nah über seine Schwester beugte – sie hatte das erzählt zu Hause, weil es ihr unangenehm war und sie nicht recht wusste, wie sie sich dessen erwehren sollte. Der Umgang mit Vorgesetzten war ihm selbst ein Problem und sollte es ein Leben lang bleiben; er wusste da keinen rechten Rat und war heilfroh, als der Herr sich kurze Zeit später entschloss, nach Amerika auszuwandern, weil er sich nicht mehr wohl fühlte in Deutschland …

Um so einen war es nicht schade, es war schon in Ordnung, dass der Staat das Geschäft übernahm und die Firma jetzt nicht mehr «Rosenbaum und Partner» hieß, sondern nur noch «Münchner Farben und Lacke», und ein ordentlicher Deutscher das Geschäft führte. Der allerdings zeigte sich nicht weniger angezogen von der hübschen Sekretärin und pflegte sogar den Arm um sie zu legen beim Diktat.

Meine Mutter hatte noch ein anderes Hobby, bei dem die Größe keine Rolle spielte: Erst war sie im Kinderchor, und schon mit 15 sang sie im «richtigen» Kirchenchor in der St.-Pauls-Kirche gleich um die Ecke. Das war nicht nur erlaubt, sondern im streng katholischen Haus sogar erwünscht, man konnte auch aus dem Fenster schauen und sie beobachten, bis sie die Straße überquert und in die Kirche gegangen war. Und man konnte ein wenig stolz sein, wenn sonntags die Nachbarn nach der Kirche stehen blieben und sagten:

«Schön hat s' wieder g'sungen, die Anni, so eine glockenreine Stimme!»

Später wechselte sie zum Domchor, das war ein gern gesehener Aufstieg, zumal auch der ältere Bruder dort schon seit längerer Zeit als Bassist mitsang.

«Da haben sie nicht jeden genommen, der vorgesungen hat», berichtete sie viele Jahre später noch stolz, als sie mich gegen meinen Willen in der Münchner Singschule anmeldete und ihre eigene Gesangsbegeisterung zum Anlass nahm, meine Anmeldung zu begründen. Ich hatte nämlich auf die Frage: «Und du singst besonders gern?» heftig den Kopf geschüttelt, was den Chorleiter verständlicherweise irritierte. Meine Mutter war zwar der Meinung, dass ich überhaupt nicht singen könne, und hielt sich die Ohren zu, als ich noch unbefangen die im Kindergarten erlernten Lieder vor mich hin trällerte: «Hör auf! Das tut ja weh, so falsch wie du singst!»

Sie wollte aber die Hoffnung nicht aufgeben und hoffte auf eine verspätete musikalische Entwicklung durch die besondere Förderung in der Musikschule, war doch mein mangelndes Singvermögen besonders unverständlich, weil die ganze Familie so musikalisch war! Schließlich war man mit dem Komponisten Armin Knab verwandt, ein Umstand, der den Singschullehrer anscheinend so beeindruckte, dass auch er hoffte, mein verborgenes Talent noch wecken zu können. So ordnete er mein «Brummen» beim Vorsingen als Schüchternheit ein, verlangte allerdings später von mir, bei öffentlichen Auftritten nur die Mundbewegungen zu machen. Weil mich die Töne, die schwer kontrollierbar aus meinem Mund kamen, selbst erschreckten, lernte ich es, wenigstens den Vokalen Form zu geben. Ich bewegte meine Lippen so professionell, dass niemand auf die Idee gekommen wäre, dieser ausdrucksstarke Mund sei stumm.

«Das mütterliche Erbe kann's ja nicht sein», meinte der Lehrer einmal, «vielleicht ist dein Vater nicht so besonders musikalisch?»

Ich zuckte die Achseln, und die zu Hause weitergegebene Frage wurde wie alle Fragen nach dem Vater überhört.

Wahrscheinlich hat er mich nur im Chor behalten, weil ich ohne zu murren die Tafel blitzblank wischte und weil er fand, dass ich so nett aussah mit meinen langen blonden Zöpfen.

Meine Mutter aber hatte es sogar in den «Münchner Domchor» geschafft. Als es dort an Altstimmen mangelte, wurde bei anderen Pfarreien nachgefragt. Der Chorleiter von St. Paul ermunterte sie zum Vorsingen, obwohl er nicht gern auf ihre Solostimme verzichtete, und sie wurde sofort aufgenommen. Der Domchor war sehr bekannt, gab viele Konzerte auch andernorts und wurde einmal sogar nach Rom eingeladen.

Die «Missa Solemnis» im Petersdom zu singen, das war schon aufregend genug – aber es war auch das erste Mal, dass meine Mutter eine so weite Reise machen durfte. Bislang endete der Radius bei den Verwandten in der Rhön, die abwechselnd mit wenig Begeisterung die armen Großstadtkinder in den Ferien aufnahmen. Man sah zwar ein, dass die blassen Kinder ab und zu frische Landluft brauchten, auf die hungrigen Mäuler hätte man jedoch lieber verzichtet. Also mussten sie sich das Brot schon durch Mithilfe in Stall und Garten verdienen.

Meine Mutter konnte diese so genannten «Ferien auf dem Land» nicht leiden. Sie hasste es, im Garten zu graben und ganz besonders im stinkenden Stall zu arbeiten.

Ich tat das als Kind hingegen sehr gern, und wenn sie gelegentlich an den Wochenenden auftauchte, rümpfte sie sofort die Nase, wenn ich ihr zu nahe kam, und ehe sie mich umarmte, wusch sie mir als Erstes die Haare, weil sich da der Stallgeruch besonders festgesetzt hatte. Auch mit den Tieren konnte sie nichts anfangen, anders als ihre Schwester, die sich darauf freute, die Hühner zu füttern und mit jungen Katzen zu spielen.

Einmal ist sie in der Rhön weggelaufen von der Tante, die ihr sogar verboten hatte, Äpfel vom Boden aufzuheben und zu essen. Als sie sich einmal vor Hunger beim Fallobstklauben über das Verbot hinwegsetzte und beim raschen Verschlingen eines Apfels erwischt worden war, wurde sie eingesperrt und bekam zur Strafe einen ganzen Tag lang nichts zu essen. Da ist sie aus dem Fenster gesprungen und stundenlang zum nächsten Dorf gelaufen. Dort war ein anderer Onkel Lehrer, der Mitleid hatte und sie bis zum Ende der Schulferien bei sich behielt. Sie musste sich zwar ausfragen lassen und gelegentlich ein Diktat schreiben, damit der Onkel nicht aus der Übung kam, aber das fiel ihr leicht, und sie durfte sich dafür endlich wieder einmal satt essen.

Nach dem Tod des Vaters konnte sie niemand mehr zwingen hinzufahren, nie mehr würde sie ihre kostbare Urlaubzeit in einem Dorf verbringen!

Wie glücklich war sie also in Rom! Sie war begeistert von der wundervollen Stadt, konnte sich nicht satt sehen an den Kunstschätzen und den «alten Trümmern», wie manche spotteten. Da war sie sich ausnahmsweise mit ihrem Bruder einig, Geschichte war immer beider Lieblingsfach gewesen. Sie genoss den viel zu kurzen Aufenthalt und schwor sich, bald wiederzukommen. Dann würde sie nicht in dem bescheidenen Kloster auf den spartanischen Feldbetten im «Schlafsaal für Frauen» übernachten, sondern in einem richtigen Hotel.

Als Frau allein wäre das nicht so einfach, vielleicht würde sie also doch heiraten müssen, jedenfalls aber dann nur einen, der ihr das bieten könnte.

Im Grunde gehörte Heiraten nicht zu ihren Lebensplänen. Ein ganzes Leben mit ein und demselben «Mannsbild» an der Seite, das konnte sie sich nicht vorstellen. Und gar noch Kinder kriegen! Wie hatte sich ihre Mutter tagaus, tagein abrackern müssen. Nach der Geburt des jüngsten Kindes war sie völlig erschöpft, und als sie alle großgezogen hatte, sah sie aus wie eine alte Frau, dabei war sie erst Anfang fünfzig.

Auch die Großmutter hätte sich ein anderes Leben vorstellen können, wenn sie nur die Möglichkeit dazu gehabt hätte. Zu gern wäre sie Lehrerin geworden, hätte wohl auch «das Zeug» dazu gehabt. Aber von den sieben Kindern durfte nur eines eine höhere Schule besuchen, das war selbstverständlich der Älteste.

Ihre eigene Mutter hatte daran nichts ändern können, obwohl sie selbst so gelitten hatte, dass sie sich nicht der Musik widmen konnte wie ihr Bruder, sondern den Dorfschullehrer heiraten musste. Manchmal allerdings ließ sie die Hausarbeit liegen, und wenn die Kinder im Bett waren, setzte sie sich ans Klavier und spielte die halbe Nacht.

Meine Mutter würde sich ihr Leben nicht so verpfuschen lassen wie ihre Mutter und Großmutter, sie würde es ganz anders planen. Gott sei Dank hatte sie ihren Beruf, und einen Heiratsantrag würde sie sehr genau abwägen und nicht genauso ins Unglück rennen wie ihre Schwester. Allerdings gab es auch keinen ernsthaften Bewerber, der ihr so gefährlich hätte werden können, wie anscheinend der Hans ihrer Schwester geworden war.

Gewiss, sie war ein bisschen in den Lorenz aus dem Domchor verliebt. Er war Medizinstudent, ein Stückchen größer als sie und sah gut aus. Sie gefiel ihm anscheinend auch, jedenfalls war den anderen Männern im Chor die Zuneigung der beiden nicht entgangen. Sobald er auftauchte, wurden sie geneckt:

«Antonia, der Lenz ist da!», stimmten sie in der Manier der «Comedian Harmonists» an, «Die Vöglein singen trallala, die ganze Welt ist wie verhext, Antonia, der Spargel wächst!»

Sie errötete tief, wenn Lorenz ihr dann lächelnd in die Augen schaute, was wiederum der große Bruder mit Argusaugen beobachtete. Das war vermutlich auch der Grund, warum sie vergeblich darauf wartete, dass Lorenz sie zum Ausgehen einlud.

Die ältere Schwester war nun seit ein paar Jahren verheiratet und lebte mit ihrem Mann, einem Inspektor der Stadtverwaltung, in Bad Tölz. Er hatte dort ein Grundstück geerbt, und mit viel Eigenleistung hatten sie ein kleines Haus gebaut. Sie waren im Winter in das noch feuchte Haus eingezogen, um die Miete für eine Wohnung zu sparen, obwohl Maria hochschwanger mit dem zweiten Kind war.

Sie hatte sich eine Nierenbeckenentzündung zugezogen, vom notwendigen Kaiserschnitt war sie so entkräftet, dass sie nur langsam wieder auf die Beine kam und kaum noch den Haushalt versorgen konnte.

Kurz zuvor hatte die Kurstadt einen gewaltigen Aufstieg erfahren: Der neue Reichskanzler Adolf Hitler hatte beschlossen, dort seine erste «Reichsführerschule» zu errichten. Möglicherweise aus Dankbarkeit, hatten ihm doch die Tölzer schon früh ihre Sympathie gezeigt seit seiner viel beachteten Rede dort im Jahr 1922. Beim Verbot der NSDAP 1923 jedenfalls hatte die Partei in der Kleinstadt schon 186 Mitglieder.

Das Nachbardorf Wackersberg hatte ihm im Frühjahr 1933, also kurz nach der Ernennung zum Reichskanzler, als eine der ersten Ortschaften in Deutschland die Ehrenbürgerschaft zuerkannt und im Juli desselben Jahres auf einem in «Hitlerberg» umbenannten Berg ein zehn Meter hohes Hakenkreuz mit Widmung an den «Führer» errichtet. Das gigantische stählerne Symbol des Nationalsozialismus, das 24 Zentner gewogen haben soll, wurde nachts mit Fackeln illuminiert und leuchtete weit in den Isarwinkel hinaus. Vielleicht sah der «Führer» das als gutes Vorzeichen für den richtigen Standort, zumal auch Heinrich Himmler ihn wegen seiner Grenznähe und seiner *«ausgezeichneten Ausbildungsmöglichkeiten zu Lande, zu Berge und zu Wasser»* empfohlen hatte.

Die Stadtverwaltung zeigte sich hochzufrieden mit dem Plan und akzeptierte klaglos die von der NSDAP gestellten Bedingungen, auf gemeindliche Abgaben zu verzichten, auf Wasser- und Stromverbrauch 50-prozentige Ermäßigung zu gewähren, ja sogar einer unentgeltlichen Behandlung aller Angehörigen der Reichsführerschule im Städtischen Krankenhaus zuzustimmen! Man erhoffte sich einen gewaltigen wirtschaftlichen Aufschwung durch die Beschäftigung einheimischer Handwerker, mehr Umsatz für die Geschäftsleute und glaubte an *«eine lebendige Reklame für den Badeort»* und dass *«der Verkehr in Bad Tölz sich belebt»* durch die *«zu erwartenden Besucher von auswärts».*

Ein Nachteil war allerdings, dass der Neubau der Schule im Kurbezirk lag, wo von der Partei gleich noch 34 Villen und ein

Hotel für Angehörige des Schulungspersonals angekauft wurden. Nach dem ersten erfolgreichen Schulungsjahr für 100 «Junker» plante man bereits eine Erweiterung und wollte ein unmittelbar an das «Badeteil» anschließendes Stadtviertel aufkaufen und militärisch nutzen.

Solche unerwarteten Dimensionen beunruhigten die Tölzer denn doch, zumal man sich die Belebung des Ortes nicht so vorgestellt hatte, dass nun Ruhestörung an der Tagesordnung war und auch nachts betrunkene SS-Männer laut singend durch die «Ruhezone» marschierten!

Die Stadt wurde tatsächlich bekannter, aber immer weniger als Kurstadt. Schon im zweiten Jahr des Schulungsbetriebes verringerten sich die Einnahmen im Kurbetrieb um 50%, *«denn das sonst ruhigste und von den Kurgästen bevorzugte Viertel des Badeteils wird heute von den Gästen gemieden, weil die Unruhe sich nicht mit der Kur vereinbaren läßt»*.

Der Stadtrat war in eine Zwickmühle geraten zwischen den berechtigten Beschwerden der Bürger und dem Anspruch der SS-Ausbildungsstätte.

«Wo in aller Welt gibt es ein Bad für die Allgemeinheit, wo mittendrin eine Kaserne sitzt?», empört sich der Besitzer eines Kurhauses in einem Brief, und weiter: *«Ich habe seit Juli das Haus halb leer und bringe jederzeit Beweise, daß viele der Schiesserei wegen nicht gemiethet haben, mehrere überhaupt nach Wiessee gehen.»*

Dagegen erklärt SS-Standartenführer Paul von Lettow als damaliger Leiter der Junkerschule der Stadt unmissverständlich, dass *«es im Interesse des ganzen deutschen Volkes und seiner Wehrhaftmachung notwendig ist, daß die deutsche Jugend zur Verteidigung des Vaterlandes ausgebildet wird»*, und schreibt nach Beschwerden über die Lärmbelästigungen bei Weckruf und Zapfenstreich bezeichnend für den arroganten Anspruch der Militärs:

«Nachdem die ersten künstlerischen Leistungen meiner nicht gut ausgebildeten Spielleute wenig erfreulich klangen, dürfte das saubere Blasen jetzt für die Ohren eines alten Soldaten angenehm und erfreulich sein, und auf einen großen Teil der Kurgäste, der soldatisch denkt, dürfte die Erinnerung daran, daß das neue Deutschland arbeitet, nur

beruhigend wirken. Die anderen, die nicht soldatisch denken und keinen Sinn dafür haben, interessieren uns nicht.»

Leider haben sich 1935 wohl die meisten von denen, die «nicht soldatisch» dachten, ihrerseits nicht für solche «von Lettows» interessiert und die Drohung in solchen Sätzen überhört.

Der Stadtrat in Bad Tölz jedenfalls fand eine für alle Beteiligten befriedigende Lösung. Er konnte die hochrangige Parteidelegation bei der Besichtigung des ins Auge gefassten neuen Geländes davon überzeugen, dass es aus geographischen Gründen ungeeignet sei, und bot stattdessen ein weitläufiges Wiesengebiet auf der anderen Seite weit außerhalb der Stadt an.

Der Vorschlag wurde sofort angenommen, ermöglichte er doch, ein Projekt von ganz anderer Dimension zu realisieren. Noch im selben Jahr wurden die Pläne erstellt und mit dem Bau begonnen. Für ca. 35 Millionen Reichsmark entstand in Windeseile eine SS-Kaserne riesigen Ausmaßes mit Paradehof und Reithalle, großem Hör- und Kinosaal, Unterrichtsräumen, unterirdischem Schwimmbad und Kegelräumen. Außerhalb des Geländes wurden Tennisplätze und an einem Südhang mit Gebirgsblick das Kommandeurshaus und die Wohnhäuser für die Ausbilder und ihre Familien erstellt. Bereits im Frühjahr 1937 konnte man mit dem Umzug beginnen, und nach kurzer Sommerpause wurde der Betrieb der Junkerschule in großzügig erweiterter Form mit wesentlich mehr Personal wieder aufgenommen.

Inzwischen hatte bereits das nationalsozialistische Gedankengut bei jungen Männern in ganz Europa Anhänger gefunden, immer mehr «Freiwillige» aus anderen Ländern suchten den Anschluss an Hitlers Elitetruppe: Österreicher und Franzosen, Holländer und Belgier, Dänen und Norweger. Bis zum Kriegsende sollten es Junker aus zwölf Nationen werden, die dort nach einem militärisch und weltanschaulich ausgeklügelten Lehrplan ausgebildet wurden.

Nationalsozialistische Begeisterung alleine genügte freilich nicht, um als Junker zugelassen zu werden, auch körperlich mussten die Herren bestimmte Voraussetzungen erfüllen. Der

SS-Reichsführer Heinrich Himmler hatte nämlich ganz besondere Vorstellungen von seiner Schutz-Staffel. Selbst wenn einer das vorgeschriebene Mindestmaß von 1,80 m erreichte, war das Soll noch nicht unbedingt erfüllt.

Himmler war sehr genau in seiner eigenwilligen «Ästhetik»: *«Leute, die zwar groß sind, aber irgendwie falsch gewachsen sind»*, waren ihm ein Gräuel. Einem SS-Mann dürfe es auf keinen Fall an *«Ebenmäßigkeit des Baues (fehlen), wo also zum Beispiel die Unterschenkel in einem völlig falschen Verhältnis zu den Oberschenkeln stehen, wo die Unter- und Oberschenkel in einem völlig falschen Verhältnis zum Oberkörper stehen, so daß der Körper bei jedem Schritt eine unerhörte Hubleistung aufwenden muß, einen unerhörten Kräfteaufwand treiben muß, um Marschleistungen zu vollbringen».*

Es war sicher nicht einfach, so wohlproportionierte Bewerber zu finden, die außerdem in einem Stammbaum bis 1750 nur «arische» Vorfahren nachweisen konnten und auch noch blond und blauäugig waren. Da musste der Chef sicher Kompromisse eingehen und schon mal ein Auge zukneifen, braune Haare als dunkelblond durchgehen lassen und braune Augen akzeptieren, wenn sie nicht allzu dunkel waren. Von seinem Idealtyp, dem eigentlich der «SS-Einheitsmann» entsprechen sollte, konnte er vorläufig nur träumen. Der blauäugige, blonde, nordische Herrenmensch musste erst noch gezüchtet werden, ehe er in Serie auftreten konnte. Pläne zur «Aufnordung» wucherten bereits in seinem kranken Gehirn und dem seines Chefideologen vom Rasse- und Siedlungshauptamt, Hauptsturmbannführer Professor Dr. Bruno K. Schultz.

Von all dem hat meine Mutter nichts geahnt, als ihr Schwager ihr den Vorschlag machte, sich um den Posten einer Sekretärin in der neuen Junkerschule zu bewerben. Er wusste freilich viel mehr, hatte er doch am Stammtisch des Gauleiters und der Parteigenossen, an dem sich auch die Herren Offiziere blicken ließen, erfahren, dass man eine gute und zuverlässige, auch in ihrem äußeren Erscheinungsbild passende Schreibkraft suche.

Hans empfahl gleich seine junge, hübsche, ungewöhnlich große und auch noch tüchtige Schwägerin; es konnte für ihn auch durchaus von Vorteil sein, auf diese Weise eine Verbindung zur Junkerschule zu bekommen.

Vor allem brauchte er selbst dringend eine Hilfe im Haushalt, eine Angestellte konnte man sich nicht leisten, und die Schwägerin war bisher nur gelegentlich am Wochenende eingesprungen. Wenn sie in der Junkerschule arbeiten würde, die nur eine halbe Stunde zu Fuß entfernt lag, konnte sie bei ihnen wohnen und nach Dienstschluss die kranke Schwester unterstützen und die Kinder mitversorgen. Das nannte er «Zwei Fliegen mit einer Klappe schlagen», und er war sicher, dass ihm der Plan gelingen würde, weil seine Schwägerin in Sorge um die geliebte Schwester war.

Die Straße windet sich wieder hinunter, mündet in die Autobahn entlang dem Oslofjord.

«Was die da für eine riesige Straße gebaut haben, das ist auf jeden Fall ein großer Umweg. Früher ist man nicht am Meer vorbeigefahren, da ging die Straße gleich hinauf in die Berge», sagt meine Mutter, wie um noch einmal ihre Behauptung zu rechtfertigen, dass der Weg damals kürzer war.

Ich kann sie wieder fragen.

«Du hast wahrscheinlich gar nicht überlegt damals, dass es auch eine politische Entscheidung war, in der Junkerschule zu arbeiten?»

Freilich nicht.

«Das hat doch mit Politik nichts zu tun gehabt! Politik war doch Männersache! Das hat mich überhaupt nicht interessiert. Im Gegenteil, schon das Wort war mir unheimlich, ‹Politik› – das war gefährlich und bedrohlich, weil ich mich genau erinnert hab, wie ich es zum ersten Mal gehört hab. Ich weiß noch genau, wie der Vater den Martin g'schimpft hat:

‹Du mit deiner Politik! Du stürzt uns noch alle ins Unglück!›

Das war beim ersten Putschversuch vom Hitler am 9. November '23 an der Feldherrnhalle.»

Mitglieder verschiedener politisch rechts außen stehender Verbände hatten sich mit Hitler zusammengeschlossen, um gegen die Weimarer Demokratie vorzugehen. Einer der deutschnationalen Wehrverbände war das «Freikorps Oberland».

Obwohl meine Mutter damals erst acht Jahre alt war und natürlich die Zusammenhänge nicht verstanden hat, ist ihr die Stimmung in der Familie noch deutlich in Erinnerung:

«Ich spür des heut' noch, die Aufregung und die Angst, dass ihm was passiert ist. Der Martin war doch im ‹Bund Oberland›, da ist er mit seinem besten Freund, dem Sepp, eingetreten, das war halt so ein Jungmännerbund, ham's g'sagt, so was wie die Pfadfinder vielleicht. Der Vater hat schon g'schimpft, dass er fast jeden Abend zum Treffen gegangen ist, und auf oamal hat er dauernd was von einem ‹Hitler› erzählt, der so guat reden kann und große Pläne hat und dass der Bund ihm helfen wird.

An dem Tag dann hat er g'sagt, es gibt an Aufmarsch an der Feldherrnhalle, und – ganz geheimnisvoll – danach wird sich einiges verändern in Deutschland, und loszog'n is' er in seiner kurzen Lederhos'n im November. D' Mama hat eam noch im Treppenhaus nachg'rufen: ‹Zieh doch eine lange Hose an, Martin! Du holst dir noch den Tod in der Kälte!›

‹Das verstehst du nicht, Mutter, die kurze Wichs mit weißem Hemd, das ist doch unser Markenzeichen! Grad heut' müssen wir die anhaben!›, hat er geantwortet und ist losgerannt.

Der Vater hat nur den Kopf g'schüttelt und hat den Radio auf'dreht, als ob er geahnt hätt, dass das nicht gut geh'n kann. Es hat net lang 'dauert, bis s' es durchg'sagt ham, dass ein gewisser Hitler an der Feldherrnhalle aufmarschiert ist und an Putsch machen wollte und dass die berittene Polizei die Versammlung aufgelöst hat. Schießereien hätt's gegeben, und der Anführer selbst und viele der jungen Burschen, die ‹Sieg Heil› gerufen hätten, seien verhaftet worden. Der Putsch sei niedergeschlagen worden, man suche noch nach Teilnehmern des Marsches, die geflohen seien.

Die Mama is' kreidebleich wor'n, und der Vater hat gemeint: ‹Hab ich ihn nicht gewarnt und gewarnt, er soll die Finger las-

sen von der Politik, das ist nichts für unsereins! Der dumme Bub
– von der Lehrerbildungsanstalt werden sie ihn werfen und dann
waren alle Entbehrungen umsonst und – gnade ihm Gott, wenn
er im Gefängnis landet – mein Sohn ist er dann nicht mehr!›

Und die Mama hat geweint und gejammert:

‹Des hat er jetzt von seiner Politik. Was hat er nur g'habt mit
dem damischen Hitler, der stürzt uns noch alle ins Unglück!›»

Die ganze Nacht seien die Eltern aufgeblieben, und sie und
ihre Schwester hätten auch nicht geschlafen, weil sie die Angst
sehr wohl gespürt hätten. Man habe vergeblich auf den Bruder
gewartet. Erst am nächsten Tag habe er sich spätabends ins Haus
geschlichen.

Er und der Sepp und ein anderer Kamerad seien gemeinsam
getürmt. Als sie die Polizei aufreiten sahen, sei es ihnen doch
mulmig geworden und drum seien sie noch rechtzeitig davonge-
kommen. Sie hätten von weitem die Schüsse gehört und him-
melangst sei es ihnen geworden und der Kamerad, der draußen
am Land wohnt, habe einen Stadel gewusst, wo sie die Nacht im
Heu verbracht hätten. Am Morgen habe der Kamerad dann ihm
und dem Sepp lange Hosen gebracht und so seien sie schließlich
heimgekommen, ohne von den Polizeipatrouillen angehalten zu
werden.

«Die Eltern waren dann doch froh, dass ihm nichts passiert
ist, und er hat ihnen versprochen, dass er mit dem Hitler nichts
mehr zu tun haben will. – Der ist ja dann erst mal nach Lands-
berg gekommen.»

«Da hat er auch hingehört, offensichtlich ist er nicht lange
genug im Gefängnis gesessen.»

«Ja, später haben wir das auch gesagt – aber damals haben wir
ihm halt doch geglaubt!»

«Vor allem die SS, die in den Junkerschulen ausgebildet
wurde.»

«Glaub mir doch, ich hab mir damals gar keine Gedanken
über die Junkerschule gemacht, für mich war des eine Kaserne
wie jede andere auch, und warum sollte ich was gegen Soldaten
haben?»

«Und du hast nicht gewusst, dass das ganz besondere Soldaten waren, vor allem ganz besonders große?»

«Des schon», gesteht sie zögerlich, «der Hans hat mich schon gelockt mit den gut aussehenden Offizieren im Gardemaß! Des geb ich doch zu, dass es mich schon gereizt hat, endlich mal lauter große Männer kennen zu lernen!»

Sie habe geplant, nur so lange dort zu arbeiten, bis es ihrer Schwester wieder besser ginge und auch der Kleine aus dem Gröbsten raus wäre, ein Jahr höchstens. In ihrer Firma zeigte man Verständnis, zumal ihre Schwester früher auch einmal dort gearbeitet hatte, und man versicherte ihr sogar, sie wieder einzustellen, wenn sie in längstens einem Jahr wieder zurückkäme. Das war eine gute Perspektive, sie wollte auf jeden Fall zurück nach München, ein Leben in der Kleinstadt konnte sie sich fast ebenso wenig vorstellen wie das auf dem verhassten Lande. Und schließlich verzichtete sie ungern auf den Chor. Die Freude daran war allerdings zu jener Zeit ein wenig getrübt, musste sie doch endlich einsehen, dass es keinen Sinn mehr hatte, auf eine Einladung vom Lorenz zu warten. Tief enttäuscht hatte sie gesehen, wie er eines Abends Hand in Hand mit einer zierlichen Sopranistin wegging! Er gehörte halt auch zu denen, die es genießen, wenn ein zartes weibliches Wesen den Kopf an die starke Männerschulter lehnt. Es war wahrscheinlich nicht schlecht, für eine Weile nicht zu den Proben zu gehen, bis der Schmerz sich gelegt hätte.

Für meine Mutter war es also eine reine Zweckentscheidung, den Posten in der Junkerschule anzunehmen, den sie bei ihrer Qualifikation, ihrem Aussehen und der Empfehlung des zuverlässigen Parteigenossen sofort bekam.

Und ich glaube ihr, dass sie nicht ahnte, wie folgenschwer diese Entscheidung für sie sein würde.

Das Einstellungsgespräch hatte sein Stellvertreter geführt, ihren neuen Chef bekam sie erst an ihrem ersten Arbeitstag zu Gesicht. Sie saß mit dem Rücken zur Tür und hatte nicht gehört, dass diese geöffnet wurde, weil sie eifrig in das Abschreiben eines Stenogramms, das ihr ein Offizier gerade zum Einarbeiten gegeben hatte, vertieft war.

Erst als eine tiefe Stimme hinter ihr sagte: «Diese Festung werde ich auch noch einnehmen», drehte sie sich erschrocken um und sah den blonden Mann in seiner schmucken schwarzen Uniform hinter ihrem Stuhl stehen.

Er lachte sie an: «Ich glaube, ich hatte noch nicht das Vergnügen, darf ich zum Diktat bitten?»

Er reichte ihr den Arm, sie hakte sich völlig verwirrt bei ihm ein und ließ sich so zur Tür seines Arbeitszimmers führen.

Wir sind wieder in Oslo angekommen. Wegen der Erzählung von der ersten Begegnung mit meinem Vater haben wir die Haltestelle an der Universität gerade verpasst, wir steigen in der *Karl Johans Gate* am Parlament aus.

Meine Mutter hat Hunger, will essen gehen und über etwas anderes reden jetzt. Ich finde, es ist ein Grund zum Feiern, dass wir nach der schwierigen Suche meinen Geburtsort gefunden haben. Ich lade sie ein ins «Grand Hotel» gleich gegenüber. Sicher gab es das ehrwürdige Gebäude schon damals.

«Kennst du das, warst du schon hier?»

«Ja, ich hab schon mal Kaffee getrunken da drin, damals», und: «Meinst net, dass des zu teuer ist für uns, traust du dich da rein?»

Und ob ich mich traue. Ich bestelle sogar als Erstes zwei Gläser Champagner. Da spricht sie tatsächlich zum ersten Mal in meiner Gegenwart meinen Vater direkt an:

«Prost, Karl!», sagt sie und hebt ihr Glas ein Stückchen höher als gewöhnlich, blickt zur Zimmerdecke.

«Ich bin sicher, dass du uns von da oben zuschaust – ohne dich wären wir jetzt nicht hier!»

Und dann stößt sie fröhlich lachend mit mir an.

Die Tränen sind wieder nur in meinen Augen.

Am nächsten Morgen bleibt noch Zeit, der Rückflug ist erst am Nachmittag.

Ich werde mir noch den «Vigeland-Park» ansehen, bei der Stadtrundfahrt sind wir nur daran vorbeigefahren. Die Hostess erzählte, dieser gigantische Skulpturenpark von über 32 Hektar sei das Ergebnis eines über 40-jährigen schöpferischen Prozesses des Bildhauers Gustav Vigeland – neben Edvard Munch der bedeutendste norwegische Künstler des 20. Jahrhunderts. Er habe die gesamte Anlage auch geplant und über Jahrzehnte hinweg der Stadt Oslo immer neue Aufstellungsentwürfe vorgelegt. Unglaublich großzügig habe die Stadt ihrem großen Künstler das riesige Areal zur Verfügung gestellt, Bearbeitung und Aufstellungen finanziert, auch freies Wohnen und Atelier im palastähnlichen Haus am Ende des Gartens gewährt. Als Gegenleistung habe er für seine Skulpturen von der Stadt kein Honorar verlangt – er konnte mit anderen Skulpturen und Porträts anscheinend genug verdienen – und habe sein gesamtes Werk schon zu Lebzeiten der Stadt vererbt.

Meine Mutter möchte nicht mitkommen, es sei ihr zu anstrengend, durch den großen Park zu laufen, auch mein Angebot, sie im Rollstuhl zu fahren wie im Park auf Bygdøy, lehnt sie ab. Die lapidare Antwort auf meine Überredungsversuche heißt:

«Den Park kenn ich schon, de Nackerten muss ich mir net noch einmal anschau'n.»

Ich bin gespannt auf dieses gigantische Skulpturenensemble; die Bemerkung der Fremdenführerin, man habe Vigeland verdächtigt, während der Okkupation mit den Nazis kooperiert zu haben, hat mich besonders neugierig gemacht:

«Es gab Stimmen, die bezweifelt haben, dass er ungestört seine Arbeit am und im Park hätte fortführen können und ihm weiter Gelder bewilligt worden wären, wenn er sich nicht zur Zusammenarbeit mit den Deutschen bereit erklärt hätte. Aber Vigeland war nichts als ein leidenschaftlicher Künstler, der sein Werk vollenden wollte. Er ließ sich von den politischen Wirren jener Zeit nicht beirren und arbeitete wie ein Besessener weiter, um seinen Lebenstraum zu erfüllen. Er schien zu ahnen, dass er nicht mehr viel Zeit hatte; kurz vor Vollendung des Parks starb er 74-jährig im Frühjahr 1943. Der Park wurde erst nach seinem Tod seinen letzten Entwürfen entsprechend im Herbst desselben Jahres ganz fertig gestellt.»

Gleich hinter den hohen schmiedeeisernen Toren am Hauptportal kommt man zu einer langen und breiten Brücke, auf deren Steinbrüstung ich den ersten «Nackerten» begegne: Bronzefiguren in Lebensgröße von Menschen verschiedenen Alters in ruhigen oder dynamischen Positionen, allein oder in Gruppen, deren Motiv «Beziehung» ist: liebevolle Umarmungen und erotische Spiele zwischen Mann und Frau, Eltern mit Kindern in verschiedensten Versionen, Zweiergruppen von Mutter und Kind, Vater und Kind.

Ich bin nicht besonders begeistert von den naturalistischen Darstellungen fast makelloser Körper, zu sehr erinnern sie mich tatsächlich an Naziskulpturen und die Kunst des sozialistischen Realismus. Dennoch rühren sie mich an, manche Szenen wirken tatsächlich wie dem Leben nachgestellt – mit Ausnahme der Tatsache, dass hier nackte Eltern mit nackten Kindern spielen, was generell nicht den üblichen Gepflogenheiten entsprechen dürfte.

Eine Figur zieht mich besonders an: Eine junge Frau hebt ein Baby mit ausgestreckten Armen hoch. Sie macht einen großen Schritt, die langen Bronzehaare scheinen tatsächlich so im Wind zu wehen, dass ich die junge Frau laufen und sich im Kreise drehen sehe. Mit glücklichem Lächeln schaut sie zu dem Kind auf, das die Arme nach der Mutter ausstreckt und zurückstrahlt.

Ich fotografiere die Plastik von allen Seiten, die Szene ist mir vertraut: Ich erinnere mich, wie ich meine Kinder, als sie so klein waren, ähnlich glücklich durch die Luft wirbelte und wie sie glucksten vor Vergnügen. Warum denn werde ich traurig, werden meine Augen schon wieder feucht?

Auf dieser Reise komme ich wohl aus dem Heulen nicht mehr raus, werfe ich mir vor, bis es mir einfällt: Es gibt eine ähnliche Szene auf einem der wenigen frühen Fotos von meiner Mutter und mir. Sie steht im Garten vor dem Haus meiner Tante und hält lachend den lachenden Säugling mit ausgestreckten Armen in die

70

Luft. Wir sind natürlich beide angezogen, und sie hat die Haare ordentlich im Nacken zusammengesteckt – jedenfalls aber sieht sie glücklich aus! Ich erinnere mich genau, als junges Mädchen klebte ich das Bild in mein Fotoalbum und schrieb darunter:

«Wer strahlt hier mehr?»

Das Bild wurde vermutlich kurz nach unserer Ankunft in Bad Tölz Ende Oktober 1943 aufgenommen, als ich dort das «norwegische Waisenkind» war.

Aber auf diesem Bild ist sie *Mutter*, da erscheint sie stolz und glücklich!

War es einfach das ganz normale Glück, ein gesundes Kind geboren zu haben, oder der Stolz, dem Führer (oder meinem Vater?) ein «arisches» Kind schenken zu können? War ihr die spätere Belastung, die «Schande», ein uneheliches Kind zu haben, noch gar nicht bewusst? Gab es in diesen ersten Wochen die ganz normale Bindung zwischen Mutter und Kind, die abgerissen ist, als sie mich bei ihrer Schwester zurücklassen musste? Musste? Hätte sie mich nicht mitnehmen können? Ihre Dienststelle in Steinhöring war auf demselben Gelände wie das Heim, Angestellte konnten dort grundsätzlich ihre Kinder betreuen lassen. Oder hat sie mich gerade deshalb nicht mitgenommen, weil sie bei aller Solidarität zur Organisation doch glaubte, ihr Kind sei in einer richtigen Familie besser aufgehoben? Ich glaube, ich hätte mein Kind mitgenommen, außerhalb der Dienststunden blieb doch die Freizeit, um es zu füttern und zu pflegen, mit ihm zu spielen und zu sprechen, gab es doch die Nächte, um es in die Arme zu nehmen!

Direkt neben derjenigen, die ich so lange betrachtete, gibt es noch eine andere Mutterfigur:

Eine Frau drückt ein Neugeborenes mit verschränkten Armen eng an ihre Brust, das Kind ruht sicher auf dem rechten Arm, der linke stützt den Kopf, und die linke Hand umfasst zärtlich das Körperchen. Das Baby, in noch fast embryonaler Haltung die Beinchen angewinkelt, die Füßchen auf dem linken Oberarm der Mutter, scheint sich dicht an sie zu schmiegen. Die Frau senkt den Kopf tief hinunter, berührt mit ihrer Stirn sanft die des Kindes. Beide haben die Augen geschlossen, ein weiches Lächeln im Gesicht. Es ist ein Bild der innigen Verbundenheit, des Geborgenseins, des Urvertrauens.

Die andere Figur zeigt den Stolz und den Spaß, das Kind zu *betrachten*, dabei wird es aber vom Körper weg, zugleich also auf Distanz gehalten. Stolz und Spaß sind sicher auch ein Anteil der Mutter-Kind-Beziehung, aber der innige Körperkontakt darf nicht fehlen.

Jetzt wird mir klar, warum ich so traurig geworden bin. Warum gibt es kein einziges Foto aus Oslo, aus den ersten Lebenswochen? Hat sie mich je so im Arm gehalten?

Ich erinnere mich, wie ich während meiner Ausbildung zur Therapeutin in einem Seminar zur Körperarbeit vergeblich versuchte, ein «inneres Bild» von Zuflucht in den Armen meiner Mutter, von zärtlichem Streicheln und Festhalten zu erzeugen. Ich war die Einzige in der Gruppe, der dies nicht gelang, die in tiefe Traurigkeit verfiel – ähnlich wie jetzt. Ich habe meine Mutter damals gefragt, ob sie ein solches Bild von mir im Kopf hat.

«Nein», antwortete sie, «weil du dich ja nie in die Arme nehmen und streicheln hast lassen. Du warst immer schon wie eine kleine Kratzbürscht'n und hast dich nicht anfassen lassen.»

«Das gibt es doch nicht, als Baby doch nicht!»

«Doch, bei dir schon, du hast es von Anfang an nicht gewollt!»

Ich war sehr erschrocken über diese Auskunft damals, habe aber nicht ausgesprochen, was ich dachte: Was muss alles geschehen sein, schon vor der Geburt, wenn ein kleines Kind «von Anfang an» den lebensnotwendigen Körperkontakt zurückweist? Kinder verhalten sich nur dann so paradox, wenn sie nicht daran glauben, etwas zu bekommen, wonach sie sich sehnen.

Wie an eine so innige Umarmung und das glückliche Lächeln kann ich mich auch kaum an ein solches Strahlen, wie ich es von jenem Foto kenne, im späteren Leben erinnern. Damals hat sie es jedenfalls gehabt, vielleicht ist es ihr abhanden gekommen beim Zusammenbruch des Dritten Reiches. Selbst wenn sie es damals gewollt hätte, nach 1945 konnte sie nicht mehr zu ihrer

Mutterschaft stehen. Nach dem Krieg, ohne die «Lebensborn-Ideologie», blieb nur noch die Schande, folgte daraus das Verdrängen und Verleugnen, das «Abspalten» eines Teiles von sich selbst, um den Zusammenbruch von allem, woran sie geglaubt hatte, psychisch überleben zu können. Und wenn jene Zeit länger gedauert hätte, in der es zur Normalität erklärt wurde, Kinder «guten Blutes» auch ohne Vater zur Welt zu bringen und alleine großzuziehen? Hätte ich dann vielleicht eine ganz andere Mutter gehabt, eine, die zwar auch hätte arbeiten müssen, die dann aber zufrieden nach Hause gekommen wäre, mich mit diesem glücklichen Lächeln in die Arme genommen, sich meiner nicht geschämt hätte, die stolz auf mich gewesen wäre?

Ich erschrecke über meine eigenen Gedanken. Welche Macht hat diese nie befriedigte Sehnsucht nach der «verlorenen Mutter» noch immer, dass ich sogar imstande bin, eine Verlängerung des verbrecherischen Regimes zu fantasieren, in dem ich vielleicht eine bessere Beziehung zu meiner Mutter gehabt hätte!

Außerdem, beruhige ich mich selbst, ganz so schlimm war es doch nicht: Gelegentlich war sie stolz auf mich.

Mir fällt mein erster «Auftritt» beim Krippenspiel an Weihnachten im Kindergarten ein. Das war nicht nur eine kleine Feier für die Eltern, sondern es kamen auch die Vertreter von Kirche und Stadt. Der Herr Stadtpfarrer jedenfalls saß in der ersten Reihe in der Mitte, das weiß ich noch (ich mochte ihn besonders gern, weil er immer sehr freundlich zu uns Kindern war), sicher saßen dort auch Honoratioren aus dem Stadtrat. Und ich durfte die Heilige Maria spielen! Ein Umstand, den ich vermutlich meiner damaligen «Reinheit» zu verdanken hatte, nachdem ich nicht weiter als «Heidenkind» ohne Taufschein im katholischen Kindergarten geduldet worden war und endlich ordentlich katholisch getauft wurde. Eine SS-Urkunde über die «Namensweihe» hat meine Großmutter bei der Einschreibung sicher nicht vorgelegt, und die Bezeichnung «gottgläubig», wie sie in der Zeit zuvor üblich war für die vielen, die aus den Kirchen ausgetreten waren oder gar nicht mehr getauft wurden, haben die Ordensschwestern sicher auch nicht akzeptiert.

Eigentlich war ich ein sehr schüchternes Kind, das sofort einen roten Kopf bekam, wenn es angesprochen wurde, und nur mit Herzklopfen antworten konnte. Und einfach so hätte ich wohl nie hintreten können vor Erwachsene, aber in eine Rolle zu schlüpfen, das gelang mir damals zum ersten Mal. Ich machte die Erfahrung, dass in einem Kostüm und mit fremdem Text, den zu lernen mir sehr leicht fiel, das Herzrasen schnell aufhörte und ich mich wohl fühlte. Eine andere Person darzustellen gelang mir immer sehr gut, Theaterspielen wurde zu meiner Passion.

Sicher habe ich nicht gewagt zu widersprechen, als die Schwester die Rollenbesetzung anordnete:

«So rein und keusch wie die Jungfrau Maria kann man nur nach der Taufe sein, darum spielst du sie!»

Bestimmt gefiel ich mir auch im Kostüm, das der lebensgroßen Holzfigur der Heiligen Maria aus der Krippe vom Hochaltar in der Stadtpfarrkirche nachgeschneidert war: ein rotes, bodenlanges Kleid mit blauem Umhang, ein großes blaues Umschlagtuch über den blonden Haaren.

Das anfangs rasende Herzklopfen verging, vermutlich sprach ich laut und deutlich und spielte so gut, dass ich beim Applaus Bravo-Rufe bekam, obwohl sie mich nicht kannten wie den Heiligen Josef, der ein Sohn aus renommierter Tölzer Familie war. Und ich sehe meine Mutter noch immer ganz hinten im überfüllten Raum stehen, und da lacht sie mich strahlend an, bewegt die klatschenden Hände so in meine Richtung, dass ich verstehe, sie meint mich mit ihrem Applaus. Ich war sehr glücklich, habe wahrscheinlich in diesem Moment gelernt, dass es einen Weg gibt, auch sie glücklich zu machen, einen Umweg eigentlich: wenn ich nämlich anderen gefalle. Auf die Frage der Leute: «Wem g'hert denn die scheene Maria?», konnten die Schwestern keinen in Tölz bekannten Namen nennen. Meine Mutter hat nicht gerufen: «Das ist meine Tochter!», aber sie hat auf mich im Flur gewartet und mich lachend hochgehoben und gelobt. Ich hielt ihre Hand ganz fest beim Vorbeigehen an den anderen Eltern, die mich anlächelten oder gar sagten:

«Guat hast es g'macht!»

Während ich mich erinnere, habe ich die Brücke im Vigeland-Park überquert, halte kurz an im «Kindergarten». Was für eine merkwürdige Idee, ein neugeborenes Bronzebaby in Embryohaltung mit dem Kopf auf einer Stele balancieren zu lassen! Die am Boden spielenden kräftigen Kleinkinder wecken meine Sehnsucht nach meinen eigenen Kindern, die längst diesem Alter entwachsen sind. Die Gruppe von zwanzig Bronze-Bäumen rings um einen großen Brunnen, die wiederum verschiedene Lebensstadien symbolisieren, beeindruckt mich in ihrer asymmetrischen Jugendstil-Ornamentik. Jeder Baum umschließt einen Menschen oder eine Gruppe wie ein Raum, bis die Menschen mit zunehmendem Alter immer mehr hineinzuwachsen scheinen und sich am Ende mit ihm vereinigen. Wie Äpfel hängen Kleinkinder im ersten Baum, und im letzten verschmelzen die Teile eines menschlichen Skeletts mit den Zweigen des Baumes.

Schließlich erreiche ich den höchsten Punkt des Parks, gehe durch schmiedeeiserne Tore, deren Eisenstangen alle die Gestalt menschlicher Körper haben, und stehe vor dem hohen Obelisken, der den ganzen Park überragt, eine 17 Meter hohe Menschensäule, die als «Monolith» bezeichnet wird, weil sie aus einem einzigen riesigen Granitbrocken besteht. Von weitem glaubt man, geschwungene Ornamente zu sehen, in der Nähe erweisen sie sich als menschliche Körper. Nackte Leiber von Frauen, Männern und Kindern jeglichen Alters übereinander getürmt, sich gegenseitig stützend oder verdrängend, die untersten leblos, die anderen sich in einer Spirale nach oben windend, erst die obersten Kinderfiguren aufrecht. Es ist nicht die Nacktheit der Figuren, die in mir ein Gefühl des Unbehagens erzeugt. Auch wenn diese glatt und wohlgenährt sind und die Skulptur die Form eines riesigen Phallus hat, erinnert sie mich an die Fotos von den Leichenbergen in den Konzentrationslagern.

Vigeland hat freilich solche Bilder nicht gekannt, er hat das maßstabsgetreue Gipsmodell bereits 1925 hergestellt, seine Steinmetzen arbeiteten dann an dem riesigen Monolithen aus Granit von 1929 bis 1943. Er selbst nannte sein Werk einfach «Menschensäule» und meinte, jeder könne es so auslegen, wie er wolle.

Wahrscheinlich stimmt die Interpretation des Parkführers eher als meine:

«Die Säule kann als metaphysische Vision vom Leben des Menschen nach dem Tod aufgefasst werden.»

Immer wieder Geburt und Tod, Leben und Sterben und Wiederauferstehung – ich bin erschöpft, verlasse den Platz mit den großen Granitfiguren, die die Säule umstellen, bleibe noch einmal stehen vor der Skulptur einer nackten alten Frau mit schlaffen Steinbrüsten, die wie erschrocken die Hand vor den Mund hält und zurückzublicken scheint auf ihr Leben.

Meine Mutter sitzt inzwischen startbereit im Hotelfoyer, sie blättert in einer Zeitschrift und macht einen heiteren Eindruck. Sie bedankt sich bei mir für die interessante Reise.

«Und ich danke dir, dass du mitgekommen bist, es war mir sehr wichtig, mit dir zusammen hier zu sein», antworte ich.

«Wenn's dir nur g'fallen hat hier, dann bin ich schon froh, dass ich mir Oslo als deinen Geburtsort ausgesucht hab!»

«Nicht genau, eigentlich war's ja dieses schwer zu findende Kaff Klekken!»

«Nein, tatsächlich *geboren* bist du schon hier, im Lazarett, mir ging's doch so schlecht!»

Und dann erfahre ich wieder eine neue Variation meiner Geburt:

Am Sonntag zuvor sei sie mit einer Kollegin mit dem Auto von Klekken nach Oslo gefahren, um den Vigeland-Park zu besichtigen, dort seien sie lange umhergegangen – schon auch, weil sie jetzt endlich die für Ende August angekündigte Geburt hinter sich bringen wollte:

«Viel Bewegung ist wichtig, ham s' uns g'sagt. Dann ist's mir aber auf einmal schlecht 'worden, ich hab mir gedacht, kein Wunder bei den vielen Nackerten, de ham mich eigentlich ganz schön aufg'regt, so was waren wir doch net g'wohnt.»

Der Park, aus dem ich eben zurückkam, war also der Ort, an dem sie sich sehr unwohl fühlte, weil ich mich dort gewissermaßen zur Geburt entschloss. Kein Wunder, dass sie nicht mitgehen wollte, kein Wunder, dass ich dort so emotional auf die Skulpturen von Mutterschaft, Leben und Sterben reagierte. Warum hat sie mir das nicht heute Morgen erzählt?

«Im Auto ist's mir ganz schlecht gegangen, die vielen Kurven, und jede Bodenwelle hat mir wehgetan, des war ja eine ungeteerte Landstraß' damals! Ich hab schon gemeint, das sind die Wehen, aber im Heim haben die Schmerzen wieder aufg'hört. Trotzdem hat mich die Hebamme gleich im Kreißsaal untergebracht und des war gut so, weil mitten in der Nacht das Fruchtwasser weggebrochen ist. Da war ich schon sehr erschrocken. Die Hebamme hat g'meint, jetzt würd's gleich losgehen mit den Wehen, aber Wehen hab ich keine gekriegt, dafür Fieber. Da is' sie doch sehr unruhig 'worden, weil ich doch erst sechs Wochen zuvor wegen einer Nierenbeckenentzündung im Krankenhaus in Oslo g'wesen bin.»

Die Hebamme habe mit der Klinik telefoniert und die Auskunft bekommen, dass Komplikationen zu befürchten seien und die betreffende Frau auf jeden Fall im Krankenhaus entbinden solle. «Gern hat sie's nicht gemacht, die Schwester Adelheid, des war eine ganz Resolute, und sie hat bisher alle Geburten im Heim allein erledigt.»

Aber sie habe wohl eingesehen, dass die Gefahr eines Nierenversagens bestand und das nicht ohne entsprechende ärztliche Hilfe zu bewältigen gewesen wäre.

«Drum ist sie in aller Herrgottsfrüh mit mir wieder nach Oslo gefahren! Ich hab natürlich Angst g'habt – was, wenn die Wehen unterwegs ang'fangen hätten? Mitten auf der Straß' ein Kind kriegen – eine Horrorvorstellung. Und ich hab die ganze Zeit auf d' Uhr geschaut! Der Fahrer is' g'fahrn wia der Teifi und genau in einer halben Stunde waren wir am Krankenhaus, des weiß ich noch so genau, wie wenn's gestern g'wesen wär!»

Das Krankenhaus sei ein scharf bewachtes «Kriegslazarett» gewesen, und sie habe zwar die Pforte nach Ausweiskontrolle passieren dürfen, weil schon ein vorbereiteter Passierschein dagelegen habe, aber der Schwester Adelheid habe der Wachtposten den Zutritt verweigert, weil es sich bei dem Lazarett um «militärisches Sperrgebiet» handle, das nur meine Mutter als «medizinischer Notfall» betreten dürfe.

Es habe auch nicht geholfen, dass die Hebamme getobt habe:

«Diese Mutter und ihr Kind sind *mir* anvertraut worden, es handelt sich hier um eine *deutsche* Mutter und um einen besonderen arischen Nachwuchs, für dessen Wohlergehen *ich* in den vergangenen Wochen die Verantwortung übernommen habe, und ich bin nicht bereit, diese zu delegieren, ich bestehe darauf, bei dieser Geburt dabei zu sein.»

Der Posten habe geantwortet, dass ihr wohl nichts anderes übrig bliebe, als die Verantwortung zu delegieren, weil sie für das Lazarett keine Arbeitsgenehmigung hätte, und sie müsste sich keine Sorgen machen:

«In diesem Haus gibt es einen deutschen Arzt, der sich gewiss der Verantwortung für arischen Nachwuchs bewusst ist. Sie können Ihre Schützlinge wieder abholen und weiterbetreuen, wenn aus ärztlicher Sicht kein Einwand mehr dagegen vorliegt.»

Unter heftigem Protest und der Androhung, sich beim Reichskommissar Terboven persönlich zu beschweren, sei sie gegangen, habe uns beide aber schon zwei Tage später wieder aus dem Kriegslazarett abgeholt.

Jetzt erinnere ich mich, auf einer meiner Geburtsurkunden wird ein «Kriegslazarett» erwähnt. Ich weiß nicht mehr, ob auf dem Original oder der Bescheinigung vom Standesamt L in München. Ich habe diese Bezeichnung früher wahrscheinlich für eine Camouflage des Begriffs «Lebensborn-Heim» gehalten. Es ist fast zwanzig Jahre her, seit ich die beiden Papiere in der Hand hatte, ich muss zu Hause nachsehen.

«Bei mir haben s' dann die Wehen eingeleitet, es war eine einzige Qual, zwanzig Stunden lang, und dann bist auch noch stecken geblieben, und der Arzt hat dich endlich mit der Zange rausgeholt um 4 Uhr früh, des hab ich dir doch schon erzählt, drum warst ja so greißlich.»

Stimmt, den Teil hat sie mir erzählt, nur die zugehörigen Umstände nicht:

«Das schon, aber ich habe nicht gewusst, dass das nicht im

Heim passiert ist, warum hast du das denn gestern nicht erzählt, ich dachte doch, wir hätten meinen *Geburtsort* gesucht!»

«Des hast du doch net gesagt, du hast doch immer gesagt, du willst das *Lebensborn-Heim* finden! Da hab ich doch gewohnt, und da hast du doch die ersten Wochen mit mir verbracht!»

«Ja schon, aber gestern habe ich noch geglaubt, dass ich darin auch *geboren* bin, du hättest es mir doch gestern sagen müssen, dass das nicht stimmt!»

«Woher soll ich denn wissen, was du denkst, du hast mich nicht gefragt.»

Stimmt, gestern an Ort und Stelle habe ich nicht noch mal gefragt. Gestern hing ich meinen Gedanken dort hinten auf der Wiese alleine nach, das ist wahr. Da hat sie aber vorher gesagt, dass *sie* alleine nachdenken will. Und meine Gedanken haben sich auf jahrzehntelange Teilauskünfte verlassen. Auf die Frage: Wo bin ich geboren?, hieß es schon früh: in Oslo. Da hatte ich bestimmt noch keine Urkunde gesehen. Dann war die Auskunft: in Oslo in einem Lebensborn-Heim. Dann: in einem Lebensborn-Heim bei Oslo. Dann: das Lebensborn-Heim war in Hönefoss bei Oslo. Und seit gestern weiß ich, dass es in Klekken bei Hönefoss war, und jetzt erfahre ich, dass ich doch direkt in Oslo geboren bin, wenn auch nur medizinischer Not gehorchend. Aus den beiden Geburtsurkunden hätte ich das später vermutlich erkennen können, wenn ich sie ganz genau angeschaut hätte und die verschiedenen Aussagen meiner verschiedenen Mütter mich nicht so verwirrt hätten. Dieses schreckliche Gefühl, dass *nichts* stimmt, dass ich mich auf nichts verlassen kann, ein merkwürdiges, wattiges Gefühl im Kopf, ist wieder da. Man kann einen Menschen nicht nur mit Lügen verrückt machen, auch mit dosierten Teilwahrheiten. Nein, ich werde es nicht zulassen. Lieber flüchte ich mich in Ärger und Wut.

Aber auch das hat keinen Sinn. Als ich Luft hole, um loszuschimpfen, schaut sie mich nur kopfschüttelnd an:

«Ich kann doch net ahnen, dass du den greißlichen Krankenhauskasten sehen wolltest, wo du nur zwei Tage warst! Statt dass du froh bist, dass du in Oslo geboren bist, wo dir die Stadt doch so gut gefällt, machst schon wieder ein Problem daraus! Manchmal versteh ich dich wirklich nicht!»

Genau das ist unser Problem, liebe Mutter. Ich glaube nicht, dass du je versucht hast, mich zu verstehen, sonst hättest du meine Fragen anders beantwortet. Ohne Fragen und ehrliche Antworten ist Verständnis nicht möglich. Das sage ich aber nicht laut.

Ich hätte tatsächlich geschaut, ob es den «greißlichen Krankenhauskasten» noch gibt, wenn ich es nur ein paar Stunden früher gewusst hätte.

Dazu ist es jetzt zu spät, unser Taxi ist da, wir müssen zum Flughafen.

Teil II

DER PROZESS

Es ist der 8. Mai 1995.

Letztes Jahr war ich an diesem Tag in Frankreich, habe in einem kleinen Dorf in der Normandie miterlebt, wie die Franzosen den «Journée de la Libération», den Tag der Befreiung von den Deutschen, als Feiertag begehen:

Am Vorabend schon wurden quer über die Straßen von Laterne zu Laterne bunte Wimpel gespannt, Schule und Bürgermeisterei mit Blumengirlanden geschmückt. Am Morgen dann unter Bravo-Rufen das feierliche Hissen der Trikolore, der Bürgermeister stimmte die «Marseillaise» an, und mit lautem «Allons enfants de la Patrie» zogen die Menschen hinter der Musikkapelle durch das Dorf, Kinder liefen auf und ab, schwenkten rot-weiß-blaue Fähnchen. Sie ließen mich teilhaben am fröhlichen Weinfest an langen Tischen und Bänken auf dem zum Jahrmarkt verwandelten Sportplatz. Mein Nachbar mit der blauen Fischermütze über dem grauen Haarkranz erzählte mir vergnügt, wie die Kommandantur der «Boches» fluchtartig die «Mairie» verlassen hätte nach der Landung der Amerikaner an der nahe gelegenen Küste. Nicht einmal die Champagnerflaschen hätten sie noch eingepackt, die hätten sich die Dorfbewohner dann schmecken lassen beim Aufräumen:

«Mon Dieu – quelle fête! »

Alle lachten und prosteten sich zu:

«Vive la France!»

«Vive la liberté!»

Ich war erleichtert, dass sie mich nicht spüren ließen, dass ich Deutsche bin, und versuchte, meinen Akzent zu verbergen.

In Deutschland ist Alltag, obwohl doch die Befreiung vom Hitler-Regime auch hierzulande ein Grund zum Feiern wäre!

Man hat sich aber zur Ehrung der Opfer für Gedenkveranstaltungen entschieden, eine Geste, die allerdings kaum zur Kenntnis genommen wird.

Das Telefon klingelt.

«Hier Moser, ich möchte bitte Frau König sprechen», sagt eine mir fremde Männerstimme am Telefon. Meine Mutter bekommt nicht viele Anrufe, die wenigen Bekannten, die gelegentlich nach ihr fragen, kenne ich. Ich weiß nicht, warum ich misstrauisch werde, frage aber:

«Sie möchten meine Mutter sprechen? Worum geht es denn?»

«Es geht um den Lebensborn, ich habe schon mit ihr gesprochen.»

Das Wort LEBENSBORN elektrisiert mich wie immer, ich spüre mein Herz rascher schlagen.

«Sie hat sich bereit erklärt, mir zu helfen. Ich bin ein ehemaliges Lebensborn-Kind. Ihre Mutter hat die Adoption vermittelt.»

«Sie soll eine Adoption vermittelt haben, was für ein Unsinn! Meine Mutter war beim Lebensborn, das ist richtig, aber sie war nur Sekretärin, ein kleines Licht, was hat sie mit Ihrer Adoption zu tun?»

Er lacht am anderen Ende:

«Ihre Mutter – ein ‹kleines Licht›? Sie haben wohl gar keine Ahnung! Wissen Sie denn nicht, dass sie im Nürnberger Prozess vorgeladen war? Hat sie Ihnen das nie erzählt? In den Prozessunterlagen wird sie seitenweise zitiert! Sie hat meine Adoptionspapiere unterschrieben und jetzt brauche ich ihre Aussage, dass sie genau das getan hat. Dann habe ich eine große Chance, in meinem Prozess zu meinem Recht zu kommen – ich bin auf der Suche nach meiner wahren Identität.»

Mir ist längst schwindlig geworden – da ist es wieder: das lebenslange Misstrauen, das auch nicht verschwunden ist nach der «Versöhnungsreise» nach Oslo – wieder wird das alte, immer wieder verdrängte Gefühl wachgerufen:

«Irgendetwas stimmt nicht.»

Seit wir uns damals entschieden haben, dass meine Mutter zu uns ziehen soll, habe ich dieses Gefühl nicht mehr hochkommen lassen. Ich hatte verschiedene Altenheime angeschaut und es nicht übers Herz gebracht, sie «abzuschieben» in ein so tristes Ambiente. Wir haben ein größeres Haus gefunden, der Umzug, der neue Anfang, auch mit ihr, ließ die Beziehung zu ihr in anderem Licht erscheinen. Außerdem: Drei Generationen unter einem Dach, Beruf und Alltag, das ist Herausforderung genug, ich mag von der Vergangenheit meiner Mutter nichts mehr hören. Ich muss diesen Mann abwimmeln. «Was genau wollen Sie?»

«Ich habe ein Verfahren zu meiner Identitätsfindung angestrengt und habe Ihre Mutter als Zeugin dafür benannt, dass ich ein Lebensborn-Adoptionskind bin. Ich will von ihr eine Zeugenaussage und eine Unterschrift, dass sie sich an mich erinnert, dann habe ich eine gute Chance, meinen Prozess zu gewinnen. Als ich letzte Woche mit ihr telefoniert habe, hat sie versprochen, mir zu helfen.»

Letzte Woche? Da waren wir verreist, sie hat gewissenhaft alle Anrufe notiert, mit keinem Wort hat sie diesen Anruf erwähnt!

«Ich wollte ihr nur ankündigen, dass sie demnächst eine Vorladung nach Nürnberg zur Vernehmung bekommen wird.»

Ich erschrecke.

«Nach Nürnberg – wieso gerade *Nürnberg*?»

«Du musst keine Angst haben, wir müssen deine Mutter für ein paar Tage mitnehmen, wir bringen sie dann wieder!», höre ich den amerikanischen Soldaten in fließendem Deutsch zu mir sagen. Das war im April 1947 und ich war fast vier Jahre alt. Meine Mutter arbeitete als Büglerin in der jetzt amerikanischen *Flint*-Kaserne. Irgendwie mussten wir leben; es gab kaum Arbeitsplätze in Tölz, aber die Amerikaner brauchten Dienstpersonal. Die Stellen waren begehrt, man bekam dort zu essen, ab und zu ein paar Kaugummis oder Zigaretten zugesteckt, die sich wiederum auf dem Schwarzmarkt gut in Essbares tauschen ließen. Deutsche mit Englischkenntnissen wurden bevorzugt, da hatte meine Mutter gute Chancen: «Ich habe einen *Lyzeumsab-schluss* und war sehr gut in Englisch.»

Sie hat es auch geschafft, ihrer Schwester noch einen Job als Küchenhilfe zu vermitteln, zu mehr hat es bei ihr nicht gereicht, denn sie sprach kein Englisch.

Für uns Kinder hatte allerdings sie die bessere Stelle! Sie brachte nämlich gelegentlich Essensreste mit, wunderbare Sachen, die wir vorher nicht gekannt hatten: Hühnchenbeine und Weißbrot, Marmelade und *peanut butter* und manchmal sogar eine ganze Dose *Libby's* Obstsalat. Ich erinnere mich genau an die klein geschnittenen Früchte in der Dose, darunter gab es nur wenige, knallrot gefärbte, steinlose Kirschen, die natürlich alle haben wollten!

Solche Schätze standen immer nur bei Kerzenlicht auf dem Tisch – nicht aus Gründen der Feierlichkeit oder weil man nicht sehen sollte, dass manche der Sandwiches angebissen waren, das war uns hungrigen Kindern vollkommen gleichgültig.

Wenn aber die Nachbarin einfach hereinplatzte, konnte sie nicht so schnell erkennen, was da auf dem Tisch stand. Sie fühlte sich berechtigt, einfach hereinzukommen, ohne anzuklopfen, denn es waren ihre eineinhalb Zimmer, die sie auf Anordnung der Stadtverwaltung an die drei Frauen mit den drei Kindern hatte abgeben müssen. Das Haus der Tante war ebenso wie alle anderen Villen in Kasernennähe von den Amerikanern beschlagnahmt worden, und wir wurden einfach in jene relativ große Wohnung «eingewiesen». Das passte der Mieterin verständlicherweise nicht, und sie hat uns ihren Ärger bei jeder Gelegenheit gezeigt.

Es wäre gefährlich gewesen, wenn die Nachbarin bei uns die eindeutig als *amerikanisch* diagnostizierbaren Lebensmittel entdeckt hätte. Es war nämlich «aus hygienischen Gründen» verboten, Essensreste aus der Kaserne mitzunehmen. Unter Aufsicht eines GIs mussten die oft halb vollen Teller in den Abfall geleert werden, am Kasernentor mussten die Frauen ihre Taschen öffnen, bevor sie nach Hause gehen konnten. Aber die Kontrolleure haben keine Leibesvisite gemacht, nicht kontrolliert, ob der Bauch meiner Tante unter der Dirndlschürze tatsächlich so dick war.

Sie hatte sich einen Beutel um den Bauch gebunden, in den sie rasch Speisereste stecken konnte. Allerdings ging das auch nur, wenn der Soldat Dienst hatte, der ihr die Fotos seiner Kinder gezeigt hatte. Sie hatte ihm mit Gesten begreiflich machen können, dass *ihre* Kinder hungerten. Seitdem schaute er immer aus dem Fenster, wenn die Teller abgeräumt wurden, legte auch manchmal beiläufig einen Apfel, eine Orange oder eine Konservendose dazu. So hatten wir zeitweise weniger Hunger als viele andere, weil die beiden Frauen die Demütigung in Kauf nahmen: Meine Tante wusch schweigend die Teller derselben Leute, die ihr das Haus mit gesamtem Mobiliar und Geschirr weggenommen hatten, und meine Mutter stand den ganzen Tag am Bügelbrett, bügelte Wäsche und Uniformhemden des «Feindes» in derselben Kaserne, die früher die SS-Junkerschule gewesen war.

Dort hatte sie im Vorzimmer des Kommandanten gesessen – später wohl auch auf seinem Schoß.

Davon hatte ich damals noch keine Ahnung, als ich die Haustüre öffnete, um die Mutter zu begrüßen, die überraschenderweise schon am frühen Nachmittag heimkam. Wie erschrak ich, als rechts und links neben ihr ein amerikanischer Soldat stand mit weißen Gamaschen über den Stiefeln und einem Helm, der mit einem weißen Kinnband festgebunden war!

Es gab drei Sorten von «Amis»: Die einen hatten merkwürdige Schiffchen auf dem Kopf, das waren die Netten, die Kaugummis und Schokolade herschenkten, was wir annahmen trotz des mütterlichen Verbots – weil man ja nicht wissen konnte, ob die Amis nicht deutsche Kinder vergiften wollten … Gebettelt habe ich allerdings nie, ich weiß genau, wie peinlich mir das war, wenn andere Kinder hinter den Jeeps herliefen und «Pliies tschuingam!» oder «Pliiies tschokolet!» riefen, dazu war ich zu stolz.

Aber wenn mir ein Soldat im Vorübergehen einen Kaugummi zusteckte, dann machte ich einen artigen Knicks und sagte, was ich bei den anderen gehört hatte: «Sänkju.»

Ich wusste nie, wieso sie dann so laut lachten.

Dann gab es diejenigen, die selten zu Fuß unterwegs waren und immer auf den Rücksitzen der Jeeps saßen, sie hatten runde Mützen auf, und die vielen bunten Plättchen auf ihren Uniformjacken hielt ich für Kaugummipapiere, die aus den Vordertaschen herauslugten. Diese Männer rückten aber nie einen «Tschuingam» heraus.

Und die dritte Sorte waren eben die, die mit meiner Mutter gekommen waren. Das waren die ganz Gefährlichen, vor denen musste man sich in Acht nehmen, das hatte ich schon von den älteren Brüdern gehört. Die gingen nämlich in die Schule und wussten, dass die schwarzen Buchstaben auf dem Helm ein M und ein P waren, was *Military Police* hieß, und das konnte ich mir leicht selber als *Militär-Polizei* übersetzen. Diese Polizisten würden einen ganz schnell verhaften, wenn man zum Beispiel eine ganze Zigarette vom Boden aufhob und nicht nur die Kippen. Das war eine wichtige Aufgabe für uns Kinder, und es lohnte sich sogar!

Die Tabakreste wurden aus dem Papierchen gelöst, in einer alten Schachtel gesammelt und heimlich an den Vermieter verkauft. Je nach Menge brachte das fünf bis zehn Pfennige ein! Er drehte sich damit aus Zeitungspapier dünne Zigaretten. Es stank fürchterlich, wenn er sie genüsslich rauchte, und seine Frau drohte: «Wenn ich den erwische, der dir immer den g'stinkerten Tabak bringt!»

Sie hat uns glücklicherweise nie bei unserem Handel überrascht.

Jetzt also wollten die MP-Männer meine Mutter verhaften, das war mir sonnenklar!

Aber warum? Sie hatte doch kein Essen aus der Kaserne herausgeschmuggelt, sie war viel zu dünn, als dass der Trick mit der Schürze hätte funktionieren können, und sie bückte sich auch nie nach Zigaretten wie wir.

«Sie haben genau zehn Minuten Zeit, um Ihre Sachen zu packen», sagte der Soldat mit der deutschen Stimme (ich konnte nicht verstehen, dass ein Deutscher Militär-Polizist bei den Amis war), und zu mir:

«Zeig mir den anderen Ausgang!»

Einen richtigen anderen «Ausgang» gab es nicht, nur eine «Hintertüre» von der Waschküche zum Hof. Die war immer abgesperrt und meine Großmutter bekam den Schlüssel nur am Waschtag.

Für mich war das allerdings kein Hindernis, denn diese Tür hatte im oberen Teil ein Fenster, durch das ich leicht klettern konnte. Ich wagte es aber nicht, dem deutschen Ami das zu erklären, und führte ihn in die Waschküche.

Er blieb an der verschlossenen Tür stehen. Der andere Soldat hatte sich an der Haustür postiert.

Ich lief nach oben, wollte eine Erklärung von meiner Mutter, die blass und sehr ernst aussah und gerade ein Nachthemd und ihren rosengemusterten «Kulturbeutel» in den kleinen braunen Lederkoffer packte.

«Mutti, warum haben sie dich verhaftet?», fragte ich leise.

«Wie kommst du denn da drauf – ich bin doch nicht *verhaftet*! Ich muss nur etwas erledigen, *dienstlich*. Das verstehst du noch nicht.»

Meine Großmutter saß in sich zusammengesunken auf ihrem Küchenhocker, die Hände im Schoß verschränkt. Sie starrte schweigend vor sich hin. Da sie nur mit den Schultern zuckte, als ich sie fragte: «Was machen die mit ihr?», musste ich das wohl selbst herausfinden. Kaum war die Haustür ins Schloss gefallen, lief ich hinterher.

«Und doch ist sie verhaftet!», dachte ich.

Warum denn sonst hätten sie meine Mutter zwischen sich genommen und am Oberarm festgehalten, die ganze Zeit? Warum denn sonst machten alle Leute einen großen Bogen um die drei, und warum blieben die auf der anderen Seite der Straße stehen und tuschelten miteinander?

Warum gingen sie überhaupt zu Fuß? Der Weg zur Kaserne war weit.

Viel später habe ich meine Mutter nach dieser Szene gefragt.

«Ja, es war schrecklich, ein richtiges Spießrutenlaufen, ich habe mich so geschämt! Sie sind sicher absichtlich mit mir zu

Fuß gegangen, damit mich möglichst viele Leute sehen. Von der Kaserne zur Wohnung haben sie mich in einem Jeep gebracht. Der stand dann nicht mehr vor der Türe, nachdem ich meinen Koffer geholt hatte.» Daran erinnerte sie sich noch genau – nur dass ich ihr nachgelaufen bin, das weiß sie nicht mehr.

Aber ich sehe mich hinter ihr herlaufen, habe immer noch den blauen Dirndlrock mit kleinen weißen und schwarzen Blümchen vor Augen, schaue auf die dreifache Zickzack-Litze am Rocksaum: weiß-schwarz-weiß, die noch kaum gebräunten Beine, die weißen gehäkelten Söckchen mit gezacktem Saum am Gummiband und die weißen Sandalen. Es muss wohl ein warmer Tag gewesen sein. Ich weiß auch, dass sie sich irgendwann umdrehte und mit der linken Hand – in der rechten trug sie den Koffer – eine abwehrende Geste machte, so als ob sie mich zurückschicken wollte.

Ich bin ein wenig zurückgeblieben, aber in gebührendem Abstand den dreien doch nachgegangen bis zum Kasernentor. Da ist sie dann verschwunden, ohne sich noch einmal umzublicken.

Vielleicht wollte sie mich ja schützen.

Gerne hätte ich durch das Gitter geschaut, das wagte ich aber nicht. Vor dem Tor standen rechts und links Soldaten, breitbeinig, jeder ein Gewehr im Arm. Ich setzte mich auf der anderen Straßenseite in die Wiese und ließ den Ausgang für die Angestellten nicht aus den Augen. Vielleicht würde sie ja doch wiederkommen, ganz normal, bei Dienstschluss.

Sie kam nicht wieder. Wohl aber die Tante, die schimpfte:

«Was machst du denn ganz allein hier?»

Aber sie verstummte, als ich sagte:

«Die Anni ist dienstlich verhaftet worden von zwei MP. Da ist sie reingegangen mit ihnen», ich deutete mit dem Finger auf das hohe Tor, «und nicht mehr wiedergekommen.»

Sie nahm mich fest an der Hand und ging den weiten Weg bis zur Salzstraße ohne ein weiteres Wort.

Am nächsten Tag kam ein Telegramm. Meine Großmutter konnte ihr «Allmächt'» hinter vorgehaltener Hand nicht unterdrücken. Das sagte sie immer, wenn sie erschrak.

«Sie haben deine Mutter nach Nürnberg gebracht. Sie hat da dienstlich zu tun.»

«Wieso gerade Nürnberg?»

«Weil das mein Wohnsitz ist», höre ich die Antwort des Anrufers. Plötzlich muss ich sie beschützen:

«Hören Sie, meine Mutter ist über achtzig Jahre alt, schwer gehbehindert und gebrechlich. Noch mal eine Vorladung nach Nürnberg wird sie nicht überleben. Ich glaube nicht, dass Sie schon mit ihr telefoniert haben, das hätte sie mir erzählt. Ich werde Sie nicht mit ihr verbinden, bevor ich nicht mit ihr gesprochen habe und ehe ich nichts Näheres von Ihnen weiß. Wie kommen Sie überhaupt auf den Namen meiner Mutter, und woher haben Sie unsere Telefonnummer?»

Er habe eine fast dreijährige Odyssee hinter sich, auf der er schließlich herausgefunden habe, wer seine wirklichen Eltern seien. Er habe sich alle zugänglichen Lebensborn-Unterlagen und Prozessakten beschafft – sogar in Washington sei er gewesen: «Die haben dort alles Mögliche, nur vom Lebensborn haben sie keine Ahnung.»

Er habe Leidensgenossen ausfindig gemacht, habe die Unterschrift meiner Mutter auf einer der wenigen noch existierenden Urkunden gefunden, alles über sie nachgelesen und sei zu dem Schluss gekommen, dass sie auch seine Adoptionspapiere ausgestellt haben müsse. Er habe vermutet, dass sie, wenn sie noch lebte, als Münchnerin wohl wieder in München wohnen würde, und habe alle im Telefonbuch eingetragenen Teilnehmer gleichen Namens angerufen, die offenkundig nichts mit dem Lebensborn zu tun gehabt hätten – bis schließlich auf einem Anrufbeantworter eine männliche Stimme die Nummer angegeben habe, die er eben gewählt habe.

Das konnte stimmen. Ihre Münchner Wohnung hatte meine Mutter nicht aufgegeben, weil mein ältester Sohn sie nutzt. Er hat für seine Großmutter einen Text auf das Band gesprochen.

Herr Moser lacht: «Das war dumm von ihm, Ihre Geheimnummer anzugeben.»

Es hat keinen Sinn, ihm zu erklären, dass wir aus ganz anderen Gründen unsere Nummer nicht haben eintragen lassen.

«Aufgrund der Vorwahl habe ich die Gemeinde herausgefunden und dort angerufen: Eine Frau Antonie König ist hier nicht gemeldet! Auch wenn sie sich bei Ihnen versteckt, habe ich sie doch gefunden!»

Natürlich ist sie bei uns angemeldet – er hat wahrscheinlich die Nachbargemeinde mit der gleichen Telefonvorwahl befragt.

«Und Näheres von mir? Das ist eine lange Geschichte, ich versuche mich kurz zu fassen.»

Dann erfahre ich eine ungeheuerliche Geschichte von einem kleinen Jungen, der mit seiner Schwester nach dem gescheiterten Attentat auf Hitler im Juli '44 offenbar in einer Nacht-und-Nebel-Aktion aus dem Haus der Eltern entführt worden ist, während man seine Eltern vernommen hat. Genauso sei es «den Stauffenberg-Kindern» und etwa vierzig anderen Kindern ergangen, deren Eltern im Zusammenhang mit dem Attentat verdächtigt worden waren. Seine Mutter sei mit den Stauffenbergs verwandt, sein Vater als Wissenschaftler am «Projekt VI» in Peenemünde beteiligt gewesen.

Er selbst sei damals etwa vier Jahre alt gewesen, und er habe noch deutliche Erinnerungen, wie er mit der Kindergruppe immer nur nachts kreuz und quer durch Deutschland von einem Lebensborn-Heim ins nächste kutschiert worden sei, immer wieder neue Namen lernen und unter Strafandrohung den vorhergehenden «vergessen» musste. Dann seien sie alle auseinander gerissen worden, auch Geschwister, so habe er seine Schwester verloren. Als Rache und härteste Strafe für die Eltern seien alle diese Kinder unter falschen Namen im gesamten Reich verteilt zur Adoption freigegeben worden.

Er selbst sei von einer «Tante Toni» nach Linz gebracht worden zu seinen späteren Eltern. Diese «Tante» habe ihn auch immer wieder besucht und tagelang bei ihnen auf dem Bauernhof gewohnt, er könne sich noch gut an sie erinnern, weil sie ihn gegen den strengen und jähzornigen Stiefvater, der ihn misshandelt hat, in Schutz genommen habe. Er sei überzeugt, dass jene

«Tante Toni» und meine Mutter dieselbe Person seien, nachdem er in der erwähnten Unterschrift den Vornamen «Antonie» erkannt haben will.

«Und sie erinnert sich auch an mich, das hat sie gesagt.»

Was erzählt der Mann? Ist er verrückt? Von «Sippenhaft» habe ich wohl gelesen, aber von Kindesentführungen?

Allerdings macht die Geschichte mit «Tante Toni» Sinn.

Meine Mutter heißt tatsächlich Antonie und wird in der Familie Anni genannt. Aber ich weiß, dass ihre Patentante «Toni» hieß. Es könnte doch sein, dass sie sich «dienstlich» wie diese Tante nennen ließ? Außerdem: Immer wenn sie den Lebensborn als «hervorragende soziale Einrichtung» verteidigt, erzählt sie, wie sorgfältig die Adoptionseltern ausgesucht wurden und wie sie persönlich die Kinder zu ihnen gebracht habe – ein Grund, warum es kaum eine Gegend in Deutschland gibt, die sie nicht kennt!

Sie habe bei diesen Familien über Jahre hinweg immer wieder «nach dem Rechten» gesehen, ob es den Kindern auch gut ging. Es sei auch vorgekommen, dass sie Kinder wieder mitgenommen habe, wenn die neuen Eltern ihrer Aufgabe nicht gewachsen waren oder sie die Kinder schlecht behandelten.

Er redet weiter, wie ein Wasserfall:

Sein Stiefvater Moser sei ein hoher österreichischer Nazifunktionär gewesen. Die neuen Eltern hätten versucht, ihm seine Erinnerungen auszureden, ihm schließlich verboten, darüber zu sprechen, und hätten ihm eingebläut, er sei ihr leiblicher Sohn und alle Geschichten in seinem Kopf habe er «geträumt» oder sich «nur eingebildet». Und zum Beweis hätten sie ihm immer wieder seine österreichische Geburtsurkunde vor die Nase gehalten.

«Des bild'st du dir doch ein!»

Wie auch mich dieser Satz ein Leben lang begleitet hat, wenn ich eine Unklarheit, Unwahrheit, Spannungen spürte!

Vor drei Jahren sei sein «Stiefvater» gestorben (die «Stiefmutter» sei schon länger tot), und auf dem Sterbebett habe er gesagt, er könne «die Schuld nicht mitnehmen» und wolle ihm jetzt endlich die Wahrheit sagen.

Er habe Recht gehabt mit seinen Erinnerungen, sie hätten ihn als Vierjährigen adoptiert, seine Geburtspapiere, die ihn als in Linz geborenen, angeblich leiblichen Sohn des Ehepaares Moser auswiesen, seien in Wirklichkeit die Papiere eines tatsächlichen, etwas jüngeren eigenen Sohnes, der wegen einer Behinderung in einem Heim gelebt habe. Kurz vor der Adoption sei er in diesem Heim an «Lungenentzündung» gestorben. Er könne ihm aber nicht sagen, wer seine Eltern wirklich seien, das müsse er schon selbst herausfinden. Den Namen eines in Frankfurt lebenden Rechtsanwaltes, der Näheres wüsste, habe er noch auf einen Zettel geschrieben.

Danach habe er das Bewusstsein verloren und ihm auf seine verzweifelten Fragen keine Antwort mehr gegeben.

In meinem Kopf dröhnt es. Ich unterbreche ihn:

«Ich kann Ihnen jetzt nicht mehr zuhören, Ihre Geschichte bringt mich völlig durcheinander. Ich muss mir erst ein Bild von Ihnen machen, vorher kann ich nichts unternehmen. Sind Sie bereit, sich mit mir in München zu treffen, um alles in Ruhe zu besprechen?» Selbstverständlich ist er das, gerne, am besten gleich morgen, wenn ich Zeit hätte. Er habe genug Zeit, weil er krankgeschrieben sei: «Vor ein paar Wochen bin ich total zusammengeklappt – es war halt doch allmählich alles zu viel.»

Ich bin so aufgeregt, dass ich das Treffen auch so schnell wie möglich hinter mich bringen will, ich werde meine Termine absagen und mir morgen die Zeit nehmen für ihn – und für mich. Wir verabreden uns für den nächsten Nachmittag in München im Café Annast an der Feldherrnhalle um 15 Uhr.

«Wie erkenne ich Sie?»

«Ich bin groß und fast haarlos – früher einmal blond.»

Er lacht bitter.

«Ich trage eine Brille und werde meinen Aktenordner unterm Arm haben.»

«Und ich …»

«Sagen Sie nichts», unterbricht er mich, «ich werde Sie erkennen – bestimmt entsprechen Sie dem arischen Idealtyp!»

Wieder lacht er.

Inzwischen sind längst meine hungrigen Kinder aus der Schule heimgekommen. An meiner Türklinke hängt ein rotes Schild: «Bitte nicht stören.» Das respektieren sie, weil es eigentlich bedeutet, dass ich Klienten habe; sie sind nicht hereingekommen, als sie meine erregte Stimme hörten.

Nun heule ich erst einmal los, ich kann gar nicht mehr aufhören zu weinen, bis sie schließlich vorsichtig die Tür öffnen und besorgt fragen:

«Was ist los, Mama? Warum weinst du denn?»

Ich kann ihnen die Frage nicht beantworten, ich kann ihnen doch nicht sagen, dass ich gerade erfahren habe, dass meine Mutter mich mit großer Wahrscheinlichkeit noch mehr belogen hat, als ich schon immer wusste.

Sie ist ihre Großmutter, und vielleicht ist ja alles doch ein Irrtum. Es hilft nur das, was ich selbst am meisten hasse: lügen – oder Teilwahrheiten sagen:

«Nichts Besonderes, ich habe nur gerade mit einem Klienten telefoniert, der mir von seiner schrecklichen Kindheit erzählt hat. Das hat mich so mitgenommen. Ihr kennt doch eure sentimentale Mutter!»

Sie schauen mich zweifelnd an, fragen aber nicht weiter. Sie kennen die Antwort: «Schweigepflicht».

Die Wut lässt mich die Tränen hinunterschlucken: Ich habe mir immer geschworen, meine Kinder nie anzulügen! Bitter genug, dass sie das nun auch erreicht hat.

Aber ich lache, umarme die Kinder und entschuldige mich, dass ihre nachlässige Mutter noch nicht mit dem Mittagessen fertig ist, und laufe rasch in die Küche.

Dort sitzt meine Mutter am fertig gedeckten Tisch und sieht mich fragend an.

«Ist was passiert, weilst so spät zum Kochen kommst?»

«Nein, Mutti, es ist nichts passiert, ein Klient hat mich am Telefon aufgehalten», lüge ich auch sie an.

Nach dem Essen rufe ich meinen erwachsenen Sohn in München an, bitte ihn um seine Hilfe. Ich brauche einen objektiven Zeugen bei dem Treffen.

Er wird sich die Zeit nehmen, mich am nächsten Nachmittag zu begleiten. Das beruhigt mich ein wenig, aber als mein Mann spätabends anruft, versuche ich vergeblich, mich zu beherrschen und ihm den Vorfall zu verschweigen.

«Ich spüre doch, dass etwas nicht stimmt! Was ist passiert?»

Ich kann meine Tränen wieder nicht zurückhalten:

«Verzeih mir», sage ich, «es tut mir so Leid, aber meine Mutter scheint doch noch mehr in die Politik der Nazis verstrickt gewesen zu sein, als sie bisher zugegeben hat.»

Und merke erst an seiner Reaktion, dass ich ihn *für sie* um Verzeihung gebeten habe.

Auch das schlechte Gewissen hat schon immer zu mir gehört.

Eine Stunde vor dem mit Herrn Moser vereinbarten Termin treffe ich meinen Sohn im Café und erzähle ihm die ganze Geschichte; er findet das alles sehr aufregend.

Wir haben den Tisch so gewählt, dass wir alle Leute sehen können, die auf das Haus zugehen.

«Das muss er sein», sage ich, als ein Mann mit Aktenordner unter dem Arm zielstrebig die Tür ansteuert. Wir sitzen im voll besetzten Raum in einer Ecke, weit weg vom Eingang. Ich wende mich ganz meinem Sohn zu, stütze meine Ellbogen auf, lege mein Gesicht in beide Hände und gebe vor, in ein Gespräch vertieft zu sein. Michael hat den Eingang im Auge und berichtet:

«Jetzt ist er hereingekommen. Er bleibt stehen und schaut sich suchend um. Er schaut zu uns herüber, er zögert. Jetzt kommt er auf uns zu.»

Ich blicke erst auf, als er direkt am Tisch stehen bleibt.

«Ich nehme an, Sie sind Frau Heidenreich. Ich habe Sie sofort erkannt, obwohl ich nicht erwartet habe, dass Sie in Begleitung kommen würden.»

Er lächelt.

«Sie sind auch so eine große schöne Frau wie Ihre Mutter.»

Ich bin völlig irritiert – ich finde zwar nicht, dass ich meiner Mutter ähnlich sehe, aber es stimmt, sie ist fast so groß wie ich, damals eine für Frauen recht ungewöhnliche Größe. Woher weiß er das?

«Ich kann mich erinnern, dass die Tante Toni in dem Bauernhaus meiner Eltern immer den Kopf einziehen musste.»

Und dann noch ein Blick auf meine Hände:

«Sie haben auch die gleichen Hände wie Ihre Mutter.»

Auch wenn er blufft, trifft er ins Schwarze. Ich habe wirklich sehr ähnliche Hände, außer der Größe ist das tatsächlich die einzige Ähnlichkeit, die ich selbst zugeben muss.

Nein, es mache ihm gar nichts aus, dass mein Sohn mitgekommen ist, im Gegenteil, er sei froh, wenn auch er seine Geschichte erfahre. Ungefragt weist er sich aus, legt uns seinen Personalausweis vor, dann seine Krankmeldung an die Regierung von Oberbayern, ein Antwortschreiben dieser Behörde, das ihn als Oberstudienrat betitelt. «Damit Sie sehen, dass Sie es mit einem ordentlichen Staatsdiener und nicht mit einem Verrückten zu tun haben – ich kann Ihre Zweifel ja verstehen, meine Geschichte ist mehr als verrückt.»

Und dann kommt eine sehr unglaubwürdig klingende Erzählung, wie er auf die Spur seiner vermeintlichen Herkunft gestoßen sein will. Erst zeigt er uns Kinderzeichnungen, die er in der Hinterlassenschaft seines Stiefvaters gefunden hat: immer wieder Kinder und bewaffnete Männer, immer wieder ein Flugzeug.

«Ich erinnere mich genau, dass ich das gemalt habe. Es waren viel mehr, aber oft haben sie die Bilder gleich zerrissen und verbrannt.» Er habe einen Rechtsanwalt Leonhard in Frankfurt nicht gefunden, vergeblich versucht, ihn anderswo in Deutschland ausfindig zu machen. Später sei er zufällig, während einer Studienreise in Israel, auf einen alten Mann gleichen Namens gestoßen, der sich auf Nachfragen zu seiner früheren Identität als Anwalt bekannte: «Das ist eine andere Geschichte, die Sie mir nicht glauben werden.» Jedenfalls habe ihm Leonhard von den Kindesentführungen berichtet. Immer mehr verdrängte Erinnerungen seien wieder aufgetaucht und hätten sich mit den Tatsachen gedeckt, so dass beiden klar wurde, es könne sich nicht um «Einbildung» handeln. Leonhard sei nach dem Krieg von einem in die USA ausgewanderten renommierten Wissenschaftler aus dem Kreis um Wernher von Braun beauftragt worden, nach seinen 1944 entführten und seither verschollenen Kindern zu suchen.

Nach jahrelangen, vergeblichen Recherchen – keine Spur von den Kindern war zu finden – habe er die Suche eingestellt, und die Kinder seien für tot erklärt worden. Nun sei Leonhard zu der Überzeugung gekommen, Moser sei mit großer Wahrscheinlichkeit der verschollene Sohn jenes Wissenschaftlers, den zu suchen er selbst vor fast vierzig Jahren aufgegeben hatte! Im Übrigen habe er mit Mosers Stiefvater nie zu tun gehabt. Wahrscheinlich habe der alte Moser aus der Zeitung von dem Fall erfahren; in den seinerzeit ausführlichen Berichten sei auch Leonhards Name erwähnt worden.

Dann habe ihm Leonhard Daten und Fakten genannt und ihm geholfen, Familienmitglieder ausfindig zu machen. Er habe sich mit ihnen in Verbindung gesetzt und sei auf großen Widerstand gestoßen, weil man ihn ja für tot gehalten hatte.

Man befürchtete wohl, er sei ein Erbschleicher, da seine inzwischen leider verstorbenen Eltern den Neffen und Nichten ein größeres Vermögen hinterlassen hätten. Damit habe er aber «überhaupt nichts am Hut».

«Glauben Sie mir, ich brauche kein Geld, ich habe ein ordentliches Gehalt und später eine gute Pension. Ich will nur eines, ich will endlich wissen, wer ich bin.»

Sein Gesicht ist das eines traurigen, verlassenen Kindes – ich glaube ihm.

«Und die Unterschrift meiner Mutter wäre für Sie ein entscheidendes Beweisstück? Aber doch nur, wenn sie tatsächlich die von Ihnen vermutete Position gehabt hätte, was ich sehr bezweifle!»

Er schlägt seinen dicken Aktenordner mit einem Griff unter «K» auf, reicht mir Kopien von den Verhandlungen in Nürnberg, Auszüge aus Büchern, in denen sie namentlich zitiert wird. Mir wird schwindelig. «Kennen Sie folgende Namen von Freunden und Bekannten Ihrer Mutter?»

Meine Mutter lebt, solange ich mich erinnern kann, sehr zurückgezogen. Sie hat nur einen kleinen Bekanntenkreis, trifft sich selten mit anderen Menschen. Dennoch: Einige der zitierten Namen kenne ich tatsächlich, auch einige der genannten Personen.

Ich fühle mich wie bei einer Verschwörung, wenn ich nicke.

Er wird wieder ganz munter.

«Sehen Sie, das sind alles alte Nazis aus dem Lebensborn-Umfeld, genauer genommen SSler, Sie wissen doch hoffentlich wenigstens, dass der Lebensborn eine Organisation der SS war?»

Ja, das weiß ich freilich.

«Und ich glaube, dass alle, die noch leben, jede Menge wissen und dass sie noch immer in Kontakt sind! Ganz sicher aber beobachten sie sich gegenseitig. So wird verhindert, dass einer seinen Eid bricht! Ich glaube sogar, dass sie irgendwo noch Unterlagen versteckt haben – irgendwo, bei einem harmlosen alten Mann, einer gebrechlichen alten Frau lagert vielleicht noch brisantes Material, womit sie sich gegenseitig in der Hand haben! Ich glaube nicht, dass sie alles vernichtet haben vor dem Einmarsch der Amerikaner in Steinhöring.»

Er hat einen roten Kopf bekommen bei seinen Ausführungen. Sind die Augen nicht doch die eines Fanatikers, dem der Bezug zur Realität verloren gegangen ist?

Gerne würde ich diesem Gedanken vertrauen.

Aber ich weiß, dass meine Mutter in den ersten Maitagen aus Steinhöring mit dem Fahrrad nach Tölz kam, dass es immer hieß, sie habe dort bis fast zum Schluss die Stellung gehalten, bis sie nach Hause geschickt wurde und die letzten Anwesenden, wie der leitende Arzt Dr. Ebner und der Geschäftsführer Max Sollmann, von den Amerikanern verhaftet wurden. Und auf einmal taucht noch ein Bild vor meinen Augen auf: Eine verschlossene und verschnürte Aktentasche in ihrem Bücherschrank, unter Zeitschriften und Fotobänden.

Ich kann mein Erschrecken wohl nicht verbergen.

Herr Moser lacht: «Sie sind ganz blass geworden – es macht schon Sinn, was ich Ihnen erzähle, oder?»

Ich täusche Kopfschmerzen und Müdigkeit vor, ich müsse das Ganze erst einmal verdauen.

Jedenfalls verspreche ich ihm, mit meiner Mutter zu reden und ihn, soweit es in meiner Macht stehe, zu unterstützen.

Er verspricht mir, seine Unterlagen zu kopieren und mir zuzuschicken, will auch den zuständigen Richter beauftragen, mir Einblick in seine Prozessakten zu gewähren.

Draußen muss ich mich von meinem Sohn stützen lassen, so schwach fühlen sich meine Beine an.

Ich muss ihm erzählen, was mir zuvor eingefallen war.

«Hast du eigentlich ihren Bücherschrank ausgeräumt?»

Nein, er habe ihn genau so gelassen, als er in die Wohnung einzog. Da der Schrank bis oben voll war, sei ohnehin kein Platz für seine Bücher gewesen und er habe ein Bücherregal aufgestellt.

«Es ist schon lang her, bestimmt zwanzig Jahre. Ich war in München an der Uni, brauchte für eine Seminararbeit eine genaue geographische Angabe und erinnerte mich, dass Mutti meinen alten Diercke-Weltatlas aus der Schule aufbewahrt hatte. Da sie nicht zu Hause war, habe ich ihn in diesem Schrank gesucht. Er lag unter den schweren Fotobänden auf dieser geräumigen alten schwarzen Aktentasche, die ich früher als Schultasche benutzt und dann zurückgegeben hatte, weil es mich immer gestört hatte, dass sie einem Geliebten meiner Mutter gehört hatte. Er hatte seinen Namen tief in die weiche Innenseite des kräftigen Leders geritzt und sie doch nicht mitgenommen auf seiner Flucht.

Jetzt lag sie verschnürt wie ein Paket im Schrank, obwohl die beiden Schlösser ohnehin verschlossen waren. An der Verschnürung war ein Paketanhänger befestigt. Ich drehte ihn um und las: ‹Der Inhalt dieser Tasche ist nach meinem Tod zu verbrennen!›

Ich war erst verwirrt, dachte dann an Liebesbriefe des ehemaligen Besitzers der Mappe und musste lächeln. ‹Die Briefe müssen ja ganz schön heiß sein, wenn ich sie nicht mal nach deinem Tod lesen darf, liebe Mutter. Mal sehen, das könnte ich dir nicht versprechen, dass nicht meine Neugierde siegen wird.› Ich habe alles wieder genau so eingeräumt und ihr davon nichts erzählt.»

«Und du meinst jetzt, dass in dieser Mappe gar keine Liebesbriefe sind, sondern vielleicht anderes ‹heißes› Material?»

Ich zucke die Achseln. Michael beschleunigt seine Schritte, in wenigen Minuten sind wir in seiner Wohnung.

Er öffnet hastig den Bücherschrank, beide knien wir uns davor nieder.

Im untersten Fach liegt unter Zeitschriften, Fotobänden und alten Kalendern ganz zuunterst der Diercke-Weltatlas.

Von der schwarzen Ledermappe keine Spur.

«Vielleicht hat sie sie woanders versteckt», vermutet Michael und fängt an, in anderen Schränken zu suchen.

Ich bin mit einem Mal sehr müde.

«Lass das doch. Wir müssen überlegen, was jetzt zu tun ist. Nach der Mappe kannst du später suchen. Wenn sie noch hier ist, wirst du sie auch finden. Deine Oma muss jedenfalls erfahren, dass sie in Kürze eine Vorladung nach Nürnberg bekommen wird.»

Ich habe Angst um sie. Es wird ein Schock für sie sein, nach fünfzig Jahren noch einmal in Sachen Lebensborn vor Gericht zitiert zu werden – und ausgerechnet wieder nach Nürnberg!

Das kann ihr nicht zugemutet werden, sie wird das nicht überleben!

Ich muss es verhindern.

Allerdings – sie hat ja schon mit Herrn Moser telefoniert und ganz positiv reagiert, so behauptet er wenigstens. Warum hat sie mir das nicht erzählt, warum hat sie mir wieder etwas verschwiegen, was ich wissen müsste? Wie kann ich sie schützen, wenn ich nicht weiß, was sie diesem Mann gesagt hat?

Und wenn er doch lügt?

Jedenfalls müssen wir ihr von diesem Gespräch berichten. Ich bin viel zu aufgeregt, habe Angst, sie mit meinem Schmerz, meinem Zorn, meiner Verzweiflung zu konfrontieren, Angst vor ihrem Zusammenbruch, Angst vor den Aussagen, die sie vielleicht jetzt endlich machen wird.

Angst auch vor der Wahrheit, nach der ich mich immer gesehnt habe?

Michael erklärt sich bereit, mit mir nach Hause zu fahren. Er wird mit ihr sprechen, er wird ihr alles schonend beibringen. Sie liebt ihren ältesten Enkel, bei ihm kann sie wahrscheinlich offener sein als mir gegenüber. Er findet die ganze Geschichte total spannend, ihn treibt meine Angst nicht um.

Zu Hause sind alle überrascht, dass Michael mitkommt; meine Mutter freut sich ganz besonders, sie sieht den viel beschäftigten Enkel sehr selten, seit sie nicht mehr in München lebt.

«Das ist aber eine schöne Überraschung! Dass du mal aufs Land kommst!», sagt sie und lacht: «Hast Sehnsucht nach deiner alten Großmutter?»

Und dann doch ein wenig misstrauisch:

«Warum habt ihr mir denn davon nichts erzählt? War das geplant?»

Ich habe ihn nur kurz besuchen wollen in seiner Wohnung, lüge ich, und er sei kurz entschlossen mitgefahren, weil wir uns schon so lange nicht mehr gesehen hätten und es viel zu erzählen gäbe.

Dafür ist das Gespräch bei Tisch eher schleppend, ich halte weiter mühsam die Fassade der fürsorglichen Mutter und Tochter aufrecht. Mein Mann, der von seiner Reise zurückgekehrt ist und nur weiß, dass ich diese Verabredung hatte, aber nicht, wie sie ausgegangen ist, wirkt sehr angespannt – er entschuldigt sich mit dringender Arbeit und zieht sich gleich nach dem Essen an seinen Schreibtisch zurück. Die beiden anderen Söhne entziehen sich den Fragen des großen Bruders, die sie nur einsilbig beantworten: im Fernsehen wird ein wichtiges Fußballspiel übertragen.

«Oma, ich tät gern mit dir in dein Zimmer gehen, ich müsst mit dir was besprechen», nimmt Michael Anlauf. Ich verschwinde sofort in die Küche, höre noch ihr helles Lachen: «Hast wieder was ang'stellt in meiner Wohnung? Sag gleich, wenn du mir schon wieder einen Wasserschaden beichten musst!»

«Nein, Oma», sagt er ernst, «ich hab nichts angestellt, keinen Schaden zu beichten. Es geht diesmal um dich. Ich muss von dir etwas wissen.»

Mein Herz klopft sehr laut, als sie gemeinsam die Treppe hinuntergehen, ich klappere mit dem Geschirr.

Die Minuten vergehen langsam. Nachdem mir der zweite Teller aus den Händen gerutscht ist, halte ich die Spannung nicht mehr aus. Ich setze mich auf die Treppe, komme mir mies vor, weil ich lausche, warte auf erregte Stimmen, einen Schrei, ein Schluchzen, höre nur die tiefe Stimme meines Sohnes, sie klingt erst beherrscht, dann eindringlich. Die Worte kann ich nicht verstehen, auch ihre nicht, ihre Stimme ist nur ein wenig höher als gewöhnlich.

Mit einem Mal ein Lachen – sie lacht ihr hohes, falsches Lachen! Ich kann nicht mehr auf der Treppe sitzen bleiben, laufe hinunter, reiße die Türe auf, rufe: «Was um Gottes willen gibt es da zu lachen?»

Sie sitzt in ihrem Sessel, hoch aufgerichtet, spannt ihren sonst so gerundeten Rücken. Ihre Arme hat sie über der Brust verschränkt, im Gesicht ein überlegenes Lächeln.

Michael sitzt ihr auf dem Sofa gegenüber, weit nach vorne geneigt, auch seine Hände sind verschränkt, aber wie flehentlich auf sie gerichtet, als ob er sie beschwören wolle.

Ich bin fassungslos – ein Häuflein Elend habe ich erwartet, nun sehe ich vor mir eine souverän lächelnde Frau, die ihrer Sache ganz sicher zu sein scheint, und einen hilflosen Michael, der keine Worte mehr findet.

«Worüber lachst du?», frage ich, den Tränen nahe.

«Weil dieser Depp da, Moser oder wie er sich nennt, behauptet, ich hätt ihm meine Hilfe angeboten. Und ihr glaubt das auch noch!»

«Jedenfalls hast du doch wohl mit ihm telefoniert, warum hast du mir das denn nicht erzählt?»

«Weil mir des doch so wurscht ist wie irgendwas! Der hat angerufen, des stimmt, als ihr in Frankreich wart. Warum hätt ich dir das denn erzählen sollen, da gab's doch andere, wichtigere Dinge!»

«Mutti, dieser Mann ist verzweifelt, er möchte wissen, wer er wirklich ist! Er ist auf der Suche nach seiner Identität! Er braucht deine Hilfe!»

«Jaja, das hat er mir alles schon erzählt, und der Michael jetzt noch einmal!»

«Und er hat gesagt, du hättest ihm am Telefon versprochen, das zu tun!»

«Da habts euch einen schönen Bären aufbinden lassen! Warum hast *du* mir denn nicht erzählt, dass *du* mit ihm telefoniert hast? Und dass du dich mit ihm verabredet hast und dass du auch noch den Michael in die blöde Geschichte mit reinziehst? Das Treffen hätts euch sparen können, ich hätt euch gleich g'sagt, dass des ein Spinner ist.»

Michael zuckt die Achseln, sagt kein Wort, er scheint keine Argumente mehr zu haben. Jetzt muss ich wohl doch selbst weiterfragen; ich versuche, sachlich zu sein:

«Selbst wenn Herr Moser ein Spinner ist, was ich nicht glaube, er hat auf uns einen ganz vernünftigen Eindruck gemacht, so hat er doch wohl einen berechtigten Anspruch auf deine Aussage! Den hat er anscheinend bei Gericht geltend machen können, und das hat Konsequenzen für dich!»

Und sie antwortet ebenso sachlich:

«Was heißt hier ‹Ansprüche› an mich, was habe ich mit der Identitätssuche von Herrn Moser zu tun?»

Jetzt mischt Michael sich wieder ein:

«Aber Oma – du warst doch beim Lebensborn, du hast doch wahrscheinlich seine Adoption vermittelt, wie sonst hätte er dich denn gefunden?»

«Keine Ahnung, wie der auf mich gekommen ist und wie er die Adresse rausgefunden hat! Freilich hab ich mit Adoptionen zu tun gehabt, das war doch nichts Unrechtes! Wir haben doch nur das Beste gewollt für elternlose Kinder, die sonst im Waisenhaus aufgewachsen wären, und wir haben kinderlose Ehepaare glücklich gemacht! Ich bin mir da keiner Schuld bewusst, das tät ich doch heut wieder! Der Lebensborn war eine hervorragende soziale Einrichtung, des hab ich schon hundertmal erklärt! Und das haben selbst die Amis in Nürnberg g'sagt, dass der Lebensborn eine Wohlfahrtseinrichtung war und die Heime Entbindungsheime für verheiratete und unverheiratete Frauen waren, in denen Mütter und Kinder bestens versorgt worden sind! Das ist aus dem Beweismaterial ganz klar geworden, moanst, die hätten uns sonst freigesprochen?»

«Ja, freilich hat das einen guten Eindruck gemacht in Nürnberg, was ihr erzählt habt! Aber die Wahrheit hat doch niemand erfahren im Nürnberger Prozess! Es waren doch nicht nur uneheliche Kinder und Waisenkinder, die ihr vermittelt habt. Herr Moser zum Beispiel ist als Kind entführt worden …»

«Behauptet er, wahrscheinlich bild't der sich das ein», unterbricht sie mich.

«Mutti, deine wunderbare soziale Einrichtung war eine SS-Organisation, die ausschließlich wegen der Rassenideologie gegründet worden ist, du weißt das doch genau! In den so wunderbaren sozialen Heimen durften doch nur Frauen gebären, die die richtigen Rassemerkmale hatten! Und wo kamen sie denn sonst noch her, eure ‹bindungslosen Kinder›, so hießen sie doch?»

Sie nickt:

«Die meisten kamen aus Lebensborn-Heimen und sind von ihren Müttern zur Adoption freigegeben worden.»

«Und die vielen anderen, älteren?»

«Die sind uns vom RuSHA zugewiesen worden.»

«Und wo hatte das *Rasse- und Siedlungshauptamt* sie her? Auf der Straße gefunden? Hast du nie nachgefragt?»

«Was du dir immer für Vorstellungen machst! Ich war Angestellte und habe meine Arbeit nach meinen Dienstanweisungen gemacht! Wen hätt ich denn fragen sollen und warum? Des is' mich doch überhaupt nix ang'angen, wo die Kinder her'kommen sind!»

«Du hast doch mal erzählt, dass du auch einige Male in Berlin polnische Kinder abgeholt hast; es kann doch nicht wahr sein, dass du dir nie Gedanken gemacht hast, warum *polnische* Kinder in Deutschland adoptiert werden sollten!»

Hat sich ihr verschlossenes Gesicht jetzt nicht ein wenig verändert? Sie runzelt die Stirn, scheint nachzudenken.

«Das waren Kinder aus den ‹Eindeutschungsaktionen›, die man ihren Eltern weggenommen und auf ihre ‹rassische Tauglichkeit› hin untersucht hat, und wenn das gepasst hat, sind sie nach Deutschland ‹zwangsverschickt› und ‹umerzogen› worden – in Lebensborn-Heimen!»

«Davon weiß ich nichts.»

«Und viele der Kinder waren in der Tat Waisenkinder», erklärte ich, «deren Eltern verhaftet und im KZ ins Gas geschickt worden waren! Die Kinder wurden ‹aussortiert› und haben nur überlebt, weil sie blond und blauäugig waren, sonst wären sie genauso umgekommen wie Hunderttausende von anderen Kindern, die nicht das ‹Glück› hatten, ‹arisch› auszuseh'n!»

Ihre Antwort klingt tatsächlich nachdenklich:

«Ja klar – *alles* haben die natürlich net g'nommen beim RuSHA.»

Mir wird eiskalt. Diese fremde Frau, die anscheinend ohne Gefühlsregung von Menschen spricht wie von Wegwerfprodukten, ist meine Mutter!

Ist das ihr wahres Gesicht?

Sonst scheint sie sensibel zu sein, hat «nahe am Wasser gebaut», wie sie von sich selbst sagt. Jede Zeitungsmeldung über Katastrophen und Tod kann sie zu Tränen rühren, und wenn ein Unglück (oder das, was sie dafür hält) ihr im Familien- oder Bekanntenkreis zu nahe kommt, lamentiert sie:

«Ich kann dir gar nicht sagen, wie weh mir das tut!»

Aber die Empfindungen sind ausgeblendet, wenn es um ihre frühere Existenz geht, wie Haut sich nach dem Durchtrennen von Nerven taub anfühlt und vernarbt: Verhärtungen ohne Schmerz.

So muss es sein: Die Nazi-Ideologie hat sie anästhesiert, amputiert, wahrscheinlich sie alle, die von diesem Regime infiziert waren. Sie konnten mit Leid und Tod leben, nicht weil sie es nicht *gesehen* oder nicht *gewusst* haben (wie viele später behaupteten), sondern weil sie es nicht mehr *gefühlt* haben.

So wahrscheinlich konnten dieselben Männer, die tagsüber Menschen erschossen, Leichenberge verbrannten, Zyklon B in die «Duschanlagen» warfen, am Abend ihre Frauen zärtlich umarmen und lachend ihre Kinder hochheben. Und so konnten dieselben Frauen, die anderen weinenden Frauen ihre schreienden Kleinkinder aus dem Arm rissen, sie nackt auszogen und unter «die Brause» schickten, am Abend ihren eigenen Kindern sanft die Tränen aus den Augen wischen, sie zu Bett bringen und ihnen eine tröstende Gutenachtgeschichte erzählen, ohne dass die Schreie in ihren Ohren gellten.

Und mit wenigen Ausnahmen konnten sie nach dem Krieg diesen Teil ihres Lebens abschließen, zum Tabu erklären und auf anderen Gebieten emotional weiterleben, als sei nichts geschehen. Sie konnten lieben und lachen und trauern – nur in dem Tabubereich sind sie taub geblieben und empfindungslos. Und wenn versehentlich dieses Tabu angesprochen wird, reagieren sie genauso wie damals: Da gab es einfach «etwas», das es nicht wert war, darüber nachzudenken, geschweige denn, Gefühle daran zu verschwenden.

«Lass doch jetzt die Grundsatzdiskussionen, Mama», ruft mich Michael wieder in die Gegenwart zurück.

«Es geht doch darum, wie wir verhindern können, dass Oma eine Aussage vor Gericht machen muss.» Und an sie gewandt: «Du hast vorhin gesagt, du könntest dich nicht an diesen Fall erinnern und hättest ihm keineswegs eine Zusage gemacht, wie er behauptet.»

«Das stimmt, ich hab keine Ahnung, was der von mir will.»

«Wie ist euer Gespräch denn verlaufen?»

«Er hat gesagt, er sei ein ‹Lebensborn-Kind›, dass ich seine Adoptionspapiere unterzeichnet und ihn in Linz besucht hätte – so ein Blödsinn, dort war ich nie –, und ich habe ihm gesagt, dass ich von dem Ganzen nichts mehr wissen will und dass er mich in Ruhe lassen soll. Dann habe ich den Hörer aufgelegt. Und ich will auch nichts mehr wissen von dem Lebensborn, ich kann des Wort schon nimmer hören, ich hab genug gelitten. So lange war Ruhe, und jetzt kommt der mit seiner Fragerei wieder daher.»

Michael zuckt wieder mit den Achseln, nickt, schaut mich fragend an. Meint er, wir sollen nicht weiter in sie dringen?

Also: «Aussage gegen Aussage»! Wer lügt? Wäre es nicht normal, der eigenen Mutter zu glauben und nicht einem Fremden?

Normalerweise ja. Aber bei uns ist eben nichts normal.

Ihre Lügen gehören zu meinem Alltag, seit ich denken kann. Und ich werde sie jetzt nicht wieder «in Ruhe lassen». Ich habe das anscheinend zu lange getan.

«Wie immer es war, er behauptet, dass du gesagt hast, du könntest dich erinnern.»

«Wie sollte ich denn, bei den Hunderten von Kindern soll ich ausgerechnet einen ‹Fall Moser› im Kopf behalten haben?»

«Heißt das, du *könntest* seine Papiere unterschrieben haben? Dann musst du doch eine andere Funktion gehabt haben – du hast immer gesagt, du seist *Sekretärin* gewesen!»

«Sekretärin, ja, das war ich auch bei der Inge Viermetz – und dann war ich halt *Sachbearbeiterin*, als sie nach Belgien gegangen ist», räumt sie ein.

«Bitte, Mutti, du weißt, ich habe mir nie angemaßt, dir deine Nazivergangenheit vorzuhalten! Auch wenn ich meine, dass ich mich anders verhalten hätte, so ist das mein Wunschdenken. Ich möchte von mir *glauben*, ich wäre nicht verführbar gewesen – aber ich *weiß* es nicht, und ich komme hoffentlich nie in eine ähnliche Situation wie du, um es beweisen zu müssen. Aber ich muss endlich wissen, welche Funktion du wirklich hattest beim ‹Lebensborn›! Du wirst doch sowieso bei dieser Vernehmung darüber reden müssen!»

«Kein Mensch kann mich zwingen, noch einmal nach Nürnberg zu fahren, ich bin schwer gehbehindert, ich bin nicht transportfähig, ich lasse mich krankschreiben. Dann müssen sie schon jemanden hierher schicken, der mich in der Wohnung vernimmt.»

«Das wird vermutlich so kommen, der Richter wird dich hier befragen.»

«Der soll nur kommen, dann sag ich das Gleiche, was ich in Nürnberg beim Prozess gesagt hab.» Sie lächelt.

«Eine andere Auskunft kriegt der nicht. Und du auch nicht. Schluss jetzt, ich geb überhaupt keine Auskunft mehr.»

Ich bin mit meiner Selbstbeherrschung am Ende und beginne fassungslos zu weinen. Ich knie mich vor ihren Sessel, lege meinen Kopf in ihren Schoß wie ein Kind und flehe sie an:

«Bitte, bitte, Mutti, sag mir endlich die *Wahrheit* – ich muss sie endlich kennen, ich kann so nicht leben!»

Sie beugt sich nicht herunter, streichelt nicht meinen Kopf, bleibt aufrecht mit ihren verschränkten Armen sitzen.

«Geh weiter, steh doch auf! Mach doch kein solches Theater! Ich versteh überhaupt nicht, dass dich der oide Schmarr'n so aufregt!»

Ich stehe auf:

«Der *oide Schmarr'n* hat mehr als sechs Millionen Menschen das Leben gekostet, und darüber rege ich mich tatsächlich auf», sage ich tonlos und verlasse das Zimmer.

Mühsam versuche ich, die Treppe hinaufzugehen, meine Beine tragen mich nicht recht, ich setze mich wieder auf die Stufen wie vorhin.

Einen alten «Unsinn» – das ist im Altbayrischen mit «Schmarr'n» gemeint – nennt sie das! Sie ist imstande, das Leiden und den Tod von Millionen einfach mit der Hand wegzuwischen wie eine lästige Fliege. Die Erinnerung an ein entsetzliches Unrecht, an dem sie mitgewirkt hat, stört doch nur! Auch wenn sie vermeintlich für das «Leben» von Kindern, sogar für ein besseres Leben gearbeitet hat – das mag in vielen Fällen durchaus richtig gewesen sein –, so war der «Lebensborn» als SS-Einrichtung doch eine verbrecherische Organisation, weil er auf seine Weise Selektion betrieb und mit seinem Rassenwahn dem Holocaust Vorschub leistete. Der Verlust an «minderwertigem Menschenmaterial» durch dessen Vernichtung musste langfristig ja irgendwie «ausgeglichen» werden, am besten doch mit der Produktion einer «hochwertigen arischen Rasse»! Sie hat das damals nicht erkannt, nicht sehen, nicht wissen wollen, und sie will es heute noch nicht.

Was hatte sie eigentlich für einen Grund, für den «Lebensborn» zu arbeiten und nicht, wie ursprünglich geplant, zurückzukehren an ihre frühere Stelle bei der Farben- und Lackfabrik? Oder wäre das auch nicht besser gewesen, war diese Firma nach der «Arisierung» nicht längst verstrickt mit der IG Farben, die wiederum über ihre Firma Degesch für die Lieferung des Zyklon B verantwortlich war? War es nicht ab einem gewissen Zeitpunkt ziemlich gleichgültig, wo man arbeitete? Hat man nicht an allen Enden letztlich dem Regime zugearbeitet, wenn man nun mal die Anfänge übersehen und sich nicht am Widerstand beteiligt hat?

«Betrachtet die Fingerspitzen, ob sie sich schon verfärben!», schreibt Günther Eich später, im Jahr 1948.

Sie haben es nicht erkannt damals, dass ihre Fingerspitzen sich zu verfärben begannen, und als sie schwarz wurden, war es zu spät. Sie waren «mit dem Entsetzlichen gut Freund» geworden und konnten später nicht mehr sehen, dass auch an ihren Händen Blut klebte. Meine Mutter hat es ebenso verdrängt wie die Millionen Deutsche, die «das alles nicht gewollt» haben, und so ist sie auch bis zum heutigen Tage imstande, mich weiter zu belügen oder «nur» Geschehenes zu verleugnen. Sie sieht meine Verzweiflung, meinen Schmerz nicht, sie kann nicht sehen, nicht fühlen, was mit mir passiert, sie kann zusehen, wie ich vor ihr knie, wie ich weine, um die Wahrheit flehe, die ich brauche wie die Luft zum Atmen. Sie muss weiterhin ihr beschönigendes Bild von sich selbst bewahren. Ihre Angst, sich mit sich selbst zu konfrontieren, ist stärker als ihre Liebe zu mir, die sie immer wieder beteuert hat.

Zur Liebe gehört Vertrauen, und aus Vertrauen auf die Liebe

eines Menschen entsteht Beziehung. In einer echten Beziehung
– und das sollte eine Mutter-Kind-Beziehung sein – darf es keine
Lüge und kein Verleugnen geben.

«Das Verleugnen ist eine unscheinbare Variante des Verrats. Von au-
ßen ist nicht zu sehen, ob einer verleugnet oder nur Diskretion übt, Rück-
sicht nimmt, Peinlichkeiten und Ärgerlichkeiten vermeidet. Aber der,
der sich nicht bekennt, weiß es genau. Und der Beziehung entzieht das
Verleugnen ebenso den Boden wie die spektakulären Varianten des Ver-
rats», schreibt Bernhard Schlink in seinem Buch «Der Vorleser».

Kaum hatte ich damals mit drei Jahren gelernt, dass «Tante
Anni» in Wirklichkeit meine Mutter war, kaum hatte ich angefangen, eine neue Beziehung zu dieser Frau zu entwickeln, da hat
sie schon wieder verleugnet, was ich gerade neu lernen sollte.

Es gibt einen einzigen Sommer, in dem sie in meiner Erinnerung «da» war, das muss 1948 gewesen sein, nach ihrer Rückkehr aus Nürnberg, in diesem Jahr hat sie wohl zunächst nicht
gearbeitet. Die Amerikaner wollten eine Zeugin im Kriegsver-
brecherprozess sicher nicht mehr beschäftigen, und es dauerte
wohl eine Weile, bis sie nach der Einstufung als «Mitläufer» in
den Staatsdienst übernommen wurde. Sie bekam wie ihre
Schwester eine Stelle im neu gegründeten «Besatzungskosten-
amt» in Tölz. Jedenfalls hat sie sich Zeit für mich nehmen können, sie ging mit mir spazieren, ich pflückte so gerne bunte Wiesenblumen, sie brachte mir die vielfältigen Namen bei, die sie
von ihrem Vater gelernt hatte. Es gibt ein sehr schönes Bild in
meinem Kopf: Ich sehe mich im Sonnenschein durch eine blühende Wiese laufen und Margeriten pflücken, meine geliebten
Margeriten! Mit einem dicken Strauß, den meine kleinen Hände
kaum umfassen können, laufe ich auf sie zu. Sie steht mitten in
der bunten Wiese in ihrem blauen Dirndlrock mit den schwarzen und weißen Blümchen, den sie bei ihrer Verhaftung im vori-
gen Jahr getragen hatte, als sie hinter dem Eisentor der Kaserne
verschwunden und ein ganzes Jahr nicht zurückgekommen war.
Jetzt muss sie den Rock mit einem Gürtel zusammenhalten. Ihre
strumpflosen Beine sind bleich, die Haut ist schuppig. Sie kniet
sich nieder, nimmt mir lachend den Strauß ab und ruft:

«Wie schön, lauter Margeriten! Woher weißt du, dass das meine Lieblingsblumen sind?»

Sie umarmt mich, und ich lege meine Ärmchen um ihren Nacken und bin glücklich über die Freude in ihrem hohlwangigen Gesicht mit den dunklen Schatten um die Augen. Und ich wünsche mir von der Sonne, dass sie ihre bleiche Haut bräunen und die grauen Haare wieder dunkelblond machen soll.

Nachmittags gingen wir oft hinaus zum Schwimmbad am Moorweiher draußen in der Eichmühle, wo sie mir Schwimmen beibrachte. Da fand ich es dann doch gut, dass Anni meine Mutter war und nicht meine unsportliche Tante, die ich «Mutti» nannte und die selbst nicht schwimmen konnte. Anni schwamm gut und sehr gerne, und sie half mir, die Angst vor dem dunklen Moorwasser zu überwinden. Auch das gehört zu den glücklichen Erinnerungen meiner Kindheit: ihre stützende Hand unter meinem Bauch zu spüren, bis ich die ersten Schwimmbewegungen auf sie zu machen konnte, ohne zu versinken. Das Nichtschwimmerbecken war ein mit Brettern ausgeschlagener Teil des Teiches, vom tiefen Wasser nur durch schwimmende, an Ketten befestigte Balken getrennt. Der Boden und die Bretter der Uferbefestigung waren glitschig von Algen, man musste sehr aufpassen, dass man nicht ausrutschte. Einmal klammerte sich ein Salamander an einem Brett fest. Das schwarze Tier mit der gelben Zeichnung machte mir keine Angst, es war mir als «Lurchi», das gestiefelte Maskottchen der Schuhfirma «Salamander», vertraut. Die illustrierten Heftchen mit «Lurchis Abenteuern», die man in Schuhgeschäften umsonst bekam, waren unsere ersten «Comics». Die gereimten Kommentare der spannenden gezeichneten Abenteuer, die Lurchi zu bestehen hatte, endeten immer mit dem Vers:

«Und im Walde tönt es noch: Salamander, lebe hoch!»

Als ich ohne Hilfe zwischen Brettern am Ufer und Grenzbalken hin- und herschwimmen konnte, kam mein großes Abenteuer: das Schwimmen im tiefen Wasser. Es blieb für eine Weile eine große Mutprobe, weit hinauszuschwimmen zu den Seerosen im naturbelassenen Teil des Teiches. Immer blieb man mit

Armen oder Beinen in Pflanzenteilen hängen, und das erinnerte an die schrecklichen Geschichten von den gefährlichen Schlingpflanzen, die sich um die Beine schlingen und, je mehr man strampelt, einen umso sicherer in die Tiefe ziehen würden! Mein Vetter Herbert erzählte sie immer und begründete damit seine Weigerung, mit uns hinauszuschwimmen:

«Ich bin doch nicht lebensmüde!»

Ich habe es dennoch wieder und wieder gewagt und der an meiner Seite schwimmenden Mutter vertraut, die sagte, das mit den Schlingpflanzen sei ein «Schmarr'n». Es war gut, dass ich mich an ihren Schultern festhalten konnte, wenn es mir doch zu unheimlich wurde. Man konnte in dem braunen, vollkommen undurchsichtigen Wasser auch nicht wissen, welches «Viechzeug» sich da unten tummelte, vielleicht unter den Badeanzug schlüpfen könnte! Schließlich rannten schon auf der Oberfläche genug Wasserläufer umher und platschten plötzlich Frösche ins Wasser.

Es war ein Fest, wenn wir, ganz selten nur, mit dem Bus zum Tegernsee fuhren. Der war zwar auch im Sommer eiskalt, aber glasklar, und es war ein wunderbares Gefühl, bis auf den steinigen Grund sehen und schimmernde Fischschwärme beobachten zu können.

Herbert und ich waren ganz aufgeregt, als wir an der Haltestelle am Hauptpostamt in den Bus stiegen. Wunderbar, die ersten beiden Reihen waren frei! Da konnte sich meine Mutter in die erste setzen und wir gleich dahinter, vorne war es für Kinder verboten.

Plötzlich zischte sie leise und barsch:

«Setzt euch sofort hin und gebts Ruh'!»

Und dann begrüßte sie sehr freundlich eine Frau, die nach uns einstieg und sich gleich neben sie setzte, mit diesem hohen falschen Ton, den ich bis heute kenne.

Die beiden Frauen plauderten weiter, als der Bus schon anfuhr, meine Mutter hatte sich nicht mehr nach uns umgeblickt. Aber die Frau wandte sich plötzlich um und fragte:

«Was sind denn das für Kinder, die Sie dabeihaben?»

Und sie antwortete, ohne auch nur eine Sekunde zu zögern: «Das sind die Kinder meiner Schwester.»

Wahrscheinlich habe ich nur fassungslos auf ihren Rücken gestarrt, auch Herbert ist stumm geblieben. Warum hat er nicht gerufen: «Tante Anni, warum lügst du denn?», warum ich nicht: «Du hast doch gesagt, ich bin *dein* Kind!»

So hätten meine Kinder wahrscheinlich reagiert, sie sind es gewöhnt, kritisch sein zu dürfen. 1948 waren Kinder anders, sie haben nicht gewagt zu protestieren.

Ich war völlig verwirrt, genau das sollte ich doch nicht mehr glauben, dass meine Tante Maria meine Mutter sei! Die Anni war doch angeblich meine Mutter. Und nun behauptete sie wieder das Gegenteil!

Was mag in dem kleinen Mädchen vorgegangen sein, wie hat es dieses Hin und Her verkraftet, ohne verrückt zu werden?

Die Botschaft war verwirrend klar:

«Glaub ja nicht, dass du bist, wer du bist.»

Später, als die Frau ausgestiegen war, hat Herbert sie doch gefragt, ich war gänzlich verstummt. An die Antwort erinnere ich mich genau:

«Das war mir jetzt zu umständlich, das zu erklären, wer jetzt mein Kind ist oder das von der Maria! Außerdem geht das die Frau auch gar nichts an, ich kenn die ja kaum!»

Wie konnte das kleine Mädchen das verstehen, es hat doch gespürt, dass wieder etwas nicht stimmt. Welche Erklärung kann es für ein Kind geben, dass die Mutter nicht stolz sagt: «Das ist meine kleine Tochter!», als dass es eben *keinen* Grund gibt, stolz zu sein! Und da das kleine Mädchen nicht ahnen kann, dass es ohnehin eine Schande ist, ein uneheliches Kind zu haben, kann es doch den Grund nur bei sich selbst suchen, dann ist es eben selbst nicht in Ordnung!

Mit welchem Stolz habe ich meine drei Kinder immer mit Namen vorgestellt, hätte am liebsten noch, je nach Altersstufe, dazu gefragt: «Ist er nicht süß, groß, schön, toll, gut aussehend?» Glücklicherweise kamen solche Feststellungen meist ohnehin vom jeweiligen Gegenüber, und ich war froh darüber.

Aber meine Mutter hatte kein *Verlangen*, auf dieses hübsche, blond bezopfte Kind zu zeigen und zu sagen:

«Das ist meine kleine Tochter.»

Später habe ich mir diese Szene so erklärt, dass es in Tölz freilich sehr schwer war, zu mir als ihrer Tochter zu stehen, wenn ich eben dort vorher als das «norwegische Waisenkind» ihrer Schwester gegolten habe.

Aber warum hat sie mich weiter verleugnet, als wir nach München gezogen waren? In dem Neubau, in den wir zogen, hat keiner gefragt, ob ich ein uneheliches Kind bin. Die Dreierkonstellation war klar: Eine junge Frau mit ihrer Tochter und eine alte Frau, die ebenso die Schwiegermutter der Frau hätte sein können. Die Vermutung lag sogar nahe, weil die große, gut aussehende Frau keinerlei Ähnlichkeit mit dem gebeugten alten Weiblein hatte. Wenn sich einer in den überfüllten Wohnungen des Sozialbaus, in denen öfter mehrere Generationen zusammenlebten, überhaupt Gedanken gemacht hat über uns, dann höchstens den, dass vermutlich der Mann der jungen Frau im Krieg gefallen war und sie die Schwiegermutter zu sich genommen hatte, weil ja nur «König» an der Tür stand.

Das hätte es meiner Mutter doch leichter machen können, sich endlich zu mir zu bekennen. Aber sie kam aus der Falle nicht mehr heraus, sie war meine Mutter innerhalb der Familie, in der Schule und im neuen Wohnhaus, aber sie war eine andere Frau in einem anderen Umfeld, in dem es mich nicht geben durfte.

So konnten wir beispielsweise in der Innenstadt zum Einkaufen unterwegs sein, und plötzlich wandte sie sich abrupt ab und ging auf die andere Straßenseite hinüber. Ich spürte, dass ich nicht nachkommen durfte, so als ob ich ihre abwehrende Hand hinter ihrem Rücken sähe, wie damals bei ihrer Verhaftung. Und ebenso plötzlich kam sie gleich darauf wieder zurück und erklärte mir, dass sie «jemanden» gesehen hätte, den sie jetzt einfach nicht treffen wollte. Oder sie ließ plötzlich meine Hand los und machte einen Riesenschritt dicht an ein Schaufenster und versank in tiefe Betrachtung von Dingen, die gewiss nicht von Interesse für sie waren, wie Herrenschuhe oder Aspirintabletten.

Manchmal ging sie nach einer Weile weiter, manchmal aber half der Trick nicht, und sie wurde von einer netten Frau, einem freundlichen Herrn angesprochen mit: «Grüß Gott, Fräulein König, auch zum Einkaufen unterwegs!»

Dann antwortete eine mir fremde Frau fröhlich lachend: «Ja, so ein Zufall, dass wir uns hier treffen!», sah auf die Uhr und lief mit «Umgotteswillenschonsospät! Diereinigungmachtjasopünktlichzu!» rasch davon und wartete an der nächsten Ecke auf mich, die ich gelernt hatte, meine Schritte zu verlangsamen, wenn sie die ihren beschleunigte. Es gab keine weiteren Erklärungen, keine Fragen, nur immer wieder dieses «Das-sind-die-Kinder-meiner-Schwester»-Gefühl, das mich traurig machte, unsicher und stumm.

Müsste man in einer echten Beziehung einem geliebten Menschen gegenüber nicht sogar Fehler und Verletzungen zugeben können und so etwas sagen wie:

«Ja, ich habe etwas falsch gemacht. Es ist etwas passiert, das ich lange Zeit verbergen und geheim halten musste, auch weil ich Angst hatte, dich zu verlieren. Du hast genug gelitten und genug Angst gehabt, weil du gespürt hast, dass etwas falsch ist. Jetzt sage ich endlich die Wahrheit, die du so dringend brauchst, weil ich dich liebe, und ich bitte dich um Verzeihung. Du hattest Recht mit deinem lebenslangen Gefühl:

‹Da stimmt etwas nicht, schlimmer: Da stimmt etwas mit *mir* nicht, *ich* habe etwas falsch gemacht, *ich* bin nicht o.k.›»

Wenn sie nur so etwas Ähnliches sagen könnte!

Aber nein, sie lehnt sich zurück. Sie gibt keine Auskunft, es geht mich nichts an. Sie hat eine andere «Beziehung» zu anderen Menschen gehabt, die mit mir nichts zu tun haben, und wenn sie *mir* die Wahrheit sagen würde, würde sie da nicht die andere Beziehung verraten?

Ist der Schluss nicht erlaubt, dass ihr also die andere «Beziehung» wichtiger ist als die zu mir, angeblich der Mensch, den sie am meisten liebt auf dieser Welt; dass ihre Loyalität der Ideologie gegenüber stärker ist als die zu mir? Oder noch schlimmer: War sie nicht doch auch SS-Mitglied, hat sie dem «Totenkopf-

Orden» nicht auch den Eid schwören müssen, der da hieß «Unsere Ehre heißt Treue»? Würde sie ihre «Ehre» verlieren, wenn sie den Eid bricht? SS-Treue gegen Mutterliebe?

Hat Herr Moser Recht, der sicher ist, dass die letzten noch lebenden SS-Angehörigen noch immer miteinander in geheimer Verbindung stehen, und wenn diese Verbindung nur darin besteht, einander zu beobachten, dass keiner seinen Eid bricht? Waren mir nicht einige der Namen aus seinen Recherchen bekannt vorgekommen?

Die Erklärung hilft nicht gegen meinen Schmerz, dass eine andere Solidarität stärker sein soll als die Liebe zu mir.

So wird es sein – und ich habe immer geglaubt, sie liebt mich, ein wenig spröde zwar, nicht ganz so, wie vielleicht Mütter ihre Kinder «normalerweise» lieben, anders jedenfalls, als ich meine Kinder liebe. Nicht ganz so, wie ich es mir gewünscht hatte, nicht ganz so, wie ich es immer erwartet habe, aber so gut sie es eben mit ihrer Sozialisation kann. Und ich glaubte ihren Versicherungen: «Du bist doch der wichtigste Mensch in meinem Leben!», und: «Ich habe doch immer nur für dich gelebt!»

Wenn ich mich nicht so verhalten habe, wie sie es von mir erwartete, hat sie mich mit solchen Sätzen auch bestraft, und sie kann mir damit immer noch ein schlechtes Gewissen machen. Bin ich es, die ihre Mutter nicht so liebt, wie Kinder ihre Mütter «normalerweise» lieben?

Welchen Grund hatte sie, zum «Lebensborn» zu gehen?

«Warum bist du eigentlich zum ‹Lebensborn›, warum bist du überhaupt aus Tölz wieder weggegangen?», habe ich sie früher schon gefragt.

«Als der Karl im Sommer '40 nach Berlin versetzt worden ist, hat mir die Arbeit in der Junkerschule keinen rechten Spaß mehr gemacht. Und ich wollt die Mama nicht mehr allein lassen, der Fritz war doch an der Front! Außerdem hab ich schon auch Zeitlang g'habt nach München und dem Chor. Ins Theater und ins Konzert bin ich doch so gern gegangen. Auch wenn Krieg war, am Anfang war da schon noch einiges geboten. Und meine Freundinnen waren doch auch in München.»

«Und die anderen ‹schönen großen Männer› in der Junkerschule haben dich gar nicht mehr interessiert? Du hättest vielleicht doch noch einen anderen haben können, keinen verheirateten wie den Herrn Kommandanten, dessen zweiter Sohn im selben Jahr geboren wurde!»

«Der Einzige, der mir außer dem Karl noch g'fallen hat und mit dem ich ja auch zum Tanzen 'gangen bin, das war der Waldemar, der war ja auch nicht mehr da!»

Natürlich fiel mir der alte Schlager von Zarah Leander ein.

«Du hast dir deine Männer anscheinend nach den jeweiligen Schlagern ausgesucht?»

Sie lächelte.

«Er hatte natürlich blondes Haar. Waldemar Glück hat er geheißen, aber er hat nur Pech gehabt. Er musste mit der ersten Einheit nach Russland, und er ist gleich am Anfang verwundet worden. Ein Auge hat er verloren und lag in Berlin im Lazarett. Von dort aus hat er mir noch geschrieben, dass er mich so bald wie möglich heiraten möchte. Er hat mir ja von Anfang an den Hof g'macht, und ich bin mit ihm schon aus'gangen. Des mit dem Karl war ja lang nur eine Schwärmerei von mir aus, ich hab doch gar net geglaubt, dass da was draus wird, am Anfang war des doch mein Chef.»

«Und außerdem war er verheiratet.»

Diese Bemerkung überhört sie immer gern.

«Der Waldemar hat mich schon geliebt, der hat mir schon bald einen Heiratsantrag gemacht. Er hat gesagt, sobald der Krieg beendet ist – und das kann nicht lang dauern –, kommt er zurück und wir heiraten. Wir haben doch alle gemeint, dass wir ganz schnell siegen werden – wer hätt denn damals gedacht, dass des wieder ein Weltkrieg wird!»

«Hast du ihm denn dein Jawort gegeben?»

«Freilich nicht, und das hat auch gar nix mit dem Karl zu tun g'habt, ich wollt doch sowieso nie heiraten – ich hab mir einfach nie vorstellen können, dass man ein ganzes Leben lang mit ein und demselben Menschen glücklich sein kann – und die Ehe meiner Eltern war ja auch net grad ein Vorbild zum Nachmachen!

Aber ich hab den Waldemar natürlich nicht ohne ein ‹Vielleicht› wegfahren lassen. ‹Des wern ma dann schon sehn›, hab ich g'sagt, ‹komm du erst mal heil zurück.› Dann ist das gleich mit dem Auge passiert. Aus dem Lazarett in Berlin hat er mir dann ein Foto geschickt mit der schwarzen Augenklappe und mich gefragt, ob er ihn denn auch noch als Einäugigen nehmen würde. Das verlorene Auge würde meine Entscheidung nicht beeinflussen, habe ich ihm zurückgeschrieben. Mit der Verwundung hätte er gar nicht mehr an die Front zurückmüssen, er hätte wieder Dienst in der Junkerschule machen können! Dazu war er zu stolz.

‹Kannst du dir mich als *Schreibstubenhengst* vorstellen, würdest du einen solchen heiraten? Und außerdem, ein Sieg ohne mich? Das kommt nicht in Frage – auch mit einem Auge bin ich vollwertiger Offizier!› So ungefähr hat er g'schrieben.

Meinen letzten Brief an ihn hab ich ungeöffnet mit der Feldpost zurückbekommen, den hat er nicht mehr erhalten. Er ist gleich beim ersten Einsatz nach der Rückkehr an die Front in Russland erschossen worden. Vielleicht hat er mit dem einen Auge doch nicht den richtigen Überblick gehabt – oder er hat nicht recht weiterleben mögen als Behinderter, vielleicht hat er auch geglaubt, dass ich ihn doch so nicht mehr nehmen würde. Allerdings hat er seinen Eltern noch den festen Entschluss, mich zu heiraten, mitgeteilt. Sie haben mir nach seinem Tod so lieb geschrieben mit ‹Unser liebes Mädel›, als wär ich wirklich seine Verlobte gewesen. Ich hab sie bald besucht in Zwickau, und immer wieder, wenn ich in unserem Heim in Kohren-Salis zu tun hatte. Das waren ganz einfache, aber sehr nette Leute, die waren so verzweifelt über den Tod ihres einzigen Sohnes, dass ich's nicht übers Herz gebracht hab, ihnen zu sagen, dass ich den Waldemar wahrscheinlich nie geheiratet hätte. So haben sie wenigstens g'meint, ich wäre ihre Schwiegertochter geworden, und sie waren glücklich, wenn sie sich ein bisserl um mich kümmern konnten. Selbst gemachte Marmelade hat mir das ‹Muttel› geschickt, gehäkelte Pullover und gestrickte Unterhosen und an Weihnachten selbst gebackene Platzerl und einen Dresdner Christstollen. Nach dem Krieg konnte ich sie ja nicht mehr besuchen, aber sie haben mir weiterhin fast jede Woche einen Brief geschickt und ihn immer mit ‹Deine Glück(losen) Eltern› unterschrieben. Dabei ist es geblieben, noch fast 40 Jahre lang. In der DDR-Zeit habe ich mich dann um sie gekümmert und ihnen zu Weihnachten Kaffee und Zucker und Mehl geschickt, obwohl wir ja auch nicht so viel übrig hatten. Erinnerst du dich nicht an die unzähligen umhäkelten Taschentücher, die sie mir dafür zurückgeschickt hat? Ihre Vorräte an Häkelgarn waren anscheinend riesig, und gegen den Export von Taschentüchern mit bunter Spitze hat die DDR-Regierung anscheinend nichts einzuwenden gehabt. Und ich hab bald nicht mehr gewusst, wohin damit! Du hast doch auch eine ganze Menge davon gehabt!»

Freilich erinnere ich mich, dass ich immer ein Spitzentaschentuch in der Tasche hatte und manche deshalb meinten, ich stamme aus einem reichen Haus. Und ich erinnere mich an die vielen Briefumschläge mit den DDR-Marken an «Fräulein Antonie König» mit dem Absender «Glück in Haßlau-Zwickau». Die Briefmarken bekam ich für meine Briefmarkensammlung.

An mich haben sie nie geschrieben, nie wurde mir ein Gruß ausgerichtet. Dass die Ersatz-Schwiegertochter später von einem anderen Mann ein Kind bekommen hatte, konnte man ihnen anscheinend nicht zumuten.

Vielleicht hätten sie sich aber sogar gerne auch um ein Mädel ihres Mädels gekümmert, ich wäre doch eine nette Ersatzenkeltochter gewesen!

Nach dem Umweg über Waldemar kam ich zurück auf meine eigentliche Frage:

«Das verstehe ich schon, dass du nach München zurückwolltest, aber warum bist du ausgerechnet zum ‹Lebensborn› gegangen und nicht zu deiner alten Stelle zurück?»

Wie immer beim Thema «Lebensborn» reagierte sie gereizt:

«Erstens war die natürlich nimmer frei, meinst du, die hätten mir drei Jahre lang einen Posten aufgehoben, den sie mir nach einem Jahr vielleicht noch wieder gegeben hätten!»

«Und warum hast du dich nicht nach einer anderen Stelle umgeschaut?»

Sie wurde ärgerlich:

«Was ihr immer für eine Vorstellung von der Zeit damals habt! Des war doch gar nicht einfach, Arbeit zu finden!»

Ehe ich meinen Gedanken aussprechen konnte, dass 1940 doch die meisten männlichen Arbeitskräfte längst eingezogen waren und es nicht mehr so schwer gewesen sein dürfte, einen Arbeitsplatz zu finden wie in der Zeit der großen Arbeitslosigkeit, erklärte sie:

«Es gab doch da schon die ‹staatliche Arbeitslenkung›! Arbeitsplatzwechsel sind überwacht worden, man musste da arbeiten, wo man gebraucht wurde!»

Das war mir neu. Also hatte die Versetzung doch nicht unmittelbar mit ihrer Tätigkeit bei der SS zu tun?

«Da bin ich doch gar nicht mehr rausgekommen. Das stellst du dir so einfach vor! Da hat man nicht einfach kündigen können! Ich war halt eine SS-Angestellte in der Junkerschule, und da konnte ich nur weiter bei der SS arbeiten.»

Also doch.

«Das verstehe ich wirklich nicht – heißt das, dass du SS-Mitglied warst?»

Sie wurde noch ärgerlicher:

«Ich war kein SS-Mitglied, ich war nicht mal in der Partei, ich habe nirgends einen Beitrag bezahlt. Aber ich habe eine ‹Dienstverpflichtung› unterschreiben müssen, und deswegen konnte ich da nicht mehr raus. Wie ich g'sagt hab, dass ich wieder nach München zurückwill, haben sie mir zwei Möglichkeiten als Sekretärin angeboten: in Dachau oder beim ‹Lebensborn›, da bin ich doch viel lieber zum ‹Lebensborn›!»

Schön, dass sie sich immerhin entschieden hat, für das Leben zu arbeiten und nicht für den Tod.

«Da war mir der ‹Lebensborn› freilich lieber, nach Bogenhausen konnt ich ja mit der Straßenbahn fahren, und des war wirklich ein angenehmer Arbeitsplatz in der schönen Villa in der Poschingerstraße.»

«In der vorher Thomas Mann mit seiner Familie gelebt hat.»

«Das hab ich auch erst später erfahren, da hat man doch net g'fragt, damals, wem die schönen Häuser vorher g'hört ham.»

Nein, *man* hat eben nicht gefragt «damals», auch nicht, warum und wer enteignet wurde, und *man* hat auch nicht genau gefragt, was das mit Dachau für eine Bewandtnis hatte.

«Nach Dachau hätt ich ja jeden Tag mit dem Zug und dem Bus 'nausfahren müssen, des wollt ich nicht, und außerdem war mir der Gedanke schon auch nicht angenehm, dass ich in einem Lager arbeiten sollt.»

«Das heißt, du hast schon Bescheid gewusst über Dachau?»

«Was hoaßt ‹Bescheid gewusst› – dass es ein KZ war für Politische, des schon, aber dass es so schlimm war, das haben wir doch auch erst nach dem Krieg erfahren – obwohl: Die Verbrennungsöfen haben dann ja die Amis erst installiert, in Dachau ist bestimmt kein Mensch vergast worden.»

In solchen Momenten hatte ich immer nur zwei Möglichkeiten: das Erschrecken hinauszubrüllen, dann verstummte sie sowieso, oder selbst zu schweigen mit diesem Gefühl, keine Luft mehr zu bekommen, und zu hoffen, dass sie weiterspricht.

Dieses Gespräch ist mir jetzt wieder sehr präsent, wie ich da auf der Treppe sitze und nicht mehr aufstehen will. Mein damaliger Verdacht, sie sei SS-Mitglied gewesen, hat sich durch ihr Verhalten vorhin wieder erhärtet.

Ja, und ich bin es doch auch seit meiner Geburt! Mitgliedsbeitrag habe ich auch nicht bezahlt, ich war ja wohl eher so was wie ein Ehrenmitglied! Sie vielleicht auch, jedenfalls hat sie sich doch anscheinend mit ihrer «Dienstverpflichtung» dem Verein mit Haut und Haaren verschrieben, da brauchte es vielleicht keine gesonderte «Mitgliedschaft» mehr!

Mein Mann hat mein Schluchzen gehört.

«Was machst du da auf der Treppe? Warum weinst du? Was

macht Michael bei deiner Mutter, was wird hier überhaupt gespielt?»

Er hilft mir auf, und ich gehe mit ihm und erzähle ihm in kurzen Zügen, was passiert ist. Er lacht nur bitter:

«Seit ich journalistisch arbeite, habe ich gegen die Nazis geschrieben, habe Nazi-Biographien von Politikern und Juristen aufgedeckt, und dabei habe ich eine Ober-Nazisse hier unter meinem eigenen Dach!»

Inzwischen ist das Fußballspiel zu Ende, die beiden Söhne, die noch zur Schule gehen, sagen uns Gute Nacht, erzählen nicht, wie sonst üblich, wie das Spiel gelaufen ist und wer gewonnen hat, schauen unsicher von einem zum anderen. Ich bemühe mich zu lächeln:

«Nein, nein, keine Angst, es ist kein Streit, es muss nur etwas geklärt werden.»

Auch Michael ist heraufgekommen, er wirkt verstört.

«Sie geht jetzt ins Bett, ich hab sie noch ein bisschen beruhigt.»

Und nach einer Pause:

«Es kann doch nicht sein, dass sie so lügt. Klar will sie beschönigen, es ist ja nicht leicht für sie, immer wieder mit der Vergangenheit konfrontiert zu werden, aber in der Moser-Geschichte, da weiß sie sicher nichts. Es kann doch nicht sein, dass sie sagt:

‹Ich kenn den nicht, und ich hab ihm nichts versprochen, so wahr ich hier steh!› – und es ist eine Lüge! Dann lügt eben dieser Moser, er ist mir schon gleich ein bisschen verrückt vorgekommen.»

Soll ich ihm antworten:

«Es kann sein, dass sie in diesem Fall die Wahrheit sagt, dass sie sich an den ‹Fall Moser› tatsächlich nicht erinnert. Aber dass sie imstande ist zu lügen, das weiß ich sehr genau.» Wie ich diese Beteuerungen kenne:

«So wahr ich hier sitz» oder «… steh» oder: ‹ich sag's dir ganz ehrlich» und «ungelogen» – wie oft hat sie mit solchen Zusätzen ihre «wahren Geschichten» verbrämt, die sich hinterher als

Lügen (oder Verleugnung oder Teilinformationen, die das Wesentliche unterschlagen haben) herausgestellt haben! Vielleicht ist es so etwas wie ein «magisches Denken»: Je öfter sie ihre Phantasmen als «ehrlich» und «ungelogen» bezeichnet, umso mehr kann sie selbst daran glauben.

Was soll ich tun? Mein ältester Sohn hat ein besonders gutes Verhältnis zu seiner Großmutter, inniger noch als die beiden «Kleinen». Sie war ihm eine liebevolle Großmutter, bestimmt mehr, als sie mir je Mutter war. Allerdings hat sie sich ihm erst eine Weile nach seiner Geburt zugewandt, als aus dem rothaarigen Neugeborenen, das ihr gar nicht gefiel, ein bildschönes Baby mit weißblonden Haaren und großen blauen Augen geworden war. Es war zwar keine Zangengeburt, aber auch keine leichte, und der mühsame Weg hatte dem kleinen Kerl das Näschen verdrückt, ganz schief war es, als er es endlich geschafft hatte. Sein Aussehen hat meine Mutter wohl an mein damaliges erinnert, jedenfalls war der erste Satz, den sie über mein süßes Baby sagte:

«Schee ist er ja net.»

Immerhin, wenigstens war er nicht so «greißlich» wie ich.

Später hat sie sich in der Tat rührend um ihn gekümmert, ihn während meines Studiums mitversorgt, so gut sie es eben konnte, da sie selbst noch berufstätig war. Nach meiner Scheidung war er auch gelegentlich übers Wochenende bei ihr, damit ich manchmal etwas mit meinen damals noch kinderlosen Freunden unternehmen konnte. Sie hat ihm auf ihre Art gezeigt, dass sie ihn liebt, hat ihm die schönsten Pullover gestrickt, ihn mit kleinen Geschenken verwöhnt.

Soll ich dieses Oma-Bild zerstören? Natürlich weiß Michael, dass sie damals auf der Seite der Täter stand, ebenso wie der Großvater, den er genauso als liebevollen Opa erlebt hat wie die Töchter und Söhne der ehelichen Kinder. Er hat sich damit auseinander gesetzt, er hat die nötige Distanz, der Abstand der übernächsten Generation ist größer. Er hat die «Lebensborn»-Geschichte auf seine Weise verhöhnt und eine Komödie geschrieben über eine von Wotan in Auftrag gegebene Zeugung.

«Sie tut mir Leid», sagt er, «sie kann doch jetzt nichts mehr ändern.»

Das stimmt, da hat er Recht. Was pflege ich als Therapeutin zu meinen Klienten zu sagen?

«Was geschehen ist, kann man nicht mehr rückgängig machen, man muss damit leben lernen. Aber jeder Mensch kann versuchen, die Gründe zu suchen und zu verstehen, warum etwas passiert ist. Dann kann er sich selbst verändern und in Zukunft anders handeln.»

Sie hätte sich verändern können, sie hat es nicht getan. Es war sehr schwer für sie, das weiß ich, nach dem Zusammenbruch des «Tausendjährigen Reiches» war auch ihr Leben zerbrochen. Sie war verbittert und enttäuscht.

Das tut mir auch Leid, aber sie hätte versuchen können, ihre «Vergangenheit zu bewältigen», wie es andere – leider nur eine Minderheit – auch getan haben. Stattdessen hat sie versucht, diesen Teil ihres Lebens einfach zu verdrängen und zu verleugnen. Wie sie mit sich und mir umgegangen ist, wie sie sich unser Leben lang alles nur schwerer gemacht hat durch ihre Unfähigkeit, sich dem Geschehenen zu stellen, das ist bitter.

Und sie ist bis zum heutigen Tag nicht in der Lage, es allen endlich ein wenig leichter zu machen.

Ich werde meine Bitterkeit runterschlucken wie so oft in meinem Leben, ich will sie nicht hassen, obwohl es nach ihren Aussagen vorhin wieder sehr schwer ist.

Will ich dennoch, dass mein Sohn sie nicht mehr verteidigt, will ich sogar seine Solidarität gegen sie? Warum sonst drängt sich der Gedanke auf:

«Wenn du wüsstest, dass es dich gar nicht gäbe, wenn sich deine Großmutter durchgesetzt hätte mit der von ihr gewünschten Abtreibung!»

Ich spreche ihn nicht aus, auch nicht, was ich weiter denke:

Als ich schwanger wurde, war ich neunzehn und sehr erschrocken. Es gab keine Mutter, der ich mich hätte anvertrauen können.

Trotzdem habe ich mich von Anfang an auf dich gefreut, weil

ich schon von meinen Kindern träumte, seit ich noch mit Puppen spielte, und im Leben hätte ich nicht abgetrieben. Immerhin gab es meinen Verlobten, deinen Vater, der auch keine Sekunde zögerte, sich darüber zu freuen, dass er Vater werden sollte. Als er bei ihr um meine Hand anhielt und sie ihm diese rundweg verweigerte, solange ich mein Studium nicht beendet hätte, musste er den wahren Grund für unseren eiligen Heiratswunsch nennen:

«Aber, Frau König, wir müssen!»

Sie schrie auf: «Warum habt ihr mir das angetan?», und stürzte heulend aus dem Zimmer. Kein einziges Wort sprach sie mehr mit mir, bis sie mir ein paar Tage später schweigend den Brief vorlegte, in dem sie mir schriftlich klar zu machen versuchte, welches Unglück diese Schwangerschaft über sie und mich bringen würde und dass ich mir doch das Leben nicht mit einem Kind versauen sollte – jedenfalls jetzt nicht, mitten im Studium.

Ich war fassungslos, habe ihr ruhig erklärt, dass es nur eine Möglichkeit gäbe, dass dieses Kind nicht zur Welt kommen würde, nämlich wenn ich selbst diese Geburt nicht erleben sollte. Sie ist sehr erschrocken über diese Aussage und machte mir einige Tage später einen anderen Vorschlag: Es habe doch keinen Sinn, den Ludwig zu heiraten, wir seien doch viel zu jung und der müsse doch auch erst sein Studium fertig machen. Und später könne man doch immer noch sehen, ob man zusammenpasse! Wie wäre es, wenn ich mich für die nächsten Semester an der Uni in Würzburg einschriebe, dort könne ich auch entbinden und das Baby, also dich, bei Tante Frieda in Schonungen in Pflege geben!

«Du könntest dir in Würzburg eine Studentenbude nehmen und das Kind am Wochenende besuchen! Damit wäre doch allen geholfen, niemand würde hier merken, dass du schwanger bist, du könntest dein Studium in Ruhe fertig machen und die Frieda würde gern ein Kind großziehen, sie ist doch so allein!»

Frieda war die freundliche Frau eines Vetters meiner Mutter, die ich kaum kannte. Der Vetter war erst vor kurzem gestorben, die beiden Kinder waren erwachsen und lebten in anderen Städten, die ersehnten Enkelkinder ließen noch auf sich warten. Tante Frieda hatte ein hübsches Häuschen mit Garten hoch über dem Mainufer – ideale Bedingungen für ein Baby! Ich muss dir gestehen, Michael, dass ich einen Moment gezögert habe, ehe ich den Vorschlag ablehnte. Erst am Vortag waren mir tatsächlich Zweifel gekommen, ob es wirklich Sinn machte, «nur» wegen des Kindes so früh zu heiraten. Zum ersten Mal in unserer bis dahin sehr harmonischen Beziehung hatten wir eine Auseinandersetzung, bei der ich mich von Ludwig autoritär übergangen fühlte. Wäre das mit Würzburg nicht doch eine gute Zwischenlösung?

Im selben Moment bin ich sehr über mich erschrocken. Wie konnte ich nur einen Moment daran denken, meinem Kind das Gleiche anzutun, was sie mir angetan hatte?

Ich wusste noch nichts von einem «Transmissions-Gesetz» in Familien, dass «Fehler» zwangsläufig in den nächsten Generationen wiederholt werden, aber ich studierte gerade im zweiten Semester Pädagogik und Psychologie und war mir im Klaren über die Notwendigkeit der engen Bindung zwischen Mutter und Kind in den ersten Lebensjahren und über die wichtige Rolle des Vaters.

Und ich wusste sehr genau, wie ein Kind unter Vaterlosigkeit leidet. Wir haben geheiratet und auch nach deiner Geburt 1964 das Studium zu Ende gebracht. Auch wenn es nicht leicht war mit einem Kleinkind damals, die Krippen und «KiTas» an der Universität waren erst eine Errungenschaft der 68er, schwangere Studentinnen sah man zu unserer Studienzeit selten, Babys fast gar nicht. Wir haben mit dem Kinderwagen vor der Uni aufeinander gewartet und uns bei Vorlesungen und Seminaren abgewechselt. Außerdem mussten wir beide abwechselnd als Parkwächter arbeiten, um das bescheidene Studentenleben zu finanzieren, unser «Honnef»-Stipendium reichte gerade mal für die Miete.

Manchmal war ich nah daran aufzugeben, aber es gab einen Vertrag mit meiner Mutter. Wir hatten ihr beide vor der Heirat «auf Ehr' und Seligkeit» versprechen müssen, dass ich mein Studium fertig machen werde, sonst hätte sie auf dem Standesamt ihre Unterschrift verweigert. Die brauchte ich aber, weil man damals erst mit einundzwanzig volljährig wurde. Meine Mutter hatte kurz zuvor noch die Vormundschaft vom Gericht übertragen bekommen. Mein Vormund hatte diese nämlich hell empört niedergelegt, als er erfuhr, dass ich heiraten «müsse». Genau genommen hatte er triumphiert, weil er Recht behalten hatte. Er war doch nur so streng mit mir gewesen, weil er immer schon geahnt hatte, dass ich genauso «leichtsinnig» war wie meine Mutter und mein «väterliches Erbe» ohnehin «Anlass zur Sorge» gegeben hatte.

Nun hatte ich die «Quittung» für meinen «Lebenswandel» ...

Er teilte mir brieflich mit, dass er sich außerstande fühle, mit mir noch zu sprechen. Es habe ihm die «Schamröte ins Gesicht getrieben», als er seiner Tochter erklären musste, warum seine Familie unter den gegebenen Umständen nicht an unserer Hochzeitsfeier teilnehmen konnte. Meine Cousine, die immerhin schon fast sechzehn war, durfte nicht einmal in die Kirche gehen, um mich als weiße Braut zu sehen. Ich hatte mich durchgesetzt mit dem Brautkleid, was mir ausgerechnet meine Mutter bei aller Liebe zum Camouflieren, solange es die eigene Person betraf, ausreden wollte: «Du kannst doch keinen Brautschleier tragen in deinem Zustand!» Ich fand, dass ich das konnte.

Jetzt spreche ich ihn real an:

«Du hast Recht, Michael. Ja, sie tut mir auch Leid, aber ich weiß nicht mehr, wie ich ihr helfen kann, ich habe es mein Leben lang versucht. Jetzt kann ich einfach nicht mehr. Lass uns noch ein Glas Wein miteinander trinken. Ich bin dir so dankbar, großer Sohn, du warst mir heute eine große Stütze, ich weiß nicht, wie ich das ohne dich überhaupt geschafft hätte!»

Und es ist in Ordnung, dass er, nachdem er mit mir und meinem Mann angestoßen hat, ein zweites Glas nimmt und noch einmal zu seiner Großmutter ins Zimmer geht.

An einschlafen ist jedoch nicht zu denken.

Es ist, als ob in meinem Kopf Schleusen geöffnet worden wären, als ob alle die alten Gefühle, die Verunsicherungen und Verletzungen, Zweifel und Angst mich gleichzeitig überschwemmten, und mein Herz krampft sich zusammen. Mit meinen mehr als fünfzig Jahren fühle ich mich wie ein kleines, verlassenes Kind. Ich will diese Schmerzen nicht mehr. Erschrocken höre ich mich sagen:

«Ich will nicht mehr leben.»

Erst als mein Mann mich an den Schultern packt und mich schüttelt, komme ich wieder in die Realität zurück.

«Bist du verrückt geworden, komm zur Besinnung! Wann hörst du endlich auf zu glauben, dass du sie erreichst? Sie war nie die Mutter, die du dir ersehnt hast, sie ist es jetzt nicht, und sie wird es nicht mehr werden! Gib es auf, zu hoffen, du bekommst ihre Liebe nicht mehr, du bekommst sie von uns, von mir und von deinen Söhnen! Ich liebe dich und deine Söhne lieben dich, *wir* sind deine Familie und *wir* wollen mit dir leben und du willst mit uns leben!»

Wie Recht er hat.

Theoretisch weiß ich ziemlich genau, was mit mir passiert ist, was geschieht, wenn immer wieder verdrängte Gefühle plötzlich nicht mehr zu beherrschen sind. Ich habe erlebt, wie die Erinnerung an uralte Traumata erfolgreiche, erwachsene Menschen, die anscheinend souverän und über jegliche Gefühlsregung erhaben sind, weinend zusammenbrechen lässt. Wenn sie sich endlich mit gegenwärtigen Konflikten, die scheinbar nichts mit dem Kindheitstrauma zu tun haben, auseinander setzen, bricht der uralte Schmerz wieder auf.

Ich weiß auch, dass es nicht damit getan ist, alte Wunden aufzureißen, weil dann auch der alte Verdrängungsmechanismus nicht mehr funktioniert und Emotionen für eine Weile schwerer zu kontrollieren sind. Dann kann jede kleine Assoziation, die an das alte Trauma rührt, immer wieder die gleichen Gefühlsstürme auslösen. Es ist so ähnlich wie beim Drogenmissbrauch: Wer einmal einen «Horrortrip» hatte, kann auch bei ganz geringen Spuren von Rauschgift einen «Flash-back» bekommen. Erst dann, wenn gleichsam die alten, tiefen «Furchen» in unserem Gehirn aufgedeckt und als «unbrauchbar» für die Gegenwart erkannt und «gelöscht» werden, können neue «Bahnen» angelegt und «eingespurt» werden. Allerdings – je tiefer die Furchen, je mehr immer wieder «in dieselbe Kerbe» geschlagen wurde, umso schwerer heilen die Wunden. Und umso schwieriger ist es, alte Verhaltensweisen zu verändern, die eine Reaktion auf alte Bedrohungen sind, Überlebensstrategien, die jetzt nicht mehr passen.

Mein «Wissen» hilft mir im Moment nicht viel, aber dass mein Mann da ist, dass ich seine Liebe spüre, das hilft.

Ich liebe ihn, und die Sicherheit, ihm vertrauen zu können, beruhigt mich endlich. Seine Haut, sein Geruch, seine Umarmung – ich schmiege mich wie ein Kind an seine Brust und schlafe endlich ein.

Mitten in der Nacht schrecke ich hoch, spüre wieder die Beklemmung im Herzen, habe das Gefühl, nicht richtig durchatmen zu können. Ich muss aufstehen, mich ein wenig bewegen, nach den Kindern schauen. Leise gehe ich in die Zimmer der jüngeren Söhne, sie schlafen tief und fest, ich streiche ihnen vorsichtig übers Haar, sie seufzen nur ein wenig.

Im Gästezimmer höre ich den Ältesten leise schnarchen, wie gut, dass er auch wieder einmal hier ist. Hoffentlich geht es der alten Frau nicht schlecht. Ich lausche auch an ihrer Tür, bis ich aus dem Rhythmus der rasselnden Atemzüge erkennen kann, dass auch sie ruhig schläft.

Ich setze mich in die Küche, warme Milch mit Honig, das beruhigt, das hat mir meine Großmutter ans Bett gebracht, wenn ich als Kind nicht schlafen konnte.

Wann hört das endlich auf? Jetzt denke ich genau so, wie sie es sagt: «Ich will vom ‹Lebensborn› nichts mehr wissen, ich habe genug gelitten!» Ich werde diesen Moser morgen anrufen, ich werde ihm drohen, umgehend einen Rechtsanwalt einzuschalten, wenn er meiner Mutter weiter nachstellt. Ich werde ihm eine Verleumdungsklage an den Hals hängen, ich werde, ich werde – ach, was werde ich schon? Ich muss abwarten, bis der angekündigte Brief aus Nürnberg eintrifft, dann kann ich vielleicht etwas unternehmen. Das Kapitel ist noch immer nicht abgeschlossen.

Wann hat es angefangen, dass allein das Wort ‹Lebensborn› für mich zur Qual wurde?

Ich weiß es nicht mehr, wann man mir gesagt hat, dass ich in einem Lebensborn-Heim geboren wurde. Wahrscheinlich hatte das Wort damals keinerlei Bedeutung für mich, es war vermutlich eine Bezeichnung wie «Kinderheim» oder «Altenheim». Viel später, es muss im Jahr 1958 gewesen sein, stürzte mich eine heftige Auseinandersetzung mit meiner besten Freundin in die erste große «Lebensborn-Krise».

Sylvia war von Anfang an die wichtigste Person in meiner Klasse. Schon bei der Aufnahmeprüfung ins Gymnasium hatte ich sie kennen gelernt:

Ich war sehr aufgeregt, als ich zum ersten Mal allein die Treppen zum hohen Portal hinaufging. Auf einer großen Tafel im Flur vor dem Treppenhaus las ich die Nummern der Klassenzimmer, in denen die Prüfung stattfinden sollte, ein Pfeil wies nach oben. Die meisten Mädchen waren in Begleitung ihrer Mütter gekommen, ich stand ängstlich da, welche der beiden Treppen sollte ich nun nehmen, die rechte oder die linke, oder war das gleichgültig? Da kam das Mädchen auf mich zu, das mir schon aufgefallen war, weil es auch allein war. Es hatte kurz eine Brille aufgesetzt, um die Tafelaufschrift zu lesen. Jetzt hatte es die Brille wieder eingesteckt und kam mit diesem entwaffnenden Lächeln, mit dem sie später oft die Lehrer um den Finger wickeln konnte, auf mich zu.

«Wie heißt du denn?»

Mit meiner Antwort «Gisela» war sie nicht zufrieden.

«Nein, ich meine mit Nachnamen!»

Ich bekam einen Schreck, ging das jetzt schon wieder los mit dieser Fragerei nach dem Namen? Zögerlich fügte ich das «König» an.

«Toll, dann müssen wir ins gleiche Zimmer: H bis M. Ich heiße Mayer, Sylvia, zweimal Ypsilon.»

Wir sind zusammen hinaufgegangen, haben das Zimmer gefunden und uns an benachbarte Tische gesetzt, uns Mut zugelächelt und die Prüfung beide bestanden. In den Ferien bangte ich, ob wir auch in die gleiche Klasse kommen würden. Am ersten Schultag versammelten sich die «Erstklässler» zur Begrüßung durch den Herrn Direktor in der mächtigen Aula. Sie flößten mir großen Respekt ein: der hagere, große Mann im korrekten grauen Anzug mit Weste und Krawatte, dem kein Lächeln über die schmalen Lippen kam, und die Marmorsäulen und Statuen! So hatte ich es mir eher in der Universität vorgestellt, und das würde jetzt meine Schule sein! Ich war voller Ehrfurcht.

Es war eine Erlösung, als die Klasseneinteilung vorgelesen wurde: «Mayer – mit ay – und König: Klasse 1a!» Das Neue, Fremde, das mir Angst machte, war doch gleich leichter zu ertragen mit Sylvia an meiner Seite. Sie war ganz anders als ich, dunkle kurze Haare, große tiefbraune Augen, die herausfordernd aufblitzen konnten; sie war witzig, schlagfertig und temperamentvoll, lachte gern und laut. Sie mochte es, wenn man zu ihr sagte: «Du bist ein südländischer Typ.» «Ja, meine Mutter ist Italienerin», sagte sie dann nicht ohne Stolz.

Wir stellten rasch fest, dass wir, obwohl wir so verschieden aussahen, viele Gemeinsamkeiten hatten. Zum Beispiel las sie genauso gerne wie ich Karl-May-Bücher, eine Lektüre, die eindeutig männlich besetzt war, Mädchen lasen in unserem Alter normalerweise die Fortsetzungsromane von *«Pucki, das Försterkind»* und die *«Trotzköpfchen»*-Bände.

Wir bevorzugten dramatische Abenteuer. Wir sahen nicht ein, dass die Faszination für Indianer dem männlichen Geschlecht vorbehalten sein sollte, und gründeten einen Indianer-Club.

Ich hatte einschlägige Erfahrungen, weil ich bei den Indianerspielen der Vettern in Tölz schon als einzige Squaw dabei sein durfte (eher der Not gehorchend, weil sie auf mich aufpassen mussten), was sehr langweilig war. Ich musste nämlich immer im Wigwam aus Zweigen und alten Decken auf die heimkehrenden Krieger warten und auf großen Huflattichblättern mit Beeren, Nüssen und Sandhäufchen das Abendessen zubereiten.

Eine solche Rollenaufteilung kam für mich nicht mehr infrage, in unserem Club gab es zwar nur Mädchen (drei weitere aus unserer Klasse konnten wir mit unserer Begeisterung anstecken), aber keine einzige Squaw. Nach Schulschluss verwandelten wir uns in «echte Indianer» und riefen uns bei unseren männlichen Namen. Meine Freundin Sylvia wollte unbedingt «Adlerauge» heißen, obwohl sie ziemlich kurzsichtig war. Ich hieß, wahrscheinlich wegen der langen, blonden Haare, «Gelbe Feder», die anderen waren «Fliegender Pfeil», «Sausender Wind» und «Schlauer Fuchs». Wir bastelten Bögen, schnitzten Pfeile, zielten auf Stämme und kletterten bis in die Wipfel hoher Bäume.

Dazu mussten wir natürlich die Röcke ausziehen. Da Hosentragen für Mädchen in der Schule noch verpönt war, trugen wir immer unsere schwarzen Turnhosen unter den Röcken, grässliche, weite Pluderdinger aus labbrigem Trikotstoff mit Gummis um die Oberschenkel. Wir trainierten fast täglich auf dem Sportplatz im Alten Botanischen Garten gegenüber der Schule, liefen um die Wette, machten Weitsprung und übten Klimmzüge am Reck, um fit zu sein fürs Klettern. Wir wurden richtig gut und «eroberten» die höchsten Bäume.

Lange dauerte es allerdings nicht mit dem Indianerspielen. Nach einem Jahr hatten erst die anderen drei keine rechte Lust mehr, und bis zum Sommer veränderten sich unsere knabenhaften Körper rasch. Sylvia bekam als Erste rundliche Hüften und Schenkel und wollte sich nicht mehr in den albernen Turnhosen zeigen, und allmählich wurde uns auch klar, warum die Amazonen einbrüstig sein mussten, um mit Pfeil und Bogen richtig hantieren zu können. Das Aus für Indianerspiele: Es gab sie leider doch, die unüberwindlichen Unterschiede der Geschlechter!

Sylvia und ich blieben ein Herz und eine Seele, obwohl es etwas gab, das mir Sorgen machte. Sylvia nahm es mit der Wahrheit nicht ganz so genau wie ich. Sie schwindelte sich gern ein bisschen durch die Schule, spickte und schrieb ab, was ich für unmoralisch hielt. Ich stand zu meinen Leistungen, die lange nicht mehr so gut waren wie am Anfang. Klassenbeste war schnell eine andere geworden, eine, die langweilig und blass war, weil sie keine Zeit hatte, draußen zu spielen. Mir war rasch klar geworden, dass es im Gymnasium nicht mehr so leicht war, die besten Noten zu schreiben, wenn man nicht auf die schöne Freizeit verzichtete. Außerdem verwirrte mich das System mit den verschiedenen Lehrkräften. Besonders die männlichen fürchtete ich, bei denen traute ich mich nicht einmal, den Finger zu heben, wenn ich etwas wusste, geschweige denn nachzufragen, wenn ich etwas nicht verstanden hatte.

Dennoch wäre es mir nie in den Sinn gekommen, abzuschreiben, weil es eben dann nicht der Wahrheit entsprochen hätte. Während ich in dieser Beziehung fanatisch geworden war, ging meine Freundin meist lachend darüber hinweg, wenn ich ihr wieder mal eine Moralpredigt hielt, bis ihr eines Tages der Kragen platzte.

Sie hatte sich wieder einmal um eine Strafe herumgeschwindelt und irgendeine Geschichte von «Mutter-krank-und-kleine-Geschwister-versorgen-müssen» erfunden, um die nicht erledigten Hausaufgaben zu entschuldigen. Ich wusste genau, dass sie log, weil wir den Nachmittag zuvor gemeinsam im Ungererbad verbracht hatten und sie ihren südländischen Körper in der Sonne aalen und sich von ein paar interessanten Knaben aus dem Maxgymnasium anhimmeln lassen musste, während ich mich in den Schatten gelegt hatte, um zu lernen. Zugegeben, ich vertrage allerdings auch die Sonne schlecht.

Ich wurde rot, als sie ihre Geschichte inklusive Augenaufschlag an den entwaffneten Lehrer brachte, *ich* schämte mich für sie, während sie mir nach gelungenem Lamento zuzwinkerte!

Nach der Schule stellte ich sie zur Rede, malte wahrscheinlich irgendwelche Schreckgespenste von Unglück und drohender

Kriminalität an die Wand, wenn sie so weitermache. Jedenfalls reichte es ihr:

«Hör doch endlich auf mit deinem dämlichen Gequatsche von Wahrheit! Grad du musst von Moral reden, du mit deiner Herkunft, dass ich nicht lach!»

«Wie meinst du das mit meiner Herkunft?»

«Du hast doch erzählt, dass du in Oslo in einem Lebensborn-Heim geboren bist! Von wegen ‹Heim› – das war wahrscheinlich genauso ein Edel-Bordell wie die ‹Lebensborn›-Heime in Deutschland auch!»

«Spinnst du, welchen Schmarr'n erzählst du denn da, wie kommst du denn auf so was?»

«Brauchst bloß die neue Serie in der ‹Revue› lesen, da steht's genau drin! Die SS-Männer haben's mit ausgewählten Mädchen getrieben, um eine ‹nordische› Rasse zu züchten, groß, blond und blauäugig! Schau dich doch an, du bist ein ganz schöner Zuchterfolg!»

Was ein Bordell war, wusste ich nicht so genau, aber seit der großen Begeisterung für «Vom Winde verweht» kannte ich zumindest das Wort für das zwielichtige Haus, in dem Rhett Butler sehr zum Ärger der anständigen Frauen verkehrte. Und nun unterstellte mir meine beste Freundin, ich sei in einem solchen Haus gezeugt und geboren worden und meine Mutter sei demnach auch nichts anderes als eine Edel-Hure? Ich geriet außer mir vor Zorn, jetzt ging mein Temperament mit mir durch, ich stürzte mich auf sie und riss sie zu Boden.

«Nimm das sofort zurück! Meine Mutter ist eine anständige Frau, und der Lebensborn war nur ein Heim für uneheliche Mütter, und meine Mutter hätte meinen Vater ja geheiratet, wenn er aus Russland zurückgekommen wär!»

Wir wälzten uns auf dem Boden und schlugen aufeinander ein wie in unserer besten Indianerzeit, nur dass es diesmal kein Spiel war.

Sie ließ nicht locker:

«Warum meinst du, dass der Hitler die Juden um'bracht hat? Weil s' net blond und blauäugig waren! Solche, die ausg'schaut ham wie ich, ham s' halt vergast, und solche wie dich wollten s' neu züchten!»

Mein Fausthieb saß, sie boxte zurück, und dann fingen wir beide an zu weinen. Ich heulte, weil sie so gemein sein konnte und aus Angst, sie könnte Recht haben, und sie schluchzte:

«Es tut mir Leid, ich hätt es dir gar nicht sagen wollen, weil ich mir schon gedacht hab, dass dich die Geschichte arg trifft. Nur weil du mich mit deinem ewigen Kritisieren so genervt hast, ist mir der Gaul durch'gangen! Es tut mir so Leid. Ich kann es ja auch nicht glauben, ich kenn doch deine Mutter, die ist bestimmt keine Hure! Aber irgendwas muss ja dran sein an der Geschichte, sonst tät sie doch nicht in der Zeitung stehen! Und das mit der ‹arischen Rasse› hat der Hitler schon in ‹Mein Kampf› geschrieben, das hat mein Vater erzählt. Wenn er meine Mutter ärgern will, sagt er manchmal aus Spaß: ‹Ich hätt halt doch eine sanfte Arierin heiraten sollen, wie's mir mein Führer befohlen hat, und nicht so einen wilden südländischen Typ wie dich!›»

Als Sylvia am nächsten Tag wieder eine Geschichte von «Im-Dunkeln-gestolpert-und-auf-eine-Stuhlkante-gestürzt» erfand, um das waschechte «Veilchen» zu erklären, habe ich nicht nach der moralischen Rechtfertigung dieser Lüge gefragt und meinerseits behauptet, mir sei kalt, als mich die anderen fragten, warum ich bei der Hitze einen langärmeligen Pullover angezogen habe.

Sylvia hat mir am nächsten Tag die Illustrierte gebracht, ich musste den Artikel in der Pause im Klo lesen, weil das Heft ein Teil des «Lesezirkel Daheim» war und sie es mittags wieder nach Hause mitnehmen musste. Nach der Pause konnte ich nicht ins Klassenzimmer zurückgehen. Ich musste nicht lügen, als ich bat, mich auf die Liege im Arztzimmer legen zu dürfen, mir war wirklich schlecht.

Es gelang mir, meine Großmutter zu überzeugen, auch einen solchen Lesezirkel zu abonnieren, ein Zeitungskontingent, das man sich für eine Woche ausleihen konnte. Sie hatte sich oft beschwert, dass ihre Tochter ihr viel zu selten eine Illustrierte mitbrachte, sie wollte doch auch gelegentlich Bilder sehen von der

Welt draußen – einen Fernseher im Haus hat sie nicht mehr erlebt. Das billigste Sortiment konnte man sich leisten – die Illustrierten waren dann zwar schon vier Wochen alt und recht abgegriffen von den Lesern zuvor, aber die Leihgebühr für den ganzen Stapel kostete auch nicht mehr als eine einzige neue Glanzzeitschrift. Meine Großmutter war sehr glücklich darüber, las in der Woche alle Zeitungen von vorne bis hinten durch, und es war immer eine große Sorge, dass montags auch jemand zu Hause war, um den «Daheim-Mann» mit der neuen Mappe nicht zu verpassen.

Ich bekam dadurch die Gelegenheit, in der «Revue» die ganze zehnteilige «Reportage» der reißerisch aufgemachten «Lebensborn»-Story von Will Berthold mit dem Untertitel: *«Was Millionen nicht wußten, deckt ‹Revue› für Millionen auf»* zu lesen.

Dieses Machwerk hat mich für Wochen sehr mitgenommen. Was sollte ich davon halten, dass es angeblich Häuser gegeben hatte, in denen sich blonde, blauäugige SS-Männer mit blonden, blauäugigen Mädchen trafen mit dem einzigen Ziel, ein «arisches Kind» zu zeugen, weil Himmler es befohlen hatte? Und dass diese Mädchen dann in den so genannten «Lebensborn»-Heimen untertauchen und dort dieses Kind geheim zur Welt bringen konnten oder sogar mussten? Und dass sie ihr Kind oft nicht behalten konnten und es ihnen brutal weggenommen wurde, wenn sie sich in den Erzeuger verliebten, weil sie sich dem nächsten arischen Mann zuwenden und mit ihm ein neues «Zuchtkind» produzieren mussten?

«Das ist kein Roman. Was hier geschrieben wird, ist kaum fassbare Wahrheit», schrieb der Autor.

Schon wieder eine «Wahrheit»! Auch über meine Herkunft?

Der «Lebensborn» sei die Endstation einer Einrichtung gewesen, die Himmlers Befehl ausführte, das uneheliche Kind planmäßig zu zeugen.

«Wie man Autos produziert. Wie man Geflügel auf der Hühnerfarm züchtet», behauptete Will Berthold.

Das Schlimmste war, dass weder meine Mutter noch meine Großmutter auch nur ein Wort darüber verloren. Sie haben die Serie natürlich auch gelesen, die Mappe lag offen im Wohnzimmer, und sie haben gesehen, dass ich auch darin las. Warum hat keine der beiden Frauen gesagt:

«Das ist eine Schweinerei, was der da schreibt, das brauchst du nicht ernst zu nehmen, es ist alles erstunken und erlogen!»

Konnte man etwas in einer Zeitung drucken, wenn es nicht stimmte? Hatte Sylvia nicht zumindest Recht mit ihrem Unken: «Irgendwas muss ja dran sein …?»

Vor meinen Augen sah ich wieder und wieder das Foto des hellblonden Mannes, der mein Vater war. Meine Mutter war zwar eher dunkelblond und hatte graublaue Augen. Diese Kombination war anscheinend noch als «arisch» durchgegangen, und das Ergebnis konnte sich sehen lassen: honigblonde Haare mit ganz hellen Strähnen und blaue Augen.

Es lief mir eiskalt über den Rücken, als mir noch dazu eine «spaßhafte» Bemerkung meines ältesten Vetters einfiel, die ich nicht verstanden hatte:

Er studierte Geschichte an der Uni, wir wohnten nicht weit weg, in der Neureutherstraße, und so kam er abends oft zu uns zum Essen. Ich war glücklich darüber, weil dann Leben in unsere langweilige Bude kam. Er war doch für mich wie mein großer Bruder, und er erzählte gern viel Interessantes von seinen Vorlesungen. Und eines Abends sprach er eben über das «Dritte Reich» und flapste mich an: «Du kannst ja von Glück reden, dass der Hitler den Krieg verloren hat, sonst wärst du eine seiner ‹Zuchtfärsen› geworden!»

Ich hatte keine Ahnung, was er damit meinte, aber ich wollte nicht ungebildet dastehen und lachte ebenso krampfhaft mit wie meine Mutter.

In diesen Artikeln war nun nicht von jungen Kühen, den *Färsen*, die Rede, aber von *«Zuchtstuten»*!

Es dauerte eine Weile, bis ich Sylvia glaubte, dass ich «auf jeden Fall» ihre beste Freundin bliebe und ich mit ihr über meine quälenden Gedanken sprechen konnte, was mir vermutlich größere psychische Schäden erspart hat. Aber zur Wahrheitsfindung wusste sie auch keinen besseren Rat, als dass es in diesem Fall vielleicht doch notwendig wäre, meine Mutter zu fragen.

Ich konnte nur verzweifelt den Kopf schütteln und sie erinnern, wie mühsam es gewesen war, wenigstens den Namen meines Vaters herauszufinden und an das einzige Foto zu kommen, das ich ihr noch gezeigt hatte, bevor es mir gestohlen wurde. Und dass ich es schon seit längerer Zeit aufgegeben hatte, ihr jedes Wort aus der Nase zu ziehen.

«Es ist doch egal, was ich sie frage, sie weicht doch immer aus und gibt mir auch auf andere, ganz ‹normale› Fragen keine richtige Antwort, das war schon immer so! Ich hab dir doch erzählt, wie zickig sie sich angestellt hat, als wir aus Tölz nach München gezogen sind und ich total naiv war!»

Als wir im Frühjahr 1952 nach München zogen, war ich, was das Sexualleben betraf, noch vollkommen ahnungslos, obwohl ich schon fast neun Jahre alt war. Ich glaubte buchstäblich noch an den Storch, wie meine Freundinnen in Tölz auch; selbst auf deren Bauernhof, wo wir doch gelegentlich Kopulationen von Tieren sahen, haben wir sie nicht als solche erkannt, weil uns niemand aufklärte.

Ich erinnere mich zum Beispiel, dass wir den Hahn, der immer auf die Hennen stieg, als ein sehr böses Tier empfanden und den armen Hennen zu Hilfe eilten, wenn wir ihn bei seinem aggressiven Tun erwischten. Wir verscheuchten ihn immer wieder, und unser Ansinnen, der «g'scherte Gockel» müsse geschlachtet werden, wurde von den Erwachsenen nur mit einem milden Lächeln quittiert. Niemand hat uns den Zusammenhang zwischen Henne, Hahn und Küken erklärt, wenn die Hennen brüteten und wir begeistert zusahen, wenn die gelben «Biberl» schlüpften.

Und es gab noch eine merkwürdige Geschichte im Kuhstall, dessen Türen gelegentlich abgesperrt wurden, wenn zuvor der Gemeindestier hineingeführt worden war. Da geschah etwas Unerklärliches, das mit landwirtschaftlichen Geheimnissen zu tun hatte, und wir sahen schon ein, dass die Türen verschlossen wurden, weil der Stier halt so gefährlich war. Mir taten nur die armen Kühe Leid, die sich anscheinend auch vor dem Stier fürchteten und vor Angst brüllten.

Es war nicht leicht, mich nach dem Umzug in die Großstadt der Kindergruppe in der Nachbarschaft anzuschließen, besonders nach den ersten Erfahrungen in der Schule, wo ich als «Landpomeranze» ausgelacht worden war. Glücklicherweise war kurz vor uns ein Mädchen gleichen Alters in den Neubau eingezogen und hatte schon Kontakte zu den anderen Kindern hergestellt. Sie klingelte bei uns und nahm mich zum Spielen zu ihnen mit. In dieser Gruppe wurde viel über das «Kinderkriegen» geredet, auch wenn es sachlich nicht ganz korrekt war, weil sich eine Weile das hartnäckige Gerücht hielt, die Babys wüchsen in den Brüsten der Frauen und müssten dann im Krankenhaus herausgeschnitten werden. Immerhin erfuhr ich zumindest, dass es einen körperlichen Zusammenhang zwischen Mutter und Kind geben musste und die Storch-Geschichte ein Märchen war. Wie haben sie gelacht, als ich behauptete, ich hätte ihn in Tölz gesehen, als er versehentlich das Kind, für das ich eigentlich Zucker ans Fensterbrett gelegt hatte, bei dem jungen Ehepaar im zweiten Stock abgegeben hatte!

Unsere vage Kenntnis wurde präzisiert, als eine der Mütter deutlich an Umfang zunahm und es immerhin schaffte, ihrer Tochter zu gestehen, dass dort ein Geschwisterchen heranwuchs. Wir waren total aufgeregt, und das Ansehen dieser Freundin stieg gewaltig, als sie das deutliche Anwachsen des Bauches und des Busens genau registrierte und pantomimisch an uns weitergab: «Busen schon auch, aber nicht sooo!»

Als dann tatsächlich ihre Mutter ins Krankenhaus musste und mit einem Schwesterchen nach Hause kam und wir mit eigenen Augen das deutliche Einsinken des zuletzt gewaltigen Bauches sehen konnten, war die Frage, wo die Babys wachsen, zwar geklärt, nicht aber die, wie sie herauskamen. Da das betreffende Kind tatsächlich mit einem Kaiserschnitt zur Welt gekommen war, was wegen der langen Schonungsbedürftigkeit jener Mutter auch mitgeteilt worden war, hielt sich die Aufschneidetheorie noch eine Weile, und allmählich fragten wir uns auch, wie denn die Babys in die Bäuche hineinkommen.

Ich habe mich nicht getraut, meiner Mutter auch nur eine der

Fragen zu stellen. Hatte sie doch nie einen Einspruch erhoben, wenn ich ein Zuckerstück aufs Fensterbrett legte, weil ich mir so sehr ein Geschwisterchen gewünscht hatte, und sie hatte auch nichts dazu gesagt, als ich ganz aufgeregt war, nachdem endlich eines Morgens der Zucker weg war, und ich so enttäuscht über den Irrtum des Storches gewesen war.

«Die Mutter von der Monika ist im Krankenhaus gewesen und hat ihr ein kleines Schwesterl mitgebracht.»

«Das ist aber schön, hast du das Baby schon anschau'n dürfen?»

«Ja, es ist ganz süß.» Ich schluckte und fasste allen Mut zusammen:

«Aber warum musste sie denn ins Krankenhaus?»

Nach ihrer Antwort wusste ich, dass es sinnlos war, sie um weitere Auskunft zu bitten:

«Vermutlich, weil der Storch sie ins Bein gebissen hat.»

Danach wurde ein anderes Thema aktuell. Monika entdeckte eines Tages einen großen Blutfleck am Nachthemd ihrer Mutter. Sie war sehr erschrocken, bekam Angst, dass ihre Mutter sich verletzt habe. Diese Frau war wohl als einzige unserer Mütter mutig genug, ihrer Tochter zu erklären, dass sie jetzt *ihre Regel* wiederbekommen habe und so früh nach der Geburt gar nicht damit gerechnet habe, sonst hätte sie eine *Binde* eingelegt! Ja, sie ging sogar so weit zu behaupten, dass *alle* Frauen alle vier Wochen solche *Monatsblutungen* hätten und dass auch Monika in nicht allzu ferner Zeit diese «Geschichte» haben würde. Monika war ein wenig älter als ich und damals wohl bald zwölf Jahre alt.

Unter Ausschluss der männlichen Spielkameraden: «Das geht euch nichts an, was wir heute zu besprechen haben!», berichtete sie haarklein, was ihre Mutter gesagt hatte. Wir waren geschockt. So etwas Ekliges! Jeden Monat tagelang bluten aus der … ja, woraus denn? Ja, schon da raus, wo auch die Pisse rauskommt, iiiih! Und das würde so stark bluten, dass man, wenn man «die Tage» habe, eine dicke Einlage in der Unterhose tragen müsse, eine *Damenbinde*! Das waren keine erfreulichen Aussichten! Aber Monikas Mutter war seit der Geburt ihres zweiten

Kindes unsere einzige Gewährsfrau in Sachen Fortpflanzung, und deshalb wagten wir nicht, an diesen schrecklichen Prognosen zu zweifeln.

Zumal ein anderes Rätsel, das mich schon lange beschäftigte, damit auch eine Lösung gefunden hatte:

Neben unserem Wohnhaus gab es einen winzigen Strumpfladen, in dem man die Laufmaschen von Seidenstrümpfen reparieren lassen konnte, wenn man sich das leisten konnte. Meine Mutter machte das selbst: Unter einer hellen Schreibtischlampe wurde behutsam der beschädigte Teil des feinen Strumpfes über ein Wasserglas gespannt, und dann wurden mit einer besonderen, zierlichen Häkelnadel die hauchzarten Fäden durch die winzigen Maschen gezogen. Ganz selten musste ich dennoch in dieses Geschäft, das einer freundlichen alten Frau gehörte, weil man dort auch Kleidung zur chemischen Reinigung abgeben konnte.

In dem kleinen Schaufenster, das eher so aussah wie ein Zimmerfenster, standen eine immergrüne Topfpflanze, manchmal auch ein Blumenstrauß und zwei Schilder: «Laufmaschenreparatur» und «Reinigungsannahme». Das passte. Aber es irritierte mich, dass dort auch ein Plakat hing mit dem Brustbild einer Krankenschwester in hellblauer Tracht mit weißer Schürze. Den Kopf mit dem brünetten Haar, das unter der weißen gestärkten Schwesternhaube hervorsah, hielt sie leicht geneigt, die Augenlider gesenkt. Sie trug nichts in den Händen, wie etwa eine Plakatkollegin von ihr im Lebensmittelgeschäft gleich nebenan, die auf ihrem Tablett eine Flasche «Nährbier» transportierte.

Wofür nur machte diese Dame im Strumpfladen Reklame?

Dem ins Bild eingedruckten Vers:

«Camelia gibt allen Frauen Sicherheit und Selbstvertrauen»,

konnte ich das nicht entnehmen. Sicher war, dass es sich um ein Produkt nur für *Frauen* handelte und dass es etwas mit Krankheit und Genesung zu tun haben musste, so wie die Nährbierschwester eben das gesunde Bier zu einem Kranken brachte. «Könnte es sein, dass diese Binden *Camelia* heißen?», fragte ich nachdenklich.

«Ja genau, das Wort steht auf der blauen Schachtel, die mir

meine Mutter gezeigt hat! Camelia mit ‹C›, woher weißt du das?»

«Bis jetzt hab ich's nicht gewusst, ich hab mich nur immer über das Plakat gewundert, kennt ihr das nicht?»

Den anderen war es nicht aufgefallen, jetzt liefen wir alle zu jenem Schaufenster, betrachteten die Krankenschwester, lasen laut den Reim und nickten uns zu wie bei einer Verschwörung.

«Dann muss meine Mutter auch irgendwo solche Binden haben», sagte schließlich eins der Mädchen.

«Und meine auch», ergänzten die anderen einstimmig.

Das galt es zu überprüfen. Wir vereinbarten, dass wir alle zu Hause nach dieser mysteriösen Schachtel suchen wollten, die uns Monika beschrieben hatte – wenn wir sie fänden, wäre das der endgültige Beweis für die Richtigkeit der ungeheuerlichen Behauptung von Monikas Mutter.

Mir war nicht wohl dabei, heimlich in den Schränken meiner Mutter zu wühlen, viel lieber hätte ich sie gefragt, aber das wäre wohl genauso ausgegangen wie die vielen anderen Versuche, von ihr eine Wahrheit zu erfahren.

In ihrem Nachtkästchen wurde ich fündig. Gut versteckt hinter Flaschen mit Badezusatz und ihrem biedermeierlich gemusterten Kulturbeutel lag eine angebrochene blaue Schachtel. Ich zog eine solche Binde heraus: merkwürdige längliche, weiße Zellstoffdinger mit einer rosa Einlage auf der einen Seite, in einer Hülle aus Verbandsstoff, die an beiden Seiten in einem langen Streifen endete. Jetzt war es schon egal, jetzt konnte ich auch noch den Beutel inspizieren. Darin fand ich einen merkwürdigen Gürtel aus lachsfarbenem breitem Gummiband mit zwei Metallösen. Aha, daran musste man wahrscheinlich die langen Schlaufen der Binde befestigen, klar, sie würde ja sonst leicht aus der Unterhose rutschen können, wie peinlich.

Auch die anderen Mädchen waren fündig geworden. Die Tatsache, dass unsere Mütter alle an derselben «Krankheit» litten, ließ die Vermutung, dass sie uns über kurz oder lang auch ereilen würde, zur Sicherheit werden und warf eine neue, dringliche Frage auf: wozu?

Bei all meinen Erfahrungen wollte ich noch immer nicht glauben, dass meine Mutter mich belügen würde. Vielleicht würde sie mir endlich wenigstens *eine* Wahrheit sagen, die nichts mit meiner Herkunft zu tun hatte und die sie mir über kurz oder lang ohnehin beibringen musste – es wäre so wichtig gewesen, einmal mit meinen Fragen ernst genommen zu werden.

«Mutti, was ist denn eine ‹Camelia›?»

«Wie kommst denn jetzt da drauf? Eine Blume kenn ich, die ‹Kamelie› heißt.»

«Nein, das mein ich nicht», und ich erzählte die Geschichte von dem «komischen Plakat» und meiner Vorstellung, dass es doch was mit einer «Frauenkrankheit» zu tun haben müsse.

Aber sie wich wieder aus:

«Nein, das weiß ich nicht, mit medizinischen Sachen kenn ich mich nicht aus. Da musst halt mal den Doktor Werner fragen.»

Eine eiskalte Dusche. Ich fühlte mich so elend, auch weil ich mich ja selber verlogen fand mit meiner scheinheiligen Frage.

Was würde passieren, wenn ich ihr gestand, dass ich diese Packung aber schon bei ihren Sachen gefunden hatte?

Wahrscheinlich würde sie sie blitzschnell wegräumen und dann sagen: «Das bildest du dir doch nur ein!»

«Das hat doch alles keinen Sinn, Sylvia, du erinnerst dich doch, als du die erste Periode bekamst, habe ich dir erzählt, wie sie mich mit der ‹Camelia›-Geschichte angelogen hat, obwohl ich genau Bescheid wusste! Deine Mutter hat dir wenigstens gerade noch rechtzeitig Bescheid gesagt, dass du bald Menstruationsblutungen bekommen würdest, damit du nicht erschrickst! Gott sei Dank hast du es mir erzählt, und ich war gefasst drauf, dass es mich auch bald erwischen würde. Meine Mutter hat doch erst reagiert, als ich ihr sagen musste, dass ich Blut in der Unterhose hätte.»

«Ja, jetzt hast du auch schon deine Periode, die kommt jetzt alle vier Wochen. Du musst eine Binde anziehen, hol dir erst mal eine aus dem blauen Karton in meinem Nachttisch, da steht ‹Camelia› drauf. Du musst dir drüben im Strumpfladen gleich eine neue Packung und einen Gürtel dazu kaufen. Die Frau dort kennt sich mit den Größen aus.»

Sylvia meinte, den anderen in der Klasse sei es ja auch nicht viel besser gegangen, und mit der «Aufklärung» täten sich halt diese verklemmten Mütter alle schwer.

«Weißt du noch, als wir voriges Jahr diese peinliche Aufklärungsstunde in der Schule hatten, wo die Ärztin mit hochrotem Kopf vorne am Pult saß und mühsam das Wort ‹Geschlechtsverkehr› herausstotterte? Da haben sich doch auf ihre Frage, wessen Eltern schon erzählt hätten, wie die kleinen Kinder hergestellt werden, nur zwei aus der Klasse gemeldet!»

Aber sie stimmte mir zu, dass meine Mutter schon ein besonders schwieriger Fall sei und dass es keinen Sinn mache, sich mit der «Lebensborn»-Frage an meine Mutter zu wenden, sie würde sich vermutlich in Sachen «Lebensborn» ebenso wenig auskennen wie mit Menstruation und Zeugung. Ich solle es doch lieber irgendwie anders herausfinden. Nur wie? Darauf wusste sie auch keine Antwort, aber wir waren wieder unzertrennliche Freundinnen.

Die Erinnerung an diese erste, heftige Konfrontation mit dem «Lebensborn» hat mich zwar nicht ruhiger gemacht, aber die warme Milch und der Baldrian, den ich noch geschluckt habe, tun doch ihre Wirkung. Ich werde versuchen, noch ein wenig zu schlafen.

Es muss ein Ende haben, es ist gut, dass ein objektiver Richter meine Mutter vernehmen wird, das wird endlich Klarheit bringen. Mit diesem Gedanken gehe ich wieder zu Bett.

Am nächsten Morgen kommt meine Mutter wie immer zum Frühstück, sie ist freundlich, redet über das Wetter und den Haushalt, und ich vermeide das Thema auch – alles wie gehabt.

Ich bin in großer Anspannung in den darauf folgenden Tagen, ertappe mich, dass meine Gedanken bei meiner Arbeit immer wieder abschweifen. Das geht so nicht, meine Klienten spüren es, wenn ich nicht konzentriert bin. Ich schlafe sehr schlecht, bin ungeduldig mit den Kindern.

«Warum bist denn so nervös?», fragt sie, die sich offensichtlich von der angedrohten Vernehmung nicht aus der Ruhe hat bringen lassen. Im Gegensatz zu mir. Alle alten Geschichten, die ich vermeintlich schon lange «im Griff hatte», kommen wieder hoch, rauben mir den Schlaf.

So auch die Erinnerung, wie es mir ohne jegliche Hilfe von ihr gelungen ist, meinen Vater ausfindig zu machen.

Seit ich mich erinnern konnte, hatten wir Kontakt zur Mutter meines Vaters, die ich «Weimarer Oma» nannte, weil sie früher immer aus Weimar geschrieben hatte: Ich besaß Dutzende von diesen schlechten, matten Chamois-Postkarten aus dünnem Papier von Goethes Gartenhaus, dem Schillerhaus und dem Goethe-Schiller-Denkmal! Andere Sehenswürdigkeiten schien es in Weimar nicht zu geben. Zweimal im Jahr bekam ich außerdem ein Päckchen mit einem Buch, zum Geburtstag und zu Weihnachten. Darüber war ich immer sehr glücklich, ich las für mein Leben gern, und Bücher waren teuer. Eine Bibliothek lernte ich erst mit dem Eintritt ins Gymnasium kennen: im Amerika-Haus, damals noch in dem alten Nazibau in der Arcisstraße, in dem jetzt die Musikhochschule untergebracht ist. Dort konnte ich mir dann auf dem Weg von der Schule nach Hause jeden Tag kostenlos ein anderes Buch ausleihen, das war wunderbar! Aber in den ersten Nachkriegsjahren waren Bücher rar, erst recht Kinderbücher, und ich bekam nur eines im Jahr, vom Christkind. Die Bücher aus Weimar waren zwar nicht so schön, das Papier war rau und eher grau als weiß, die Einbände weniger bunt, und man musste sehr aufpassen, dass man die Seiten nicht zu weit auseinander bog. Sonst hielt ich schon beim ersten Lesen einzelne Blätter in den Händen. Mein ganzes Leben lang ging ich sorgfältig mit meinen Büchern um; es tat mir fast weh, wenn die Kinder die ihren achtlos in die Ecke warfen. Wahrscheinlich habe ich den pfleglichen Umgang mit Büchern bei den empfindlichen Druckerzeugnissen aus der «Ostzone» gelernt. Diese Oma konnte uns leider nie besuchen, weil sie eben in der Ostzone lebte, da gab es jenen mysteriösen «Eisernen Vorhang», der angeblich so schwer war, dass man ihn nicht einmal zum

Hindurchgehen zur Seite schieben konnte. Das galt für beide Seiten, deshalb konnten auch wir sie nie besuchen, obwohl ich so gerne einmal die Häuser von den beiden berühmten Dichtern «in echt» angeschaut hätte.

Ich wusste so ungefähr, wie diese Oma aussah, es gab nämlich ein einziges Foto von ihr mit mir im Garten meiner Tante in Bad Tölz: Ein zierliches Persönchen mit hellem, kinnlangem Haar steht mit mir an der Hand neben dem Rosenbeet. Das war im Sommer 1944, wahrscheinlich habe ich da gerade die ersten Schritte gemacht. Sie hat uns damals einmal besucht, angeblich wollte sie das Kind ihres vermissten Sohnes anschauen. Das war aber noch zu Kriegszeiten, bevor dieser Vorhang fiel, der nur noch für Postkarten und Päckchen durchlässig war. Ich musste mich immer dafür bedanken und ein Bild malen, ihr auch später mitteilen, welche Noten in meinen Zeugnissen standen, und gelegentlich legte meine Mutter ein Foto von mir diesen Briefen bei.

Aber die Weimarer Oma schickte nie ein Foto von sich und nur ein einziges Foto meines Vaters, als ich sie im Herbst darum bat:

In jenem Sommer 1955 war es Adenauer bei seinem Besuch in Moskau gelungen, durch die Aufnahme diplomatischer Beziehungen mit der Sowjetunion – «Soffjetunion» sprach er das immer aus – die Freilassung der letzten deutschen Kriegsgefangenen aus den Lagern auszuhandeln.

Etwa 100 000 ehemalige deutsche Soldaten kehrten endlich heim, darunter viele Totgeglaubte. Wie hatte ich gehofft, mein «vermisster Vater» wäre eine von diesen ausgemergelten Gestalten, die in der Zeitung abgebildet waren, wie sie nach ihrer Ankunft in Berlin aus den Viehwagen drängten! Ich war sehr aufgeregt:

«Stell dir mal vor, Mutti, er wär dabei, er käme zurück! Und er hat halt nicht schreiben können aus Sibirien, und unsere Adresse hat er ja auch nicht gehabt!»

Sie reagierte abweisend auf meine Fantasie. An dem Tag, für den der Heimkehrertransport für München angekündigt wurde, bat ich sie trotzdem, mit mir zum Bahnhof zu gehen.

«Er weiß doch, dass du damals in München gewohnt hast, und da wird er uns doch als Erstes in München suchen!»

Nein, nein, das sei völlig unmöglich, die Heimkehrer hätten sofort in den Sammellagern über das Rote Kreuz Kontakt mit ihren Familien aufgenommen, und die Namen derer, die in München ankommen würden, stünden auf Listen.

«Dann werde ich eben alleine hingehen.»

«Selbst wenn er dabei wäre, du weißt doch nicht mal, wie er aussieht!»

Das stimmte, es gab ja kein Foto von ihm, die waren angeblich verbrannt im Bombenangriff. Merkwürdig nur, dass es Fotos von Onkel Fritz gab. Warum hatte sie die Fotos von ihrem Verlobten nicht auch gerettet?

Ich sagte: «Wenn er dabei ist, werde ich ihn erkennen – und er mich auch!»

Wir müssten es doch beide *spüren*, dass wir uns suchten!

Sie gab keine Antwort, und ich lief am nächsten Tag nach der Schule zum Hauptbahnhof. In dichten Trauben standen die Menschen auf den Bahnsteigen, schon bevor der erste Zug dort ankam. Es war fast gespenstisch ruhig, schweigend und mit angespannten Gesichtern hielten viele der Mütter und Väter, Geschwister und Ehefrauen Namensschilder hoch. Selbst die Kinder verhielten sich still. Erst als der Zug einfuhr und die Männer ihre Mützen aus den Fenstern schwenkten, kam Bewegung in die Menge. Graue, magere Gestalten stiegen aus und gingen zögernd auf die Wartenden zu. Die meisten hatten noch ihre verschlissene Wehrmachtsmütze auf dem Kopf, manche eine Russenmütze aus schmutzigem Stoff, sie trugen alte Hosen, verschlissene wattierte Jacken oder verschossene Anoraks und sahen sich suchend um.

Eine alte Frau schrie auf und fiel einem dieser Männer um den Hals und lachte und weinte zugleich, eine andere schluchzte nur, und manche blieben wie angewurzelt stehen und schlugen die Hand vor den Mund und starrten mit weit aufgerissenen Augen einen Entgegenkommenden an. Andere sanken sich ganz still in die Arme und hielten sich fest oder nahmen sich an den Händen und schauten einander nur schweigend in die Augen. Wie habe ich die Kinder in meinem Alter und die Jugendlichen beneidet, die verlegen lächelten und hölzern die Arme nach einem dieser fremden Männer ausstreckten, wenn die Mutter rief: «Schau, das ist dein Vater!» Ich sehe noch das etwa gleichaltrige Mädchen neben mir stehen, in einem ähnlichen Mantel – mit Schottenkaro gefütterte Kapuze –, wie es plötzlich hochgehoben wird und die Arme um einen fremden Hals schlingt und die Tränen über ein faltiges Gesicht rinnen, und die knochigen Hände schwenken sie einmal im Kreis, dass ihr blonder Pferdeschwanz fliegt. Ich sehe noch die derben Hände, rau und rissig, mit schmutzigen Fingernägeln, die endlich eine Tochter festhalten können!

Als der Zug schon leer war, standen noch immer Menschen da mit Pappschildern, auf denen etwa stand: «Wer kennt Heinz Müller, geb. am 12.3.15 in München – zuletzt mit der Division Wiking im Kaukasus» oder: «Vermißt: Rudolf Winter, geb. am 14.12.20 in Rosenheim, letzte Nachricht: Ukraine» und so ähnlich. Auf allen diesen Schildern klebten Fotos, meist Porträts in Uniform, wie die von Onkel Fritz.

Ab und zu blieb einer der Heimkehrer stehen, betrachtete die Fotos und sprach mit den Frauen, schüttelte den Kopf und ging weiter. Eine Frau schien eine gute Nachricht bekommen zu haben: Der Heimkehrer unterhielt sich lebhaft mit ihr, und dann lachten sie beide und gingen zusammen weg!

Das hätte ich machen sollen – ein Plakat schreiben mit seinem Namen! Aber ich wusste doch noch nicht mal seinen Geburtstag, ich hatte keine Ahnung, seit wann und wo er vermisst war – und ich hatte kein Foto. Als sich allmählich die vielen Menschen verlaufen hatten, ging ich auch nach Hause. Meine Großmutter war ärgerlich:

«Wo treibst du dich denn wieder rum? Seit Stunden hab ich das Essen für dich warm gestellt! Warum kommst du so spät heim?»

«Ich wollte meinen Vater vom Bahnhof abholen, das Warten ging leider nicht schneller.»

Sie schaute mich nur verwundert an und sagte kein einziges Wort.

Als meine Mutter am Abend nach Hause kam, fragte sie nicht einmal, ob ich tatsächlich am Bahnhof gewesen sei.

Durch diese traurige Erfahrung war ich endlich mit zwölf Jahren auf die Idee gekommen, meine Weimarer Oma um ein Foto meines Vaters zu bitten, *sie* musste doch mit Sicherheit welche haben! Die Antwort ließ lang auf sich warten. Dann kam ein freundlicher Brief mit Entschuldigung wegen langer Krankheit und mit einem winzigen Foto: ein strahlender junger Mann mit ausladenden Kniebundhosen und hohen Stiefeln, hemdsärmelig und an beiden Armen eine lachende Frau. Die kleinere, die ihm gerade mal bis zur Schulter ging und stolz zu ihm aufblickte, erkannte ich, das war die Frau vom Rosenbeet, und die andere, die jüngere, das sei seine Schwester, erfuhr ich aus dem beiliegenden Schreiben und auch, ich solle sorgfältig umgehen mit dem Bild, es sei eines der wenigen, die sie noch besaß, in den «Kriegswirren» hätten auch sie den Großteil ihrer Alben verloren.

«Ach, dann habe ich ja noch eine Tante!», rief ich, «warum schreibt die nicht? Lebt sie auch in der Ostzone?»

Meine Mutter zuckte die Achseln, keine Ahnung, keinen Kontakt.

Name? Ach ja, Mathilde, glaube sie.

Da hörte ich schon gar nicht mehr hin, jetzt war erst einmal wichtig, dass ich endlich wusste, wie mein Vater aussah! Das war gar nicht so einfach bei der Größe des Fotos, ich war schon nach meiner Briefmarkenlupe gerannt.

Mit Herzklopfen betrachtete ich lange das Gesicht unter der Lupe: Er lachte mich mit ebenmäßigen Zähnen fröhlich an, das hellblonde Haar war streng gescheitelt, an der Seite hochgeschoren, oben eine weiche Tolle. Die Nase überraschte mich, sie war nicht edel, sondern zeigte mit der Spitze leicht nach oben, meiner «Stupsnase» nicht unähnlich! Er gefiel mir.

«Das kann ich schon verstehen, dass du dich in ihn verliebt hast», sagte ich, ganz von «Frau zu Frau». Das Lachen meiner

Mutter klang nicht so fröhlich. Sie nahm nun auch die Lupe zur Hand, betrachtete lange das Gesicht und sagte:

«Ganz so jung war er natürlich nicht mehr, wie ich ihn kennen gelernt hab!»

Ich steckte das Bild in das Klarsichtfach meines Geldbeutels, und dort blieb es, bis mir ein paar Jahre später mein erster Jugendschwarm ein Foto von sich schenkte. Für ein paar Monate habe ich es über das Vaterbild geschoben, aber gleich wieder ausgetauscht, als der neue Freund mich anschwindelte. Da war es aus mit der Freundschaft. Noch bevor ich mich zum ersten Mal richtig verliebte und dann wahrscheinlich der Vater dem Geliebten hätte weichen müssen, wurde mir der Geldbeutel gestohlen. Obwohl ich sehr wenig Taschengeld hatte, war es mir egal, dass das weg war, aber ich war untröstlich über den Verlust dieses kostbaren Bildes und habe geweint, als ob ich meinen Vater real verloren hätte.

Einen Ersatz hätte ich bei der Fotoknappheit vermutlich nicht bekommen, ich wagte auch nicht, meiner Oma den Verlust zu gestehen, hatte sie mich doch zum sorgfältigen Umgang mit dem Foto ermahnt. Ich hätte es einrahmen und auf meinen Schreibtisch stellen sollen – aber ich wollte meinen Vater doch immer bei mir haben.

Jedenfalls habe ich das Bild so oft betrachtet, dass ich es noch heute vor mir sehe.

Da wir auch Wochen nach den allerletzten Kriegsheimkehrertransporten nichts von meinem Vater gehört hatten, musste ich wohl endlich einsehen, dass er tot war.

Aber Geschichten von späten Wiedervereinigungen, die ich in der Zeitung las oder am Rundfunk hörte, die ersten Filme, die sich mit Nachkriegsschicksalen befassten, ließen mich doch nicht zur Ruhe kommen. Bei einem der seltenen Kinobesuche hat mich das Schicksal eines Besatzungskindes sehr erschüttert: «Toxi», das Mischlingskind, das so sehr unter seiner dunklen Hautfarbe leidet, weil es ausgelacht und verspottet wird und nirgends dazugehört. Eines schönen Tages aber kommt der gute schwarze Vater mit viel Geld aus Amerika zurück, heiratet die

Mutter und nimmt beide mit in seine Heimat, wo es angeblich keinerlei Probleme mit Mischlingen gibt, und alles wird gut …

Wahrscheinlich war es besonders dieses Melodram und die immer wieder gehörte Formel «in den Kriegswirren», mit der ganz plausibel alles Mögliche entschuldigt und alles Unmögliche erklärt wurde, die meine Fantasie zu immer neuen schönen Tagträumen anregten. Ich erfand verschiedene Möglichkeiten, wie ich ihn doch noch lebend zurückkommen lassen konnte:

Eine Variante ließ ihn in den Kriegswirren nicht in Russland in Gefangenschaft geraten, sondern von den Amerikanern verhaften und in ein Lager in Amerika schicken. Dort musste er in den Südstaaten in sengender Sonne auf Baumwollplantagen arbeiten, wurde dann aber Vorarbeiter, weil er so tüchtig war und immer die größte Tagesmenge Baumwolle pflückte, und er war als einziger Weißer so gut zu den Negern, dass sie ihm halfen auszubrechen und seine Verfolger auf eine falsche Spur setzten.

Danach war er viele Jahre auf der Flucht unter immer falschen Namen, weil er ja gesucht wurde und bei Entdeckung sofort ins Gefängnis gekommen wäre. Darum wäre es auch viel zu gefährlich gewesen, sich mit seiner Familie oder seiner Verlobten in Verbindung zu setzen. Er hatte so perfekt Englisch gelernt, dass man ihm glaubte, er sei Amerikaner, als er sich schließlich als Cowboy auf einer großen Ranch in Texas niederließ. Er konnte ja sehr gut reiten, hatte mir die Mutter einmal stolz erzählt. Dass er immer auf seinem Schimmel durch Bad Tölz ritt und, wenn er sie auf der Straße traf, vor ihr den Degen zum Gruß zog. Er arbeitete dort in Texas natürlich inkognito und er war so tüchtig, dass er Ober-Cowboy wurde und sich von seinem Lohn ein kleines, billiges Grundstück kaufen konnte. Anstatt Rinder zu züchten, ließ er aber Bohrungen vornehmen, und tatsächlich fand man eine große Erdölquelle auf seinem Grundstück! Also wurde er mit einem Mal steinreich, er konnte sich einen sehr gut gefälschten neuen Pass leisten und endlich nach Deutschland reisen. Er bezahlte einen Detektiv, der meine Mutter und mich ausfindig machte. Und er wollte uns überraschen und tauchte unerwartet auf, klingelte und stand einfach vor der Tür.

«Hallo!», sagte er, «da bin ich endlich!», und zog den breitkrempigen Hut vom Kopf. Ich würde ihn sofort erkennen, das blonde Haar war weiß geworden von dem Kummer und der texanischen Sonne, und er war nicht mehr ganz so schlank wie auf dem Foto. Er trug einen eleganten Mantel aus Kamelhaar. Das war für mich der Inbegriff von Reichtum, zu gerne blieb meine Mutter vor den Schaufenstern eines Spezial-Modegeschäfts in der Ludwigstraße im Odeonsblock stehen, alle Kleidungsstücke und Wolldecken waren mit deutlich lesbaren Schildern «Echt Kamelhaar» gekennzeichnet. Ich fand das hellbraune Zeug eher langweilig, aber für meine Mutter waren die Mäntel und Kostüme «besonders fein», und sie meinte mit einem Seufzer:

«So was Edles können sich nur ganz Reiche leisten.»

Folglich kam er also im Kamelhaarmantel zum Texanerhut.

«Da bist du ja endlich! Ich habe so lange auf dich gewartet!», rief ich dann und fiel ihm um den Hals. Und er hob mich hoch, obwohl ich schon ziemlich groß war, und schwenkte mich einmal im Kreis, dass die blonden Zöpfe flogen. Und dann nahm ich ihn an der Hand, die braun gebrannt und sehnig war, auch hart von der vielen Arbeit, aber die Haut war glatt und die Nägel sauber, weil er ja zur Maniküre ging, seit er so reich war. Ich führte ihn in die Küche, wo meine Mutter am Küchentisch saß und – «Karl, du lebst!» – aufschrie, und meine Großmutter ließ vor Schreck den Kochlöffel fallen und fing sofort an zu schluchzen: «Dass ich das noch erleben darf!», und schon lag meine Mutter in seinen Armen, und sie hielten sich ganz fest und sahen sich lange in die Augen, und er sagte:

«Du musst jetzt nicht weinen, Kleines! Du warst doch immer so tapfer! Ich danke dir für diese wunderbare Tochter! Jetzt wird alles gut, wir werden heiraten, und du musst nie mehr arbeiten, und wir werden sehr glücklich werden mit unserem Kind!»

Und dann lud er uns ein in sein Hotel «Vier Jahreszeiten» in der Maximilianstraße, und auf dem Weg dorthin kaufte er meiner Mutter noch das edelste Kamelhaarkostüm und eine Seidenbluse und elegante Schuhe dazu, und weil das für mich zu langweilig war, durfte ich im Café Annast auf sie warten und einen

Eisbecher und so viel Schwarzwälder Kirschtorte essen, wie ich wollte.

Danach kamen diverse Hochzeitsvarianten, da lernte ich dann endlich auch seine Mutter kennen und seine Geschwister, die beide jede Menge Kinder hatten, mit denen ich mich sofort gut verstand. Und schließlich begann ein neues Leben mit einer Fahrt auf dem Luxusdampfer nach Amerika.

Noch lieber träumte ich allerdings den Traum von der Hollywood-Karriere:

In dieser Variante war mein Vater auf seiner Flucht in der kalifornischen Wüste zusammengebrochen und beinahe verdurstet, als er von einem Kamerateam, das gerade für *«Die Wüste lebt»* Dreharbeiten machte, gefunden wurde. Der Regisseur, der bei Walt Disney viel Geld verdient hatte, nahm ihn mit zu sich nach Hause und pflegte ihn gesund. Allerdings stellte es sich heraus, dass er sein Gedächtnis verloren hatte. Aber der Regisseur fand diesen gut aussehenden, blonden Mann, der zwar fließend Englisch sprach, aber im Fieber Deutsch gesprochen hatte, so interessant, dass er ihn inkognito bei sich leben ließ. Eines Abends entdeckte er durch Zufall das große schauspielerische Talent, als mein Vater auf einem Fest den Butler mimte und die ganze Gesellschaft zum Lachen brachte. Und er baute ihn unter dem Künstlernamen *Carl Carlson* zu einem großen Star auf. Der Arme wusste immer noch nicht, wer er eigentlich war, bis er einen SS-Offizier spielen musste. Als er in die schwarze Uniform schlüpfte, war plötzlich alles wieder da, er wusste, dass er tatsächlich Offizier in Bad Tölz gewesen war und dass er dort eine wunderschöne Verlobte zurückgelassen hatte, als er an die Front gehen musste, und dass sie ein Kind von ihm unterm Herzen getragen hatte.

Er hat freilich sein Geheimnis für sich behalten, weil er ja sonst wieder verhaftet worden wäre, aber er hat die Rolle so gut gespielt, dass er für die nächste viel Geld bekam und mit einem Mal steinreich wurde und sich einen neuen Pass leisten konnte und so weiter …, siehe oben. Meistens ließ ich ihn klingeln, wenn ich gerade vor dem Ofen saß und die kalte Asche ausräumte, das konnte ich nicht leiden, musste ich aber in der kalten Jahreszeit jeden Tag machen, wenn ich aus der Schule kam und nicht im ungeheizten Zimmer oder am Küchentisch meine Schularbeiten machen wollte. Die Küche war der einzige warme Raum in der Wohnung, meine Großmutter hielt sich ausschließlich dort auf, heizte den Küchenherd am frühen Morgen und ließ das Feuer den ganzen Tag nicht ausgehen. Ofenreinigen und Heizen verschönerte ich mir besonders gern mit einem Tagtraum. Ich öffnete also in meiner alten, ausgebeulten, dunkelblauen Trainingshose, die ich zu Hause immer trug, die Tür, staubig von der Asche, meine Hände schwarz von der Kohle, die ich zuvor aus dem Keller geholt hatte. Vor der Tür stand dieser unglaublich gut aussehende Schauspieler, dessen Bild ich schon mal in der Zeitung gesehen hatte (und so ein mulmiges Gefühl in der Magengegend bekam) und den sie einfach *CC* nannten. Er trug einen Kamelhaarmantel, zog den eleganten, breitkrempigen Hut vom Kopf und sagte mit einer leichten Verbeugung:

«Guten Tag, du kennst wahrscheinlich mein Gesicht und meinen Künstlernamen. Aber wer ich wirklich bin, erfährst du jetzt: Ich bin dein Vater!»

Und dann strich er mir mit seinen sanften Händen über die Wange und sagte:

«Du bist jetzt kein Aschenputtel mehr, du bist doch meine kleine Prinzessin. Du bist so hübsch mit deinen blauen Augen und den schönen langen blonden Haaren, und die Stupsnase, die hast du, glaube ich, von mir!»

Und dann hob er mich zärtlich hoch, obwohl ich schon ziemlich groß war, und rieb seine Nase an der meinen.

In dieser Geschichte war ich gerade allein zu Hause und kochte ihm einen Tee, und er wartete auf mich in der Küche («So einfach habe ich als Kind auch gelebt!»), bis ich mich gewaschen und umgezogen hatte. Und dann fuhr er mit mir im Taxi in die Stadt und kaufte mir die schönsten Kleider und Schuhe, die ich mir wünschte. Und dann kamen wir zurück, klingelten gemeinsam, und meine Mutter öffnete die Tür – sie hatte sich schon Sorgen um mich gemacht –, und sie rief:

«Wie kannst du nur mit einem Fremden …», und dann stockte ihr der Atem, weil er den eleganten Hut vom Kopf zog und sie ihn erkannte, und dann sanken sie sich in die Arme und so weiter …, siehe oben.

Das Tollste an dieser Variante – ich glaube, sie war doch meine Lieblingsgeschichte – war, dass wir dann nach Hollywood zogen und ich eine Filmrolle bekam und ein Jungmädchen-Star wurde und Romy Schneider an die Wand spielte. (Sie hatte gerade in ihrer gefeierten Debütrolle in «Wenn der weiße Flieder wieder blüht» ihren Vater gefunden!) Seit meinen Kindergartentagen spielte ich doch leidenschaftlich gern Theater und hätte zu gern auch einmal in einem Film mitgespielt. Als Anfang der 50er Jahre in der Zeitung zu lesen war, dass Kinder sich für die Rollen von «Pünktchen und Anton» in der Kästner-Verfilmung bewerben könnten, wollte ich das tatsächlich machen. Dummerweise habe ich den Brief mit Foto nicht gleich an die angegebene Adresse geschickt, sondern ihn erst meiner Mutter gezeigt.

«Du mit deiner Fantasie! Wie kommst denn jetzt wieder auf so eine verrückte Idee! Die werden ausgerechnet auf dich warten!»

Das hat mich schmerzhaft überzeugt, das Bewerbungsschreiben nicht abzuschicken. Wer will schon ein «Muster ohne Wert»!

Vermutlich hätte ich mit den langen Zöpfen und in meinem Dirndlkleid wirklich keine Chance gehabt für die Rolle der Berliner Göre.

Eine Hollywood-Rolle hätte das alles mehr als wettgemacht.

Mit der Zeit brauchte ich diese inneren Fluchten nicht mehr, ich gewann mehr Spaß an meinem realen Leben. Vieles half, aus dem tristen Alltag mit meiner immer depressiven Mutter und der jammernden Großmutter auszubrechen: intensive Freundschaften in der Schule, Radtouren, wir entdeckten die Jugendherbergen in der Umgebung Münchens, das Bergsteigen, die ersten vorsichtigen Flirts. Mein Leben war spannender geworden, ich musste nicht mehr in meine Traumwelten ausweichen, die Sehnsucht nach einer «heilen Familie» mit Vater und Geschwistern aber blieb. Dennoch vermied ich es, nach meinem Vater zu fragen, und versuchte, die freilich immer wieder auftauchenden Irritationen auszublenden.

Eine davon war die mit meiner Weimarer Oma:

Eines Tages, es war wohl 1957, war nach längerer Pause ein Brief aus Frankfurt am Main gekommen, und wir erfuhren, dass die Großmutter endlich nach jahrelangen vergeblichen Anträgen die Erlaubnis bekommen hatte, aus der DDR in den Westen zu ziehen, jetzt, da sie zu krank war, um sich noch allein versorgen zu können, und sie in ein Altenheim hätte gehen müssen.

«Warum gerade nach Frankfurt? Sie hätte doch auch zu uns nach München kommen können!»

«Weil dort ihr anderer Sohn mit seiner Familie lebt, da ist sie jetzt in dessen Nähe ins Altenheim gegangen.»

Ach, außer der schweigsamen Tante Mathilde gab es auch noch einen schweigsamen Onkel?

«Du hast mir nie erzählt, dass mein Vater auch noch einen Bruder hatte! Warum hat der sich nie nach uns erkundigt?»

«Weil ich auch nicht viel von ihm gewusst hab! Der Karl hat nur mal beiläufig erwähnt, dass er noch einen jüngeren Halbbruder aus der zweiten Ehe seiner Mutter hat, mit dem er sich aber nicht besonders gut verstand. Und für uns ist das doch ein vollkommen Fremder, der hat doch gar kein Interesse daran, uns kennen zu lernen!»

Wohl nicht, sonst hätte er es ja mal versucht, seine Mutter hat ihm doch wohl von uns erzählt. So ist das mit der Unehelichkeit, sie reduziert auch die Verwandtschaft. Wieder einer von diesen vielen kleinen Stichen im Herzen.

Aber immerhin war die Großmutter aus dem Osten jetzt eine «Frankfurter Oma» geworden, und damit hatte sich doch endlich das leidige Problem mit dem Eisernen Vorhang erledigt! Jetzt würde ich sie endlich kennen lernen, wir könnten sie doch zu uns einladen, sie besuchen!

«Wie du dir immer alles so leicht vorstellst! Wie soll das denn gehen! Erstens ist die Frau schwer lungenkrank, die ist den Strapazen einer so weiten Reise nicht gewachsen. Und selbst wenn, wo sollt sie denn schlafen? Bei uns doch nicht, wir haben doch keinen Platz. Und wie sollten wir nach Frankfurt kommen? Hast du eine Ahnung, wie teuer die Bahnfahrt ist! Und wie weit, da kommt man nicht am selben Tag wieder zurück. Bei ihr im Altenheim können wir nicht übernachten, bei dem Sohn sowieso nicht, und ein Hotel ist unbezahlbar! Den Gedanken schlag dir nur gleich wieder aus dem Kopf.»

Die Argumente meiner Mutter erschienen mir, wie so oft, stichhaltig. Frankfurt am Main war also genauso unerreichbar wie Weimar! Ich habe es aufgegeben, weiter darüber nachzudenken, aber auch immer weniger Lust gehabt, einer Fremden zu schreiben. Irgendwann würde ich mir die Fahrkarte leisten können oder vielleicht auch in den großen Ferien mit dem Fahrrad hinfahren, eine Jugendherberge gab's in Frankfurt bestimmt.

In jener Zeit bin ich sehr schweigsam geworden zu Hause. Was gab es schon zu reden? Für das, worüber ich sprechen wollte, gab es daheim niemanden. Dort tauschte ich nur noch die notwendigsten Informationen aus, so dass meine Großmutter immer wieder klagte: «Bin ich denn nur noch ein Dienstbot' da herinn'? Keiner red't mehr mit mir, ich brauch doch auch eine Ansprach'! Du bist schon genau so wie deine Mutter.»

Die war tatsächlich noch mürrischer geworden, seit sie nicht mehr einige Male im Jahr nach Rom fuhr, wo sie sich anscheinend immer gut erholt hat, denn danach war sie immer für ein paar Tage fröhlicher. Danach waren auch keine Briefe mehr mit den wunderschönen Briefmarken der «Posta Vaticana» gekommen, stattdessen eine Weile welche mit dem Porträt des spanischen Königs, und ich konnte im Stempel «Barcelona» entziffern. Eines Abends jedoch sah ich sie weinen, als sie einen solchen Brief las, und danach bekam ich keine einzige spanische Marke mehr.

Glücklicherweise gab es ein wunderbares Ventil: Das Rock-'n'-Roll-Fieber hatte uns erfasst. Wir fanden zwar, dass Elvis Presley ausgesprochen dämlich aussah mit dieser fetttriefenden

Schmalzlocke, aber seine Musik ging unter die Haut! In Erman-
gelung männlicher Tanzpartner haben wir miteinander die
Schritte geübt. Ich weiß es nicht mehr, wer damals schon stolze
Besitzerin eines tragbaren Plattenspielers war, jedenfalls wurde
so ein Ding inklusive Singles mit in die Schule gebracht. In der
großen Pause schoben wir rasch die Tische zusammen und tanzten auf dem freien Platz. Natürlich waren nicht alle begeistert,
einige fanden uns ganz schön verrückt, und bald untersagte der
schmallippige Direktor dann das laute Tanzen in der Pause. Wir
hatten aber eine neue, junge Turnlehrerin bekommen, die uns
gelegentlich sogar in der Turnstunde komplizierte Figuren beibrachte. Wir waren sehr froh, dass wir nicht mehr, wie bei ihrer
Vorgängerin, der mit dem Knoten im Nacken, Quadrillen tanzen und in Formation Keulen schwingen mussten in der Aula,
die uns lange auch als Turnhalle diente. Und als so allmählich die
ersten Partys mit den «Herren» aus der langweiligen Tanz-
stunde angesagt waren, konnten wir denen etwas anderes beibringen als: «Schritt, Schritt, Wie-ge-schritt.» Ich habe keine
Ahnung mehr, um welchen klassischen Tanz es sich dabei gehandelt haben mag, aber ich höre noch den schnarrenden Befehl der
Lehrerin in der Tanzschule im Deutschen Theater!

Solche Ablenkungen taten gut, weil mir in der Schule die Auseinandersetzung mit dem Dritten Reich im Geschichtsunterricht schwer zu schaffen machte. Irgendwann war ja aus der «Kaserne» in Bad Tölz eine «Junkerschule» geworden, die «Junker»
wiederum entpuppten sich als nichts anderes als angehende SS-
Offiziere, die wiederum von meinem Vater unterrichtet wurden,
folglich war auch er SS-Offizier.

Zum ersten Mal sah ich dann Bilder von SS-Uniformen in Fil-
men, die wir in der Schule anschauten. Erst da wurde mir klar,
dass er auch eine solche Mütze mit dem Totenkopfemblem getragen haben musste und als Offizier der Elitetruppe maßgeb-
lich am Funktionieren des menschenverachtenden Regimes beteiligt gewesen sein musste. Wir gingen mit der ganzen Schule
ins Kino, um den Film von der Befreiung der Konzentrationsla-
ger anzuschauen. Nie mehr habe ich die Bilder der lebenden

Skelette in den gestreiften Anzügen, in zerschlissene Decken ge-
hüllt, die sich gegenseitig stützten, vergessen, die ausgemergelten Gesichter, deren Mimik erstarrt war im Schrecken. Die Augen, die ausdruckslos in die Kamera starrten. Die Leichenberge.
Die Brillen. Die Kleider- und Haarhaufen. Die fensterlosen
Räume mit den Brauseköpfen an der Decke.

Wenn er nicht selbst ein Mörder war – bitte, lieber Gott, das
nicht! –, so gehörte er doch zum System der Mörder. Und meine
Mutter auch? Was war sie wirklich außer am Anfang seine «Sekretärin»? War sie beim «Lebensborn» auch nur «Sekretärin»
gewesen? Warum war sie so lange beim Nürnberger Prozess?

Fragen über Fragen, die mich beschäftigten, die ich aber nicht
stellen konnte, geschweige denn eine Antwort erhoffen. Ich war
sehr aufmerksam im Geschichtsunterricht in jener Zeit, arbeitete intensiv mit, übernahm freiwillig ein Referat, damit ich
mehr Material von der Lehrerin, die eine engagierte Antifa-
schistin gewesen sein musste, bekam. Viel später, lange nach
dem Abitur, erfuhren wir, dass sie dieses Korsett, das wir sehr
wohl unter ihrer Kostümjacke bemerkt hatten, immer tragen
musste, weil sie inhaftiert und geprügelt worden war. Alles, was
ich erfuhr, verwirrte mich noch mehr, machte mein Herz noch
schwerer, löste Scham in mir aus, dass meine Eltern «dabei» gewesen waren.

Über den «Lebensborn» erfuhr ich nichts, der kam selbst in
unserem sehr guten Geschichtsunterricht nicht vor. Und natürlich habe ich das nie erwähnt. Meine Freundinnen, die genau
wussten, warum meine Geschichtsnote auf einmal eine Eins war,
haben dichtgehalten.

Und meine Mutter freute sich über die gute Note.

Zu alledem kam noch ein heftiger Abschiedsschmerz: Meine
allerbeste Freundin wanderte mit ihrer Familie nach Kanada
aus! Von den anderen «besten» hatte eine die Schule verlassen
und ging für ein Jahr nach England als Au-pair-Mädchen, eine
andere konnte ein «Sitzenbleiben» nur verhindern, indem sie an
eine Privatschule wechselte, um dort Abitur zu machen. So waren von unserem fünfblättrigen Kleeblatt nur noch zwei übrig,

meine Freundin Ursel und ich. Sie war Mitglied in der Alpenvereinsjugend, der ich dann auch beitrat, was viel Freude in mein Leben brachte, das mir oft düster erschien. Wir machten nicht nur wunderschöne Bergwanderungen, sondern auch einen Kletterkurs an der Felswand im «Klettergarten» in Grünwald, die diverse Schwierigkeitsgrade zu bieten hatte. Schließlich sind wir an den Wochenenden öfter geklettert als gewandert, was ich aber zu Hause verschwieg. Im Winter banden wir Felle unter die Skier und stiegen auf manchen hohen Gipfel zur Abfahrt im Tiefschnee, Skiliftfahren blieb die Ausnahme. Die Berge haben uns beide sehr verbunden, aber in der Schule vermissten wir unsere alte Clique, die frühere Fröhlichkeit, das viele Blödeln wollte sich nicht mehr so recht einstellen. Oft redeten wir in der Pause über «alte Zeiten», wenn wir Arm in Arm über den Schulhof schlenderten und uns manchmal gegenseitig an der Taille umfassten. Ursel war viel kleiner als ich, und manchmal lehnte sie ihren Kopf an meine Schulter. Dann nannte ich sie «kleine Schwester», obwohl sie ein Jahr älter war als ich. Dieses «merkwürdige Verhalten» wurde uns eines Tages in einem vertraulichen Gespräch mit der Klassenleiterin vorgehalten und untersagt, weil es ein schlechtes Licht auf die Schule werfe! Wir hatten keine Ahnung, warum; dass wir mit unseren Umarmungen den Eindruck eines Liebespaares erwecken könnten, ist uns nicht in den Sinn gekommen, und es hat eine Weile gedauert, bis wir es kapierten. Wir sind danach nicht mehr so unbefangen miteinander umgegangen, und ich vermisste die verlorene Umarmung meiner Ersatzschwester.

Seit ich fünfzehn war, habe ich einen großen Teil der Schulferien gearbeitet, um mir meine «Leidenschaften» finanzieren zu können: das Bergsteigen und Skifahren, gelegentliche Radtouren und vor allem das Theater. Sooft ich konnte, ging ich ins «Resi», das Residenztheater, oder in die Kammerspiele; Schülerkarten waren billiger als normale Kinokarten. Von zu Hause weg sein war das Beste.

So gern ich meine Großmutter auch hatte, ich konnte ihr

nicht viel mit Gesprächen helfen, so sehr war ich mit mir selbst und meinen tiefen pubertären Zweifeln an Gott und der Welt beschäftigt, die für eine Weile ganz allgemeiner Art waren und die Zweifel an meiner «Herkunft» in den Hintergrund drängten. Ich zog mich in mein winziges Zimmer zurück. Welch ein Glück, dass ich endlich nach dem Umzug mit siebzehn ein eigenes Reich hatte, wenn auch der Preis sehr hoch war: Wir hatten die Wohnung meiner ausgewanderten Freundin übernehmen können! In der vorherigen Wohnung hatte ich auf der Couch im Wohnzimmer geschlafen. Ich lernte so viel wie unbedingt nötig, las sehr viel und schrieb stundenlang meine düstere Lebensphilosophie in meine Tagebücher.

Ein Lichtblick war, dass ich mich in den letzten Ferien als Spielplatzbetreuerin ein wenig in meinen Mitarbeiter verliebt hatte; der junge Mann war hellblond und hatte die schönsten blauen Augen, die ich je gesehen hatte. Und er war sehr nett. Er war wie ich nach den Ferien in eine Abiturklasse gekommen, und wir hatten beschlossen, uns gelegentlich gegenseitig Diktate aufzugeben, damit das unvermeidliche Lernen doch ein bisschen mehr Spaß machte. Ein zusätzlicher Vorteil war, dass meine Mutter so hingerissen war von dem schönen jungen Mann, dass sie tatsächlich geradezu aufblühte, wenn er zu uns kam. Sie war so heiter, wie ich sie noch nie gesehen hatte, und lachte und scherzte mit ihm, dass es mir schon wieder peinlich war.

Auf diese Weise hoffte ich, bis zum Abitur zurechtzukommen, und danach wollte ich ein paar Monate arbeiten, um mir den Flug nach Cleveland, Ohio, zu verdienen, eine Weile dort leben und vielleicht studieren. Unsere Verwandten, die Nachkommen des jähzornigen Großonkels Georg, hatten mich oft genug eingeladen.

Aber ein Ereignis im November 1961 schleuderte mich so aus meinem mühsam erworbenen Gleichgewicht, dass ich meine Zweifel nicht wieder wegschieben konnte und endlich konkrete Schritte unternahm, um die «Wahrheit» über meinen Vater herauszufinden.

Es begann mit einer ohnmächtigen Wut. Dass meine Mutter immer wieder log, war mir schon lange schmerzlich klar, aber dass sie mich in eine Lüge drängte, konnte ich ihr nicht verzeihen. Für mich war Ehrlichkeit wirklich eine «Maxime meines Handelns» – so hatte ich es erst kurz zuvor in einem Aufsatz beschrieben.

Beim Alpenverein war es Tradition, an den schulfreien Tagen Reformationstag, Allerheiligen und Allerseelen in jedem Jahr die Skisaison zu eröffnen, und die Jugendgruppe fuhr für wenig Geld im allgemeinen Bus mit. Um diese Jahreszeit gab es normalerweise in der näheren Umgebung von München noch nicht genug Schnee, und so musste man weit fahren und hoch hinauf. In diesem Jahr war das Ziel Weißensee in Osttirol, und dort übernachteten wir auf der Rudolfshütte. Es waren ein paar traumhafte Tage – frischer Pulverschnee auf dem Gletscher in fast 3000 m Höhe, tiefblauer Himmel und Sonne! Ich kam glücklich und braun gebrannt nach Hause.

Im Treppenhaus kam mir meine aufgeregte Mutter entgegen: «Der Martin ist da! Ich hab gesagt, du bist in Tölz beim Heini, weil du an Allerheiligen aufs Grab von der Tante gehen wolltest!»

Ich war wie vor den Kopf geschlagen. Meine Skier hatte ich zwar in den Keller gestellt, aber ich trug natürlich meine komplette Skiausrüstung und einen Rucksack auf dem Rücken! Wie bitte sollte ich so aus Tölz vom Friedhof kommen?

«Du darfst auf keinen Fall sagen, dass du mit dem Alpenverein weg warst und auf einer Hütte übernachtet hast, du weißt doch, dass er das streng verboten hat!»

Das wusste ich freilich, aus mir unerklärlichen Gründen bezeichnete er die gemischtgeschlechtlichen Matratzenlager der Alpenvereinshütten als «Sündenpfuhl». Ich hatte wirklich keine Ahnung, was er damit meinte, wenn er mit hochgezogenen Augenbrauen davon sprach, man wisse ja, was da alles passiere. Ich habe auch nicht so wahnsinnig gern auf diesen durchgelegenen Matratzen übernachtet, es war meist sehr kalt, die Decken waren schwer und wärmten kaum. Ich schlief immer mit Pullover und

Bundhose, weil ich so fror, und die meisten anderen Leute auch. Nie habe ich gesehen, dass sich jemand ungebührlich entkleidet oder benommen hätte, alles, was gelegentlich «passierte», war, dass ein paar Spaßvögel spät und nicht ganz nüchtern hereinpolterten und Witze erzählten, bis ein mehrstimmiges «Is' jetzt a Ruah!» sie schließlich zum Schweigen und leider auch meist zum Schnarchen brachte. Keine besonders erholsame Angelegenheit also, aber für mich die einzige Möglichkeit, für ein paar Pfennige in meinen geliebten Bergen zu übernachten. Und wenn ich am Abend gemütlich mit Strickzeug am Kachelofen lehnte, wenn wir lachten und sangen – es fand sich immer jemand, der zur Gitarre griff –, so war das eine volle Entschädigung für den mangelnden Schlaf.

Onkel Martin, der mein gestrenger Vormund war, hatte meinem Beitritt zur Alpenvereinsjugend einzig unter der Bedingung zugestimmt, dass ich nur zu Tagestouren in die Berge mitfahren, keinesfalls aber übernachten dürfe. Mutter und Oma hatten in diesem Punkt mehr Verständnis für mich, weil meine Begeisterung sie an den geliebten und im Krieg gefallenen Fritz erinnerte, dem die Berge auch so viel bedeutet hatten.

Mit Wissen von Mutter und Großmutter setzte ich mich von Anfang an über das Verbot des Vormunds hinweg, wenn wir an wenigen Wochenenden schon Samstagmittag nach der Schule in die Berge fuhren und bis zu einer Hütte aufstiegen. Bei Sonnenaufgang ging es dann weiter zu langen Berg- oder auch Klettertouren, und am Abend kamen wir todmüde nach Hause. Diese «Eskapaden» unterlagen strengster Geheimhaltung, ich fand es mutig von meiner Mutter, dass sie es wagte, sich in diesem Punkt über die Anordnung des strengen großen Bruders hinwegzusetzen, obwohl ich nicht verstand, dass sie ihn noch genauso fürchtete wie in ihrer Jugendzeit. Er wohnte nicht in München und tauchte normalerweise nicht unangemeldet bei uns auf, so konnte man sich arrangieren. An Wochenenden, für die er seinen Besuch bei uns ankündigte, durfte ich eben nicht wegfahren. Diesmal war es schief gelaufen, er war nicht, wie sonst üblich, an Allerheiligen zum Grab seines Vaters und seines Sohnes nach

München gekommen, sondern erst an Allerseelen und übernachtete jetzt bei uns, weil er am nächsten Tag in der Stadt zu tun hatte.

«Aber wie soll ich denn meinen Aufzug erklären, wie meinen Sonnenbrand im Gesicht?»

«Du sagst einfach, dass du mit dem Heini und dem Obermeier Hans von Tölz aus auf die Zugspitz gefahren bist! Da oben liegt Schnee, und die Lifte gehen auch, ich hab mich erkundigt!»

Und weg war sie, verschwand oben in der Wohnung. Ganz langsam ging ich mit meinen schweren Stiefeln die restlichen Stockwerke hinauf in den fünften Stock. Klug ausgedacht hatte sie sich die Geschichte: Der Obermeier Hans war ein alter, vertrauenswürdiger Freund meines Vetters aus Tölz, der sich seit Studententagen auch eine kleine Wohnung in München, ganz in unsrer Nähe, teilte. Vor allem war Hans einer der wenigen in unserem Bekanntenkreis, der ein Auto besaß – einen winzigen Fiat 500 –, und er galt als leidenschaftlicher Skifahrer! Was sollte ich tun, ich musste das verlogene Spiel mitmachen, ich hatte keine Wahl.

Leise schloss ich die Wohnungstür auf, schlüpfte aus meinen Skistiefeln und stellte rasch den Rucksack in mein Zimmer. In der Küche hörte ich meine Mutter laut Belanglosigkeiten auf den Onkel einreden. Ich holte tief Luft und ging hinein.

«Da bist ja endlich!», rief meine Mutter mit gespielter Begeisterung. «Habts es doch noch g'schafft heut' auf die Zugspitze mit dem Hans? Des muss ja herrlich gewesen sein, bei dem Wetter! Einen ordentlichen Sonnenbrand hast dir ja geholt!»

Gut, dass wenigstens das stimmte, sonst hätte ich mich durch den hochroten Kopf, den ich jetzt ohnehin bekommen hätte, verraten.

«Soso, auf der Zugspitz' war das Fräulein. Du musst ja viel Geld haben, dass du dir die teure Zugspitzbahn und einen Skilift leisten kannst! Ich hab gar nicht gewusst, dass du dir neuerdings selbst Geld verdienst, von deiner Mutter wirst du das wohl nicht bekommen haben, sie muss es sich ja ohnehin vom Mund absparen, damit das gnädige Fräulein Abitur machen kann!»

Auch das war ein ständiger Streitpunkt, er war immer dagegen, dass ich noch zur Schule ging, meine Mutter habe nämlich längst mehr «als ihre Schuldigkeit» getan, seit sie mir die mittlere Reife ermöglicht hatte, ein normaler Volksschulabschluss hätte «wahrhaftig auch gereicht», und mit einer Lehre würde ich ihr wenigstens nicht mehr ganz «auf der Tasche liegen». Es gab einen vehementen Krach, als sie sagte, sie selbst befürworte das Abitur, ihr habe es immer gefehlt, ja, dass sie sogar nichts dagegen hätte, wenn ich dann noch etwas «Vernünftiges» studieren wolle! Er versäumte keine Gelegenheit, daran zu erinnern, dass er damit absolut nicht einverstanden war.

Bis zu diesem Moment musste ich zu den Lügen meiner Mutter nur mit dem Kopf nicken, aber auf den Vorwurf mit dem vielen Geld musste ich antworten. Meine Mutter riss beschwörend die Augen auf, meine Großmutter senkte ihren Kopf noch tiefer über die Teetasse, in der sie die ganze Zeit schon gerührt hatte, und ich sagte:

«Der Hans hat mich eingeladen.»

Er durchbohrte mich mit seinen durchdringenden hellgrauen Augen, die durch die starken Brillengläser vergrößert noch unheimlicher wirkten.

«Und welchen Grund hätte der Hans zu solcher Großzügigkeit? Du wirst ihm schon schöne Augen gemacht haben! Pass bloß auf! Wenn du uns eine Schande machst ... ein Wunder wär's ja nicht, bei deiner Herkunft!»

Schon wieder diese merkwürdige Andeutung, wie oft hatte ich sie schon gehört! Irgendetwas in mir schien «schlecht» zu sein, von Anfang an. Er musste gute Gründe haben, so streng mit mir zu sein. «Auf die muss man besonders gut aufpassen», pflegte er zu sagen und dabei hatte er immer diesen eigenartigen Blick.

Meine Mutter wollte ablenken:

«Du hast doch sicher noch Hunger, soll ich dir noch was zum Essen warm machen? Es sind noch Knödel da vom Mittag.»

Mir war der Appetit vergangen, ich musste dringend raus hier, und in meinem Hals saß sowieso ein dicker Kloß.

«Nein danke. Ich geh ins Bett, ich bin todmüd'.»

Die kalten Augen meines Onkels verfolgten mich bis zur Tür.

«Ich hätt schon noch gern gewusst, wie das Grab meiner Schwester ausschaut, ham's die Buben ordentlich hergerichtet zu Allerheiligen?»

«Ja klar, schön geschmückt haben sie's, weiße Chrysanthemen», log ich, und beim Hinausgehen hörte ich noch:

«Warum bist denn dann so rot geworden unter deinem Sonnenbrand, wenn du nicht lügst? Schad', dass der Heini kein Telefon hat, ich tät's ja zu gern wissen, ob er auch grad erst von der Zugspitz' heimgekommen ist!»

Im Bett heulte ich vor Wut und Scham, wie lange musste ich mir das noch gefallen lassen! Nach dem Abitur würde ich sofort nach Amerika fliegen, irgendwie würde ich das Geld für den Flug schon auftreiben. Wenn ich nur nichts mehr wissen müsste von der ganzen verlogenen Verwandtschaft!

Solche Pläne hatten nur einen Nachteil. Ich war zwar schon achtzehn, aber damals wurde man erst mit einundzwanzig volljährig. Bis dahin war ich von meinem Vormund abhängig und durfte es mir nicht ganz mit ihm verderben – ohne seine Unterschrift bekam ich noch nicht mal einen Reisepass.

In dieser Nacht schlief ich wieder einmal sehr schlecht, grübelte wie so oft über meine geheimnisvolle Herkunft nach, wieder einmal hatte mein Onkel eine Andeutung gemacht, dass da was «Schlechtes» in mir angelegt sei, das man im Zaum halten müsse. Was meinte er bloß? Da fiel mir die «Revue»-Geschichte mit meiner Freundin Sylvia wieder ein, die ich am liebsten vergessen hätte und eine Weile wohl auch erfolgreich verdrängt hatte.

Wenn es doch stimmte, dass ich in einem «Edelpuff» gezeugt worden war? War es das, was mein Onkel andeuten wollte?

Wenn ich doch nur mehr wüsste über meinen Vater! War das wenige, das ich über ihn wusste, vielleicht auch gelogen?

Nach der heutigen Szene würde mich nichts mehr wundern, meine Mutter war anscheinend sehr begabt im Erfinden von schlüssigen Geschichten! Wie könnte ich nur mehr erfahren, sie schienen alle dichtzuhalten, wie in einer Verschwörung: meine

Mutter, die Tante, die zu ihren Lebzeiten kein einziges Mal meinen Vater erwähnt hatte, deren Mann, der mich immer noch SS-Bankert nannte, aber nur hämisch lachte, wenn ich ihn zur Rede stellen wollte, meine Großmutter, der Onkel und seine Frau. Ob sie alle Bescheid wussten und mich trotzdem im Dunkeln tappen, mich allein ließen mit meiner Sehnsucht nach einem Vater und der Trauer um einen Unbekannten?

Und meine Großmutter? Konnte es möglich sein, dass auch sie, seine Mutter, die als Einzige wirklich Bescheid wissen musste über meinen Vater, eine Verbündete war in dem Komplott gegen mich? Konnte es möglich sein, dass auch sie mich belog – sie müsste mir doch die Wahrheit sagen können. Ich beschloss, ihr wieder einmal zu schreiben, und diesmal nicht die «Es-geht-mir-gut-hoffentlich-geht-es-dir-auch-gut»-Belanglosigkeiten, sondern ich würde ihr klare Fragen stellen und sie um klare Antworten bitten. Der Gedanke beruhigte mich, wieso war ich früher nicht darauf gekommen?

Gleich morgen würde ich ihr schreiben. Diese Frau musste inzwischen über achtzig sein, ich hatte ihr zwar immer eine Geburtstagskarte geschrieben, aber nie gefragt, wie alt sie wurde. Vermutlich war es höchste Zeit, wenn ich noch etwas von ihr erfahren wollte – die Geschwister meines Vaters, wenn ich sie denn finden könnte, wären ja wohl nicht die richtigen Ansprechpartner, vielleicht wussten sie gar nichts von der Existenz des «Bankerts» ihres Bruders.

Am nächsten Tag wollte ich ihr gleich nach dem Mittagessen schreiben, ehe ich mich an die Schularbeiten machte. Ich könnte mein langes Schweigen mit der vielen Vorbereitungsarbeit auf das Abitur begründen. Aber irgendwie sollte ich schon an ihren letzten Brief anknüpfen, nur hatte ich keine Ahnung mehr, wann und was sie zuletzt geschrieben hatte. Meine Mutter bewahrte ihre Post in einer im Wohnzimmerschrank eingebauten Schublade auf, die ich normalerweise nie öffnete. Ich zögerte – sollte ich nicht lieber doch auf sie warten und sie am Abend nach dem letzten Brief von Oma fragen? Aber nein, sie würde sich wundern, dass ich plötzlich freiwillig nach Frankfurt schreiben wollte, sie hatte mich in den letzten Jahren doch dazu immer ermahnen müssen. Wahrscheinlich würde sie sogar fragen:

«Warum willst du denn ausgerechnet jetzt an die Oma schreiben, es ist doch noch lang net Weihnachten!»

Und dann müsste ich lügen! Das Stichwort ließ meinen Ärger wieder aufflammen. Sie log, dass sich die Balken bogen, sie verlangte von mir, dass ich andere belog, und ich habe Skrupel, ihre Postschublade zu öffnen! Ich würde bestimmt nicht darin «schnüffeln» – so etwas würde ich nie tun, ich brauchte nur das Schreiben meiner Oma, das sowieso für uns beide bestimmt war.

Ganz oben auf dem Stapel lag ein Brief, die Schrift der handgeschriebenen Adresse erkannte ich sofort als die inzwischen recht krakelige großmütterliche. Die Briefmarke fesselte meine Aufmerksamkeit, eine Sondermarke, die ich noch nicht gesehen hatte – merkwürdig, dass sie mir die für meine Sammlung nicht gegeben hatte, bei allen anderen Briefumschlägen waren die Marken sorgfältig ausgeschnitten, wie seit vielen Jahren, seit ich schon in der Grundschule angefangen hatte, Marken zu sammeln. Ich nahm das Schreiben aus dem Umschlag, ach ja, das war ja erst einige Tage alt, merkwürdig, dass sie mir nichts davon erzählt hat, normalerweise gibt sie mir Omas Briefe doch gleich zum Lesen! Ich bekam ein mulmiges Gefühl, schon bevor ich anfing zu lesen.

Der Brief begann mit den üblichen Klagen über ihre chronische Bronchitis, die in den feuchten Herbsttagen immer schlimmer sei als gewöhnlich, und über die leidige Atemnot. Aber sie sei eine uralte Frau und habe ohnehin nicht mehr lange zu leben, viel schlimmer sei, dass es dem Karl und seiner Familie so schlecht ginge.

Dem K a r l? Ich dachte, ich hätte mich verlesen (wie hieß der Bruder eigentlich? Meine Mutter wusste es angeblich nicht), aber hier stand eindeutig *Karl*. Ach, sie wird die Namen ihrer Söhne verwechselt haben, die alte Frau ist vielleicht doch ein wenig verwirrt? Ich legte den Brief erst einmal zurück, ich wollte an ihre Verwirrung glauben, wollte den entsetzlichen Verdacht, der in mir hochstieg, nicht zulassen, wollte am besten vergessen, dass es diesen Brief gab.

Und dann las ich doch weiter, erfuhr, dass Karl wieder seine Stelle verloren habe, weil ihn wieder jemand «hingehängt» habe. Er habe bei seiner Bewerbung in der Firma, die ihn zuletzt in der Verwaltung angestellt habe, natürlich als frühere Tätigkeit «Berufsoffizier» angegeben, und nun habe man ihm bei der derzeitigen Hysterie mit der Nazivergangenheit unterstellt, er habe mit Absicht seine SS-Zeit unterschlagen, was wiederum den Schluss zuließ, er habe etwas zu verbergen, und nun hatte man ihm fristlos gekündigt. Das sei besonders schlimm, weil es nicht das erste Mal sei. Er sei ja mit fast sechzig auch nicht mehr der Jüngste, und es sei ziemlich aussichtslos, dass er noch einmal im zivilen Berufsleben Fuß fassen könne. Im Moment lebe die Familie von der Arbeitslosenunterstützung. Die Söhne seien glücklicherweise zwar selbständig, könnten aber die Eltern auch nicht unterstützen. Der Älteste sei Kaufmann geworden, habe gerade erst geheiratet, und der zweite Sohn sei nun nach bestandener Gesellenprüfung als Schreiner zum Wehrdienst eingezogen worden. Die ältere Tochter sei im zweiten Lehrjahr bei einem Architekten tätig und würde sich wenigstens ihr Taschengeld selbst verdienen, nur die jüngste Tochter sei noch in der Schule und ganz auf den Unterhalt durch den Vater angewiesen. Aber allein die Miete sei schon so teuer, und die Schwiegertochter wüsste oft nicht, was sie auf den Tisch bringen solle. Sie selbst könne ja in keinster Weise finanziell einspringen, ihre schmale Rente reiche nicht einmal, um das Altenheim zu bezahlen, ihre Tochter Mathilde müsse die Differenz ausgleichen. Und dann:

«Du solltest nicht klagen, wie schwer es dir fällt, Gisela Abitur machen zu lassen, auch wenn es nicht leicht ist, scheinst du es ja immerhin finanziell zu schaffen, sonst hättest du sie von der Schule genommen. Für Karl ist es sehr bitter, dass er das bei allen drei Kindern tun musste und keines Abitur machen durfte, obwohl sie alle gute Schüler waren. Sie sind nur der Not gehorchend – im wahrsten Sinne des Wortes! – nach der mittleren Reife abgegangen. Deine Tochter kann von Glück reden, dass sie nicht hier bei uns aufgewachsen ist!»

Es gab keinen Zweifel, bei dem Karl, von dem sie berichtete, musste es sich um meinen «vermissten» Vater handeln! Zwei Söhne haben nun mal nicht denselben Namen, und wenn es nicht gerade Zwillinge sind, sind sie auch nicht gleich alt. Mein Vater war gute zehn Jahre älter als meine Mutter, und würde also im nächsten Jahr sechzig werden!

Ich las den Brief wieder und wieder, mit der irrationalen Hoffnung, eine Erklärung für ein Missverständnis meinerseits zu finden, aber die Botschaft war klar. Auch wenn die Buchstaben mehr und mehr verschwammen.

Herr SS-Oberführer Karl Friedrich Kettler lebte mit Frau und vier Kindern in Frankfurt am Main. Er war also bereits verheiratet, als er mit meiner Mutter «etwas» hatte: eine Affäre, eine Liebesbeziehung, einen ideologisch angeordneten Beischlaf?

Die «Wahrheit» über den «Lebensborn» in der «Revue»-Serie schien verdammt gut zu passen.

Er hatte offensichtlich schon vor meiner Geburt zwei Söhne, war er etwa im Verzugszwang wegen der von Himmler angeordneten «Vier-Kinder-Ehe»? Aber es gab doch noch eine ziemlich gleichaltrige und eine jüngere Schwester, also hat er doch sein «Mindestsoll» erfüllt! Aber so wie der aussah, mit diesen blonden Haaren und blauen Augen! Obwohl … die Nase? Hätte die nicht eher griechisch ausfallen sollen nach der Rassentheorie? Aber die Gesinnung als SS-Offizier passte wieder hervorragend! Er war bestimmt ehrgeizig und wurde wahrscheinlich sogar dazu aufgefordert, sein «reines arisches Blut» auch außerhalb der Ehe weiterzugeben!

War er vielleicht doch einer von den in der «Revue» beschriebenen «Zuchthengsten»? Gab es vielleicht außer mir noch weitere solche «Zuchtergebnisse»? Dann hätte ich aber bestimmt nicht so viele Goethe- und Schiller-Postkarten von der Oma bekommen und höchstens ein Buch im Jahr! Oder wurden «die anderen» zur Zwangsadoption abgegeben, wie dieser Will Berthold in der «Revue» damals behauptet hat? Oder war ich die Einzige, bei der er sich zur Vaterschaft bekannt hat, weil er meine Mutter vielleicht doch geliebt hat?

Ich habe den Brief nicht als «Beweisstück» an mich genommen, nicht einmal kopiert, dabei gab es in Uninähe durchaus schon Kopiergeräte. Daran habe ich in diesem Moment gar nicht gedacht. Später hätte ich den Brief gerne gehabt, da war er dann verschwunden. Ich habe ihn sorgfältig wieder gefaltet, in den Umschlag mit der schönen Marke zurückgesteckt, ihn ordentlich in die Schublade zurückgelegt.

Mir war schwindlig geworden. Ich setzte mich auf einen Stuhl und blickte mich um, es war alles wie immer, das ordentlich aufgeräumte Wohnzimmer, das nur sonntags benutzt wurde oder wenn – selten genug – Besuch kam. Die Kissen auf dem Sofa waren aufgeschüttelt und mit Handkantenschlag versehen, darüber die akkurat gehängten, in schmalem Gold gerahmten Rosen-Stiche von Redouté. Die Brokatdeckchen auf dem Büfett und der Kredenz waren korrekt verteilt, die Bleikristallblumenvase stand blumenlos neben der obstlosen Bleikristallobstschale, die Familienfotos waren in Reih und Glied unter dem Mann mit dem Goldhelm aufgestellt. Das einzig Auffallende war, dass die Gesichter mich alle direkt ansahen:

Der Mann mit dem Goldhelm mit demselben mürrischen Ausdruck wie der Großvater auf dem Foto, der schmallippige Tölzer Onkel und die lächelnde Tante auf dem Hochzeitsfoto und der forsche Vormund-Onkel mit seiner scheuen Frau auf dem anderen Hochzeitsfoto, das strenge Porträt von Onkel Fritz in der Wehrmachtsuniform, das Jugendbild meiner schönen Mutter und das vergrößerte Halbprofil-Passbild meiner Großmutter.

Ich sah ihnen allen der Reihe nach in die Augen.

«Schau mich an, wenn du mit mir sprichst!»

«Schau mir in die Augen und sag die Wahrheit!»

«Wenn jemand lügt, kann er einem nicht in die Augen schauen.»

«Durch die Augen kann man einem Menschen bis in die Seele schauen.»

«Wer einmal lügt, dem glaubt man nicht, auch wenn er dann die Wahrheit spricht.»

Alle diese Sprüche, die mich durch meine ganze Kindheit begleitet hatten, dröhnten mir in den Ohren.

Ich sah sie der Reihe nach an und dachte:

Ihr alle habt mich seit achtzehn Jahren belogen und an der Nase herumgeführt. Welches Spiel habt ihr mit mir gespielt und w a r u m ? Wolltet ihr mich schonen, sollte ich nicht erfahren, dass ich ein «Kind der Schande» bin? War ein toter Vater besser als ein unehelicher? Wolltet ihr nicht vielmehr euch selbst schonen, weil euch bei eurer Prüderie alles so peinlich war? Oder gibt es ein Geheimnis um mich, das noch schlimmer ist als eine außereheliche Zeugung?

«Aufklärung» ist freilich ein Fremdwort für euch, aber hättest du, liebe Mutter, nicht wenigstens nachdem sie uns in der Schule erklärt hatten, wie neue Menschen entstehen, versuchen können, mit mir zu sprechen?

Einfach «Komm, große Tochter, wir müssen mal miteinander reden!» sagen und nach und nach auspacken, anstatt weiterzulügen? Aber wahrscheinlich war es dann längst zu spät; eine Lüge hat eine andere notwendig gemacht und die nächste die übernächste bedingt.

Nur das Bild meines Onkels, der vor meiner Geburt schon gestorben war, lächelte ich an.

«Du kannst nichts dafür, du hättest das nicht mitgemacht, ich bin sicher, du hättest mit mir geredet, irgendwo hoch oben auf einem Kletterberg. Bergkameraden sind treu.»

Alle drei Frauen, die sich die Mutterrolle für mich teilten, meine leibliche Mutter, ihre Schwester, die mir lange Zeit mehr Mutter war als die wirkliche, und meine Großmutter, mit der ich am längsten zusammengelebt habe, alle hatten mich mein Leben lang belogen.

Und nun kam auch noch die vierte dazu, meine andere Großmutter, die das große Camouflage-Spiel mitgemacht hat und mich mit ihren doofen Postkarten und hässlichen Ostzonenbüchern an der Nase herumgeführt hat! Warum sie auch? Um ihren Sohn zu schonen? Mich selbst fragte ich: Wie hätte ich denn reagiert, wenn meine Mutter mit mir das «Große-Tochter-Gespräch» geführt hätte? Dann hätte sie doch zugeben müssen, dass sie zuvor gelogen hatte? Wahrscheinlich hätte ich in meinem Wahrheitsfanatismus gebrüllt und getobt – schlimmer noch, ich hätte sie vermutlich verachtet. Nicht, weil sie sich mit einem verheirateten Mann eingelassen hat (was mir zwar unbegreiflich war, was ich aber wahrscheinlich geschluckt hätte), sondern weil sie mich BELOGEN hat.

Hatte sie die anderen auch dazu angestiftet?

Ich konnte es nicht glauben, meine Tante war erst vor zwei Jahren gestorben, ich hatte sie geliebt, trauerte immer noch um sie. Nie hat sie meinen Vater auch nur mit einem Wort erwähnt.

Und meine fürsorgliche Großmutter, die ich immer noch «Mama» nannte? Sie hat mich eigentlich großgezogen, war zwar streng, hat mich auch gelegentlich geschlagen, aber auch in den Arm genommen und gestreichelt. Von ihr habe ich es wohl angenommen, habe mich nicht dagegen gewehrt wie angeblich gegen die Umarmungen meiner Mutter. Jetzt, mit achtundsiebzig Jahren, war sie immer noch für mich da, kochte und wusch und bügelte, ich musste nicht viel im Haushalt helfen. Im Gegenteil, sie war beleidigt, wenn ich Geschirr spülen wollte: «Ich mach's dir wohl nicht gut genug!», und erst recht, wenn ich kochte, was ich gelegentlich, im Gegensatz zu meiner Mutter, ganz gern tat. Dann probierte ich neue Rezepte aus, und sie weigerte sich, das «ausländische Zeuch» zu essen, da machte sie sich lieber einen «Dee» und grummelte vor sich hin:

«Meine gute fränkische Hausmannskost schmeckt euch wohl nimmer, dann muss ich's eben lassen, neu kochen lernen tu ich net!»

Sie ließ es freilich nicht, und mein Argument, sie doch nur ein wenig entlasten zu wollen, kam schlecht an.

«Was soll ich denn sonst tun den ganzen Tach lang, früher hab ich für sieben Leut' den Haushalt gemacht, da kann ich's doch leicht immer noch für drei tun.»

Und dieser «guten Haut», meiner «Mama», sollte ich auch nicht trauen können? Ihr Ruf aus der Küche riss mich aus meinen Gedanken. «Ich hab dir einen Kaffee gemacht!»

Sie wusste, dass ich gerne Kaffee trinke nach dem Essen, gerade jetzt, wo ich so viel lernen musste, und mir nur noch einen Mittagsschlaf leistete, wenn ich die Nacht zuvor zu lange gelernt hatte. Ich stand auf, war merkwürdig ruhig, nein, es war mehr ein Gefühl der Leere, eine Abwesenheit von Gefühl. Eine letzte Hoffnung keimte in mir auf, vielleicht haben sie die «Mama» auch belogen und betrogen, vielleicht genauso im Dunkeln tappen lassen wie mich, damit sie sich nicht verplappert im Gespräch mit mir? Hat sie auch keine Ahnung, ist wenigstens sie ehrlich zu mir, aus Unwissenheit? Sie hatte mir schon eine Tasse eingeschenkt, ich zündete mir eine Zigarette an.

«Du bist aber auch so blass, ich glaub, es tät dir besser, wennst dich ein bisserl hinlegen würdest, statt so viel Kaffee zu trinken und so viel zu rauchen, das ist doch net gesund!»

Ich nickte, fragte für sie völlig unvermittelt:

«Weißt du eigentlich, wie der Bruder von meinem Vater heißt, bei dem die Weimarer Oma jetzt lebt?»

«Der Bruder von deinem Vater – woher denn? Der ist doch auch gefallen, soviel ich weiß?»

Ich zuckte die Schultern:

«Ich dachte, sie ist doch wegen ihm von Weimar nach Frankfurt gezogen?»

«Ach, was weiß denn ich, mir sacht doch auch keiner was. Sie lebt doch in einem Altenheim. Ich kenn die Frau nicht, ich kenn deinen Vater nicht und schon gleich gar net seinen Bruder.»

Und sie stand abrupt auf und begann, laut klappernd das Mittagsgeschirr zu spülen.

Also weiß sie auch nur Teilwahrheiten? Ist sie hilflos oder lügt sie auch? Wenn es auch nur Teillügen sind?

Ich rauchte meine Zigarette draußen auf dem Balkon zu Ende. Der kleine freischwebende Balkon im fünften Stock hat mir noch nie Probleme gemacht, schließlich klettere ich und bin völlig schwindelfrei. Aber heute hatte ich das Gefühl, als ob der Balkon sich höbe und senkte und sich das Geländer nach außen neigte. Ich glaubte, nicht hinuntersehen zu können, ohne zu stürzen. Allmählich stieg die Wut in mir hoch:

«Jetzt verliere ich auch noch meine Schwindelfreiheit in dieser verdammten verlogenen Familie!»

Ohne Schwindelfreiheit kein Klettern – aber das würde ich mir von niemandem nehmen lassen!

Mit einem knappen «Ich muss noch einmal weg!» verließ ich die Küche, packte meine Bergstiefel, holte mein Fahrrad aus dem Keller und fuhr los in Richtung Grünwald. Das ist von Schwabing ein ganz schönes Stück entfernt, und als ich nach einer guten Stunde am «Klettergarten» ankam, war es schon dämmrig.

Glücklicherweise hatte auch hier an den letzten Tagen die Sonne geschienen, so dass der Felsen trocken war, und obwohl ich einen Teil meiner Wut schon abgestrampelt hatte, wollte ich es mir selbst beweisen, dass hier der Schwindel wieder vorbei war. Immerhin war es November, und nach Einbruch der Dunkelheit wurde es schnell so kalt, dass meine Finger bald zu klamm wurden. Ich fuhr nach Hause, viel langsamer dieses Mal.

Zu Hause helle Aufregung:

«Bist du verrückt geworden, einfach wegzufahren, ohne zu sagen, wohin, und stundenlang wegzubleiben! Wo hast du dich wieder rumgetrieben? Ist das der Dank, dass ich dich zum Skifahren hab gehen lassen und mir den Ärger mit dem Martin eingehandelt hab?»

Ich schüttelte nur den Kopf, hatte wieder keinen Hunger und musste noch lernen.

Ich schloss mich in meinem Zimmer ein, was erstaunlicherweise keinen Protest auslöste, und schrieb in mein Tagebuch:

Mein Vater lebt. Wie kalt und nichtssagend diese drei Worte hier auf dem Papier stehen, ohne meine Gefühle auch nur andeuten zu können. Als ich klein war, habe ich geweint, weil er für mich tot war, heute weine ich, weil er lebt. Welche Ungeheuerlichkeit! Der Mann, der mich zeugte, lebt, ohne sich jemals um das Produkt seiner Leidenschaft gekümmert zu haben! Aber er wird das jetzt wohl tun müssen, weil ich mich um ihn kümmern werde, um meinen Vater! Wie oft habe ich mich danach gesehnt, dieses Wort aussprechen zu dürfen, wie oft habe ich es leise vor mich hin gesagt, als ich noch klein war, und dann verwundert lächelnd den Kopf geschüttelt! Ich weiß, es ist unchristlich, aber im Moment ist mein Herz erfüllt von dem Gedanken, meine Mutter und mich zu rächen – obwohl sie es mir verschwiegen hat! Dieser Mann lebt mehr oder weniger glücklich verheiratet und ist mehr oder weniger sorgender Familienvater! Immer habe ich mich leidenschaftlich nach Geschwistern gesehnt, und dabei habe ich die ganze Zeit Geschwister gehabt, den ersehnten großen Bruder, sogar zwei davon, eine kleine und eine große (?) Schwester, ohne es zu ahnen!! Ein köstlicher Witz!! Ich bin gewillt, sie alle kennenzulernen, meine Brüder, meine Schwestern und den Mann, der durch welchen Zufall auch immer (?) mein Vater geworden ist und sich dann ebenso zufällig zurückzog! Und meine Mutter hat ihn die ganze Zeit in Schutz genommen! Oder sich selbst? 18 Jahre lang hat sie geschwiegen, diese Ausdauer wäre ja direkt bewundernswert, wenn es nicht mir gegenüber eine bodenlose Lüge wäre! Der arme Pappi ist in Rußland vermißt und ums Leben gekommen! 18 Jahre lang hat sie mich diesem Glauben überlassen, das ist schon stark! Ich habe sie früher ja öfter nach ihm gefragt, aber als sie mir immer auswich und immer nur irgendwelche Ausflüchte suchte, habe ich es gelassen, zumal es ja bei mir die ganzen Ängste und Zweifel mit dem «Lebensborn» gab. Oft habe ich auch gedacht, daß sie es nicht überwunden hat, daß sie diesen Mann, den sie geliebt hat, verloren hat, und dann habe ich erst recht geschwiegen. Aber der Gedanke, er könne leben, ist mir im Traum nicht eingefallen!

Jetzt muß ich seine Adresse herausfinden – ob ich ganz einfach seine ebenso verlogene Mutter danach frage? Das Gesicht möchte ich sehen, wenn sie den Brief in der Hand hält mit der Bitte: «… und teile mir doch bitte umgehend die Adresse meines Vaters mit, ich möchte ihm gerne einen Brief schreiben!»

Der Sarkasmus hielt nicht lange an. Ich weiß, dass ich in dieser Nacht wieder kaum geschlafen, viel geweint und über mein weiteres Vorgehen nachgedacht habe. Erst als mir eine Lösung eingefallen war, konnte ich einschlafen.

Am nächsten Morgen hatte ich wirklich starke Kopfschmerzen und bin nicht in die Schule gegangen. Ich hätte mich ohnehin auf nichts konzentrieren können. Ich schrieb einen Brief an das «Einwohnermeldeamt» in Frankfurt und bat um umgehende Mitteilung, ob in Frankfurt am Main ein Karl-Friedrich Kettler, geboren vermutlich 1902, gemeldet sei. Dann adressierte und frankierte ich noch einen Brief an mich selbst: «Anbei Umschlag für Rückantwort». Erst als ich den Brief im Postamt gegenüber eingeworfen hatte, wurde mir ein wenig leichter.

Endlich hatte ich die Suche nach meinem Vater selbst in die Hand genommen, jetzt war es doch auch spannend, was passieren würde. Meine Großmutter beschwerte sich, als ich laut den AFN-Sender einstellte und laut die Rock-Schlager mitsang:

«Ich hab gedacht, du bist nicht in die Schule, weil du solche Kopfschmerzen hast! Von der Negermusik geh'n die bestimmt nicht weg, da krieg ja sogar ich noch welche!»

Das Einwohnermeldeamt in Frankfurt reagierte erstaunlich schnell, nach einer guten Woche, am Samstag, war der von mir selbst adressierte Umschlag wieder da. Normalerweise holte ich die Post aus dem Briefkasten, wenn ich aus der Schule kam. Samstags war meine Mutter zu Hause, und so lag der Brief bei der anderen Post auf dem Küchenbüfett.

Was hat sie gedacht? Sie hat doch meine Handschrift erkannt, sie muss den deutlichen Absenderstempel gelesen haben! Sie sagte kein Wort, sie las Zeitung, während meine Großmutter den Tisch deckte. Ich schnappte mir den Brief und ging schweigend aus dem Zimmer, meine Großmutter rief mir nach:

«Jetzt iss doch erst, Kind!»

Vielleicht hätte ich es tun sollen, danach bekam ich keinen Bissen mehr hinunter.

Ich glaube, ich hoffte immer noch, es wäre ein negativer Bescheid. Sosehr ich in der vergangenen Woche über meinen Vater und seine Familie gegrübelt hatte (was war das für eine Frau, die er mit meiner Mutter betrogen hat, weiß sie denn, dass es mich gibt? Gehört sie auch zu den Belogenen? Wie ich? Wie sahen meine Halbgeschwister aus, sah ich ihnen ähnlich? Vermutlich doch, meiner Mutter ähnelte ich gar nicht!), so wünschte ich mir jetzt, das Meldeamt würde mir mitteilen, dass es einen Herrn Kettler in Frankfurt nicht gebe, nie gegeben hat.

Es gab doch diese Geschichten in der Literatur, in denen sich jemand ein ganzes Leben zusammenfantasiert und detaillierte Szenarien entwirft und sie auch den Zeitläuften entsprechend weiterspinnt! Wie, wenn meine Großmutter das alles erfunden hätte, um so mit dem Tod ihrer beiden Söhne zurechtzukommen, so was gab es auch in der Psychiatrie! Angenommen, sie wollte nur nach Frankfurt zurück, weil sie da irgendwann mit ihrer Familie gewohnt hat, und lebt nun einsam in einem Altenheim wie viele andere Frauen auch, deren Männer und Söhne im Krieg gefallen sind. Und fast immer schreibt sie ganz normale Briefe, die sich auf ihre und unsere Realität beziehen. Aber von Zeit zu Zeit hat sie so etwas wie einen «Schub», da flüchtet sie in eine imaginierte Welt, lässt zumindest einen Sohn weiterleben und erfindet eine Biographie für ihn, die sie wie auf einer Bühne von ihrem Altenheim aus betrachtet und beschreibt. Dann kann sie auch den Namen beliebig austauschen, ihn mal Karl, mal Kurt nennen oder wie immer der Jüngere hieß, der wahrscheinlich auch gefallen war!

Dann machte die Aussage meiner Großmutter einen Sinn, dann wäre auch verständlich, dass die gute Mutter mir diesen Brief nicht gegeben hatte; immer wenn die Oma in ihrem Wahn schrieb, unterschlug sie eben diese Briefe, um mich nicht zu beunruhigen!

Auf Ihre Anfrage vom 3. 11. 1961 teilen wir Ihnen mit, daß Herr Karl-Friedrich Kettler, geb. am 4. 1. 1902 in Berlin, von seinem Wohnsitz in Frankfurt-Bockenheim nach Weinheim an der Bergstraße, Industriestr. 72, verzogen ist.

Die Frankfurter Oma war also nicht verrückt. Sie lebte nur in einer Realität, die mit *meinen* Vorstellungen von meiner Realität überhaupt nicht übereinstimmte.

War *ich* verrückt, meine Mutter, meine Verwandten? Oder waren die «Kriegswirren» schuld? Auf jeden Fall war in mir endgültig etwas «verrückt» worden. Ich musste überlegen, wie ich mit diesem Teil der Realität, die nun unwiderruflich auch zu meiner gehörte, zurechtkommen würde.

Mein erster Impuls war: Es reicht. Dieses Leben will ich nicht mehr. Woran sollte ich denn noch glauben? An wessen Liebe? War ich nicht seit meiner Geburt «unerwünscht», wer wollte mich denn, ich war ihnen allen eine Last – oder lästig. Ich war der «SS-Bankert», das «Muster ohne Wert», der «Dreck», der «Neureutherbesen» (weil ich so ungern im Haus war und mich, sooft es ging und bei jedem Wetter draußen in der Neureuther-straße «herumtrieb»).

Liebte mich jemand wirklich? In den Ludwig hatte *ich* mich verliebt, für ihn war ich nur ein guter Kumpel zum Lernen, er kam gern zu mir, weil ich besser war in Sprachen als er – er half mir dafür in Mathematik –, und er konnte lachen über mich und meine flotten Sprüche. Aber er spürte meine Sehnsucht nicht, schien keine Ahnung zu haben, dass ich mich nach einer Umar-mung von ihm sehnte. Ich habe es ihm auch nicht signalisiert, nur meinem Tagebuch anvertraut.

In der Klasse war ich beliebt, ich war so etwas wie ein Klas-senclown, immer fröhlich und zu Späßen und Streichen aufge-legt. Auch die Lehrer mochten mich, weil man sich dennoch auf mich verlassen konnte und ich freiwillige Aufgaben übernahm, um die sich andere lieber drückten, wie zum Beispiel in den Ferien im Keller Schulbücher aussortieren, einordnen, regist-rieren. Oder im Schullandheim das Klo putzen.

Ich hatte es satt. Es wäre so einfach, man brauchte nur auf ei-nem Höhengrat einen Schritt zurücktreten. Oder mit den Skiern einer Gletscherspalte zu nahe kommen.

Wer würde mich vermissen? Meine Freundinnen vielleicht, meine Familie bestimmt nicht – und die andere «Familie», zu der ich doch auch irgendwie gehörte, sowieso nicht, weil sie nichts von mir wusste. Wie gerne wäre ich bei ihnen in einer richtigen Familie aufgewachsen! Was hatte ich schon von dem «Glück», Abitur machen zu dürfen! Wie gerne wäre ich nach der mittleren Reife abgegangen wie die drei anderen. War das Abi-tur wichtiger als eine Familie?

Ich würde nicht mehr in die Schule gehen am Montag, ich würde sofort alles hinschmeißen.

Wer brauchte mich denn? Wahrscheinlich hatte mein Vetter mit seiner damaligen Bemerkung über die «Zuchtfärse» Unrecht. Es war nicht mein Glück, dass das Dritte Reich untergegangen war, sondern mein Pech: Wahrscheinlich war das Einzige, wozu ich gebraucht worden wäre, die Produktion arischer Kinder – allerdings hätte ich sie bestimmt nicht hergegeben! Ich wollte sowieso mindestens sechs, genau genommen hatte ich mir schon Jahre zuvor die Familie aus meinem damaligen Lieblingsbuch «Im Dutzend billiger» als Vorbild ausgesucht.

Natürlich habe ich nicht alles «hingeschmissen», nach einem quälenden Wochenende zwischen Wut und Resignation ging ich am Montag wieder in die Schule.

Ob es nun mein Glauben war oder Sehnsucht nach den unbekannten Geschwistern oder die Wut und das Bedürfnis nach Konfrontation – ich weiß es nicht mehr, wahrscheinlich war es eine Mischung aus alledem. Ich kam jedenfalls in jenem Winter Gletscherspalten nicht zu nahe und vermied im Sommer danach Gratwanderungen.

Aus der Verzweiflung entstand Trotz: Ich würde es schon allen zeigen! Jetzt würde ich mich erst ganz still verhalten und mein Abitur machen. Das brauchte ich zur Stärkung meines arg geschwächten Selbstbewusstseins – aber dann! Er sollte sich wundern, der Herr Kettler! Ich würde keinen vorsichtigen Kontakt aufnehmen und vorsichtig schriftlich anfragen, ob er denn unter Umständen gewillt wäre, seine uneheliche Tochter kennen zu lernen! Auf die er stolz sein könnte, immerhin hätte sie gerade Abitur gemacht, noch dazu ein bayrisches, kein hessisches! Nicht mal das haben seine Kinder geschafft, so klug werden sie wohl nicht sein. Und ich würde auf die Universität gehen und promovieren: «Gell, da schau'n S' blöd, Herr Kommandant!»

Ich würde einfach in dieses Weinheim fahren, gleich nach dem Abitur – ich hatte es auf der Karte gefunden, es liegt nicht so weit weg von Frankfurt. Die «Bergstraße» ist sicher eine landschaftlich reizvolle Gegend – wollte ich nicht schon immer mit dem Fahrrad die Bergstraße entlangfahren? Klar doch!

Und ich würde gegen Abend klingeln, da wäre er sicher zu

Hause, und er würde die Tür öffnen – wahrscheinlich würde er eine bordeauxrote Bleyle-Strickjacke tragen und hell-dunkel-braun karierte Pantoffeln, nicht die Spur von Kamelhaar!

Und ich würde sagen: «Hallo, ich bin deine Tochter!», und er würde bleich werden und keine Spur von: «Da bist du ja endlich!» sagen, sondern es würde ihm die Stimme verschlagen oder er würde rumstottern und irgendwas von «So eine Überraschung» faseln. Und dann würde eine Stimme von hinten rufen:

«Was ist denn, Vati, dein Essen wird kalt!»

Und er würde antworten: «Alles in Ordnung, Mutti! Es ist alles ein Irrtum!»

Und ich würde ihn an der Schulter packen und rufen:

«Ein Irrtum?? Schau ihn genau an, den rein arischen Irrtum! Er ist 18 Jahre alt und 1,78 m groß und hat gerade das Abitur bestanden, und jetzt möchte er von dir wissen, warum du dich um deine Verantwortung als Vater gedrückt hast!!»

Und dann würde die Frau rauskommen, sie wäre klein und rund und hätte ein liebes Gesicht. An dieser Stelle hörte meine Wut auf, weil sie mir so Leid tat.

Aber was sollte ich tun – wenn ich ihn kennen lernen wollte, würde ich vermutlich seiner Frau ein großes Leid antun. Das wollte ich nicht, aber schließlich war es seine Verantwortung.

Noch schwieriger wäre es freilich, wenn gleich seine Frau die Tür aufmachen würde. Was würde ich dann sagen:

«Kann ich bitte Ihren Mann sprechen, er ist mein Vater.»

Oder noch schlimmer, wenn die jüngste Tochter öffnete!

Wahrscheinlich ist sie blond und blauäugig und sieht mir vielleicht ähnlich, und ich müsste sagen:

«Hallo, kann ich mal deinen Vater sprechen, er ist nämlich auch mein Vater.»

Dabei würde ich sie doch am liebsten in die Arme nehmen und sagen:

«Ich bin so glücklich, dass ich eine Schwester habe.»

Spätestens an dieser Stelle gefiel mir das ganze Szenario überhaupt nicht mehr, und die Traurigkeit wurde stärker als das Wut- und Rachegefühl.

Ich würde die ganze Sache erst einmal ausblenden und auf den Sommer verschieben. Nach dem Abitur wäre immer noch Zeit, einen genauen Plan zu entwickeln.

Wie pflegte Scarlett O'Hara zu sagen, wenn ihr etwas unangenehm war: «Ich will jetzt nicht darüber nachdenken. Morgen ist auch noch ein Tag.»

Die Tage zogen sich hin. Die Stimmung zu Hause war nun absolut auf den Nullpunkt gesunken. Ich schwieg, meine Mutter schwieg, und meine Großmutter weinte nur noch, weil sie nicht verstand, was los war, und weil sie auch keine Möglichkeit hatte, alles «hinzuschmeißen», wie sie gelegentlich drohte. Ihre andere Tochter, in deren Haus in Tölz sie früher wenigstens Ferien gemacht hatte, war tot. Der Schwiegersohn hatte gerade noch das Trauerjahr abgewartet, ehe er wieder heiratete und seitdem jeglichen Kontakt zu ihr und uns abgebrochen hatte – worüber ich nicht unglücklich war, aber sie.

Bei ihrem Sohn, meinem Vormund, war auch kein Platz. Er lebte als kleiner Beamter mit Frau und Tochter in einer winzigen Wohnung auf dem Land, meine Cousine schlief wie ich früher auf der Couch im Wohnzimmer. Ich aß abends nur noch in meinem Zimmer, setzte mich widerwillig am Wochenende an den gemeinsamen Esstisch und las nebenbei ein Buch. Meine Mutter hatte immer die Zeitung neben sich liegen.

Sie schwieg die ganze Adventszeit über, sie schwieg am Heiligen Abend. Die Rituale wurden durchgehalten mit Christbaum und Stollen und Kerzen und Punsch und Geschenken. Ich hatte meiner Großmutter im Wahlfach «Schneidern» eine neue, bunte Küchenschürze genäht und meiner Mutter trotz alledem eine weiße Theaterstola gehäkelt. Die Mama war glücklich:

«Wo du doch so viel lernen musst, dass du dir Zeit für mich genommen hast!», und sie weinte. Die Mutter war sichtlich gerührt und lächelte ein wenig:

«Das hätte ich nicht geglaubt, dass du mir heuer auch eine Handarbeit zu Weihnachten schenkst, des freut mich ganz besonders.»

Wahrscheinlich war das sogar wahr. Vielleicht war auch eine Bitte in ihren Augen:

«Heißt das, dass du mir verzeihst? Sag doch endlich wieder was!»

Aber ich habe nicht aufgeblickt von meinem Buch, das sie mir wunschgemäß geschenkt hatte: «Der Fremde» von Albert Camus. Ich hätte es nicht wahrnehmen wollen, wenn sie mich denn so angesehen hätte. Jetzt war ich hart geworden. Ich habe nur genickt, mich zurückgelehnt und das Buch so deutlich vor mich hingehalten, dass sie den Titel vor Augen haben musste.

Aber auch sie hat mein Signal nicht verstanden – oder nicht verstehen wollen. *Ich* würde nicht das erste Wort sagen, ich hatte es, weiß Gott, immer wieder versucht in all den Jahren. Jetzt war endlich, verdammt noch mal, sie dran.

Aber es war Heiliger Abend, und da sollte ich erst recht nicht fluchen. Schon wieder hatte ich ein schlechtes Gewissen. Als sie mich fragte, ob ich mit ihr zur Mitternachtsmette in den Dom gehen wolle, habe ich zugestimmt, obwohl ich zuvor mit Ludwig schon in der Abendmesse in der Ludwigskirche gewesen war. Vielleicht hatte sie sich besonnen und wollte vor ihrer Mutter kein Gespräch anfangen? Sie plauderte auf dem Hinweg Belanglosigkeiten, in der Kirche erhob sie ihre domchorgeschulte, immer noch kräftige Altstimme zu «Stihille Naaacht, heilige Naaaacht» – es war mir immer peinlich, wenn die Leute sich umdrehten –, und auf dem Rückweg war sie zu müde zum Reden. In meinem Tagebuch steht:

25. 12. 61, 1.30: In meiner ganzen Kindheit hat mich das Leuchten der Christbaumkerzen glücklich gemacht, auch wenn es mir gerade nicht so gut ging. Heute schnürt es mir die Kehle zu. Das Ende der Kindheit? Unter einem anderen Christbaum sitzt mein Vater mit seinen Kindern, die doch auch meine Geschwister sind, und sie freuen sich vielleicht so über den strahlenden Lichterbaum wie ich früher. Weil sie nicht wissen, daß ihre Halbschwester hier in die brennenden Kerzen starrt und an sie denkt. Ich schlucke die Tränen hinunter und beginne fieberhaft zu lesen im neuen Buch «Der Fremde» von Camus. O du fröhliche, selige, gnadenbringende Weihnachtszeit aus dem Radio und

Grauen und Sinnlosigkeit und heißer Punsch und Gleichgültigkeit
und Geschenke unterm Christbaum und Verlorenheit. Kein Gespräch
auf dem Weg zur Christmette im Dom, kein Gespräch auf dem Weg
nach Hause, nur leise rieselt der Schnee. Das Weihnachtsevangelium
endet mit den Worten: «… und Friede den Menschen, die guten Wil-
lens sind.»

Sie hat auch an Sylvester nicht geredet, es wurde eine entsetz-
liche «Feier». Bei einer Freundin war eine Party, sie hatte die
halbe Klasse eingeladen, aber ich durfte nicht hin, weil der Herr
Vormund mit Familie mit uns den Jahreswechsel zu feiern ge-
dachte und ich nach 22 Uhr nicht auf der Straße sein durfte,
solange ich nicht volljährig war.

Ich blickte ohne Freude und voll Angst in das Jahr 1962, und
es sollte noch eine Weile dauern, bis *ich* das Schweigen nicht
mehr länger durchhielt.

Auf den wiederholten Vorwurf: «Sei doch nicht so muffig!»
antwortete ich schließlich:

«Ich kann einfach in deiner Gegenwart nicht mehr froh sein,
weil ich seit langem auf ein Gespräch warte, das unbedingt zwischen uns stattfinden muss.»

Da sagte sie endlich:

«Hat das etwas mit dem Brief vom Einwohnermeldeamt in
Frankfurt zu tun?»

«Allerdings.»

«Dann weißt du's ja endlich, dass dein Vater lebt.»

Als ich zu weinen anfing, weinte sie auch «… *und schluchzte,*
daß sie in ihrem ganzen Leben alles falsch gemacht habe und daß sie
nichts an meiner Existenz ändern könne. Wir redeten, oder besser
schrien aneinander vorbei. Ich wollte ihr doch keine Vorwürfe machen,
weil sie einen verheirateten Mann geliebt hat, aber daß sie mir ver-
schwiegen hat, daß er lebt, das warf ich ihr schon vor. Vor lauter Auf-
regung über unser Geschrei und das laute Heulen bekam Mama mal
wieder einen Herzanfall, und es schien wieder mal ihr letztes Stünd-
lein geschlagen zu haben, was Mutti wiederum maßlos aufregte und
mir den Vorwurf einbrachte, daß ich mit meinem Geschrei schuld sei.

Dr. Werner wurde gerufen, er kam glücklicherweise sofort und gab ihr eine Spritze, und sie erholte sich rasch. Danach sprach Mutti ruhig mit mir, endlich vernünftig zum Thema (wobei ich mich traute, auch noch den ‹Lebensborn› zu erwähnen!), und ich erfuhr, daß sie tatsächlich nicht gewußt hat, ob er noch lebt, weil er bis 1958 in Gefangenschaft gewesen sei und sie es dann für das Richtigste hielt, noch zu warten, ehe sie es mir eröffnen könne, weil sie glaubte, daß ich noch zu jung sei, um das alles zu verdauen. Und weil sie fürchtete, daß ich das alles nicht verstehen können und sie verdammen und verachten würde. So ein Unsinn! Ich war so froh, daß sie endlich einmal ehrlich mit mir sprach, und versicherte ihr, daß ich es aufrichtig verstehen könne und nicht daran dächte, sie zu verurteilen – was mir wahrlich nicht zustünde. Und daß ich mir sehr gut vorstellen könne, daß sie schon genug gelitten habe und daß ich keineswegs wolle, daß sie noch mehr leiden müsse. Ich bat sie um Verzeihung, daß ich so gemein zu ihr war. Endlich, endlich kam die Versöhnung, und wir haben uns wieder lieb. Ich bin so sehr froh.»

So notierte ich das Gespräch. Ob ich nun die Jahreszahl falsch aufgeschrieben habe oder sie tatsächlich «1958» gesagt hat, weiß ich natürlich nicht.

Es hätte mir auffallen müssen, denn ich wusste genau, in welchem Jahr die letzten Gefangenen freigekommen waren und ich meinen Vater am Bahnhof suchen wollte – das war 1955 gewesen. Dann hätte ich schon gewusst, dass das, was sie mir «endlich ehrlich» erzählte, wieder nicht die Wahrheit war. Doch das erfuhr ich erst später.

An diesem Tag tat sie mir sehr Leid, und außerdem wollte ich wieder froh sein.

Außer der lästigen Büffelei war ich zudem mit etwas ganz anderem beschäftigt, mit meinem Kummer, dass ich für Ludwig immer noch nichts anderes war als eine gute Lernpartnerin. Wir trafen uns zwar gelegentlich sonntags in der berstend vollen Ludwigskirche bei der Predigt von Romano Guardini, aber ansonsten hatte er ganz andere Interessen. Partys waren ihm ein

Gräuel, meine Begeisterung für Rockmusik war ihm unbegreiflich und das verrückte Tanzen erst recht. Er sang im Chor, und nur klassische Musik war für ihn Musik. Nicht, dass mir die nicht auch gefiel! Ich ging sehr gern in die «Jugendkonzerte», die von den Philharmonikern mehrmals im Jahr für Schüler veranstaltet wurden, und ich war glücklich, als er endlich einmal mit mir in den Herkulessaal mitkam. In einer Maiennacht, auf dem Nachhauseweg durch den Hofgarten, nahm er doch tatsächlich zum ersten Mal meine Hand!

Ich lernte sämtliche Beethovensymphonien schon nach wenigen Takten zu unterscheiden (anscheinend machte sich das urgroßmütterliche Erbe spät, aber doch bemerkbar), was ihn beeindruckte, und so kamen wir uns doch ein wenig näher.

Ich hatte ihm meine traurige Seite nie gezeigt, vielleicht aus Angst, dass er dann nicht mehr kommen würde, und ihm die ganze Vatergeschichte bis dahin verheimlicht.

Eines Tages aber erzählte er mir von seiner Sehnsucht nach seinem Vater, der nach der Scheidung seiner Eltern vor mehr als zehn Jahren spurlos verschwunden war. Da konnte ich ihm endlich auch meine Geschichte erzählen, und wir waren uns in dem Verständnis füreinander nah.

Es war gut, dass ich wenigstens bei ihm nicht mehr Theater spielen musste, und als er mir auch noch seine Hilfe bei meiner Vatersuche anbot und vorschlug, mit mir gleich nach dem Abitur eine Radtour zur Bergstraße zu machen, war ich seit langer Zeit zum ersten Mal wieder glücklich.

In diesen Tagen nun, da ich gespannt auf die angekündigte Post von Moser und aus Nürnberg warte, bin ich alles andere als glücklich – ich muss aufhören, die alten Geschichten in meinem Kopf durchzuspielen, ich sollte mich vielmehr darauf konzentrieren, wie ich mich verhalten werde, wenn Herr Moser Recht hat.

Wenn sie tatsächlich die Adoptionsstelle geleitet hat? Dann kann es aber doch nicht stimmen, dass sie in Nürnberg nur «Zeugin» war, war sie vielleicht doch Angeklagte? Aber ich habe doch ihren Namen gesucht im Register von Mosers «Nürnberger Prozess». Es steht nicht viel in dem Buch über den «Lebensborn e. V.» Es gab keinen gesonderten Prozess, Anklage wurde im Rahmen des Prozesses VIII gegen das Rasse- und Siedlungshauptamt RuSHA erhoben, das Amt, mit dem der Lebensborn selbstverständlich eng zusammenarbeitete beziehungsweise dessen Handlanger er war.

In diesem Prozess wegen «Verbrechen gegen die Menschlichkeit, Kriegsverbrechen und Mitgliedschaft in verbrecherischen Organisationen» war nur die Führung des «Lebensborn e. V.» *angeklagt*: der leitende Arzt, Oberführer Dr. Gregor Ebner, der Geschäftsführer Standartenführer Max Sollmann, sein Stellvertreter, Hauptsturmführer Dr. Günther Tesch und die Hauptabteilungsleiterin Inge Viermetz. Andere wurden nur als Zeugen vernommen, wie auch meine Mutter. Ebner, Sollmann und Tesch wurden lediglich als «Mitglieder einer verbrecherischen Organisation», nämlich der SS, zu nicht einmal drei Jahren Gefängnis verurteilt, Inge Viermetz freigesprochen.

War die frühere Chefin meiner Mutter als Leiterin der Pflege- und Adoptionsstelle, bis sie 1943 in Belgien das für die Benelux-Länder zuständige Haus «Ardennen» eröffnete, demnach auch kein SS-Mitglied gewesen? Das würde die Behauptung meiner Mutter wieder eher glaubhaft machen, dass auch sie es nicht war.

In der gesamten Naziliteratur, die ich gelesen habe, suchte ich vergeblich ihren Namen im Personenregister – ich habe ihn nicht gefunden. Aus welcher Literatur stammten die Kopien, die Moser mir bei unserem Treffen gezeigt hatte? Ich war viel zu aufgeregt gewesen, um mir Notizen zu machen, zumal er gleich anbot, alles noch einmal für mich zu kopieren.

Und selbst wenn es so wäre, dass sie eine ganz andere Rolle im System «Lebensborn» gespielt hat, als sie es mir bisher preisgab, was würde sich in der Beziehung zu ihr ändern? Ist sie, wenn mir die angekündigten Unterlagen vorliegen, nicht noch immer meine Mutter? Sie bleibt es, und in aller Wut, die ich immer wieder auf sie habe, verspüre ich auch ein starkes Gefühl, *ihr* Unrecht zu tun! Habe ich das Recht, nach 50 Jahren in ihrer Biographie herumzustochern, habe ich als Tochter nicht am wenigsten das Recht, sie zu verurteilen? Mein schlechtes Gewissen ist wieder da – habe ich sie nicht ungeheuer verletzt mit meinem Misstrauen, muss es ihr nicht wehtun, dass ich einem Fremden mehr glaube als ihr?

Wenn ich so niedergeschlagen bin, hilft es meistens, durch den Garten zu gehen. Jedes Jahr freue ich mich auf die Magnolienblüte, sie ist spät dran in diesem Jahr. Gerade sind die ersten prachtvollen, fleischigen Blüten der Magnolie aufgegangen, auf die eines anderen Strauches warte ich noch. Ich habe ihn erst im letzten Herbst umpflanzen müssen, fürchtete, er würde sich nicht an den neuen Platz gewöhnen. Aber er hat immerhin sieben Knospen gebildet, die pelzigen Winterhüllen sind aufgeplatzt, die noch eingerollten Blüten in dunklem Lila zeigen sich. Ich bin stolz auf diesen Strauch, in der ganzen Gegend habe ich noch keinen solchen gesehen. Weiße Sternmagnolien wie unsere, die gerade verblüht sind, und Sträucher mit lachsrosa Blüten gibt es in den umgebenden Gärten auch, diesen hier aber habe ich aus Turin mitgebracht. Als wir vor einigen Jahren für Recherchen zu Gerts Roman «Belial» über die schneebedeckten Alpen fuhren und im blühenden Piemont ankamen, war ich so überwältigt von der Schönheit der lila Magnolienbäume am Ufer des Po, dass ich in einer Gärtnerei einen kleinen Busch mit einer einzigen Blüte kaufte, hoffend, dass er sich an das hiesige Klima anpassen würde. Das klappte, schon im darauf folgenden Frühjahr hatte er drei dicke Blütenknospen.

Die Magnolien, die seidigen Buchenblätter, gerade erst im schönsten Grün des Jahres aufgebrochen, und der Duft der ersten Veilchen können mich in diesen Tagen nicht trösten ... Kann die wieder aufgebrochene Wunde je heilen, solange diese mir oft so fremde Frau hier in unserem Haus lebt und ich immer wieder mit «Neuigkeiten» über sie konfrontiert werde? Früher habe ich öfter in Betracht gezogen auszuwandern, weil sie mich so hilflos machte in meinem ohnmächtigen Zorn. Ich glaubte manchmal, es sei die einzige Möglichkeit, auf große räumliche Distanz zu gehen, und erhoffte mir davon eine Heilung. Damals lebte sie immerhin noch in ihrer Münchner Wohnung, jetzt habe ich sie in meine unmittelbare Nähe in unser Haus geholt, weil ich dachte, der einzige Weg sei die Versöhnung mit ihr. Und nun fängt das alte Versteckspiel wieder an! In der Zeit, in der ich mein Zusatzstudium in München begonnen hatte, war es sehr praktisch, gelegentlich in ihrer Wohnung in Universitätsnähe zu übernachten, wenn Michael bei seinem Vater war. Das tat ich besonders gern, wenn sie nicht da war – sie war damals körperlich noch topfit und reiste gerne und viel –, weil ich mich dann ganz auf meine Studien konzentrieren konnte.

Bei einer solchen Gelegenheit meldete ich mich eines Tages am Telefon mit meinem Namen und dem Zusatz «bei König». Am anderen Ende sagte eine Frauenstimme:

«Hier Strobel, kann ich bitte Fräulein König sprechen?»

Wenn ich nicht genau gewusst hätte, dass sie sich aus für mich unverständlichen Gründen immer noch *Fräulein* nennen ließ, hätte ich mich selbst angesprochen fühlen können, weil ich ja tatsächlich vor nicht allzu langer Zeit *Fräulein König* gewesen war.

«Es tut mir Leid, meine Mutter, *Frau* König, ist zurzeit verreist, sie wird erst nächste Woche zurück sein.»

Am anderen Ende kurzes Schweigen, dann ein zögerliches:

«Ich glaube, ich habe die falsche Nummer erwischt, ist das nicht der Anschluss von *Fräulein Antonie König*?»

«Doch, doch, Frau Strobel, Sie sind schon richtig verbunden, Sie sprechen mit ihrer Tochter.»

Diesmal war das Schweigen noch länger.

«Aber das Fräulein König hat doch keine Tochter, das weiß ich genau!»

«Dann wissen Sie etwas anderes als ich, aber Sie sprechen in der Tat mit deren Tochter», versuchte ich locker gegen das wachsende Engegefühl in meinem Hals anzusprechen.

«Jetzt hören Sie auf, sich über mich lustig zu machen, wer immer Sie sind! Ich bin eine frühere Kollegin von Fräulein König, ich bin fünfundzwanzig Jahre lang mit ihr im gleichen Zimmer gesessen, nie hat sie irgendetwas von einer Tochter erzählt. Ich weiß also genau, dass Sie nicht ihre Tochter sein können!»

Deutlich verärgert legte sie auf.

Erst musste ich lachen, aber dann wurde das Würgen am Hals stärker, und ich musste mich festhalten, um nicht ins sattsam bekannte Muster von Wut und Verzweiflung zu gleiten.

Wer erfährt schon mit über dreißig Jahren, dass eine enge Mitarbeiterin der eigenen Mutter genau weiß, dass man nicht existiert! Jetzt erst wurde mir klar, warum ich ihr Büro, ja das ganze Gebäude, in dem sie arbeitete, nie betreten durfte. Gerne hätte ich gewusst, wie und wo sie Tag für Tag arbeitete, in ihrem Büro verbrachte sie doch mehr Zeit als zu Hause. Wenn ich sie, selten genug, abholen wollte von dort, musste ich schon als Kind draußen warten, das große dunkle Eichentor am «Amt für Verteidigungslasten» war tabu für mich, weil es für Fremde angeblich nicht zugänglich war.

«Man braucht einen Spezialausweis, damit Unbefugte nicht ins Amt hineinkommen», erklärte sie. Ich war nicht einmal «befugt», direkt vor der Tür zu warten, weil ich ja dann den vielen Menschen, die bei Dienstschluss aus dem Gebäude strömten, nur im Weg stand. Ich musste auf der anderen Straßenseite oder noch besser vorne an der Straßenecke warten, bis sie meist als Letzte herauskam.

Nach dem Telefonat mit jener Frau Strobel holte ich das Fotoalbum meiner Mutter aus dem Schrank, das mich früher nicht so besonders interessiert hatte. Die alten Fotos ihrer Familie auf dicken Kartons, ein einziges aus ihrer Kindheit: das Mädchen im weißen Kommunionkleid mit dem Blütenkranz über der hochgesteckten Frisur, die wir als Kinder «Apfelschnitz» nannten, das Bild eines selbstbewussten jungen Mädchens im langen eleganten Kleid und mit Knoten im Nacken beim Schulabschluss, die lachende junge Frau mit ihrem Bruder und anderen jungen Männern in Uniform, Bilder aus Tölz, aus München, aus Rom, diverse Urlaubsbilder, Verwandte und Bekannte und viele Fremde auf Fotos von Betriebsausflügen.

Kein Foto von mir und ihr. Kein Babyfoto, kein Kommunionbild, kein Abiturbild. Fotos, die ich von ihr auf gemeinsamen Ausflügen gemacht habe, sind eingeklebt, die, die sie am selben Ort von mir aufgenommen hat, sind anscheinend nur in meinem Fotoalbum gelandet. Doch – da, auf einem Familienfoto schaue ich zwischen den Vettern hervor, und auf dem Gruppenbild vom Besuch unserer Verwandten aus Amerika, wo die ganzen verschwägerten Königs zusammengekommen sind, stehe ich auf den Stufen der Ludwigskirche dabei, man braucht fast eine Lupe, um mein Gesicht ganz am Rand zu erkennen. Aber es gibt kein einziges Bild von mir allein oder mit ihr zusammen. Die liegen in einer separaten Schachtel, da steht «Gisi» drauf.

Es sind die Bilder ihres ganzen Lebens, die sie zwischen die braunen Lederdeckel eingeordnet hat. Ich gehöre nicht wirklich dazu.

«Ich habe doch nur für dich gelebt!» Wie Hohn klingt mir der Satz in den Ohren. Meine Mutter ist sicher von seiner Richtigkeit überzeugt. Er müsste aber heißen:

«Ein Teil von mir hat für dich gelebt, der andere Teil war immer damit beschäftigt, dich zu verbergen.»

In jener Nacht wollte ich wieder fliehen, wollte meine alten Amerikaträume wahr machen. Aber zu meinem Leben gehörte jetzt ein Kind, Michael war zehn, und ich konnte ihn nicht aus seinem Umfeld reißen, er hatte lange genug gebraucht, um die Trennung von seinem Vater zu überwinden, ich wollte ihn ihm nicht ganz entfremden.

Die angekündigten Unterlagen von Herrn Moser bleiben aus, aber ein Brief vom Amtsgericht Nürnberg kommt an; meine Mutter zeigt mir das Schreiben, weil sie anscheinend doch nicht allein sein möchte, wenn der Richter ins Haus kommt.

Es lautet:

Betreff: Personenstandssache Christian Moser

Sehr geehrte Frau König!

In vorstehender Sache wird mitgeteilt, dass für Mittwoch, den 24.05.1995, ein Termin zur Durchführung der Beweisaufnahme bestimmt wurde.

*Die Vernehmung ist auf das Beweisthema beschränkt sowie die all-
gemeine Handhabung der Personalien der Kinder in Lebensborn-
heimen.*

*Auch wenn Sie nichts Konkretes angeben können, soll dies im Wege
der Vernehmung zu den Akten kommen.*

Mit freundlichen Grüßen

Ich bin überrascht, hatte ich doch erst einmal eine Vorladung erwartet und die Anforderung einer Begründung beziehungsweise
einer ärztlichen Stellungnahme, warum für meine Mutter eine
Vernehmung in Nürnberg unzumutbar sei. Es scheint ausge-
reicht zu haben, dass Herr Moser meine Beschreibung weiterge-
geben hat. Allerdings, dass ein Richter kommen wird, steht da
nicht, ich habe auch von richterlichen Hausbesuchen noch nie
gehört. Ich bin sehr gespannt, wer am 24.5. hier auftauchen wird.

Meine Mutter scheint eine sehr wichtige Person zu sein, auf
die Minute pünktlich zum angekündigten Zeitpunkt fährt ein
Wohnwagen auf das Grundstück, ein leger gekleideter Herr
mittleren Alters steigt aus, steht mit einem dicken Aktenordner
unterm Arm vor der Tür.

Er stellt sich vor und weist sich aus als Amtsrichter Vogel aus
Nürnberg und reagiert gleich auf meinen fragenden Blick:

«Ich bin mit meiner Frau auf dem Weg in den Urlaub nach
Italien – sie wartet in einem Café auf mich – und habe deshalb die
Vernehmung Ihrer Frau Mutter eingeplant. Ich hätte ja beim
Amtsgericht Starnberg um Amtshilfe ersuchen können, aber der
Fall interessiert mich so, dass ich mir lieber persönlich ein Bild
von Ihrer Frau Mutter machen möchte.»

Frau Mutter hat sich gut angezogen und frisiert, ein wenig die
Wimpern getuscht und die Lippen nachgezogen, so sieht sie sofort viel jünger aus, und man sieht es ihr mit ihren achtzig Jahren
noch immer an, dass sie eine schöne Frau war. Sie sitzt im Sessel,
den ich an den Tisch gerückt habe, und entschuldigt sich, dass
sie nicht aufsteht.

«Sind S' mir nicht bös', Herr Richter, aber ich kann mich gar
nicht mehr ohne Krücken auf den Beinen halten.»

«Aber ich bitte Sie, behalten Sie doch Platz, wir sind doch hier nicht im Gerichtssaal, und dass Sie schwer gehbehindert sind, weiß ich doch, sonst wäre ich nicht hier.»

Er setzt sich ihr gegenüber an den Tisch.

Es werde auch sicher ganz rasch gehen, er habe ja nur einige Fragen an sie. Er schlägt seinen Aktenordner auf, sagt mit Blick auf mich, die ich einfach im Zimmer stehen geblieben bin:

«Das ist eine nichtöffentliche Beweisaufnahme.»

«Meine Tochter kann ruhig zuhören, da hab ich nichts dagegen, im Gegenteil, sie soll nur hören, was ich zu Protokoll gebe und was der Herr Moser alles für Lügen über mich verbreitet hat, damit sie weiß, wie sie dem auf den Leim gegangen ist!»

Ich setze mich in gebührendem Abstand von der Amtshandlung auf das Sofa.

«Wie Sie bereits wissen, behauptet ein gewisser Christian Moser, er habe eine andere Identität. Er hat uns diverse Unterlagen vorgelegt, die die Möglichkeit in Betracht ziehen lassen, dass er tatsächlich nicht als Christian Moser geboren ist, als stichhaltige Beweise können sie jedoch nicht gewertet werden. Herr Moser hat nun Sie als seine Hauptzeugin genannt, außer Ihnen gibt es wohl keinen noch lebenden Zeugen mehr, der über ein mögliches Adoptionsverfahren Bescheid wissen könnte.»

Sie schüttelt den Kopf, nicht hektisch, nicht aufgeregt, eher treuherzig schaut sie den Richter freundlich an.

«Mei, Herr Richter, schau'n S' mich doch an! Ich bin eine alte Frau – achtzig bin ich gerade geworden –, wie soll ich mich denn an was erinnern können, das fast fünfzig Jahre her ist!»

Richter Vogel, der inzwischen ein Diktiergerät eingeschaltet hat, nickt kaum merklich und stellt konkrete Fragen:

«Ist Ihnen ein Herr Christian Moser persönlich bekannt?»

«Auf Ehr' und Seligkeit nicht! Herr Moser hat hier angerufen und hat behauptet, dass ich ihn kennen muss, aber ich habe den Namen in meinem Leben noch nicht vorher gehört!»

«Ist es richtig, dass Sie im Verein ‹Lebensborn e. V.› in der Pflege- und Adoptionsabteilung tätig waren?»

«Ja, wir haben elternlose Kinder an adoptionswillige Eltern vermittelt, so wie das heut' doch auch staatliche Stellen machen.»

«Heute ist es üblich, dass von Kindern, die vermittelt werden, die Geburtsunterlagen vorliegen und die schriftliche Einwilligung der leiblichen Mutter, die das Kind zur Adoption freigibt. War das auch beim ‹Lebensborn› der Fall?»

«Freilich! Zu meiner Zeit haben wir kein Kind vermittelt, wo wir keine Einwilligungserklärung der Mutter hatten, außer es waren Waisenkinder, da haben die Eltern natürlich nicht unterschreiben können.»

«Wurden die Personalien der zur Adoption freigegebenen Kinder in jedem Fall in Akten festgehalten?»

«Natürlich hat es solche Akten gegeben.»

«Wo sind diese Akten aufbewahrt worden?»

«Meistens in der Hauptdienststelle in Steinhöring. Als ich von dort weg bin, waren sie noch da.»

«Es ist Ihnen ja vermutlich bekannt, dass die meisten dieser Akten vernichtet worden sind, wäre es möglich, dass gegebenenfalls auch die Personalakte Moser vernichtet worden ist?»

«Darüber weiß ich nichts, Herr Richter, ich kann da keine konkrete Angabe machen, weil ich es nicht weiß.»

«Waren Sie in einer Position, die Sie ermächtigte, Adoptionspapiere zu unterschreiben?»

«Ich kann mich doch nicht mehr genau erinnern, was ich alles gemacht habe, ich war ja in verschiedenen Posten tätig. Soweit ich das noch im Gedächtnis habe, kann das schon sein, dass ich die eine oder andere Akte unterschrieben habe, wenn mein Chef, Dr. Tesch oder der Herr Sollmann nicht da waren – aber rechtskräftig waren die Papiere dann noch nicht, die sind dann erst in die Rechtsabteilung gegangen, die sind immer vom Rechtsanwalt überprüft worden, das war juristisch alles in Ordnung, Herr Richter! Aber wie des genau war, da kann ich mich überhaupt nicht erinnern.»

«Sie können also nicht mit Sicherheit sagen, dass Sie die Adoption in einem Fall Moser nicht vermittelt haben?»

Sie lächelt ihn an, mit dem ganzen Charme, mit dem sie es auch in ihrem hohen Alter noch schafft, dass Herren verschiedenster Altersstufen sie «bezaubernd» finden:

«Mei, Herr Richter, wenn Sie alle Namen, die in Ihren Akten schon über Ihren Schreibtisch gegangen sind, noch in Erinnerung haben, dann liegt das daran, dass Sie noch ein junger Mann sind, ich jedenfalls kann mich nicht erinnern.»

«Können Sie mit Sicherheit Auskunft geben, ob Sie das Kind Christian, wie Herr Moser behauptet, mehrere Male im bäuerlichen Anwesen seiner Eltern in der Gegend von Linz, Österreich, besucht haben?»

«Das kann ich mit Sicherheit sagen, dass ich in meinem Leben noch nie in Linz war, so wahr ich hier sitz!»

«Das heißt also, dass sie die Behauptung des Antragstellers, Sie hätten seine Adoptionspapiere, die nicht mehr auffindbar sind, unterschrieben, nicht bestätigen können.»

«Das ist richtig.»

«Und Sie weisen seine Behauptung, Sie hätten als seine ‹Tante Toni› bei seinen Pflegeeltern nach dem Rechten gesehen, ebenso zurück?»

«Das ist richtig.»

«Damit ist die Beweisaufnahme abgeschlossen.»

Er diktiert noch ein paar Anweisungen zur Erstellung des Protokolls und schaltet das Gerät aus.

Ich habe bemerkt, dass der Richter während der Aussagen meiner Mutter immer in seinem Aktenordner hin- und hergeblättert und gesagt hat:

«Ich habe Auszüge aus Ihren Vernehmungsprotokollen vom Nürnberger Prozess hier vorliegen. Ihre heutigen Aussagen bezüglich der Handhabung von Personalien decken sich weitgehend mit denen von damals, ich habe also keinen Grund, daran zu zweifeln.»

Ich kann meine Neugierde nicht zurückhalten.

«Kann ich diese Unterlagen bitte anschauen, sie interessieren mich sehr.»

«Sie können sie im Staatsarchiv in Nürnberg einsehen, aber

wenn Sie ein Kopiergerät im Haus haben, kann ich sie Ihnen gerne gleich zum Kopieren überlassen.»

Meine Mutter sagt, das täte sie auch interessieren, «was die da in Nürnberg aufgeschrieben haben», und der Richter gibt mir einen Stapel Papiere, ich eile zum Kopiergerät, kopiere, so schnell das alte Gerät eben funktioniert, die Blätter mit der Überschrift: *KV-Anklage – Interrogations.*

Als ich ins Zimmer zurückkomme, sitzt der Richter noch am Tisch, unterhält sich freundlich mit meiner Mutter, und ich höre noch, dass die «Personenstandsache Moser» damit wohl abgeschlossen sei, er habe ohnehin den Verdacht gehabt, dass der Antragsteller an einem «Identitätswahn» leide.

«Aber der Mann verfügt doch über ein unglaubliches Wissen, und die Namen und Tatsachen, die er zusammengetragen hat, die Fotos – da muss es doch einen realen Bezug geben!», wende ich ein.

«Ja, sicher hat er jede Menge Fakten zusammengetragen und miteinander verknüpft – nur mit seiner Person haben sie wahrscheinlich nichts zu tun! Wir können ihm nicht helfen, die Aussage Ihrer Mutter war seine letzte Chance, die ist jetzt dahin, ohne Zeugen kann er sich nicht auf angeblich verschwundene Papiere berufen. Die angeblichen Eltern sind nach ihrem Tod verbrannt worden, und die angeblichen noch lebenden Verwandten kann man ohne hinreichende Begründung nicht zu einem Gentest auffordern.»

Herr Vogel verabschiedet sich, er scheint erleichtert, dass er nun nach einem für ihn erledigten Fall in den wohlverdienten Urlaub fahren kann. Mit tut dieser Moser Leid, ich sehe seine traurigen Augen vor mir, wenn er den Bericht mit der Zurückweisung seines Antrages erhält. Aber ich kann ihm nicht helfen, er hat mich ja wohl auch angelogen, als er behauptete, meine Mutter habe zugestimmt, ihm zu helfen. Wie gerne würde ich glauben, dass *ihre* Variante des Telefongesprächs mit Herrn Moser stimmt, so wie sie es vorhin zu Protokoll gegeben hat! Wenn sie es mir nur nicht unterschlagen hätte. Und wenn die Bemerkung des Richters mich nicht an ihren Satz vom 8. Mai erinnert hätte:

«Der soll nur kommen, dann sag ich das Gleiche, was ich in Nürnberg gesagt hab!»

Ich begleite Herrn Vogel noch zum Auto, er sagt zu, mir das Schlussprotokoll zuzuschicken. Zurückgekehrt finde ich meine Mutter in der Küche, sie bereitet Kaffee zu, sie wirkt heiter und entspannt.

«So, jetzt haben wir uns aber einen guten Kaffee verdient», meint sie. Dann umarmt sie mich – das macht sie selten spontan – und sagt: «Jetzt ist das Kapitel ‹Lebensborn› doch endgültig erledigt, und du glaubst doch endlich, dass ich die Wahrheit sag und der Moser gelogen hat! Der Richter hat's doch auch g'sagt, dass der spinnt!»

«Ach, Mutti, du glaubst gar nicht, wie froh ich wäre, wenn das Kapitel endlich abgeschlossen wäre, wie gern ich glauben würde, was du sagst. Aber du hast es mir mit deinen widersprüchlichen Geschichten mein ganzes Leben lang verdammt schwer gemacht, und darunter leide ich schon, seit ich mich erinnern kann.»

«Ich geb's ja zu, dass ich Fehler gemacht hab, und dass es vielleicht besser gewesen wäre, wenn ich dir früher mehr g'sagt hätt – aber warum hätt ich dir denn die Lebensborn-Sachen erzählen sollen, du hättest es sowieso nicht verstanden, und ich war mir doch keiner Schuld bewusst und das bin ich heute noch nicht, ich habe nichts Unrechtes getan!»

Ich löse mich aus ihrer Umarmung, es hat keinen Sinn, sie begreift es nicht, dass sie wohl nichts unmittelbar «Unrechtes» getan hat, aber dass ihr Handeln das System des Unrechts mitverwaltet hat.

«Und dein Vorwurf, du hättest dein ganzes Leben lang gelitten, der tut mir schon sehr weh! Du hast doch eine schöne Kindheit gehabt, du bist doch nicht in einem Heim aufgewachsen! Du hast doch gewusst, wer deine Mutter ist, und deinen Vater hast du doch auch noch kennen gelernt!»

«Hast du vergessen, *wie* ich ihn endlich kennen gelernt hab, dass ich gegen deine hartnäckigen Lügen und ganz ohne deine Hilfe trotzdem herausgefunden hab, dass er lebt? Wie ich darunter gelitten habe, dass er verheiratet war und Kinder hatte, wo ich mich immer nach Geschwistern gesehnt habe!»

«Darum hab ich's dir ja nicht sagen können, jetzt fang doch nicht wieder mit den alten Geschichten an! Und du hast doch ein so gutes Verhältnis zu deinen Geschwistern, da kannst du doch froh sein, das ist doch selten bei Unehelichen!»

Das ist wahr, ich habe das unglaubliche Glück, dass der Kontakt zu meiner anderen Familie sehr intensiv geworden ist und dass ich schon lange nicht mehr von «Halbgeschwistern» spreche, sondern von «meinen Geschwistern». Obwohl wir alle, bis auf die jüngste Schwester, schon erwachsen waren, als wir uns kennen lernten, und unsere Kindheit grundverschieden war, empfanden wir sofort ein tiefes Gefühl der Zuneigung zueinander, das im Laufe der Jahrzehnte gewachsen ist. Besonders wir Schwestern haben nicht nur äußerlich eine große Ähnlichkeit, es ist verblüffend, wie Gestik und Mimik, Verhaltensweisen, Vorlieben und Abneigungen, die üblicherweise Lernprozessen im sozialen Umfeld zugeordnet werden, anscheinend doch genetisch festgelegt sind. Eine solche These hätte ich früher energisch zurückgewiesen, ich war immer sehr empfindlich beim Thema «Vererbung», aber persönliche Erfahrung widerspricht meinen theoretischen Überzeugungen.

«Das stimmt, Mutti, ich bin sehr froh, dass es meine Brüder und Schwestern gibt, sie sind eine große Bereicherung in meinem Leben geworden, aber ich weiß nicht, ob es so weit gekommen wäre, wenn ich mich auf dich verlassen hätte.»

«Aber die Gudrun hat sich doch zuerst an mich gewandt, ich hab dir doch gesagt, dass sie mir geschrieben hat! Wenn ich nicht selber gewollt hätt, dass du die Kettler-Familie endlich kennen lernst, hätt ich sie doch auch abwimmeln können!»

Ich muss lächeln, meine Schwester Gudrun abwimmeln hieße einem Wirbelsturm sagen, er solle gefälligst umkehren! Sie ist die stärkste Power-Frau, die ich kenne, und was sie sich in den Kopf setzt, erreicht sie auch.

«Du hast vergessen, dass ich die Adresse meines Vaters zuvor schon herausgefunden hatte und mich sowieso mit ihm in Verbindung setzen wollte, erinnerst du dich nicht mehr an den Brief vom Einwohnermeldeamt Frankfurt?»

Nein, das hat sie vergessen, es ist nur gut, dass es mein Original-Tagebuch noch gibt, sonst würde sie mir jetzt wahrscheinlich unterstellen, dass ich mir die Tatsachen einbilde:

«Des buidst du dir doch wieder nur ein, du mit deiner Fantasie!»

Sie weiß genau, Gudrun hat ihr eines Tages einen höflichen Brief geschrieben, dass sie von meiner Existenz erfahren habe und mich kennen lernen wolle. Das sei eben im Abiturjahr gewesen, das weiß sie ganz genau, sie habe Gudrun schriftlich gebeten, erst nach dem Abitur mit mir Kontakt aufzunehmen, weil sie Angst hatte, ich könne das nicht verkraften und würde das Abi dann nicht schaffen.

Meine Schwester bestätigt das, sie hatte ihrerseits unsere Adresse über die gemeinsame «Weimarer Oma» herausgefunden.

Über Jahre hinweg habe diese geheimnisvolle Andeutungen über eine andere «Enkelin» gemacht, die niemand in der Familie ernst nahm! Schließlich habe sie ihr sogar ein Foto gezeigt von einem Mädchen im Dirndl und mit blonden Zöpfen. Da sei es ihr schon ein wenig mulmig geworden, weil sie fand, dass dieses Mädchen ihr ganz schön ähnlich sah. Sie hat aber auch lieber glauben wollen, dass die Alte nicht mehr so ganz dicht ist, und den Verdacht weggeschoben. An ihrem Geburtstag Anfang November habe die Oma dann stolz verkündet, dass ihre andere Enkelin jetzt Abitur machen würde. Da sei sie, die schon im zweiten Lehrjahr als Bauzeichnerin arbeitete, ausgerastet und habe ihrerseits beschlossen, in der Korrespondenz ihrer Oma nachzuforschen, und sie fand tatsächlich einen Brief meiner Mutter, in dem sie von mir berichtete.

Später haben wir beide festgestellt, dass das ziemlich genau in denselben Tagen passiert sein muss, denn ich habe den Brief derselben Oma am 3.11.61 gefunden.

Es dauerte auch bei ihr eine Weile, bis sie an die Ungeheuerlichkeit glauben mochte, dass ihr Vater eine uneheliche Tochter hatte. Dass er sich offensichtlich nicht um sie kümmerte, fand sie nicht weniger empörend.

Schließlich vertraute sie das Geheimnis einem ihrer Brüder an und stellte zu ihrer großen Überraschung fest, dass er davon schon wusste. Einige Jahre zuvor hatte ihre Mutter durch einen Zufall herausgefunden, dass es mich gibt, hatte aber nicht darüber gesprochen, um die Familie nicht zu gefährden. Nur dem Sohn hatte sie das Geheimnis unter dem Siegel der absoluten Verschwiegenheit anvertraut.

Die beiden Geschwister kamen überein, dass das kein Familiengeheimnis bleiben dürfe und man endlich reinen Tisch machen müsse. So kam Gudrun auf die Idee, an meine Mutter zu schreiben, und ließ sich zunächst von ihr auf Ende Juli vertrösten.

Wir mussten auch als Abiturienten bis zum Ende des Schuljahres zur Schule gehen, das Abiturzeugnis wurde uns erst wenige Tage vor Ferienbeginn bei einer großen Abiturfeier im Herkulessaal der Residenz übergeben.

Ludwig und ich hatten die ursprünglich gleich zu Ferienbeginn geplante Radtour zur Bergstraße doch verschoben. So lange hatte ich schon auf meinen Vater gewartet, da kam es auf die paar Wochen auch nicht mehr an. Schließlich mussten wir erst ein wenig Geld verdienen, und so hatten wir uns wieder beim Ferienprogramm des Jugendamtes beworben. Der Verdienst war nur ein Taschengeld, aber wir liebten beide die Arbeit mit Kindern, schließlich wollten wir uns im Herbst zum Lehrerstudium einschreiben. Dieser Ferienjob war also auch berufsbezogen, machte Spaß und fand überwiegend im Freien statt.

Am ersten Ferienwochenende klingelte es am Samstagmittag. Ich öffnete die Tür, draußen stand ein junges Mädchen mit kurzen blonden Haaren, fast so groß wie ich, in einem kessen, kurzen Sommerkleid und mit hochhackigen Pantoletten an den nackten Füßen. Das offene Lachen mit diesen schönen, ebenmäßigen Zähnen war mir irgendwie vertraut, und ich bekam Herzklopfen, bevor sie sagte:

«Guten Tag, Gisela, ich bin deine Schwester Gudrun.»

Mein erster Reflex war, die Tür wieder zuzuschlagen, um sie sofort wieder zu öffnen und sie nur stumm anzuschauen. Sie aber breitete die Arme aus, und dann lagen wir uns lachend und weinend zugleich in den Armen.

«Komm doch rein», sagte ich endlich, als meine Mutter aus der Küche rief:

«Wer ist denn da?»

Und dann kam sie heraus und wurde blass, aber meine nagelneue Schwester umarmte auch sie kurzerhand und sagte:

«Guten Tag, Frau König, ich bin die andere Tochter von Karl-Friedrich, ich bin jetzt einfach auf gut Glück hereingeschneit.» Und dann erfuhren wir, dass sie eigentlich nicht geplant hatte, zu uns zu kommen, sonst hätte sie sich angemeldet; sie wollte nur einen Wochenendbesuch bei ihrem Verlobten machen, der bei der Bundeswehr sei und nach Ingolstadt versetzt worden war.

Günther habe aber spontan Lust gehabt, mit ihr auf seinem Motorrad nach München zu fahren, weil er die Stadt auch noch nicht kannte. Er habe in der Amalienstraße in einem kleinen Hotel ein Zimmer gebucht, und als sie vorhin beim Vorbeifahren das Straßenschild «Theresienstraße» gelesen habe, sei ihr klar gewesen, dass das kein Zufall sein könne. Sie habe sich nur eben schnell umgezogen und sei sofort die wenigen Schritte zu unserem Haus gegangen.

«Ich habe gedacht, ich klingle einfach mal ohne Anmeldung, und wenn es denn sein soll, dann bist du auch hier.»

Und zu meiner Mutter gewandt:

«Ich habe schon gewusst, dass in Bayern jetzt auch Ferien sind, und wollte mich sowieso mit Gisela in Verbindung setzen.»

Sie fing an zu erzählen – von ihrem Beruf, ihren Hobbys und Freunden, nichts von ihrer Familie oder der Großmutter. Ich sagte kein Wort und starrte sie wahrscheinlich unentwegt an. Es war unglaublich, wie ähnlich wir uns sahen: Sie war nur ein wenig kleiner, ihre Augen waren ein bisschen heller, die Haare ein bisschen dunkler, aber ganz ähnlich geschnitten. Gut, das war der übliche Kurzhaarschnitt der frühen sechziger Jahre: schräge Stirnfransen, an beiden Seiten je eine geschwungene «Sechser»-Locke, rechts vor dem Ohr, links hinter dem Ohr, den Hinterkopf kräftig toupiert.

Und die Nase! Ihre Stupsnase war zierlicher als meine, doch auch das, was man in Bayern «Himmelschmeckerl» nennt!

Sie stellte keine Fragen, erzählte weiter von ihrem Verlobten: «O je, der arme Kerl sitzt ja da drüben im Hotelzimmer, ich habe ihm gesagt, ich würde ihn gleich anrufen, wenn du da wärst! Er will sich doch die Stadt anschauen.»

Wir einigten uns schnell, dass sie ihren Günther herbestellen sollte, und ich rief meinen Ludwig an, der in der Nähe wohnte, und bat ihn mitzukommen. Er tauchte kurz danach auf, wie üblich in seinen Bundlederhosen, ich hatte schon mein schönstes Dirndl angezogen – demonstrativ als die in Oslo geborene «bayrische Schwester» der in Metz geborenen Frankfurterin?

Der Herr Leutnant, groß, blond, blauäugig, erschien in seiner Ausgehuniform, es berührte mich seltsam, als er mich spontan umarmte und ich den rauen Uniformstoff anfasste.

Ich habe ihnen «mein» München gezeigt, ich war eine gute Fremdenführerin, hatte schon oft amerikanische Verwandte und deren Bekannte durch München geführt, ich kenne die «Highlights», weiß Anekdoten zur Geschichte der Stadt. Es war eine gute Ablenkung für mich, weil ich dauernd den Tränen nahe war und keine Geschichten über die Kettler-Familie hören wollte. Gudrun und ich umarmten uns, fassten uns um die Taille und fühlten uns so vertraut miteinander wie alte Bekannte. Wir entdeckten, dass wir über dieselben Dinge und Scherze lachen konnten, und immer wieder blieb ich stehen und sah sie staunend an. Ich habe auf einmal eine wundervolle Schwester, welch ein Glück! Die beiden Herren in den sehr verschiedenen Uniformen mochten sich auch gleich leiden, erzählten sich gegenseitig Geschichten über uns und waren sich einig, dass wir uns nicht nur äußerlich sehr ähnlich seien.

Am Abend zogen wir durch Schwabinger Lokale, und sogar

mein Tanzmuffel Ludwig protestierte nicht, als Gudrun verkündete, sie tanze für ihr Leben gern. Wir vier tanzten und lachten, es war ein wunderbarer Abend.

Als die zwei am nächsten Morgen in Motorradmontur wieder davongebraust waren und ich wieder allein in meinem Zimmerchen saß, hatte ich das Gefühl, aus einem spannenden Film in die Wirklichkeit zurückgekehrt zu sein.

«Ich weiß doch noch, wie die Gudrun das erste Mal bei uns aufgetaucht ist mit dem gut aussehenden Leutnant in Uniform! Mein erster Gedanke war da: ‹Ganz die Tochter ihres Vaters!› Das war aber auch ein sehr netter junger Mann, schade, dass sie ihn nicht geheiratet hat. Ihr wart ein schönes Quartett! Aber, na ja, man hätt ja auch gemeint, dass deine Ehe mit dem Ludwig glücklich wird.»

Ich bin völlig erschöpft, wieder dieses Dröhnen in den Ohren, der Schwindel, ich fühle mich wie seekrank.

«Lass uns Kaffee trinken, Mutti, und dann muss ich mich ein bisschen hinlegen.»

Das Hinlegen hilft nicht viel, meine Familie ist besorgt um die blasse Mama, ich gehe früh zu Bett, will noch die Nürnberger Protokolle lesen.

Vom wohl ersten Verhör Ende April gibt es lediglich ein «Summary». Selbst darin wurden Teile ihres Lebens weggelassen.

«… subject graduated from school in 1933 and worked as bookkeeper and typist in various Munich firms till 1938.

On 1 Oct. 1939 subject came to Lebensborn, where she stayed until the end. She first worked in the Home Placement Department under Untersturmbannführer MACK until 1942.»

Aha, die zwei Jahre Tätigkeit in der Junkerschule kommen nicht vor, warum? Wollte sie nicht sagen, dass sie schon vor dem Lebensborn für die SS tätig war? Wollte sie keinen Hinweis auf meinen Vater geben, um ihn zu schützen?

Es fehlt noch mehr:

«In 1943 subject was sent to Norway in order to open a Lebensborn home for women who expected children from German soldiers ... In November 1943, subject returned to Munich and took over the placement of German and Norwegian children under Dr. TESCH until the end of the war.»

Aha, ich komme auch nicht vor, bin gar nicht geboren in Oslo. Von wegen sie hat sich wegen der Schwangerschaft nach Oslo versetzen lassen? Vielleicht auch. Oder passte die Schwangerschaft gut zum eigentlichen Grund:

«Sie wurde nach Norwegen geschickt, um ein Lebensborn-Heim für Frauen zu eröffnen, die von deutschen Soldaten Kinder bekamen.» War das so? Kann eine S e k r e t ä r i n ein Lebensborn-Heim eröffnen?

Warum kein Hinweis auf die Geburt ihres Kindes? Muss man nicht bei einer Vernehmung so etwas wie einen Lebenslauf abgeben? Ich höre schon, was sie antworten wird, wenn ich ihr das Papier vorhalte.

«So ein Schmarr'n, des stimmt doch alles hint' und vorn' nicht – ich und ein Heim eröffnen, ja wo denn, ich war doch nur in Klekken, und das gab's schon seit 1941! Und warum hätt ich den Amis denn sagen sollen, dass ich da auch ein Kind gekriegt hab, das geht die doch gar nichts an!»

«Aber Mutti, du hast doch unter Eid ausgesagt!»

«Ja schon, aber der Eid hat doch nur was mit den Fragen zum Lebensborn zu tun gehabt, nicht mit deiner Geburt.»

Ich blättere die Protokolle durch, beginne bei der Vernehmung vom 28.5.47:

«Sie wissen, daß Sie auch heute unter Eid stehen?»

«Ja.»

«Ich möchte nochmals die Geschichte mit den norwegischen Kindern durchgehen. Wie lange waren Sie dort?»

«Vom 1.7.1943 bis 20.10.1943.»

«*Wo war Ihr Büro?*»
«*In der Dienststelle, wo der Reichskommissar für Norwegen war.*»

Das Dröhnen in meinem Kopf beginnt schon wieder. Ganz langsam noch einmal lesen. Sie sagte also unter Eid aus, dass sie vom 1.7. bis 20.10.43 in Oslo war; gut, rechnet es schnell in meinem Kopf, das deckt sich ziemlich mit der Zeit für den Mutterschutz, acht Wochen vor der Geburt, sieben Wochen nach der Geburt. Sie hat mir in Oslo gesagt, sie hat sich im Mai versetzen lassen, weil sie ja ihre Schwangerschaft verheimlichen musste, im Juli war sie schon im siebten Monat, da hätte es doch jeder gesehen, dass sie in anderen Umständen war. Wo war sie zwischen Mai und Juli – doch zur Eröffnung oder Inspektion des Heimes? Sie hatte sich doch so über die blühenden Margeriten in Klekken gefreut! Wann blühen die Margeriten in Norwegen? Als wir Ende Juli dort waren, habe ich jedenfalls keine gesehen.

Ihr Büro war also in derselben Dienststelle wie das Reichskommissariat, das heißt im Gebäude des heutigen Parlaments. Ihr einziger Kommentar, als wir bei der Stadtrundfahrt an diesem Gebäude vorbeifuhren, war die Kritik am Kommentar der Stadtführung, dass die Deutschen das Gebäude besetzt hatten. Wäre es nicht «normal» gewesen, auf dieser Versöhnungsreise zu mir etwa zu sagen: «Da oben im ersten Stock war mein Büro, da habe ich gearbeitet, bis ich zum Mutterschutz nach Klekken kam»?

Warum konnte sie mir das nicht sagen, warum musste sie in Nürnberg behaupten, drei Monate lang im Reichskommissariat gearbeitet zu haben, wo es doch vielleicht entlastend gewesen wäre, dass sie gar nicht die ganze Zeit arbeiten konnte, weil sie hochschwanger war! Warum hat sie meine Geburt unterschlagen? Hatte sie nicht erzählt, dass sie «zufällig» mit dem Zug des Reichskommissars Terboven in Oslo angekommen ist?

Im Moment interessiert mich die Geschichte der norwegischen Kinder, deretwegen die Vernehmung stattfindet, nicht, ich überfliege das Frage-und-Antwort-Protokoll, suche nach Hinweisen für eine Erklärung.

Die meisten Antworten von ihr beginnen ohnehin mit Floskeln wie:

«Das kann ich nicht genau sagen.»

«Ich weiß das nicht, ich möchte selber Klarheit.»

«Ich sage bestimmt die Wahrheit.»

«Ich weiß das nicht, das ist mir nicht bekannt.»

«Ich sage es so, wie ich es in Erinnerung habe.»

«Aus meiner Erinnerung kann ich es nicht anders sagen.»

«Es ist mir nicht erinnerlich.»

«Ich kann mich nicht erinnern …, bestimmt nicht erinnern», usw.

Dafür, dass der erzwungene Abbruch ihrer Tätigkeit zum Zeitpunkt der Vernehmung gerade mal zwei Jahre her war und die Zeugin gerade mal 34 Jahre alt war, hatte sie ein verdammt schlechtes Gedächtnis. Wie so viele andere Zeugen und Angeklagte auch. Vermutlich war das kollektive schlechte Gedächtnis vorher gut abgesprochen und hatte ja schließlich auch den erwünschten Freispruch zur Folge gehabt.

Aber warum muss sie heute das Gleiche sagen wie in Nürnberg – wenn es wenigstens das Gleiche wäre!

Auf die Frage nach einer rassischen *«Prüfungskarte»*, die ein deutscher Arzt norwegischen Kindern, die nach Deutschland gebracht wurden, ausgestellt haben soll, antwortete sie:

«In der Nähe von Oslo war ein deutscher Arzt, der Standortarzt war.»

«Name?»

«Den weiß ich nicht mehr. Auf der Dienststelle selber war kein Arzt. Ob es in anderen Heimen anders war, weiß ich nicht. Ich habe nur ein Heim in der Nähe von Oslo gesehen.»

Sie hat nur ein Heim in der Nähe von Oslo gesehen.

Dass in der Aussage ein kleiner freudscher Versprecher war, ist Mr. Meyer anscheinend nicht aufgefallen: sie spricht von anderen Heimen, obwohl sie sich auf die *Dienststelle* bezieht, die war ja angeblich im Kommissariat …

Nach diesem Satz brauche ich, was meine Geburt betrifft, wohl nicht mehr weiterzulesen, danach kann und wird sie nicht mehr vorkommen.

Wieder fällt mir die Telefonszene mit jener Frau Strobel ein, die genau wusste, dass es mich nicht gibt, meine Suche nach einem Bild von mir in Mutters Fotoalbum.

Inzwischen bin ich zwanzig Jahre älter geworden – und doch trifft mich dieselbe Botschaft wieder:

Es gibt mich nicht, darf mich nicht geben, ich bin noch nicht einmal geboren.

Ein Teil von ihr hat von Anfang an versucht, mich zu verbergen. Damals dachte ich, es sei der kleinbürgerliche, moralische, der ängstliche Anteil von ihr – jetzt scheint es aber der Anteil zu sein, der noch immer die politische Treue hält. Und doch gibt es auch eine Mutter, die «nur für mich» gelebt hat.

Was für ein verworrenes, verwirrendes Leben.

Warum zerschlägt sie nicht einmal jetzt den Knoten, er müsste ihr doch die Kehle zuschnüren!

Sie scheint ihn nicht zu spüren, nur ich glaube manchmal, daran zu ersticken.

Irgendwann muss ich doch eingeschlafen sein, später schrecke ich aus einem Albtraum hoch:

Ich sitze allein in einem Zugabteil, später sieht es eher wie eine Gefängniszelle aus, weil die Tür verschlossen und das einzige Fenster vergittert ist.

Ich bin sehr aufgeregt, suche etwas in meiner Reisetasche, verstreue meine Sachen auf dem Sitz, der dann eher wie eine Gefängnispritsche aussieht. Ich weiß, dass ich dort, wohin ich fahre, eine A u s s a g e machen muss. Deswegen bin ich wohl so aufgeregt. Ich sitze mit dem Rücken zu dem vergitterten Fenster, auf einmal greifen Hände von hinten durch die Gitterstäbe, würgen mich, schlimmer noch, mein Hals wird wie mit einer Zwinge festgeschraubt, wobei sich von hinten zusätzlich ein Gewinde durch den Hals bohrt.

Mit letzter Kraft und Luft schreie ich: «Hilfe, Hilfe! Hört mich denn keiner!»

Gert rüttelt mich wach, er hat meine Hilfeschreie wirklich gehört. Im Aufwachen weiß ich, dass ich denselben Traum in der Nacht zuvor und schon öfter gehabt habe.

Was bedeutet der Traum, will er mich auffordern, endlich die ganze Geschichte aufzuschreiben, weil ich sonst daran ersticke?

Oder spüre ich in diesem Traum, wie es meiner Mutter geht, wie es ihr damals schon gegangen ist in ihrer Zelle beim Nürnberger Prozess?

War es ihre Angst, dass sie umgebracht wird, wenn sie etwas «aussagt»? Ist diese Angst geblieben? Ist das der Grund, warum sie verleugnen *muss*, selbst wenn es den realen Grund, den es damals gegeben haben mag, nicht mehr gibt?

Ich glaube, heute ist es umgekehrt, nur eine «Aussage» kann sie von ihrer Angst befreien, wäre endlich eine Erlösung für sie – und für mich.

Ich bin wieder hellwach, weil die Bilder des Traums so erschreckend klar waren und weil das Rauschen im Kopf nicht aufhören will.

Am Morgen ist mir so schwindelig, dass ich mich gleich wieder auf die Bettkante setzen muss. Da hören die Geräusche für einen Moment vollkommen auf; für Sekunden, vielleicht auch nur für einen Bruchteil einer Sekunde, ist es ganz still, wie wenn man mir einen kompletten Schalldämpfer über die Ohren gestülpt hätte. Dann setzt ein hohes Pfeifen ein, die rauschenden Geräusche von vorhin gesellen sich dazu, und ich höre den Wecker direkt neben mir auf dem Nachtkästchen klingeln, nur rasselt er anders als sonst und scheint weit weg zu stehen.

Der Hals-Nasen-Ohren-Arzt bestätigt meinen Verdacht: beidseitiger Hörsturz.

Sofortige Klinikeinweisung, Infusionen, die mein Kreislauf nicht verträgt, Kollaps, Überweisung in eine Herzklinik, langer Krankenhausaufenthalt, die Schwindelanfälle wollen nicht aufhören, diverse Diagnostikverfahren ohne Befund, eigentlich bin ich wieder gesund, erhole mich dennoch nur mühsam.

Vor den Krankenhausaufenthalten habe ich alle Lebensborn-Unterlagen weggepackt, ich mag sie nach meiner Rückkehr nicht mehr auspacken. Im Krankenhaus habe ich alles Mögliche gelesen, nur keine Naziliteratur mehr.

Teil III

DIE BRÜCKE

Hier bin ich sicher.

Im «Badeteil», wo die «g'spinnerten Kurgäst'» wohnen.

In das Kurviertel ging man als «echter» Tölzer kaum, als Tölzer Kind schon gar nicht. Die Isarbrücke überquerten wir nur gelegentlich sonntags beim Spaziergang und manchmal auf dem Weg zum Zahnarzt.

Dr. Stöcker war ein freundlicher, weißhaariger alter Herr, den ich sehr mochte, auch wenn er einen «Buckel» hatte. So nannten wir die starke höckrige Rückgratverkrümmung. Manche Kinder behaupteten, das sei ein Zeichen, dass solche Menschen böse seien und mit dem Teufel zu tun hätten. Das glaubte ich nicht. Ich kannte nämlich noch einen anderen Mann mit «Buckel»: den Schuster im Nachbarhaus.

In seiner schmutzigen Lederschürze, die bis zum Boden reichte, saß er immer so tief über seine Esse gebeugt, dass ich überzeugt war, der Buckel sei durch diese Arbeit entstanden. Im Sommer pflegte er das große Sprossenfenster mit den immer blank geputzten kleinen Scheiben auszuhängen.

«Meine Sommerfrische» nannte er dann seine Werkstatt.

Er schien seinen Arbeitsplatz selten zu verlassen, jedenfalls kann ich mich nicht erinnern, dass er einmal nicht in seiner Werkstatt war. So früh ich auch aufstand, sah ich ihn dort sitzen, und wenn nachts rings um den kleinen Hinterhof alles dunkel war, brannte immer noch das Licht in der Schusterei.

Nur an Sonn- und Feiertagen arbeitete er nicht. Wenn es das Wetter nur irgendwie zuließ, setzte er sich nach dem Kirchgang im schwarzen Anzug mit Weste auf die Bank vor der Werkstatt. Er versteckte seine Hände – die waren fast so schwarz wie sein Anzug – unter den Achselhöhlen und rief uns Kinder zu sich. Er fragte uns über die Schule und die Lehrer aus, und wir plauderten gerne mit ihm, weil er immer eine lustige Geschichte erzählte und mit uns lachte, bis aus der Küche der schrille Befehl: «Zum Essen!» ertönte.

Dann stand er rasch auf und sagte immer denselben Satz:

«Mein Feldwebel verlangt Gehorsam.»

Ich wusste nicht, was ein *Feldwebel* ist, aber es konnte nichts Gutes sein.

Ich hatte sogar den Verdacht, wenn es jemand mit dem Bösen zu tun hatte, dann schon eher diese dicke Frau, die das Haar so straff nach hinten zu einem kleinen Knoten zusammendrehte, dass die Kopfhaut schmerzen musste. Sie lachte nie, wenn sie mit verschränkten Armen am Küchenfenster stand und uns mit schmalen Augen beobachtete.

Sie war viel größer als ihr schmächtiger, gebeugter Mann. Und sie hatte «schlechte Nerven». So jedenfalls pflegte er sie augenzwinkernd zu entschuldigen, wenn sie das Fenster aufriss und brüllte:

«Aufhören mit dem Krach – sofort!»

Einmal hatten zwei Buben in einem lautstarken Streit nicht auf den Befehl gehört. Sie fingen an zu raufen, fielen ineinander verkeilt zu Boden und rollten geradewegs auf das Schusterhaus zu, als der Schrei ertönte.

Da kippte sie einen Eimer kalten Wassers über die Kinder.

Das war das einzige Mal, dass ich den Schuster mit bösem Gesicht sah.

Er stand auf, ging von der Werkstatt über den Flur hinüber zur Wohnung, schloss das Küchenfenster, und wir hörten seine Stimme so laut wie noch nie.

Wir waren zufrieden, dass er sie endlich einmal schimpfte.

Und ich dachte, deswegen schluchzte sie. Ich dachte ja auch, sie hätte keine Kinder, weil sie die nicht leiden konnte.

Ich wusste noch nichts von Erbgut und Zwangssterilisation.

Auch später hörte ich nur, dass die Frau des Schusters sehr gern Kinder gehabt hätte, dass «man es ihr aber nicht gegönnt habe».

Der Zahnarzt hatte seine Praxis gleich im ersten Haus an der Ludwigstraße, daneben stand ein großes Schild mit der Aufschrift:

RUHEZONE! BITTE LÄRM VERMEIDEN.

Kinder machen immer Lärm, also waren sie dort nicht erwünscht, darum bin ich nie weiter gekommen als bis zu diesem Schild. Es musste dahinter lauter Geheimnisse geben, denn die Erwachsenen sprachen von einem «Versehrtenkrankenhaus», einem «Kurhaus» mit einem «Kurpark» und einer «Wandelhalle» – lauter merkwürdige Namen, die ich nicht verstand.

Ein Krankenhaus gab es auch auf der anderen Seite der Isar, wer also waren die «Versehrten»?

Ich wusste nichts mit dem Wort «Kur» anzufangen und hatte keine Vorstellung von der Funktion einer «Wandelhalle». Ich vermutete, dass es irgendetwas mit der heiligen Messe zu tun hatte, denn da gab es schließlich eine «Wandlung».

Als ich nachfragte, haben die Erwachsenen nur gelacht:

«Du mit deiner Fantasie!»

Erst viele Jahre später habe ich diesen Ortsteil kennen gelernt, nachdem hier das erste «Wellenbad» mit heißen Sprudelbädern im Freien entstanden war, das «Alpamare», von den alten Tölzern lange Zeit als «verrückt» bezeichnet und gemieden.

Meine Kinder erfuhren durch Freunde davon, und es wurde ein begehrtes Ausflugsziel. Sie liebten es, sich von den künstlich erzeugten «Meereswellen» auf den Gummiboden schleudern zu lassen, sich bei Eis und Schnee im dampfenden Sprudelbad zu aalen und jauchzend und kreischend durch einen langen Rutschtunnel ins Wasser zu sausen.

Und das in der «Ruhezone» …

Als ich mit den Kindern nach Tölz fuhr, war es umgekehrt: Ich habe die *Altstadt* gemieden. Ich fuhr von der anderen Seite auf die Stadt zu und kam deshalb immer gleich an der Ludwigstraße, beim früheren Zahnarzthaus an. Ich erzählte ihnen von dem liebenswürdigen Doktor, der sich immer freute, wenn ich kam. «Meine tapferste kleine Patientin» nannte er mich, weil ich nie weinte, und er belohnte meine «Tapferkeit» mit einem Kaugummi.

«Dafür hat es sich schon gelohnt, keinen Schmerz zu zeigen, denn Kaugummis waren etwas ganz Besonderes für uns, man konnte sie damals nicht einfach kaufen. Man bekam sie sonst höchstens manchmal von den Amis geschenkt, wenn man um einen ‹Tschuinggam› bettelte. Das habe ich nie gemacht.»

Die Kinder schüttelten verständnislos den Kopf.

«Und wegen einem Kaugummi hast du dir keine Spritze geben lassen?»

Dass es damals keine Spritzen gab, konnten sie erst recht nicht glauben.

«Und wo hast du gewohnt, Mama?»

«Auf der anderen Seite der Isar, da müssten wir einen Umweg fahren.»

«Dann machen wir das das nächste Mal.»

Nächstes Mal hatten sie es längst vergessen und ich musste nicht über die Brücke fahren und ihnen die Salzstraße zeigen.

Und die Gaißacherstraße.

Und den Kalvarienberg.

Vielleicht auch die Kaserne.

Und nun bin ich als *Kurgast* zurückgekehrt, wohne im «Hotel Fichtenhof» gegenüber dem Kurhaus.

Gleich nach der Ankunft musste ich das tun, was ich mir als Kind nicht vorstellen konnte: Ich «wandelte» durch die menschenleere Wandelhalle. Eiskalt pfiff der Winterwind durch die Säulen, dennoch sprudelte das heiße Wasser aus dem Trinkbrunnen – ich nahm einen der bereitstehenden Plastikbecher und trank vorsichtig das gesunde Jodwasser.

Hier werde ich also die mir verordnete Kur machen.

Ich hatte mich endlich entschlossen, nach mehreren Hörstürzen meiner Erschöpfung nachzugeben, auszuspannen, mich zu erholen, die Geschichte meiner Mutter endgültig «abzuhaken». Ich musste aufhören, darüber nachzudenken, die *Wahrheit* würde ich wohl nie erfahren.

Als der Arzt Bad Tölz vorschlug, zögerte ich.

Ausgerechnet die Stadt meiner Kindheit – die Stadt, die ich liebte, obwohl es dort viele schmerzhafte Ereignisse gegeben hatte, die ich vergessen wollte, darum habe ich die Stadt später gemieden. In den vergangenen Monaten haben mich genug Erinnerungen heimgesucht.

«Dort sind Sie nicht so weit weg von Ihrer Familie.»

Gut so, es könnte gut sein, dass ich es gar nicht aushalte, ich bin das Alleinsein nicht mehr gewöhnt. Ich nicke zustimmend.

Vielleicht ist es kein Zufall, dass der Arzt, der nicht genau weiß, woher mein Erschöpfungszustand kommt, und meine Konflikte nicht kennt, ausgerechnet Bad Tölz vorschlägt. Vielleicht gehört es zu meiner «Heilung», dass ich an Ort und Stelle endgültig mit meiner Kindheit «ins Reine» kommen kann. Ich möchte die schönen Kindheitserinnerungen behalten, die anderen als Teil meines Lebens annehmen, sie nicht mehr verleugnen lassen, wie früher:

«Das bildest du dir ein.»

«Du mit deiner Fantasie.»

Vorerst werde ich nicht über die Brücke gehen.

Hier drüben werden mir die Erinnerungen nicht auf Schritt und Tritt begegnen. Ich werde mich erst ausruhen, lesen, endlich wieder lesen, mich massieren lassen, mich bei Eis und Schnee im dampfenden Wasser aalen.

Die mittlerweile großen Kinder werden mich sicher besuchen kommen, um mich im «Alpamare» zu treffen – ein schöner Gedanke.

Und ich werde viel spazieren gehen.

Gleich nach dem Mittagessen will ich an die frische Luft.

Mein Tischnachbar empfiehlt mir den wunderschönen Weg nach Wackersberg.

Ich habe nicht gesagt, wie gut ich den kenne, allerdings nur zur Sommerzeit. Da führte der Weg mitten durch die Kuhweiden, und die Gatter waren wegen des grasenden Viehs verschlossen. Es gab eine Art Treppchen, aus Latten zusammengenagelt, um über den hohen Zaun zu steigen.

Wir Kinder liebten diese Abwechslung, für meine langbeinige Mutter waren sie auch kein Hindernis, aber die viel kleinere Oma und die schwerhüftige Tante hatten Mühe, die Stufen mit hochgeschürzten Röcken zu überwinden. Keine «anständige» Frau trug damals Hosen, wir mussten sogar wegschauen, wenn sie die Röcke hoben. Natürlich schielten wir hinüber und ich lachte mit den Buben über die «unsportlichen Weiber».

Einmal hatte meine Tante ihr rotes Sommerkleid mit einem besonders weiten Rock angezogen, damit sie leichter über den Zaun steigen konnte.

Als wir über eine der Weiden gingen, löste sich plötzlich eine aus der Gruppe der friedlich grasenden Kühe und rannte auf uns zu. Erschrocken liefen wir auseinander, die Kuh verfolgte zielstrebig meine arme Tante!

«Mutti, des is' gar koa Kuah, des is' ja a Stier!», rief mein Vetter seiner Mutter zu, die um ihr Leben rannte. So schnell habe ich sie noch nie laufen sehen, noch nie so behände über den Zaun klettern!

Drüben sank sie erschöpft auf den Boden, das Gesicht war röter als ihr Kleid und sie keuchte: «Nie wieder Wackersberg!»

Von da an wurde dieser Weg von ihr aus dem sonntäglichen Spaziergangrepertoire gestrichen, obwohl sich der vermeintliche Stier bei genauerem Hinsehen als Jungkuh mit sehr kleinem Euter entpuppt hatte – immerhin hatte sie das Rot genauso angezogen wie ihre männlichen Artgenossen.

Wenn Tante und Großmutter nicht mitkamen, gingen wir mit meiner Mutter trotzdem nach Wackersberg, weil sie von dort besonders gern weiter ging über die «Hindenburghöhe» zum «Heiglkopf», den sie manchmal auch «Hitlerberg» nannte.

«Warum sagst du das, der Berg heißt doch Heiglkopf?»

«Aus Versehen, früher hat der mal so geheißen, der Name ist mir halt noch so im Gedächtnis.»

«Da kommen Sie auch an einem sehr hübschen Alpengasthof vorbei, da kann man in gemütlicher Atmosphäre Kaffee trinken und ausgezeichneten Kuchen essen!», lenkt der Nachbar meine Gedanken um:

Die «Waldherrnalm» – dort haben wir auch oft Halt gemacht auf unseren Wanderungen damals. Allerdings «eingekehrt» wie die anderen Ausflügler sind wir ganz selten.

Wir hatten unsere «Brotzeit» im Rucksack dabei: Butterbrote und vielleicht einen Apfel. Wir setzten uns auf einen Baumstamm in der Nähe der Gaststätte, holten uns mit dem Pumpschwengel frisches Quellwasser aus dem Brunnen und wuschen uns dabei im Trog, einem ausgehöhlten Baumstamm, die heißen Hände und kühlten das Gesicht.

Es waren ganz seltene Festtage, wenn es hieß:

«Heute kehren wir ein!» Dann gab es für uns ein Glas frische Buttermilch, das war das Billigste. Ich habe immer gehofft, dass sie schon «aus» sei, denn dann bestellten sie für uns die seltene Köstlichkeit *Apfelsaft*, den wir damals nicht in Flaschen kaufen konnten. Er wurde dort hergestellt und wie Bier in Fässchen im kühlen Keller gelagert.

Die Frauen leisteten sich eine Tasse Kaffee, allerdings keinen Kuchen, den gab es nur zu Hause, selbst gebacken.

Verstohlen schaute ich hinüber zu den Nachbartischen, auf denen dicke Kuchenstücke mit Schlagsahne serviert wurden. «Schlagrahm» – einfach so am Sonntagnachmittag! Den gab es zu Hause nur an Geburtstagen und zu Weihnachten.

Ich nahm mir damals fest vor, einmal «so reich» zu werden, dass ich mir ganz einfach einen «Zwetschgendatschi» mit viel Sahne bestellen könnte und gleich zwei Gläser Apfelsaft.

«Haben Sie Lust, mit mir diesen Spaziergang zu machen?», fragt der Nachbar. Erschrocken wehre ich ab:

«Nein, nein, das ist mir noch viel zu anstrengend, ich werde nur ein wenig durch den Ort gehen, allein.»

Ziellos schaue ich in Schaufenster, registriere hohe Preise für Kleider und Schuhe als «Sonderangebote». Gibt es immer noch «die Reichen» im «Badeteil»? Es kann mir gleichgültig sein, ich würde ohnehin nichts kaufen, ich will nur spazieren gehen.

Am früheren «Zahnarzthaus» vorbei lasse ich das «Ruhezone»-Schild hinter mir, das noch immer an derselben Stelle steht, überquere die Straße und gehe zur Abkürzung durch den kleinen Park an der Franziskaner-Kirche, wie damals.

Noch zu Beginn des Jahrhunderts war das ein Friedhof, die Grabplatten an den Kirchenwänden bezeugen es.

Der *Bezirksgerichtssekretär* und *Ehrenbürger der Stadt Tölz Benedikt Erhard, geb. 16. 8. 1824, gest. 27. 12. 1915* ... wurde als Letzter auf diesem Friedhof beerdigt.

Als Kind fand ich es unheimlich, über einen Weg zu laufen, unter dem das Skelett von *Herrn Rauscher* oder *Frau Schreiner* liegt. Immer ungefähr im Abstand einer Sargeslänge von den Grabplatten entfernt bin ich über die Wiese gerannt. Meine Großmutter konnte das gar nicht verstehen:

«Geh anständig, das ist doch kein Spielplatz! Hast du denn gar keinen Respekt vor den Toten?»

Und ob ich den hatte!

Ich meine mich zu erinnern, dass ich einen noch größeren Bogen um die «Kindergräber» machte, die mir wohl besonders bedrohlich erschienen.

Tatsächlich: Die verwaschene Schrift an der Mauer zeugt noch immer vom Unglück des *Klammerbräuer Andreas Hefter*.

Offensichtlich starben seine erste Frau und der Sohn bei dessen Geburt:

Frau Susanne Hefter, geborene Harrer, Klammerbräuin dahier,
welche starb 36 Jahre alt am 4. Juli 1812,
und deren Söhnlein Joseph
Ihnen setzte dieses Denkmal der Liebe
der Gatte und der Vater Andreas Hefter

Gleich neben der zitierten Tafel findet sich eine weitere, die den Tod von weiteren vier *«Söhnchen vom Andreas Hefter»* belegt.

Mich fröstelt, aber jetzt will ich wissen, ob denn andere Kinder des «Klammerbräus» überlebt haben. Ich finde noch einen späteren Hinweis auf diese Familie, vermutlich einen Enkel des unglücklichen Andreas Hefter, also muss er doch noch einen weiteren Sohn bekommen haben.

Merkwürdig, dass mich diese Erkenntnis erleichtert.

Bei der Suche nach den Hefters habe ich eine andere Tafel entziffert, die an den «*k.o. Universitätsprofessor zu München, Dr. Johann Nepomuk SEPP, Mitglied der hess. Naturverwaltung zu Ffm, Ritter des hl. Grabes, Ehrenbürger von Tölz, geb. Tölz 7. Aug. 1816, gest. München 5. Juni 1909*» erinnert.

Und unter dem R.I.P. ein Vers, den ich dreimal lesen muss:

Der Tod ist strenges Weltgesetz,
doch leichter ist gestorben
Seit Elsaß-Lothringen und Metz
und Straßburg wir erworben!

Ich denke an meinen Vater, der 35 Jahre später von hier aus nach Metz versetzt wurde, um die besetzte französische Stadt zu verwalten, die «wir» schon wieder «erworben» hatten.

Leichter gestorben ist in diesem Krieg gewiss niemand.

Jetzt ist mir eiskalt, ich spüre meine Zehen nicht mehr. Was für ein Unsinn, auf dem vereisten Weg zu stehen und uralte Grabplatten zu entziffern!

Um meine Füße wieder zu erwärmen, hüpfe ich fast so schnell wie damals die steile Treppe hinunter zum Amortplatz, eile zielstrebig links vor der Brücke hinunter zum «Isarsteig».

Da muss ich mich entscheiden, ob ich links weitergehe zur alten Floßlände oder rechts unter der Brücke durch in Richtung Arzbach. Unschlüssig bleibe ich stehen – welchen Weg ich auch gehe, dieses Isarufer liegt im Schatten, während das gegenüberliegende Steilufer im vollen Sonnenlicht liegt: warme Brauntöne der nicht ganz kahlen Buchen, ockergelbe Föhren und oben auf dem Kalvarienberg vor tiefblauem Himmel die weiße Kirche mit ihren zwei Türmen, Grünspan auf den Kupferdächern der Barockhauben.

Wie dumm, hier im kalten Schatten zu laufen, während ich da oben in der Sonne sitzen und den Blick über Tölz und das Isartal bis hinüber zum schneebedeckten Karwendel genießen könnte!

Rasch will ich die hässliche Betonbrücke überqueren.

Wie schön war die alte Brücke gewesen: Holzgeländer auf beiden Seiten und je drei halbrunde Nischen mit Holzbänken für Fußgänger, wie Balkone! Da konnte man sich ausruhen oder draufknien und hinunterschauen in das sprudelnde Wasser.

Die alte Brücke musste dem zunehmenden Verkehr weichen – jetzt stauen sich die Autos trotzdem auf der doppelt so breiten Fahrbahn. Das Isarwasser ist immer noch klar und hellgrün. Bis auf den steinbedeckten Grund kann man hinunterschauen, sehr rasch fließt es in schmalen Betten an breiten Kiesbänken vorbei. «Isara rapida» haben die Römer sie genannt, «die wilde, reißende Isar», das haben wir lange vor dem Lateinunterricht in der Schule gelernt. Auch im Sommer ist das Wasser eiskalt. Meine Großmutter hatte mir strikt verboten, in der Isar zu baden, obwohl ich sehr früh schwimmen gelernt hatte im Moorweiher der «Eichmühle». Die gefährlichen Strudel, sagte sie, würden kleine Kinder wie ein Buchenblatt in die Tiefe reißen. Da helfe kein Schreien, und niemand könne mich retten, weil jeder, der mir helfen wolle, selbst untergehen würde.

Dennoch bin ich einmal mit meinen Freundinnen in der Isar geschwommen, vom «Zwickerhof» aus sind wir hinübergelaufen zum Ufer.

Ich hatte keinen Badeanzug dabei wie die anderen, denen das Schwimmen nicht verboten war. Erst saß ich traurig in der Wiese und hörte das Jauchzen, aber dann sprang ich kurz entschlossen in der Unterhose ins Wasser, obwohl ich genau wusste, dass ich dann Schläge bekommen würde. Die «Reißende» packte mich und trug mich blitzschnell weiter, kaum dass ich Schwimmbewegungen machen musste! Ein bis dahin unbekanntes Gefühl erfasste mich, eine Mischung aus Lust und Angst.

Nun bin ich doch stehen geblieben, beuge mich über das Ge-

länder, und während ich versuche, mit meinen Blicken den raschen Wellen zu folgen, steigt genau dieses Gefühl wieder in mir
auf. Mir wird schwindelig. Ich drehe mich um, lehne mich an das
Geländer und frage mich, warum ich gegen meinen festen Entschluss doch weitergegangen bin. Ich hätte es wissen müssen:
Einmal angestoßen, quellen wieder Erinnerungen wie aus lange
verschlossenen Speichern.

Jetzt ist es zu spät umzukehren. Mein Blick bleibt auf dem
grauen Asphalt hängen.

In der Mitte der alten Brücke war lange noch die ausgebes-
serte Stelle im Kopfsteinpflaster zu sehen gewesen, die später
eingesetzten Steine blieben heller als die alten.

Auf dem Weg zum Zahnarzt erzählte meine Großmutter immer wieder, wie es zu dem auffallenden «Fleck» gekommen war.

«Die SS» sei es gewesen, die versucht hatte, mit der Sprengung der Brücke den Einmarsch der Amerikaner zu verhindern.
Mit allen Mitteln hätten sie am Kriegsende noch die Stadt ver-
teidigen wollen, obwohl «die Leut'» endlich genug gehabt hätten vom Krieg.

«Und der Bürgermeister wollte die Stadt übergeben, damit
nicht noch mehr Blut fließt und am End' auch noch die schöne
Altstadt zerstört wird. Der wär am liebsten mit der weißen Fahne
über die Brücke gegangen, aber der SS-General hat gesagt: ‹Aufgehängt gehört er, der Verräter!› und hat befohlen, dass die Brücke in die Luft gejagt wird!»

Große Angst hätten sie alle gehabt an diesem Tag. Kein
Mensch habe sich mehr auf die Straße gewagt, «obwohl ja eigentlich Feiertag war, ich werd's nie vergessen, es war der 1. Mai
'45». Alle hätten sich in den Luftschutzkellern versteckt. Am
Abend habe man einen ohrenbetäubenden Knall gehört und
kurz danach den Fliegeralarm. Da hätten sie geglaubt, dass nun
die Stadt aus Rache für die zerstörte Brücke endgültig zer-
bombt würde. Eine der Frauen im Bierkeller des «Grünerbräu»,
wohin auch unsere Familie geflüchtet sei, habe laut angefangen,
den Rosenkranz zu beten, und die meisten hätten laut mitgebe-
tet, sie selbst auch.

«Und du hast aufgehört zu schreien.»

Wir haben das Dröhnen der Flieger gehört, aber dann ist es plötzlich wieder leiser geworden, und schließlich war's nur noch der Wind, der laut geheult hat. Ein heftiger Schneesturm war's, der hat den Bombern die Sicht genommen! Über Gaißach haben sie wieder abgedreht! Es war ein Wunder – ein Schneesturm im Mai! Die Mutter Gottes hat unsere Gebete erhört!»

Es habe so geschneit in dieser Nacht, dass sie am nächsten Morgen meinen Kinderwagen im Keller des «Grünerbräu» habe stehen lassen müssen.

«Und als wir heimkamen, hab ich gesehen, dass der junge Apfelbaum, den ich im letzten Herbst gepflanzt hab, abgebrochen ist. Den ganzen Schnee vom Winter hat er ausgehalten, aber den von der Maiennacht nicht.»

Die Sprengladung sei wohl in der Eile nicht richtig gelegt worden – manche meinten auch mit Absicht, weil angeblich ganze Kisten Sprengstoff auf den Rondellbänken gelegen hätten –, so hätte sie nur ein Loch in die Mitte der Brücke gerissen, das meiste sei «ohne Brücke wie ein greller Feuerschein» in die Luft geflogen.

Nach heftiger Schießerei habe sich die SS-Einheit noch in der Nacht aus dem Staub gemacht, und am nächsten Morgen habe Bürgermeister Stollreither die Stadt dann doch den Amerikanern übergeben. Die hatten noch in der Nacht mit Schlauchbooten die Isar überquert.

«Und sie haben etliche Tote unterm Schnee gefunden. Ein paar waren noch halbe Kinder. Die mussten ganz am Ende auch noch fallen.»

Und dann wischte sie sich die Augen und ich wusste, dass sie an ihren jüngsten Sohn dachte, den Onkel Fritz, der auch gefallen war, ganz am Anfang des Krieges.

Ich schaue hinüber zu den bunten «Lüftlmalereien» an den alten Häusern rechts und links der Marktstraße, dem «Tölzer Kurier»-Haus und dem Marienstift. Ein alter Film, «Die Isarflößer», taucht in meinem Gedächtnis auf. Kurz nach unserem

Umzug nach München habe ich ihn in der neuen Schule gesehen. Er war schwarzweiß, aber ich konnte die Farben der Malereien sehen, als die Kamera langsam darüber schwenkte, und ich sah das vom Gletscherwasser milchige *Isargrün* unter den Flößen. Ich war so voll von Heimweh, dass ich immer noch auf die Leinwand starrte, als der Film längst zu Ende war, und ich hatte nicht gehört, wie die Lehrerin mich aufgefordert hatte, von Tölz zu erzählen: «Du kommst doch von dort!»

Erst als die anderen Kinder lachten, merkte ich, dass mich alle anschauten. Ich kämpfte mit den Tränen und brachte keinen Ton über die Lippen.

Das war besonders schlimm, da sie mich sowieso für «blöd» hielten. Das hatte schon am ersten Tag begonnen:

Schlimm genug, dass ich Tölz verlassen musste, noch schlimmer, dass es nicht zum Schuljahreswechsel, sondern mitten im Schuljahr passierte, weil meiner Mutter endlich die lang ersehnte Wohnung für *Evakuierte* in München zum 1. März zugewiesen worden war. Hätte sie sich nicht sofort entschlossen, wäre sie auf der Warteliste wieder weit nach hinten gerutscht. Bisher hatte sie in Untermiete bei einer Freundin gewohnt, nun wollte sie mich endlich doch bei sich haben, ich war inzwischen neun Jahre alt.

Meine Großmutter zog mit nach München. Am ersten Montag nach dem Umzug brachte sie mich in die neue Schule.

Der Herr Rektor führte mich in die neue Klasse, ich hatte schreckliche Angst vor ihm. Bei uns in Tölz hatten nur Buben in der *Knabenschule* männliche Lehrer, in der *Mädchenschule* unterrichteten seit Kriegsende wieder Ordensschwestern in schwarzer Tracht mit großen weißen Flügelhauben; während der Nazizeit hatten sie das Schulhaus räumen und das Unterrichten weltlichen Lehrerinnen überlassen müssen.

Die Schwestern waren mir bei Schuleintritt schon aus dem Kindergarten vertraut gewesen, ich hatte mich dort gefragt, warum sie *Arme Schulschwestern* hießen, wenn sie doch im *Kindergarten* arbeiteten. In der Schule hatte das dann seine Ordnung.

Die war nun gründlich durcheinander geraten:

In der Großstadt gingen Buben und Mädchen nicht nur in die gleiche Schule, sondern auch in die gleiche Klasse! Ich erschrak, als ich in das neue Klassenzimmer trat: zwei lange Reihen mit Mädchen, voll bis auf den letzten Platz, und drei Bubenreihen. In der vorletzten Bank saß ein Junge allein.

Ich sah sofort, dass das der einzige leere Platz war, und genau dorthin musste ich mich setzen. Es war schrecklich, die Buben feixten, die Mädchen kicherten, und ich habe mich so geschämt. Ich tat so, als ob ich nicht merkte, dass die beiden Buben hinter mir mich sofort an meinen langen blonden Zöpfen zogen. Immer fester, weil sie natürlich auf mein Jammern warteten. Ich habe keinen Mucks gemacht; keinen Schmerz zu zeigen war für mich eine leichte Übung.

Die Lehrerin sah sofort die Unterlagen durch, die ihr der Rektor auf den Tisch gelegt hatte, und sie sagte ganz laut:

«Dein Anmeldeblatt ist nicht vollständig ausgefüllt. Der Name deines Vaters fehlt. Wie heißt er?»

Und ich antwortete wahrheitsgemäß:

«Ich weiß es nicht.»

Lautes Gelächter in der Klasse, besonders die beiden Peiniger hinter mir konnten sich nicht mehr beruhigen, sie schlugen sich auf die Schenkel vor Vergnügen: «Mei, ist die blöd – sie weiß nicht mal, wie ihr Vater heißt. Das gibt's doch nicht, so viel Blödheit – *die Landpomeranze* weiß nicht mal den Namen von ihrem Vater!»

Ich saß da mit knallrotem Kopf, und ich wusste jetzt sicher, was ich schon immer geahnt hatte: Etwas stimmte mit mir nicht.

Blöd war ich nicht, das wusste ich schon, in Tölz war ich immerhin zuletzt Zweitbeste in der Klasse gewesen, aber es stimmte, den Namen meines Vaters wusste ich nicht.

Sie haben mir seinen Namen nie gesagt, nur seine Abwesenheit begründet:

«Dein Vater ist vermisst!»

Wirklich vermisst hatte ich ihn eigentlich nicht, ich hatte ihn ja nie gesehen.

Aber sie nannten es so, und auch andere Leute hörte ich sagen:

«Mein Mann ist im Krieg vermisst» oder «Mein Sohn ist in Russland vermisst». Ganz normale Sätze waren das.

«Er ist in Russland vermisst.»

Ganz leise habe ich diesen Satz dann doch noch herausbekommen, und mein Nachbar wiederholte ihn so lange laut, bis er endlich bei der Lehrerin ankam.

«Ruhe jetzt!», brüllte sie.

«Ihr Vater ist im Krieg vermisst, das heißt, sie hat gar keinen Vater mehr, da braucht ihr sie nicht auszulachen!»

Das Gelächter verstummte, die Kinder wurden ruhig, manche schauten mich betreten an. Aber der Bub hinter mir flüsterte trotzdem noch:

«Das ist doch trotzdem kein Grund, dass sie nicht weiß, wie er heißt.»

Damit hatte er wohl Recht – warum hatte sie mir seinen Namen nicht gesagt?

Zwei Jahre zuvor hatte ich sie das erste Mal danach gefragt: Am letzten Schultag des ersten Schuljahres hörten wir, dass wir in der zweiten Klasse eine neue «Schwester» bekommen sollten. Unsere Schwester Gertrud hatte erfahren, dass sie zurückmusste ins Mutterhaus, und eine Neue würde nach Tölz versetzt werden. Ich war traurig, denn ich liebte die schöne, sanfte Schwester Gertrud. Sie hatte weiche Hände, mit denen sie mir manchmal übers Haar strich, und große braune Augen. Damit konnte sie uns «in die Seele schauen» und niemand hat es je gewagt, sie anzulügen.

Immer hatte sie gesagt, sie würde uns auch noch in der zweiten Klasse unterrichten, nun aber konnte ich mich gar nicht mehr so recht über mein Zeugnis freuen, obwohl es das beste war: lauter Einser! Meine Konkurrentin Helga hatte eine Zwei in Rechnen und ärgerte sich. Immerhin war ihr Zeugnis das zweitbeste.

«Die neue Schwester, *Walfreda* heißt sie, kommt schon morgen, am ersten Ferientag, mit dem Zug», sagte Schwester Gertrud.

«Und sie möchte nicht von uns abgeholt werden, sondern von ihren künftigen Schülerinnen. Das ist eine große Ehre, und natürlich dürfen das nur die Besten machen. Gisela und Helga, ihr dürft euch morgen im Kloster drüben einen Leiterwagen ausleihen und damit Schwester Walfreda abholen.»

Ganz feierlich sagte sie das, den Namen betonte sie ganz besonders: «*Walfreeda.*»

Was für ein Name, der war allemal noch blöder als meiner, dachte ich. Die Funktion des Leiterwagens wurde mir auch erst klar, als sie hinzufügte:

«Sie wird einen schweren Koffer haben, den könnt ihr sicher nicht tragen.»

Am nächsten Nachmittag trafen wir uns an der Klosterpforte. Zur Feier des Tages und wegen des weiten Weges hatten wir beide Sandalen angezogen, normalerweise liefen wir um diese Jahreszeit immer barfuß. Wir bekamen den Leiterwagen ausgehändigt, nicht ohne Ermahnung, gut mit ihm umzugehen und auf keinen Fall zu rennen. Dabei mussten wir uns beeilen, denn der Bahnhof lag fast eine Stunde zu Fuß entfernt vom Kloster.

Es war nicht schwer, unsere neue Lehrerin zu erkennen, sie war die einzige Klosterschwester im Zug aus München, und es war nicht schwer für sie, die beiden kleinen Mädchen mit dem Leiterwagen auszumachen. Huldvoll winkte sie uns heran und hob den schwarzen Koffer, der nicht besonders groß war, und eine schwarze Aktentasche, die schwerer war als der Koffer, in den Leiterwagen.

«Lauter Bücher», dachte ich respektvoll.

Das gehäkelte schwarze Netz wollte sie lieber in der Hand tragen. Das war wohl so etwas wie eine Handtasche für Klosterschwestern.

Die Neue gefiel mir gar nicht, sie war viel älter als Schwester Gertrud und ich fand sie hässlich. Prüfend schaute sie mit kalten grauen Augen durch die randlose Brille und sagte mit ziemlich scharfer Stimme:

«So, ihr seid also meine neuen Schützlinge. Name? Wer ist die Klassenbeste?»

«Das ist sie», beeilte sich Helga zu sagen, «aber ich habe auch nur einen einzigen Zweier.»

Da lächelte sie gnädig, das sei schön, von zwei so klugen Mädchen abgeholt zu werden.

Auf dem langen Weg zurück war genug Gelegenheit, uns weiter auszufragen.

«Ihr seid doch bestimmt zwei richtige Tölzerinnen?»

Oh ja, Helga war freilich hier geboren. Ich senkte den Kopf und hoffte, dass sie das als Nicken verstehen würde.

«Was machen eure Väter?»

«Elektromeister ist meiner und ein Geschäft hat er.»

Das freute die Schwester: «Ein tüchtiger Geschäftsmann ist er also, der Herr Papa!» – Und deiner, Gisela?»

«Mein Vater ist vermisst, in Russland.»

Das tat ihr aber Leid, das arme Kind und die noch ärmere Mutter. Aber *vermisst* hieße ja nun mal, dass wir keinen *Totenschein* hätten, er also nicht *gefallen* sei, da könne man doch noch hoffen, dass er noch in Gefangenschaft sei. Ich würde doch sicher jeden Tag beten, dass der liebe Gott ihn vielleicht doch noch wohlbehalten nach Hause schicken würde?

Ich nickte gehorsam. Und was würde er dann machen, er hätte doch gewiss einen Beruf?

Das wusste ich nun wieder nicht, was Schwester Walfreda mit leichtem Stirnrunzeln zur Kenntnis nahm.

«Und bist du auch in Tölz geboren?»

Also doch, sie hatte genau aufgepasst. Und es hätte wahrscheinlich keinen Sinn zu lügen, vielleicht konnte sie mit diesen grauen Augen auch in meine Seele blicken.

«Nein, in Oslo.»

Da wurde sie ganz aufgeregt. Immer reagierten die Menschen komisch auf diesen Namen, ich hätte es besser nicht gesagt.

«In Oslo, wieso denn in Oslo? Das ist doch die Hauptstadt von Norwegen.»

Ich nickte zustimmend: Das wusste ich.

«Wie bist du denn dann hierher gekommen – oder genauer: Wie ist denn deine Mutter nach Oslo gekommen? Was hat sie dort gemacht? War dein Vater vielleicht Norweger? Wie heißt er denn?»

Bei all diesen Fragen musste die Klassenbeste passen, was die Schwester sehr misstrauisch machte.

«Du weißt nicht, wie dein Vater heißt, du kennst seinen Beruf nicht, du weißt nicht, warum du in Oslo geboren bist – das ist sehr merkwürdig. Ich möchte gleich morgen mit deiner Mutter sprechen.»

Das ginge ganz schlecht, weil meine Mutter in München arbeite und nur manchmal am Wochenende zu mir und meiner Oma zu Besuch käme.

Da war es ganz aus mit ihrer Fassung. Sie sah mich geradezu angewidert an:

«Und was … arbeitet deine Mutter?»

«Sie ist im Büro.»

«Aha. Und sie heißt genauso wie ihre Mutter, ja?»

Ich war froh, dass ich wieder etwas wusste und den Nachnamen von Mutter und Großmutter, der auch meiner war, nennen konnte.

Sie nickte und sah ganz zufrieden aus.

«Dachte ich's mir doch! Wahrscheinlich ist dein Vater doch Norweger, so blond, wie du auch bist. Und wahrscheinlich ist er nicht in Russland, sondern in Norwegen vermisst.»

Ich hatte keine Ahnung, wie sie zu dem Schluss kam. Aber sie war dann merkwürdig kühl zu mir, bedankte sich umso herzlicher bei Helga.

Meine Mutter war sehr aufgebracht, als ich ihr die Geschichte erzählte.

«Wie kommt die dazu, ein Kind so auszufragen, das ist eine Unverschämtheit», rief sie. Sie ist aber nie zu der Lehrerin gegangen, um ihr das selbst zu sagen.

Mit dem Namen meines Vaters wollte sie mich nicht *belasten*.

Im nächsten Schuljahr war ich nicht mehr Klassenbeste.

Schwester Walfreda hatte sich gleich gedacht, dass das in der ersten Klasse «nur ein Zufall» war. Ein Kind aus so ungeordneten Verhältnissen *könne* gar nicht die Leistungen bringen wie eines aus einer «richtigen Familie». Sie hat keine Gelegenheit versäumt, mir das unter die Nase zu reiben.

Sosehr ich mich auch bemühte, ich bekam keine «Eins mit Stern» mehr. Auch bei fehlerlosen Arbeiten fand sich ein vergessener t-Strich oder ein fehlender i-Punkt, und schon war es «ein halber Fehler»; so «neigten» meine früher sehr guten Leistungen immer öfter zu «gut» und die guten zu «befriedigend». Obwohl ich keinerlei Schwierigkeiten mit den Mitschülerinnen hatte und ein sehr braves Kind war, stand am Jahresende in meinem Zeugnis, dass es schwer für mich sei, mich in die *Klassenordnung einzufügen*.

Und Helga bekam das beste Zeugnis mit lauter Einsern.

Ich brachte es erst in München wieder zur Klassenbesten (ein kleiner Sieg über die verhasste Schwester Walfreda), und es war klar, dass ich ein Gymnasium besuchen sollte.

«Ihre Tochter hat das Zeug zum Abitur», hatte die Lehrerin gesagt. Da war meine Mutter wieder stolz auf mich. Es war nicht leicht für sie, das Schulgeld aufzubringen, denn selbst staatliche höhere Schulen kosteten damals noch Schulgeld. Sie waren nicht ganz so teuer wie die unerschwinglichen Privatschulen, aber auch DM 20,- im Monat waren für meine Mutter viel Geld. Dankenswerterweise verhielt sie sich an diesem Punkt genauso wie ihre Eltern, die sich das Schulgeld buchstäblich vom Mund abgespart hatten: Bildung hatte Vorrang, und bessere als durchschnittliche Bildung kostete eben. Sie hätte mich am liebsten ins «Angerkloster» geschickt, ich sollte möglichst dort Abitur machen, wo sie nach der mittleren Reife hatte abgehen müssen.

Aber mir war das dortige Schulpersonal nicht geheuer: Es waren nämlich Klosterschwestern desselben Ordens wie in der Tölzer Schule: «Arme Schulschwestern».

Glücklicherweise lag auch das Luisengymnasium in der Nähe unserer Wohnung. Ich konnte es ebenso wie das Kloster in einer knappen halben Stunde zu Fuß erreichen – das war sehr wichtig, denn das Geld für die Straßenbahn konnte nicht auch noch aufgewendet werden. Selbst in strömendem Regen und im tiefen Schnee bin ich zu Fuß gegangen.

Diese Schule war nun wiederum meiner Mutter nicht geheuer, denn sie war ihr aus ihrer eigenen Schulzeit als Lyzeum nicht in angenehmer Erinnerung:

«Die Mädel vom Luisenlyzeum haben wir nicht gemocht, die waren so arrogant. Die meisten waren halt ‹höhere Töchter› von Akademikern und reichen Geschäftsleuten – viele Juden halt. Die haben sich immer für was Besseres gehalten und auf uns Katholische bei den ‹Armen Schulschwestern› runterg'schaut. Da gab's immer eine Konkurrenz zwischen den beiden Schulen – es waren damals auch die einzigen für Mädchen in München.»

Ihre Einwände teilte ich nicht. Jüdische Kinder wären für mich Kinder gewesen wie andere auch, und dass die Schule mittlerweile tatsächlich als die «bessere» galt, empfand ich eher als eine Herausforderung. Ich hatte von den Schulschwestern genug, ich wollte ganz normale Lehrerinnen, mochten sie auch streng sein. Hauptsache, sie waren gerecht und maßen meine Leistungen nicht am fehlenden Vater.

Bei der Einschreibung bestand ich darauf, dass meine Mutter auf dem Formular seinen Namen eintrug. Jetzt wollte ich ihn endlich wissen. Sie schüttelte zuerst den Kopf, flüsterte:

«Das muss ich nicht!»

Aber als ich zurückzischte: «Dann gehe ich überhaupt nicht aufs Gymnasium, ich will nicht, dass die mich wieder nach seinem Namen fragen!», schrieb sie mit einem Seufzer in Druckschrift hin: «Karl-Friedrich Kettler».

Mir wurde heiß, jetzt kannte ich wenigstens den Namen dieses geheimnisvollen Mannes, der mein Vater geworden war, ohne mich je gesehen zu haben. Und ich glaube, es ist mir erst in diesem Moment wirklich bewusst geworden, dass er ja anders hieß als meine Mutter, und das bedeutete, dass sie nicht mit ihm verheiratet war! Und mir wurde allmählich klar, warum die Fragen nach dem Vater immer so peinlich waren. Ich war also ein «uneheliches Kind», den Begriff hatte ich schon mal gehört und irgendwie ahnte ich, dass es etwas mit Schande zu tun hatte, obwohl ich damals mit zehn Jahren nur eine sehr vage Vorstellung hatte, wie Kinder zustande kamen.

«Kettler, Kett-ler, K e t t l e r», übte ich den neuen Namen leise vor mich hin. Wenn sie ihn geheiratet hätte, bevor er im Krieg nach Russland musste und nie wieder zurückkam? Dann hieße ich ja «Gisela Kettler»! Nein, das gefiel mir nicht besonders, «Gisela König» klang doch viel edler.

Auf dem Nachhauseweg war meine Mutter sehr schweigsam. Sie tat mir Leid. Wahrscheinlich wurde sie immer dumm angeredet, weil sie nicht mit meinem Vater verheiratet war. Ich nahm sie bei der Hand, schaute zu ihr auf und sagte:

«Gut, dass du ihn nicht geheiratet hast. König ist ein viel schönerer Name.»

Sie drückte meine Hand und schenkte mir eines ihrer seltenen Lächeln.

Ich gehe hinüber zum ausgeschilderten Weg, der auf den «Kalvarienberg» führt. Er ist jetzt breit angelegt mit Treppen aus alten Bahnschwellen und einem Geländer.

Damals war hier nur ein steiler Trampelpfad, der «richtige» Weg geht über die sanft ansteigende Seite des Berges hinauf, den Kreuzweg entlang mit seinen vierzehn kleinen Barockkapellen, den Leidensstationen des Herrn. Den schmalen Steig benutzten fast nur wir Kinder.

Im zeitigen Frühjahr war der Steilhang blau von Leberblümchen, später kamen weiße Buschwindröschen dazu. Am liebsten pflückte ich weißblaue Sträußchen, die ich mit den kräftigen herzförmigen Blättern der Leberblumen einfasste. Die fand meine Mutter zwar schön – obwohl, schade eigentlich, dass es keine Schneeglöckchen mehr gab, und sie freute sich schon auf die Schlüsselblumen!

Sobald die jungen Buchenblätter ausgetrieben hatten, konnte man hier sehr gut Maikäfer sammeln, am besten am frühen Morgen vor der Schule, da waren die Maikäferbeine noch klamm von der kühlen Nacht und konnten sich nicht so gut festkrallen. Man brauchte nur an den dünnen Buchenstämmen zu rütteln, und schon fielen die Käfer herunter, blieben hilflos auf dem Rücken liegen und ließen sich leicht in die mitgebrachten Marmeladengläser füllen. Ein paar Blätter als Proviant, Pergamentpapier mit Atemlöchern darüber gebunden, so wurden die Schätze mit in die Schule genommen. Dort wurden die Mini-Schaukästen dann begutachtet.

Es ging eigentlich nur darum, wer die meisten und die schönsten Käfer gefangen hatte. Besonders begehrt waren die männlichen Tiere mit den breit gefächerten Fühlern, die «Kaminkehrer» hießen. Sie waren viel seltener als die kleineren Weibchen, die wir wohl wegen der auffallend weißen Seitenkonturen «Müller» nannten. Einen «Kaminkehrer» konnte man gegen drei «Müller» eintauschen.

Später haben wir sie wieder freigelassen, obwohl die Erwachsenen sagten, es seien *Schädlinge* und wir sollten sie lieber den Hühnern zum Fraß vorwerfen. Das fand ich ganz schrecklich und wollte das mit der Schädlichkeit nicht glauben, bis eines Frühjahrs alle Buchen hier am Hang kahl gefressen waren und tote Maikäfer den Boden bedeckten wie sonst die braunen Buchenblätter im Herbst.

Danach hat das Maikäfersammeln keinen Spaß mehr gemacht. Es gab ja auch immer weniger. Mein ältester Sohn war schon drei oder vier Jahre, als er den ersten Maikäfer fand. Ganz aufgeregt rief er:

«Mama, schau mal, was ich gefunden hab! So einen komischen Käfer hast du bestimmt noch nie gesehen!»

Obwohl der Weg mit den neu angelegten Serpentinen viel weniger steil ist als früher, komme ich erschöpft oben an und setze mich auf die Bank an der Kirche. Es hat sich gelohnt, der Blick ist traumhaft schön! Es ist Föhn, die tief verschneite Benediktenwand zum Greifen nahe.

Als Kind verbrachte ich hier oben viel Zeit. Ich saß damals schon gerne hier, um mich auszuruhen vom ausgelassenen Toben und Klettern am Steilhang. Meine großen «Brüder» haben mich ausgelacht, wenn ich da saß und von der schönen Aussicht schwärmte:

«Bist jetzt a feine Kurdame?»

Gleich nach dem Krieg hatten wir, Großmutter, Mutter und Tante, die beiden Buben und ich, zunächst sehr beengt und mehr schlecht als recht geduldet zur Untermiete in der Salzstraße gewohnt. Als der Mann meiner Tante 1947 aus dem Internierungslager zurückkam, hatte die Stadtverwaltung ein Einsehen, dass nicht noch eine siebte Person auf eineinhalb Zimmer Wohnraum einzuweisen war, und er bekam eine kleine Wohnung hier oben auf dem Kalvarienberg.

Für mich war das ein einschneidendes Ereignis, meine kleine Welt geriet aus den Fugen. Seit ich mich erinnern konnte, hatte ich mit der Oma, die alle «Mama» nannten, den beiden Buben, die ich für meine Brüder hielt, und unserer «Mutti» zusammengelebt, die sich als meine Tante erweisen sollte. Dann war noch eine Tante dazugekommen, die alle «Anni» nannten und die sich am Ende als meine Mutter entpuppte.

Es war schade, dass uns die Amerikaner aus dem schönen Haus mit Garten vertrieben hatten, in dem wir vorher gewohnt hatten, aber wir waren beieinander geblieben wie zuvor, und die beengten Verhältnisse störten mich nicht. Die beiden Frauen arbeiteten bei den Amerikanern in der Kaserne, meine Großmutter versorgte uns. Sie schlief auf der «Ottomane» in der Küche, in dem zweiten winzigen Raum stand mein Gitterbett neben dem Matratzenlager für alle anderen.

Nun tauchte auf einmal ein «Onkel Hans» auf, der sollte der Vater meiner «Brüder» sein, aber nicht meiner, und er wollte mich nicht mitnehmen in die neue Wohnung. Mein Vater sei «ein ganz anderer und in Russland vermisst».

Ich verstand die Welt nicht mehr. Nun waren die beiden «Buam» auf einmal meine Vettern und die «Mutti» nur noch ihre Mutti, nicht mehr meine, weil meine Mutter die Frau war, zu der ich bisher «Tante Anni» gesagt hatte und die ich nun Mutti nennen sollte!

Es hatte mich zwar zuvor schon irritiert, dass die Buben einen anderen Nachnamen hatten als ich, aber ich konnte als Dreijährige ohne entsprechende Erklärung keine Schlüsse daraus ziehen. Außerdem war es mir im Kindergarten schon aufgefallen, dass manche Kinder anscheinend auch zweierlei Namen hatten. So hieß ein Junge vielleicht «Sepp Huber» und antwortete auf die Frage: «Wem g'herst denn du?» mit: «dem Rotter», was alle zufrieden zur Kenntnis nahmen, weil er halt im «Rotterhof» zu Hause war.

Anfangs fürchtete ich diese Frage, die den Erwachsenen sehr wichtig zu sein schien. Auf meine Antwort «dem König» hörte ich nämlich meist ein misstrauisches:

«Des is' aber koa Tölzer Name.»

Irgendwann kam mir jemand zu Hilfe:

«De g'hert doch dem Müller, des is' doch des Norweger-kind!»

Und so antwortete ich von da an ähnlich wie der Huber Sepp:

«Dem Müller g'hör ich», was den Leuten anscheinend besser gefiel als «dem König».

Als nun der «Müller» aus der Gefangenschaft wieder da war und mit seiner Frau und den Söhnen ohne mich zum Kalvarien-berg hinaufzog, «gehörte» ich wieder niemandem. Kurz danach wurde meine richtige Mutter von der amerikanischen Militär-polizei verhaftet, und die Leute in der Nachbarschaft sahen mich erst recht merkwürdig an. Am Anfang hatte alles normal ausgesehen, als die drei Frauen mit den drei Kindern auf Anord-nung der Stadt in die Wohnung des Friseurs eingewiesen wur-den. Man kannte die Frau Müller, deren Mann in Gefangen-schaft und deren Villa oben an der Gaißacherstraße von den Amerikanern beschlagnahmt worden war. Als aber dann das Mädchen, von dem es hieß, es sei ein Waisenkind, nicht mitge-nommen wurde beim Umzug auf den Kalvarienberg und es auf einmal behauptete, die andere Frau sei seine Mutter und die dann auch gleich verschwand, da war doch klar, dass etwas nicht stimmte.

Vielleicht wäre es ja leichter gewesen, wenn ich damals gewusst hätte, dass ich gar kein «Norwegerkind» war, sondern die Toch-ter eines früheren Kommandanten der Junkerschule, vielleicht hätten manche Tölzer dann doch gemeint «de g'hert zu uns».

Oder es wäre noch schwerer gewesen, weil viele Tölzer nicht gern an die Nazizeit erinnert werden.

Ich vermisste meine «Familie» sehr, ganz allein mit der Großmutter und ohne die Buben war es langweilig geworden zu Hause. Sooft ich konnte, lief ich hinauf zum Kalvarienberg.

Bald war ich allerdings froh, dass ich bei der «Mama» wohnen konnte, und ich bin nur noch zur «Mutti» hinaufgegangen, wenn ich wusste, dass der Onkel nicht zu Hause war. Er hatte glücklicherweise bald eine Arbeitsstelle in München bekommen.

Ich kann nicht länger auf der Aussichtsbank sitzen bleiben, trotz Sonnenschein ist es kalt.

Ganz langsam gehe ich an der Kirche vorbei auf den aufgeschütteten Hügel, zu der überlebensgroßen Golgatha-Gruppe. Meine Vettern versteckten sich hier besonders gern, weil sie wussten, dass ich mich fürchtete vor den Riesenfrauen neben dem Kreuz Christi, dass ich den zerschundenen Körper und das schmerzverzerrte Gesicht unter der Dornenkrone nicht anschauen wollte. Kein Wunder, dass ich als kleines Kind Angst hatte vor den naturalistischen Figuren, schon die großen, mit Nägeln durchbohrten Füße auf meiner damaligen Augenhöhe sehen schrecklich genug aus.

Ich bleibe stehen und schaue von «Golgatha» aus hinüber zu dem Haus, in dem die Müllers damals wohnten.

Das Haus hat immer noch die fast schwarz gebeizten Balkone.

Auf der Terrasse steht eine seltsame Bank: als Seitenteile geschnitzte und bemalte Bretter; Mann im Trachtenanzug mit Hut auf der einen Seite, Frau im Dirndl auf der anderen. Früher gab es da Tische und Stühle für die Kurgäste, die es sich leisten konnten, bei ihren Spaziergängen auf den Kalvarienberg im *Café Ott* einzukehren.

Langsam wandert mein Blick nach oben, leere Blumenkästen am Balkon im ersten Stock.

Am Mansardenbalkon im zweiten Stock sehe ich wieder das kleine Mädchen über dem Geländer hängen, regungslos vor

Angst, mit gefalteten Händen. Es trägt einen blauen Dirndlrock mit weißen Blümchen. Zum ersten Mal durfte es ihn anziehen – die Patin hatte ihn gerade erst geschneidert aus dem alten Rock der Mutter. Die lebte jetzt in der Großstadt und trug keine Dirndlröcke mehr. Kräftige Träger waren daran genäht, am Rücken, über dem weißen Blüschen, gekreuzt wie Hosenträger.

An diesen Trägern wird das Kind übers Geländer gehalten von zwei Männerhänden, ein vor Vergnügen feixendes Gesicht ergötzt sich an der Todesangst des Kindes.

«Da schau her, der SS-Bankert hat einen neuen Rock mit soo schönen Trägern», hatte der Onkel zuvor gesagt, «des sind ja eigentlich Hosenträger, keine Rockträger, und an *Hosenträgern* kann man Kinder hochheben!»

Das pflegte er mit seinen Söhnen zu machen; als sie noch kleiner waren, hat er sie an den Lederhosenträgern hochgezogen. Die Tante mochte diese Späße gar nicht, sie hatte immer heftig protestiert, die Buben auch. Jetzt waren sie zu groß und zu schwer geworden. Die Tante war einkaufen gegangen und die Vettern wollten zum Fußballspielen. Obwohl es geschworen hatte, ganz brav zu sein, hatten sie das kleine Mädchen nicht mitgenommen. Das Bitten half nicht, lange genug hatten sie das «Waisenkind» früher herumgeschleppt, jetzt wollten sie endlich ungestört mit ihren Freunden spielen.

Warum das Kind nicht hier bleiben wollte, wussten sie nicht.

«Du bist doch nicht allein, der Onkel Hans ist doch da!», sollte der Trost sein.

Genau davor aber fürchtete es sich.

Wenn die anderen dabei waren, schien er das Kind gar nicht zur Kenntnis zu nehmen, sah über es hinweg. Aber sobald er mit ihm allein war, fingen seine Augen an zu glitzern, und mit seinem «Jetzt kemman mir zwoa dro!» dachte er sich immer neue Quälereien aus.

«Mal schauen, ob sie auch sauber genäht hat, die Frau Patin, dann werden s' dich Krischperl schon halten!», rief er, packte das Kind an den Trägern und hob es über das Geländer, nicht ohne die Warnung:

«Wennst schreist, lass i di sowieso los – dann fallst den Kurgästen in d' Kaffeetassen! Mei, des werd spritz'n! Und des glaubt
mir jeder, dass du einfach aufs G'lander g'stieg'n und obig'fall'n
bist!»

Das Gesicht des Kindes ist schneeweiß. Es hängt leblos da wie
eine Marionette, es schreit nicht, aber die Lippen bewegen sich.
Ich weiß, was sie sagen:

«Heilige Mutter Gottes, hilf, lass die Träger nicht reißen!»
und: «Bitte, bitte, lass die Leut' raufschauen, dass mir einer
hilft!» und:

«Hundert Rosenkränz' bet ich, wenn du die Tante rufst.»

Die Kurgäste unterhalten sich, rühren in ihren Kaffeetassen,
keiner schaut hinauf.

Da sieht das Kind die Tante mit der schweren Einkaufstasche
den Berg heraufkommen. Wenn sie nur aufschauen würde, sehen würde, was ihr Mann mit dem kleinen Mädchen macht!
Aber ihre Blicke sind auf den Boden gerichtet, der Quäler entdeckt sie zuerst.

Rasch greift ein Arm dem Kind unter die Achseln, er zieht das
zitternde Bündel herein und zischt:

«Maul halten, sonst bring ich dich um.»

Es wird den Mund halten, wie immer. Es weiß, dass er nur die
Klinge umdrehen muss, wenn er ihm wieder einen Messerrü-
cken an die Kehle drückt, dann kann er sie durchschneiden.

Und es weiß, dass es sowieso keiner glauben würde.

«Du mit deiner Fantasie – des buidst dir doch ei'.»

Die Tante wird sagen: «Mein Gott, ist das Kind wieder blass.»

Und sie wird es zum Spielen an die frische Luft schicken.

Und das Kind wird hinüberlaufen in die Kirche und wie so oft
auf den Knien die *Heilige Stiege* hinaufrutschen und auf jeder ein
«*Gegrüßet seist du, Maria*» beten, hundertmal.

Ich habe viele Jahre geglaubt, dass er mich tatsächlich umbringen
würde. Einmal – ich war wohl schon zehn Jahre alt und musste
mit ihm allein von München nach Tölz fahren – nahm ich allen
Mut zusammen und antwortete auf seine Morddrohung:

«Das traust du dich ja gar nicht, weil du dann ein Mörder wärst und ins Gefängnis kämst!»

Er lachte höhnisch und schnitt mit seinem scharfen Taschenmesser in mein linkes Knie:

«Glaub ja nicht, dass ich nicht wüsste, w i e ich dich umbringen könnt, ohne dass jemand merkt, dass ich's war!»

Ich habe die heftig blutende Wunde mit einem Taschentuch zugebunden und der Tante, wie befohlen, erzählt, ich sei gestürzt und direkt auf eine Glasscherbe am Boden gefallen.

Wahrscheinlich wäre meine Tante auch böse geworden, dass ich mir so schlimme Sachen über ihren Mann ausdachte, sie hat ihn ja sogar in Schutz genommen, als er mir ein einziges Mal in ihrer Gegenwart drohte.

Irgendjemand hatte sich bei ihm nach mir erkundigt und mein Schwindel während seiner Abwesenheit, dass ich «dem Müller gehörte», flog auf.

«Wia kommt der SS-Bankert dazu, dass er meinen guten Namen in den Dreck zieht?», tobte er.

«Sag des net no amoi, dass du mir g'herst – sonst g'herst mir wirklich, ohne Spaß!»

Seine Hand schraubte sich um meinen Arm und er starrte mich an. Ich verstand sehr wohl, wie er das meinte, und zitterte. Meine Tante nahm mich in den Arm und besänftigte:

«Das meint er net so bös, er ärgert sich halt. Du weißt doch, wie du richtig heißt. Das darf man auch nicht, einen falschen Namen sagen!»

Was die Drohung ihres Mannes betraf, wusste ich mehr als sie – was ich aber nicht sagen konnte. Sie hätte mich vermutlich für meine «Lügen» bestraft.

Ich begann darüber nachzudenken, dass es offenbar noch etwas gab, was an mir nicht in Ordnung war – immer nannte er mich «SS-Bankert»! An das «Norwegerkind» hatte ich mich inzwischen schon gewöhnt, man hatte mir mit der richtigen Mutterzuordnung auch erklärt, dass die Leute mich so nannten, weil ich eben in Oslo geboren worden war, was sich wiederum durch

240

die «dienstliche Tätigkeit» der Tante Anni, die am Ende doch meine Mutter war, ergeben hatte.

Was war nun wieder ein «SS-Bankert»? Bestimmt nichts Gescheites, es musste etwas mit «Dreck» zu tun haben. Vielleicht war das auch die Erklärung dafür, was meine Mutti-Tante oft mit strengem Gesicht beim Essen zu mir sagte: «Seit wann red't denn der Dreck aa scho?», wenn ich mal wieder vergessen hatte, dass Kinder am Tisch den Mund zu halten haben.

Sie sagte es immer nur zu mir und nicht zu den Buben, die auch gelegentlich das Schweigegebot brachen und mich oft durch komische Grimassen zum Lachen brachten, was auch nicht erlaubt war. Darum hatte ich zunächst geglaubt, es hätte mit meiner Größe zu tun, weil ich mit Abstand die Kleinste am Tisch war, ein «Dreckerl» ist auf bayrisch etwas Kleines.

Aber nun fürchtete ich, dass der «Dreck» sich auf den «SS-Bankert» bezog, wie sonst hätte ich seinen Namen «in den Dreck ziehen» können? Warum sonst sprach er das Wort immer so verächtlich aus? Ich wagte nicht nachzufragen.

Ich gehe zurück zur Kirche, zielstrebig nach hinten in den etwas tiefer liegenden Teil zur breiten «Heiligen Stiege», die hier im 18. Jahrhundert der «Scala Santa» zu St. Lateran in Rom nachgebaut wurde.

Es ist eine breite Holztreppe mit achtundzwanzig Stufen, der breite Mittelteil durch hüfthohe, steinerne Säulenbalustraden von den beiden schmalen Treppenteilen rechts und links getrennt. Auf Podesten je vier Engelsfiguren, die Folterwerkzeuge in den Händen tragen, ist doch das Treppenvorbild in Rom angeblich die Originaltreppe vom Palast des Pontius Pilatus in Jerusalem, die der dornengekrönte, gefolterte Christus nach dem Todesurteil hinabging. Kaiserin Helena hatte sie nach Rom bringen und am Lateransplatz wieder aufbauen lassen.

«Alle Tage des Jahres hindurch 100 Tage Ablaß und viermal im Jahr nach Belieben alle Gnadenschatz und vollkommener Ablaß allhier auf

ewig auf der heiligen Stieg zu erlangen sind, als wenn man die heilige Stiege zu Rom selbst besucht und abgebethet hätt.»

So steht es noch immer auf der alten Holztafel handgeschrieben am Fuß der Treppe zu lesen. Damals verstand ich bestimmt kein Wort, jetzt frage ich mich: So einfach war das? Viermaliges Treppenrutschen pro Jahr, und schon erlangte man «alle Gnadenschatz und vollkommenen Ablaß auf ewig»? Angesichts der allgemeinen Sündenanfälligkeit erscheint mir das als gutes Geschäft – Luther hatte gewiss Recht.

Damals jedenfalls habe ich das Wort «Ablaß» ganz in meinem Sinne interpretiert und wollte die komplizierte Anleitung, die mir Heini und Herbert vorgelesen hatten, so verstehen, dass der Onkel von mir «abließe auf ewig», wenn ich nur oft genug auf Knien hinaufbetete.

Auf der zweiten Tafel, gegenüber der ersten, ist die Anleitung für das korrekte Benutzen der Treppe zu lesen:

«Da diese mittlere Stiege nach dem Muster der wahren heil. Stiege zu Rom, hier errichtet und durch Einlegung mehrerer heil. Reliquien eingeweiht worden ist, so soll von den Christgläubigen auf derselben nur kniend hinaufgebetet werden. Zum Auf- und Abgehen sind die Seitentreppen bestimmt.»

Ich weiß nicht mehr, wer es sich ausgedacht hat, jedenfalls behauptete eine meiner Freundinnen eines Tages, es wäre eine «Todsünde», dieses Heiligtum mit Füßen zu betreten.

Es war an einem Nachmittag im Winter, wir waren mit der ganzen «Bande» Nachbarskinder beim Schlittenfahren hinten an der «Galgenleite». Dort wird der Kalvarienberg zum schönsten und höchsten Schlittenberg in der ganzen Gegend. Die knappe halbe Stunde Anmarsch vom Mühlfeld nahmen wir deshalb gerne in Kauf. Es hatte so heftig zu schneien begonnen, dass jemand auf die Idee kam, wir könnten uns eine Weile in der Kirche unterstellen.

Die Kirche mit ihren vielen Nischen und Winkeln auf mehreren Ebenen eignete sich hervorragend zum Versteckspielen. Das hätten wir direkt nicht gewagt, aber sich wie zufällig im Kirchenschiff zu verteilen, sich flüsternd zu suchen, um sich dann an der Heiligen Stiege wieder zu treffen, das konnten wir der Toleranz der heiligen Maria zumuten.

Halblaut versuchten wir die altertümliche Schrift auf den Tafeln zu entziffern, von den vielen merkwürdigen Worten verstanden wir nur die klare Anweisung, die «Heilige Stiag'n» ausschließlich mit den Knien zu betreten.

«Wenn si' des oane trau'n tat, mit de Fiaß auffilaufa – mei, de hätt an Schneid!», sinnierte eins der Mädchen.

«Des is' doch a Todsünd'!», rief ein anderes erschrocken.

«Und – was hoaßt des?»

«Dass des Toteng'ripp' da ob'n unterm Altar rauskimmt und si' den schnappt, der si' so was Verbotenes traut!»

Eine Weile war Stille, schweigend schauten wir hinauf zu der vergitterten Kapelle am Ende der Treppe. Wir kannten alle den unheimlichen Totenschädel unter der goldenen Mitra, die über dem kostbaren Brokatmantel verschränkten, knöchernen Finger im Glaskasten unter dem Altar. Schon das Stehenbleiben und Hinschauen galt als Mutprobe.

Was würde passieren, wenn sich jemand über das strenge kirchliche Gebot hinwegsetzte?

Die Bemerkung wurde wiederholt, mit dem Zusatz:

«Vor der hätt' i Respekt!»

Alle wichen dem Blick aus, sahen betreten zu Boden.

«D' Gisi vielleicht, de hat doch an Schneid – oder?»

«De doch net, des kannst doch net verlanga von jemand, der net amoi an Vater hat – naa, des miaßt scho oane vo uns sei, de woaß, was Schneid ist», sagte ausgerechnet die Ingrid mit Verachtung in der Stimme.

Sie konnte mich nicht leiden, sie fand, dass eigentlich ein «Flüchtling» nichts bei den einheimischen Kindern verloren hatte. Die anderen verteidigten mich immer, zum «Flüchtlingsg'schwerl» konnte ich nicht gehören, die erkannte man ja sofort an der komischen Sprache. Nein, die Gisi konnte Bayrisch, die

243

konnte kein Flüchtling sein, obwohl es nicht so ganz klar war, woher sie kam.

Ob mir die Sprüche vom «Dreck» und vom «SS-Bankert» und vom «Norwegerkind» in jenem Moment an der Heiligen Treppe präsent waren, weiß ich nicht mehr. Aber es war mir sicher bewusst, dass ich ein Niemand war. Ich sehnte mich so sehr nach Anerkennung, ich wollte dazugehören, wollte jemand sein, vor dem man «Respekt» hat; so sprachen die Erwachsenen immer von jemandem, den sie bewunderten.

Ich wollte den Kindern zeigen, dass ich Mut hatte, mehr als jemand anders aus der Runde:

«Wer moants denn ihr, dass mei' Vater war? Ich hab koan, weil er im Krieg g'falln ist – und wissts es warum? Weil er so tapfer war! Der hat an Schneid g'habt, der hat sein' Kopf hing'halten für seine Kameraden, die ham Angst g'habt vorm Russen, er hat s' aufg'halten und eahm ham s' erschossen, und zwar von vorn, mitten in die Hauptschlagader vom Hals! Und die anderen ham überlebt! Und sie haben uns einen Tapferkeitsorden g'schickt, ein ‹Eisernes Kreuz›, meine Oma hat des aufg'hoben!»

Ich wusste, dass das die Geschichte meines gefallenen Onkels war, die meine Großmutter wieder und wieder erzählte, und das erwähnte Kreuz gab es tatsächlich. Aber ein tapferer Onkel genügte jetzt nicht, ich musste mir endlich Respekt verschaffen, dazu brauchte ich einen Vater!

«Und wenn er auch nimmer lebt, des mit der Tapferkeit hab ich im Blut. Ich trau mich! Aber ihr müsst schwören, dass es unser Geheimnis bleibt, die Erwachsenen geht das nix an! Und wenn man einen Schwur bricht, ist das eine noch schlimmere Todsünde!»

Alle waren verstummt, ich setzte mich auf eine Gebetsbank und zog meine Schnürstiefel aus, ganz so respektlos wollte ich nicht sein, die Heilige Treppe auch noch mit Schuhen zu betreten. Wahrscheinlich hoffte ich auch, dass «strumpfsockerte» Füße eine «Todsünde» in eine «lässliche Sünde» verwandeln würden.

«Des traut sie si' net», hörte ich noch ein Flüstern, aber nach meiner Anordnung: «Schwören!» hielten alle schweigend die drei Finger der rechten Hand hoch.

Dann eilte ich die Treppe hoch – ganz am rechten Rand, so schnell ich konnte – und achtete sehr wohl darauf, nicht auf die kleinen Messingkreuze zu treten. Darunter waren die heiligen Reliquien eingelegt, auf die kam's schließlich an. Ein rascher Blick auf das gefürchtete Skelett, das wie immer unbeweglich dalag – und rasch wieder hinunter auf der normalen Treppe an der Seite. Einige der Kinder hatten schon fluchtartig die Kirche verlassen, als ich mich tatsächlich «auf die Socken» gemacht hatte, man konnte ja nicht wissen, ob «der Tod» noch irgendeine andere Rechnung begleichen würde, wenn er erst mal rauskäme! Die anderen standen noch mit offenem Mund da, wie angewurzelt.

Ich packte meine Stiefel, und wir rannten alle zum Ausgang. Als ich wieder in meine Schuhe schlüpfte, war es schon dämmrig – das war gut, so konnten die anderen nicht sehen, wie meine Finger zitterten beim Verschnüren der Schuhbänder.

Als ich wieder aufschaute, sah ich etwas in den großen Augen der anderen, das ich noch nicht kannte. Das musste der «Respekt» sein.

Ingrid nahm meinen Schlitten:

«Ich zieh ihn für dich, dann kannst deine Händ' in den Manteltaschen aufwärmen.»

Nicht nur meine Hände waren inzwischen eiskalt geworden. Zu Hause waren meine Lippen blau und ich klapperte so mit den Zähnen, dass die Großmutter rief:

«Du hast ja einen Schüttelfrost, Kind! Warum bist du denn auch so lang draußen geblieben? Den Tod kannst du dir ja holen bei der Kälte!»

Wohl wahr. Sie packte mich mit Wärmflasche ins Bett und flößte mir heißen Tee ein. Das tat gut, bewahrte mich aber nicht vor meinen Albträumen. In dieser Nacht habe ich so geschwitzt wie wahrscheinlich noch nie.

Die Großmutter hielt es für Fieberträume, als ich schweißnass schrie:

«Der Tod! Jetzt holt er mich doch!»

Ich wollte nicht wieder einschlafen und bestand darauf, dass das Nachttischlämpchen brannte; sie hat es ausnahmsweise genehmigt, sonst half alles Bitten nicht, wenn ich mich nachts fürchtete, weil der Strom zu viel kostete.

In dieser Nacht betete ich zu allen Heiligen, die mir einfielen, dass sie ein gutes Wort für mich einlegen sollten bei ihrem Kollegen im Glassarg. Und ich bat die heilige Maria um Gnade und erinnerte sie an die vielen Rosenkränze, die ich schon auf der Treppe gebetet hatte. Ich meinte, ihre Stimme zu hören, die mir empfahl, am nächsten Tag die Treppe mit achtundzwanzig Vaterunser hinaufzuknien, damit auch der Herrgott mir vergeben würde, und jedes Mal extra ein «Christus, erbarme dich!» anzuhängen, weil ich ja auch Jesus mit meiner Sünde arge Schmerzen bereitet hätte.

Das war mir klar, oft genug hatte ich die verschnörkelten Aufschriften bei dem ersten Engel an der Treppe gelesen:

«Mensch, die Strick und band
hat gemacht dein sünden schand.»

Und es war mir auch klar, was der Spruch beim dritten Engel, dem mit dem Essigschwamm, rechts oben bedeutete:

«Zu waschen dein Gewißen
O Mensch sey stets beflissen.»

Ich musste Buße tun! Glücklicherweise war der nächste Tag ein Sonntag. Ich bat meine beste Freundin, statt zum Kindergottesdienst in der Stadtpfarrkirche mit mir hinaufzugehen in die Wallfahrtskirche. Das tat sie gern, weil sie auch eine unruhige Nacht hinter sich und sich gefragt hatte, ob sie mit einer solchen «Sünderin» noch befreundet sein könne und ob sie sich nicht durch den «Schwur» mitschuldig gemacht habe.

Zur Heiligen Stiege ist sie nicht mitgegangen, die Region war ihr noch nicht geheuer, sie wartete lieber am vorderen Altar.

Auch mir war es sehr unheimlich, an den Ort meiner Verfehlung zurückzukehren. Es half aber nichts, ich musste noch einmal Mut beweisen. Glücklicherweise gab es noch andere Büßer an diesem Sonntag. So konnte ich mich immer eine Stufe tiefer hinter einem anderen Beter verstecken, ohne befürchten zu müssen, dass sich das Skelett an mich erinnern und es sich doch noch anders überlegen würde.

Ich versuchte wieder, die verschnörkelten Inschriften bei den anderen Engeln zu lesen. *Zorn* und *Eitelkeit* kannte ich und baute diese Untugenden, von denen ich mich nicht ganz frei glaubte, gleich in die Bußgebete mit ein. Aber ich entzifferte noch ganz andere Sünden, die ich gar nicht kannte: «Unzucht, Hoffahrt, Fraß und Füllerey»! Wenn schon alle die schlimmeren Sünden, die die Engel mit ihren Folterwerkzeugen den Menschen vorhielten, den Erwachsenen vergeben würden, konnte ich doch auch hoffen, für meine Sünde den *Ewigen Ablaß* zu bekommen, ich würde es auch sicher nie mehr tun!

Meine Freundin war zufrieden, es leuchtete auch ihr ein, dass der *Ablaß* so etwas wie ein Sündenvergeben war. Zur Sicherheit fragte sie in der nächsten Religionsstunde den Herrn Benefiziat, der das bestätigte, ja sogar meinte, dass es doppelt wirke, wenn man auf der Heiligen Stiege hinaufkniend seine Bußgebete verrichte. Diese Auskunft beruhigte mich sehr, und ich beschloss, nach der ersten heiligen Beichte im folgenden Frühjahr wieder zum Kalvarienberg hinaufzugehen, die zur Buße auferlegten Vaterunser wieder im Hinaufknien zu beten, als Garantie für volle Wirkung. Dann wäre die Angelegenheit hoffentlich endgültig erledigt.

Viele Jahre später stand ich während unserer Abiturreise mit meiner Klasse in Rom an der echten «Scala Santa» aus Marmor. Das damalige Versprechen fiel mir wieder ein, ich hatte es vergessen, weil wir bei meiner ersten Beichte schon in München wohnten. Bei späteren Besuchen habe ich auch nicht mehr daran gedacht, zumal ich nicht mehr zum Kalvarienberg hinaufmusste, meine Tante wohnte wieder in ihrem eigenen Haus, das die Amerikaner endlich zurückgegeben hatten.

Während die Gruppe schon hinüberging zur Laterankirche, kniete ich die echte Treppe hinauf. Es tat gut, es war wie das Begleichen einer alten Schuld, und ich konnte den Spott meiner Klassenkameradinnen leicht verkraften, zumal der begleitende Religionslehrer beeindruckt war:

«Respekt!», sagte er, «so viel Frömmigkeit hätte ich gerade dir nicht zugetraut.»

Die Sonne ist schon fast untergegangen, als ich aus der Kirche herauskomme. Rasch noch die wenigen Schritte zur Leonhardikapelle hinüber, ich möchte nicht weggehen von «meinem Kalvarienberg», ohne mich an Schönes zu erinnern.

Die Kapelle aus dem frühen 18. Jahrhundert ist noch immer mit den schweren Eisenketten gleichsam umgürtet: Votivgaben an den heiligen Leonhard, zusammengefügte Stallketten von kranken Tieren, die er geheilt hat. Reiter und Wallfahrer mit Pferdewagen kamen anfangs das ganze Jahr über, um ihre Pferde vom heiligen Leonhard, dem Patron der Haustiere, gegen Krankheit und Unglück segnen zu lassen. Im Jahr 1856 formierte sich erstmals ein großer Zug mit geschmückten Pferden und Wagen. Seitdem gehört die Leonhardifahrt am 6. November, dem Namenstag des Heiligen, zu den größten Festen in Bayern.

Ich sehe die mit Blumen und gebundenem Buchs geschmückten Truhenwagen vor mir, wie sie von den Rössern das letzte steile Stück heraufgezogen werden, die Frauen und Mädchen darin in den alten Trachten, mit kunstvoll geflochtenen Frisuren unter Hüten und Hauben.

Als Kind war es meine größte Sehnsucht, wie meine Freundinnen in einem solchen Wagen sitzen zu dürfen, in einem so wunderschönen alten Dirndl mit langem schwarzen Rock und einem Mieder aus Brokatstoff mit weißer Rüschenbluse und Spitzenschürze! Besonders begehrenswert erschien es mir, einmal im Leben ein solches kostbares «Kranzerl» mit bunten Edelsteinen, goldenen Borten und Brokatspitzen zu tragen, das den Mädchen mit einem langen altrosa Seidenband auf den Kopf gebunden wird. Dazu gehört eine Biedermeier-Frisur mit drei großen Rollen an den Schläfen und fein geflochtenen Zöpfchen unter den Ohren. «Affenschaukel» nannten die respektlosen Buben das!

Bei meinen Freundinnen vom Gasthof nebenan gab es ganze Truhen voll mit diesen Trachten und Spitzen und Kronen und Fransentüchern. Um ein solches Kostüm ausgeliehen zu bekommen, hieß das Zauberwort aber wieder: «echte Tölzerin». «Zuag'roaste» hatten in den alten Gewändern nichts verloren, die Plätze in den Truhen- und Tafelwagen konnte man gewissermaßen nur erben. Ich war so traurig darüber, dass sich die Wirtin auf Bitten ihrer Töchter tatsächlich einmal erweichen ließ, mich gegen die Regel mit einer Tracht auszustatten. Ich war sehr aufgeregt und machte in der Nacht zuvor kein Auge zu, aus Angst, zu verschlafen und nicht rechtzeitig um vier Uhr mit den anderen Mädchen aus der Nachbarschaft drüben im großen Saal der Wirtschaft zu sein, wenn die Kleider anprobiert und ausgeliehen wurden. Es sah aus wie bei einer Kostümprobe zu einem historischen Film. Einige Frauen kleideten die Mädchen ein, mussten auch da rasch einen abgerissenen Saum, dort einen kleinen Riss flicken, steckten lange Haare hoch und flochten rote Bänder in lange Zöpfe.

Draußen auf dem Platz vor der Scheune rutschten die drei Mädchen noch enger zusammen auf den Sitzbrettern im alten, prächtig bemalten und geschmückten Tafelwagen, ich quetschte mich dazwischen und fühlte mich wie eine Prinzessin in einer goldenen Kutsche.

Leider ging das nur ein einziges Mal, im nächsten Jahr schon bekam ich auf die schüchterne Frage, ob ich wieder mitfahren dürfe an Leonhardi, eine barsche Antwort:

«Naa, des geht net, moanst, i lass mi' wieder blöd o'reden von an Haufen Leit – du g'herst hoit amoi net zu uns.»

Jetzt ist die Sonne hier oben an der Kapelle verschwunden, ich laufe zurück zum Hotel.

Am nächsten Tag bleibt nach der Überquerung der Brücke mein Blick am Eckhaus zur Marktstraße im Schaufenster des *«Tölzer Kurier»* hängen. Unter den aufgespannten Seiten der Tageszeitung steht eine ganze Reihe Bücher. Der Titel springt mir ins Auge: *«Die NS-Zeit im Altlandkreis Bad Tölz».*

Ein Mitarbeiter hat es verfasst, der Verlag des *«Tölzer Kurier»* ist der Herausgeber.

Es ist gerade erst erschienen, «rechtzeitig» für mich? Ich werde es mir später kaufen.

Schon nach wenigen Schritten kehre ich um, die Neugierde ist zu groß, ich nehme es lieber gleich mit, obwohl ich es dann auf dem geplanten Spaziergang mit mir herumtragen muss. Aber vielleicht ist die Redaktion schon geschlossen, wenn ich zurückkomme. Gleich nebenan setze ich mich ins Café Schuler, um das Buch durchzublättern.

Das erste Kapitel beschäftigt sich mit der Geschichte der Junkerschule, nervös überfliege ich es, betrachte die Fotos von einer «Lehrsturm»-Parade, einem Hakenkreuz-Fahnenmeer hier auf der Marktstraße: Gesichter wären nur mit einer Lupe zu erkennen. Ein Foto vom letzten Kommandanten Richard Schulze-Kossens, der erste Leiter der «SS-Führerschule», Paul von Lettow, wird zitiert, kein Zitat eines Karl-Friedrich Kettler, kein Foto von ihm.

Ich bin erst erleichtert, dann erschrocken, als ich im Text unter dem Titel: «Lärm, Pöbel, Randale» lese, wie rücksichtslos der «Elite»-Nachwuchs die Ruhe im Kurviertel störte, solange die Schule noch nicht in den riesigen Neubau außerhalb der Stadt verlegt worden war.

Wieder spüre ich Erleichterung, dass das *vor* der Zeit des Kommandanten Kettler war. Macht es einen Unterschied, dass die Truppe ab 1937 unter dem Kommando meines Vaters sich anscheinend in der Öffentlichkeit so diszipliniert verhielt, dass sich niemand mehr beschweren musste?

Und beruhigt es mich nicht doch, dass erst in meinem Geburtsjahr 1943, als meine Mutter schon in Oslo war und mein Vater in Metz, der im Buch zitierte vernichtende Bericht des bri-

tischen Senders BBC über die Junkerschule Bad Tölz gesendet
wurde?

«Dort findet man eine Elite der Nazi-Raufbolde und Schlächter,
junge Männer, die bedachtsam und sorgfältig brutalisiert werden, so-
daß sie eifrig und willig sind, alle und jeden niederzuschlagen und
niederzumähen.»

Am liebsten würde ich doch glauben, das sei *«Propaganda-*
schelte», wie die SS gleich konterte. Die gut aussehenden großen
Männer, die meiner Mutter den Hof machten, und die «interna-
tionale Elitetruppe» meines warmherzigen Vaters: Raufbolde
und Schlächter?

Es will mir nicht in den Kopf. Ich ärgere mich über mich –
wieso musste ich diese Chronik jetzt auch kaufen, ich bin hierher
gekommen, um mich zu erholen, es war schwer genug, die Le-
bensborn-Vergangenheit meiner Mutter aufzuarbeiten; ich habe
keine Lust, mich auch noch mit der SS-Vergangenheit meines
Vaters auseinander zu setzen. Er ist seit fünfzehn Jahren tot, ich
habe meinen Frieden mit ihm gemacht, bevor er starb.

Merkwürdig, dass ich gar nicht an meinen Vater gedacht
habe, als ich nach Bad Tölz fuhr. Er gehört nicht zu meiner
Kindheit, obwohl er doch auch hier zwei Jahre gelebt und vor allem «gewirkt» hat! Aber als ich hier lebte, wusste ich nichts von
ihm, war er längst in Frankreich.

Es wird mir jetzt erst bewusst, dass ich nie mit meinen Halbgeschwistern hier war, sie leben alle in Norddeutschland, aber
sie besuchen mich gelegentlich. Tölz ist nur eine gute Stunde
von meinem jetzigen Wohnort entfernt. Warum sind wir nie auf
die Idee gekommen, dass wir hier gemeinsam nach den Spuren
unseres Vaters suchen könnten, nicht einmal Knut, der hier geboren ist?

Das sollten wir tun, dann wäre es an der Zeit, über ihn nachzudenken und zu sprechen. Jetzt möchte ich nicht über meinen
Vater nachdenken.

Es muss doch noch andere Geschichten in diesem Buch geben, die mich interessieren!

Da – ein Foto von der Isarbrücke mit dem merkwürdigen hellen Fleck von der Sprengung, wie es meine Großmutter erzählt hat! Und eine interessante Bildunterschrift:

«Die Brücke» aus dem gleichnamigen Buch und Film ist die Isarbrücke in Bad Tölz. Auf ihr spielt die fiktive Handlung des Buches, das nach autobiographischen Erlebnissen geschrieben wurde.

Ich erfahre, dass der Autor Manfred Gregor, dessen Buch dem ergreifenden Antikriegsfilm von Bernhard Wicki zur Vorlage diente, in Wirklichkeit Gregor Dorfmeister hieß und Redaktionsleiter des «Tölzer Kurier» war. Er hat seine Erlebnisse als 16-jähriger Soldat zu dem Roman einer missbrauchten Jugend verarbeitet.

Noch ein Foto von der Brücke: «Die traditionelle Leonhardifahrt unterm Hakenkreuz».

Beinahe hätte der Heilige während der Nazizeit dem alten Wotan weichen müssen, lese ich. Den Parteiideologen passte der fromme Charakter und die öffentliche Präsenz der katholischen Kirche bei diesem Fest gar nicht, und so besann man sich, dass schließlich *«der Umrittsbrauch eine schon von den alten germanischen Stämmen beobachtete Sitte war»*, und wollte die Leonhardifahrt in einen großen *«Bauerntag mit Wotansritt»* umfunktionieren.

Glücklicherweise setzte sich der Stadtrat diesmal gegen den Willen der Partei zur Wehr:

«Die Durchführung der … Absicht hätte bestimmt ein Ausbleiben vieler Bauern und damit den allmählichen Verfall der weithinaus bekannten und berühmten Tölzer Leonhardifahrt zur Folge gehabt.»

Die Partei gab nicht gleich auf und verbot 1938 kurzerhand die Leonhardifahrt, angeblich wegen einer drohenden Maul- und Klauenseuche, im Jahr darauf war schon Krieg, so dass erst ab 1945 die Fahrten wieder aufgenommen wurden und seither ohne Unterbrechung durchgeführt werden.

1938 – in jenem Jahr war mein Vater hier. Hat er sich an der Diskussion der «Parteiideologen» beteiligt? Hätte er auch einen «Wotansritt» bevorzugt? Als leidenschaftlicher Reiter wäre er dann gewiss dem Zug vorangeritten: statt des traditionellen Reiters mit weißblauer Schärpe und der Standarte des heiligen Leonhard der SS-Standartenführer mit der Hakenkreuzfahne?

Ich kann mir das gut vorstellen. Er hatte schon bei der «Reichswehr» in der 3. Kavallerie-Division in Weimar «gedient» und das Reitersportabzeichen in Gold erworben. Nach dem Krieg konnte er sich das Reiten eine Weile nicht mehr leisten, aber dann heiratete meine Schwester, selbst begeisterte Reiterin, nicht den Leutnant, mit dem ich sie kennen gelernt hatte, sondern einen Gutsbesitzer und Pferdenarren.

«Deine Schwester wird jetzt die ‹Herrin vom Waldhof›!», kündigte er stolz die Vermählung an. Dort habe ich meinen alten Vater noch hoch zu Ross aufrecht im Sattel sitzend gesehen …

Ich muss einsehen: Ich kann die Gedanken an meinen Vater in Bad Tölz nicht ausblenden.

Ich gehe die Fußgängerzone der Marktstraße hinauf, in meiner Kindheit rumpelten hier noch wie seit Jahrhunderten die Fahrzeuge über das uralte Kopfsteinpflaster, die Umleitung des Verkehrs tut den alten Steinen und den sorgfältig restaurierten Häusern mit den «Lüftl-Malereien» bestimmt gut.

Auf dem stuckverzierten Gebäude meiner alten Schule steht immer noch *«Mädchen-Schulhaus»*, aber jetzt ist es ein Sportgeschäft, in den Fenstern meines ehemaligen Erstklasszimmers hängen Jogginganzüge, unter dem weißen Engelsrelief steht «Intersport». Ich biege in den *Schulgraben* ein, das ehemalige Schultor gibt es nicht mehr, eine Tür führt in ein Kellerlokal. Beim Weitergehen zur Stadtpfarrkirche fällt mir plötzlich die «Schulspeisung» ein. Ich erinnere mich, dass ich hier im Winter einmal mit meinem «Schulhaferl» in der Hand auf dem Glatteis ausgerutscht bin und die Nudeln, die ich nicht aufgegessen hatte, auf die Straße geklatscht sind. Der Fahrer eines Autos konnte gerade noch bremsen, rutschte aber mit quietschenden Reifen auf mich zu und erwischte mein Eimerchen. Es kam mit einer Beule, ich mit dem Schrecken davon, und der Autofahrer schimpfte: «Kannst du nicht aufpassen!», und als er die im Schnee verteilten Nudeln sah: «Du hast wohl keinen Hunger? Wozu bekommt ihr denn Schulspeisung, wenn ihr's nicht braucht? Da sollten die Amis das Essen lieber an alte Leute verteilen.»

Er hatte natürlich keine Ahnung, *dass* ich die Nudeln einer alten Frau mitbringen wollte.

Wir hatten eigentlich immer Hunger. Wenn meine Tante keine Reste aus der Kasernenküche mitbrachte, standen meist nur Kartoffeln auf dem Tisch oder gekochte, fasrige Viehrüben, die wir «Dotsch'n» nannten und deren süßlichen Geschmack ich nicht leiden konnte. Als Pausenbrot gab's eine Scheibe trockenes Brot, wenn ich Glück hatte einen Apfel, dann und wann. Mit großen Augen habe ich den Bauernkindern zugeschaut, die ein richtiges Butterbrot mit in die Schule brachten.

Butterbrot gab es zu Hause nur selten, gelegentlich aber zur Belohnung bei meiner Taufpatin, die im selben Haus wohnte. Sie war Schneiderin und besaß eine «Singer»-Nähmaschine, schwarz glänzend mit eingelegten Perlmuttranken.

Sie nähte für «Kundschaft» gegen Bezahlung, und auch privat für ihre eigene Familie und für uns. In ihrer Maschine war sogar ein Stickprogramm eingebaut; dass sie meine Kleider mit Ornamenten und Blümchen verzierte, war für mich das Schönste.

Die Maschine wurde mit raschem Klacken per Fußtritt angetrieben, das Geräusch in raschem Takt ist mir noch im Ohr. In dem filigranen Jugendstilmuster des Pedals und der Schwungradspeichen blieben Staub und Stofffussel hängen, und es war nur für meine kleinen Finger leicht, die engen Zwischenräume zu reinigen.

Ich habe diese Arbeit nicht sonderlich geliebt, es dauerte oft Stunden, aber es war doch so etwas wie eine erste Anstellung: einmal die Woche, nämlich sonntags, wenn die Patin sich Ruhe gönnte. Der Sonntag war heilig, auch wenn sie noch so viel Arbeit hatte; dann fing sie eben in der Nacht zum Montag wieder an, tack-tack, tack-tack begleitete mich das Klappern der Maschine direkt über meinem Bett in meinen Träumen.

Für das Putzen der Maschine bekam ich ein «richtiges» Butterbrot, mit extra viel Butter. Nicht so, wie meine Großmutter sie zu schmieren pflegte: gleichmäßig mit der Messerschneide

die Butter auf der Brotscheibe verteilen, dann mit dem Messer-
rücken noch mal darüber kratzen, die «überschüssige» Menge
kam zurück in den Buttertopf aus lasiertem Steinzeug. Das
machte die Butterbrote «grau», von der Patentante hingegen
bekam ich nach getaner Arbeit ein «weißes» Butterbrot!

Von 1949 an wurde von den «amerikanischen Freunden»
(waren sie nicht gerade erst «die Feinde» gewesen?) etwas gegen
den Hunger in Deutschland unternommen. Es gab die legendä-
ren «Care-Pakete» mit Lebensmitteln für bedürftige Familien,
und die Amis beschränkten sich nicht mehr darauf, den Kindern
gelegentlich Schokolade und Kaugummi zuzuwerfen. Nun
wurde in den Schulen täglich Verpflegung ausgegeben: die
«Schulspeisung». Dazu musste jedes Kind ein tragbares Gefäß
und einen Löffel mitbringen. Manche Kinder hatten, wie Arbei-
ter, einen «Henkelmann», das waren ovale, emaillierte, oft zwei-
stöckige Behälter mit fest schließendem Deckel. Diese Emaille-
gefäße waren zu teuer, meine Großmutter kaufte für mich ein
rundes Aluminiumtöpfchen mit Deckel und Henkel, das fortan
«Schulhaferl» hieß.

In der Pause stellten wir uns in langer Schlange an, und die
«Küchenschwestern», die zur Arbeit kein schwarzes, sondern
ein blaues Ordenskleid mit schmalen weißen Streifen und eine
blaue Schürze trugen, verteilten die Speisen aus großen dampfenden Stahlbehältern. Täglich wechselnd gab es eines dieser
Gerichte: Haferbrei, Mehlbrei, Erbsensuppe, Kartoffelsuppe
und als besondere Delikatesse Nudeln mit Vanille- oder Scho-
kolodensauce. Alles schmeckte ziemlich grauenhaft, aber ge-
murrt haben nur Kinder, die zu Hause etwas anderes zu essen bekamen als Kartoffeln und Viehrüben. Ich hatte nur Probleme
mit den Nudeln. Es gab immer nur «Hörnchen», und genau
diese Sorte pflegte meine Oma schon am Vorabend vor dem Kochen zu wässern. Im Wasser verließen kleine Maden die ge-
krümmten Teighöhlen und ertranken. Am Morgen schwammen
sie an der Wasseroberfläche. Man brauchte sie nur abzuschöp-
fen, ehe die dann madenlosen Nudeln gekocht wurden. Ob die
Amis in der Kasernenküche so viel Zeit hatten, wenn sie für die

Kinder in ganz Tölz so viele Nudeln kochen mussten, bezweifelte ich. Gerne hätte ich die Vanillesauce, noch lieber die Schokoladensauce ohne Nudeln genommen, aber die austeilenden Schwestern waren unerbittlich: klatsch, eine Kelle Nudeln ins «Haferl», klatsch, ein Schöpflöffel Sauce darüber. Manchmal habe ich dann die Sauce ausgelöffelt, die verdächtigen Nudeln mit den Madenverstecken aber zurückgelassen und mit nach Hause genommen. Meine Großmutter hat sie aufgegessen, Essbares konnte sie bis zu ihrem Lebensende nicht wegwerfen. Auch das Schulhaferl hat sie aufgehoben bis zu ihrem Tod und darin die Teereste des Tages gesammelt. Immer stand es in der Ecke des Herdes, und es bildeten sich schillernde Schlieren auf der braunen Flüssigkeit. Wenn man sie fragte, was sie trinken wolle, sagte sie immer: «Ach, ich hab noch an Dee», in ihrem T-losen fränkischen Tonfall, den sie ihr Leben lang beibehalten hat. Wenn sie versuchte, hochdeutsch zu sprechen, war mir das peinlich, weil es dann so klang, als sei sie ein «Preiß».

Inzwischen bin ich in der Pfarrkirche angelangt, die beiden Flügel im Mittelteil des goldüberladenen Hochaltars mit den vielen neugotischen Türmchen sind zur Seite geklappt.

Auf der so entstandenen Bühne werden mit lebensgroßen Figuren das ganze Kirchenjahr über die jeweiligen Feste dargestellt. Jetzt, Anfang Dezember, ist das «Mariae Empfängnis». Wie gut kann ich mich an diese schöne Maria erinnern, die da auf einer Gebetbank kniet! Sie trägt die gleichen Kleider, die sie auch später im Krippenbild tragen wird, einen blauen langen Rock mit roter Bluse und ein großes weißes Tuch über dem Kopf, genau so, wie ich sie damals im Kindergarten darstellen durfte. Der Erzengel im langen weißen Gewand «verkündet ihr große Freude», über ihm schwebt in einer kreisrunden Wolke eine große weiße Taube, die eher die Ausmaße eines Albatros hat. Lange habe ich bei dem Wort «Empfängnis» an diesen Vogel gedacht.

Am Taufstein bleibe ich stehen.

Meine Taufe! Wenn man erst mit vier Jahren getauft wird, erinnert man sich auch daran …

Meine erste «Taufe» hatte als «Namensweihe» in Norwegen stattgefunden; die Mitgliedschaft in der pseudogermanischen SS-Sippengemeinschaft ersetzte die in den christlichen Kirchen. Der Kirchenaustritt war erwünscht. Dennoch bestand Himmler auf «Gottgläubigkeit»:

«Wenn ich von meinen SS-Männern verlange, daß sie gottgläubig sein müssen, so ist das nicht eine Tarnung oder eine Konzession, wie mir dies oft ausgelegt wird, sondern es ist mir damit sehr ernst. Menschen, die kein höheres Wesen oder eine Vorsehung – oder wie Sie das sonst nennen wollen – anerkennen, möchte ich nicht in meiner Umgebung haben.»

Und so gab es in den Lebensborn-Heimen das der christlichen Taufe sehr ähnliche Ritual zur Aufnahme in die «Sippe». Wer mein «Pate» war – es musste ein SS-Mann sein –, weiß meine Mutter nicht mehr:

«Es könnte schon Obersturmbannführer Tietgen gewesen sein, der war jedenfalls zu meiner Zeit Leiter der Dienststelle vom Lebensborn in Oslo.»

Bei der Einschreibung in den katholischen Kindergarten in Tölz wurde dann verlangt, dass ich «röm./kath.» getauft würde. Protestantische Kinder wurden nicht aufgenommen, die waren ohnehin schon verloren; aber eine ungetaufte «gottgläubige» Seele war noch zu retten …

Ich war gerade drei Jahre alt, als ich im Herbst 1946 in den Kindergarten kam. Eine eilige «Nottaufe» wurde nicht verlangt, man durfte wohl ein kleines Fest planen. Der vorgesehene Termin im Winter musste abgesagt werden, weil meine Mutti-Tante Maria, die Taufpatin werden sollte, wieder Probleme mit ihren Nieren hatte und es in der eisigen Kirche zu kalt war für sie – geheizte Kirchen waren in der Zeit, in der man kaum ein Zimmer richtig warm bekam, noch unvorstellbar.

Der geplante nächste Termin im Frühjahr 1947 platzte wegen der plötzlichen Inhaftierung meiner Mutter. Wie meine Großmutter das der Kindergartenleitung vermittelt hat und mit welcher Ausrede man die Taufe immer weiter hinausschob, ist nicht mehr zu erfahren. Sie wird den frommen Schwestern gegenüber vermutlich nicht die Wahrheit über die einjährige Abwesenheit gesagt haben ...

So kam der große Tag für mich erst Ende Mai 1948.

Meine Tante war wieder krank geworden, das tat mir Leid, aber die Taufe konnte unter gar keinen Umständen wieder verschoben werden. Erst war ich traurig, dann aber zufrieden, als meine liebe Nenntante an ihrer Stelle Patin wurde.

Ich war sehr aufgeregt, als ich an deren Hand die Kirche betrat in einem Taufkleid, das sie selbst liebevoll aus alter Bettwäsche genäht und bestickt hatte: ein weißes Leinenkleid mit Spitzenborten im Brustlatz und einem blütenbestickten Kragen. Dazu ein weißer Kapuzenumhang aus einem weichen Biberbetttuch, ringsum ein bogenförmiger Rand, mit Glanzgarn umhäkelt, eine Quaste aus demselben Garn an der Kapuzenspitze.

Sie musste nur dabeistehen, die Antworten konnte ich selbst geben, ich hatte sie mit der Kindergartenschwester eingeübt und habe so endlich persönlich dem bösen Feind widersagt.

Als ich mich über das Taufbecken beugte, hatte ich schon ein wenig Sorge, der Wasserguss könne meinen «Stopsellocken» schaden, aber Stadtpfarrer Seebäck goss vorsichtig das geweihte Wasser nur über den Scheitel.

Danach wollte ich sofort nach Hause gehen, weil ich wusste, dass es dort etwas noch nie Dagewesenes geben sollte: eine richtige Torte vom Konditor! Meine Taufpatin hatte gesagt, ich dürfe mir etwas ganz Besonderes wünschen.

Wie oft hatten wir uns die Nase platt gedrückt am Fenster der Konditorei Schuler, als die ersten Kuchen und Torten wieder ausgestellt wurden! Gar nicht so lange zuvor waren beim Bäcker schon die ersten Semmeln und Brezen eine Sensation gewesen. Fünf Pfennige kostete eine Semmel, ein Vermögen, wenn doch ein ganzer Laib Brot für fünfzig Pfennig zu haben war. Dann sah man allmählich Apfel- und Marmorkuchen und einen Guglhupf in der Auslage, und seit einiger Zeit eben richtige Torten. Ich hatte eine gesehen, rosa, mit silbernen Perlen darauf und einer Schrift aus weißem Zuckerguss. Genau so eine wünschte ich mir zu meinem großen Festtag. *«Zur Hl. Taufe»* sollte draufstehen.

Aber die Leiterin des Kindergartens, Schwester Kunigunde, hatte noch etwas mit mir vor. Sie war in der Kirche dabei gewesen, hatte mit ihren Mundbewegungen, tonlos wie eine Souffleuse, die Taufformeln mitgesprochen. Danach nahm sie mich gerührt in die Arme. «Jetzt bist du unser Engerl, ganz rein und ohne Sünden.»

Das Engerl musste samt Taufkerze mit in den Kindergarten, obwohl es doch so neugierig auf die Torte zu Hause war. Von Mutter und Patentante kam aber keine Unterstützung, man müsse die Torte ohnehin erst abholen, und es würde doch reichen, wenn ich dann am Nachmittag zum Kaffee nach Hause käme. Schwester Kunigunde ließ meine Hand nicht mehr los und erzählte mir auf dem ganzen, glücklicherweise kurzen Weg zum Kindergarten, dass es das erste Mal sei, dass ein frisch getauftes Kind in den Kindergarten käme, und das müsse doch gefeiert werden. Ich habe zwar nicht verstanden, warum man das nicht auch noch am nächsten Tag hätte machen können, vermutlich aber wäre ich dann schon nicht mehr ganz so rein gewesen. Als sie die Tür zum Gruppenzimmer öffnete, verstummten alle Kinder, sprangen auf und sangen ein frommes Lied. Dann kam die andere Schwester und setzte mir feierlich ein Kränzchen aus Gänseblümchen wie eine Krone aufs frisch getaufte Haupt.

«Das haben wir inzwischen für dich gebunden und mit Weihwasser besprengt.»

Und dann stellten sich die Kinder bei mir an, um mir zu gratulieren, dass ich nun kein «Heidenkind» mehr sei, was mich irritierte: Als Heidenkind galt bislang der kleine Mohr auf der Sammelbüchse am Pult der Schwester. Der nickte mit seinem schwarzen Kopf, wenn man einen Pfennig oder ein Fünferl «für die armen Heidenkinder» hineinwarf.

Ich musste jedem Kind der Reihe nach die Hand geben, was ich schlimm fand. Manche der Kinder unterdrückten ein Kichern. Vermutlich waren die Schwestern überzeugt, dass ich mit einem Händedruck etwas von meiner «Reinheit» weitergäbe. Dann führte mich Schwester Kunigunde zu einem Kindertisch, der mit einer weißen Tischdecke, einem Kerzenständer und einem Blumenstrauß gedeckt war. Ich musste meine Kerze in den Ständer stellen, Schwester Kunigunde zündete sie feierlich an und ermahnte die anderen Kinder zur Ruhe. Ich musste mich auf den einsamen Stuhl am gedeckten Tisch setzen.

«Und jetzt kommt eine Überraschung!», rief sie, und Schwester Alberta stellte ein Glasschüsselchen vor mich hin. In einer wässrigen Flüssigkeit lag eine merkwürdige gelbe Scheibe mit einem kreisrunden Loch in der Mitte.

«Zur Feier des Tages darf unser Engerl etwas ganz Besonderes essen, eine Frucht, die im Urwald auf den Bäumen wächst!»

Ich konnte mir nicht vorstellen, wie dieser Reifen am Baum hängen sollte, aber da brachte Schwester Kunigunde schon eine geöffnete Konservendose an, die ich gleich als eine amerikanische erkannte, sah sie doch so ähnlich aus wie die mit *Libby's* Obstsalat, die meine Tante manchmal aus der Kaserne mitbrachte. Auf der Papierhülle ein seltsames Gebilde mit Schuppen wie ein Fisch und einem grünen Blattschopf.

«*Pineapple slices* steht hier drauf», erklärte die Schwester, «das ist englisch und bedeutet ANANAS-Scheiben!» Sie zeigte die Dose überall herum, und alle Kinder mussten den neuen Namen nachsprechen. «Und das Engerl sagt uns, wie eine Ananas schmeckt.»

Sie teilte den Ring mit dem Löffel in kleinere Stücke und bedeutete mir, sie zu probieren. Alle Kinder starrten mich an, als ich den ersten Bissen zum Mund führte. Die Ananas war faserig, schmeckte wenig süß, eher sauer, und beim Runterschlucken kratzte sie im Hals. Das traute ich mich aber nicht zu sagen, ich legte den Löffel gleich wieder hin. «Ganz gut», log ich und bekam gleich einen knallroten Kopf, weil es mit dieser Lüge ja mit meiner Reinheit schon wieder vorbei war. Und ich stand auf und wollte das Schüsselchen an ein anderes Kind weiterreichen.

«Nein, nein!», riefen die beiden Kindergärtnerinnen wie aus einem Munde, «das darfst du ganz alleine essen, das ist nur für dich, niemand sonst bekommt etwas davon.»

Unter den gierigen und neidischen Blicken mancher Kinder würgte ich den Rest hinunter, konnte mich, Gott sei Dank, der zweiten Scheibe erwehren und wollte mich zu den Kindern setzen, die inzwischen angefangen hatten zu spielen.

Aber das durfte ich nicht, an diesem Tag sollte das «Engerl» im weißen Kleid mit dem welkenden, weißen Kränzchen im Haar allein am weißen Tisch bei der weißen Kerze sitzen bleiben und ein Bild von seiner Taufe malen. Glücklicherweise ist mir eingefallen, dass alle zu Hause mit dem Kaffee auf mich warteten. Ausnahmsweise durfte ich früher nach Hause gehen.

Es hat ein paar Tage gedauert, bis die Kinder keinen Bogen mehr um mich machten, nicht mehr verstummten, wenn ich auf sie zuging, und wieder ganz normal mit mir spielten.

Ananas kann ich bis heute nicht leiden.

Ich überquere jetzt den *Rehgraben* auf der schmalen eisernen Fußgängerbrücke. Ich will sehen, wie es heute am Kindergarten aussieht. Das alte Gebäude steht noch, ein Teil des großen Gartens musste einem Anbau weichen, der Rest erinnert an Abenteuerspielplätze. Wir hatten damals nur einen geräumigen Sandkasten in der großen Wiese, und in der Mitte stand ein großer Kirschbaum, den der Herr Stadtpfarrer höchstpersönlich aberntete. Er stieg in seinem schwarzen Anzug auf eine hohe Leiter und warf die Kirschenpaare herunter. Jeder durfte zwei auffangen und essen – oder sich die Paare über die Ohren hängen.

Zurück gehe ich über die Schlossstraße auf der anderen Brücke des Rehgrabens, die schon früher eine Autobrücke war, allerdings nicht mit einer Steinbalustrade wie heute, sondern mit einem einfachen Holzgeländer.

Diese Stelle ist für mich eng mit dem Namen «Hitler» verknüpft.

Es war im Sommer 1947, als meine Großmutter mich vom Kindergarten abholte, weil sie mit mir zum Einkaufen in die Stadt gehen wollte. Sie hatte meine Schuhe mitgebracht. Wie immer im Sommer war ich barfuß in den Kindergarten gegangen. Schuhe im Sommer konnte ich gar nicht leiden; wenn sie wenigstens die roten Sandalen mitgebracht hätte, rote Schuhe liebte ich, aber die braunen Halbschuhe zum Schnüren! Wenigstens noch den Weg bis hinaus zum Landratsamt wollte ich barfuß laufen. Meine Großmutter schimpfte hinter mir her, als ich schon mit den Schuhen in der Hand loslief. Auf der Überführung am «Rehgraben» setzte ich mich auf den unteren Querbalken des Geländers, um meine Schnürsenkel zu binden.

Der Balken gab nach, ich stürzte, irgendwie gelang es mir, mich festzuhalten, ich sehe mich sekundenlang schreiend an dem Balken hängen, ehe auch die Nägel am anderen Ende aus dem Holz brechen. Ich wusste, dass unter mir, an der Seite des gekiesten Weges, große Steine lagen, auf die ich eigentlich hätte stürzen müssen. Der heilige Leonhard fiel mir ein, und auch wenn er hier nicht zuständig war, rief ich ihn um Hilfe an. Anscheinend gelang es mir deshalb, mich irgendwie in der Luft zu drehen, jedenfalls stürzte ich «wie durch ein Wunder» – so erzählte es meine Großmutter später – nicht auf die großen Findlinge, sondern bäuchlings auf den Weg. Ganz kurz habe ich wohl die Besinnung verloren, ich wachte erst auf, als viele Leute um mich herumstanden und meine Großmutter laut schrie: «So hilft mir doch einer!»

Meine Knie, die Ellenbogen und mein Kinn waren aufgeschlagen, ich blutete aus Mund und Nase, und in allen Wunden steckten kleine Kieselsteine. Ein junger Mann trug mich zum Arzt in der Marktstraße, der schüttete ordentlich Jod über die Wunden, klaubte mit einer Pinzette die Steinchen heraus und legte dicke Verbände an. Glücklicherweise hatte ich nichts gebrochen, was er mit Verrenkungen meiner Arme und Beine feststellen wusste, und halb trug sie mich, halb humpelte ich, auf meine Oma gestützt, nach Hause – lang erschien mir die sonst so kurze Salzstraße.

Als meine Tante aus dem Büro nach Hause kam, regte sie sich auf: «Das darf doch nicht wahr sein, dass ein Geländer an einer öffentlichen Straße in einem solchen gefährlichen Zustand ist, ohne dass die Stadtverwaltung sich darum kümmert», rief sie.

Sie lief gleich noch mal los, um sich im Rathaus zu beschweren. Noch ärgerlicher kam sie zurück. Bei der Stadtverwaltung habe man ihr achselzuckend erklärt, dass nach den «Kriegswirren» – ich glaube, das viel gebrauchte Wort habe ich damals zum ersten Mal gehört – noch so manches nicht in Ordnung sei und man sich ja nicht um jede Kleinigkeit kümmern könne. Und schließlich sei ein Geländer auch nicht zum Draufsetzen da.

«Und im Übrigen», habe der unverschämte Kerl gesagt, «können Sie sich beim Hitler beschweren, der ist doch schuld am ganzen Durcheinander!»

So ganz habe ich das alles nicht verstanden, irgendwie kam bei mir nur an, dass ein gewisser Hitler schuld war an meinem Sturz in den Rehgraben.

Den habe ich gut überstanden, geblieben sind nur ein paar feine Narbenlinien an Kinn und Knien.

Um zu meinem nächsten Ziel, zur «Salzstraße», zu kommen, muss ich auf die andere Seite des alten Khanturms. Früher war das eine ganz schmale Durchfahrt, man hat wohl den gesamten alten Turm abgetragen, um ihn wieder auf einen breiten, verkehrsgerechten Bogen aufzumauern.

Vor dem Haus Nr. 25 bleibe ich stehen. Hier holte damals die MP meine Mutter ab, hier saß ich täglich auf den «hohen» Pfosten des Vorgartens, weil man von dort eine bessere Aussicht hatte; von links würde sie kommen, wenn sie mit dem Zug, von rechts, wenn sie mit dem Bus endlich zurückkäme aus Nürnberg.

Jetzt gehen mir die Pfosten gerade bis zur Brust. Aber aus dem kleinen Stechpalmenbusch, unter dem die Gartenzwerge standen, ist ein Baum geworden.

Der Biergarten vom Gasthof an der Mühlfeldkirche im Schnee, ohne Tische und Stühle – ganz selten saßen wir da im Sommer unter den Kastanien, wenn mein amerikanischer Vetter da war und uns einlud. Er studierte in Rom, aus amerikanischer Sicht gewissermaßen «um die Ecke», und besuchte uns oft. Es war eine kleine Sensation in Tölz, als er drüben in der Mühlfeld-kirche nach der Priesterweihe seine erste «Primiz»-Messe abhielt. Von da an war mein Ansehen gewaltig gestiegen: «Wem g'hert denn die?» – «Des is' doch die Nichte von dem jungen amerikanischen Pfarrer aus Rom!» – «Respekt!»

Hinter dem Haus gab es über eine Treppe einen direkten Eingang zur Gaststättenküche. Nie habe ich gewagt, ungebeten die Steinstufen zur Gaststättenküche hinaufzugehen, wenn ich auf meine Freundinnen wartete, sondern ich bin, auch wenn es kalt war, um den halbrunden Biergarten herumgelaufen, bis sie mich sahen und herauskamen.

Obwohl die Treppe jetzt überdacht ist, höre ich noch das «Geh eina da, Gisi!», das ich erwartete und zugleich fürchtete. Manchmal nämlich entdeckte mich die Wirtin vor ihren Töchtern und rief mich so. Das konnte je nach Tonfall zweierlei bedeuten, entweder kam dann eine Strafpredigt für ein angebliches Vergehen oder es folgte der freundliche Zusatz:

«Mogst a Brotzeit?»

Dann durfte ich mich gleich in der warmen Küche an den großen Tisch unterm Herrgottswinkel setzen, an dem das ganze Gesinde vesperte, und ich bekam ein Schmalzbrot oder eine Scheibe Speck. Manchmal sogar ein Stück Kuchen, am liebsten mochte ich den köstlichen Nusskuchen mit Zuckerguss.

Gerne würde ich der Wirtin dafür noch einmal danken – auch dafür, dass sie mir einmal meinen größten Wunsch erfüllte und mich bei der Leonhardifahrt dabei sein ließ.

Sie ist erst kürzlich gestorben, ich kann sie nicht mehr fragen, ob sie sich an den Offizier erinnert, der im Sommer 1937 mit seiner hochschwangeren Frau in das Holzhaus hinter dem Garten der Wirtschaft eingezogen ist und ein knappes Jahr hier gewohnt hat, bis die Offiziershäuser draußen an der neuen SS-Junkerschule fertig gestellt waren.

Hat sie je mit der jungen Frau gesprochen, die sich gewiss einsam fühlte hier in der bayrischen Kleinstadt, wo man als Fremde nicht dazugehörte, schon gleich gar nicht, wenn man nicht Bayrisch sprach? Hanna mit ihrem Thüringer Tonfall, den sie bis zu ihrem Tod nicht abgelegt hat? Wahrscheinlich hat sie damals noch viel mehr den Dialekt ihrer Weimarer Heimat gesprochen. Auch wenn sie Hochdeutsch gelernt hat in den beiden Jahren zuvor in Berlin, sie war auf jeden Fall «ein Preiß».

Hat Hanna ihr erzählt, warum sie zur Entbindung nicht ins Kreiskrankenhaus in Tölz gegangen ist – obwohl die Angehörigen der Junkerschule dort umsonst behandelt wurden? Hat sie ihr erzählt, wie gut das neue Entbindungsheim in Steinhöring bei Wasserburg ausgestattet war, wie vorbildlich die medizinische Versorgung dort war, wie freundlich das Personal? Dass sie sich trotzdem nicht so recht wohl gefühlt hat, weil alle Frauen mit dem Vornamen angesprochen wurden? Schließlich war sie nicht irgendeine der jungen Frauen dort, die auch ohne Ehering am Finger zur Entbindung kamen, sie war nicht einfach «Frau Hanna», sie war die Frau des Standartenführers, sie war «Frau Oberst»! Sie war so stolz und glücklich, dass sie endlich nach Jahren vergeblichen Wartens den ersehnten Stammhalter geboren hatte! Sie hätte sich schon etwas mehr Respekt gewünscht. Wahrscheinlich hätte man ihr den im kleinen Krankenhaus in Tölz eher gezollt, dort wäre man wahrscheinlich stolz gewesen, wenn die Frau des neuen Kommandanten ihren Sohn hier geboren hätte. Beim nächsten Kind würde sie sich nicht mehr dem Wunsch ihres Mannes beugen, der wollte, dass sein Kind die Welt im rechten Licht des ersten deutschen «Lebensborn»-Heims erblicken sollte.

Schade, dass ich diese Fragen nicht früher gestellt habe. Jetzt lebt niemand mehr in der Nachbarschaft, der sie mir beantworten könnte.

Ich werde der Wirtin einen Blumenstrauß aufs Grab legen, wenn ich zum Waldfriedhof komme.

Lange bin ich nicht mehr hier gewesen, trotzdem finde ich das Grab meiner Tante sofort. Ich habe ihre Beerdigung nie vergessen.

Ich glaube, ich habe meine Tante, die ja früher meine «Mutti» gewesen war, mehr geliebt als meine wirkliche Mutter, obwohl sie streng war und selten zärtlich. Sie war so etwas wie der ruhende Pol in der Familie, hat sich um alle gekümmert, Streit und Missgunst vermieden.

Sie starb sehr früh, mit knapp 50 Jahren. Als man die Beschwerden, die sie über Jahre hinweg gehabt hatte, nach langen Untersuchungen endlich als Leberschaden diagnostizierte, wurde sie kurz vor Weihnachten operiert. Es war zu spät, die Ärzte stellten Krebs im fortgeschrittenen Stadium fest.

Ich war sechzehn damals, das Leben erschien mir ohnehin grau, die erste Konfrontation mit dem Tod eines geliebten Menschen machte mir schwer zu schaffen. Dabei hatte ich schon monatelang gehört, wie man in der Familie davon sprach, dass «da nichts mehr zu machen sei».

Zu ihr sagte man freilich: «Das wird scho' wieder! Wart, bis der Frühling kommt, dann kommst du auch wieder zu Kräften!»

Die Frühlingssonne half aber nicht, sie wurde so schwach, dass sie das Bett nicht mehr verlassen konnte. Am schlimmsten für sie war, dass sie nicht mehr sehen konnte, wie es in ihrem geliebten Garten wieder zu sprießen begann.

Ich wollte nicht glauben, was die Erwachsenen raunten; je schwächer sie wurde, umso häufiger fuhr ich nach der Schule mit dem Fahrrad zu dem weit entfernten Krankenhaus. Am Ende kam ich täglich, so als ob ich den Tod hätte fern halten können vom Krankenbett, wenn ich bei ihr saß und ihr erzählte, welche Blumen draußen blühten und dass ihr Garten auf sie wartete.

Ihr Gesicht war wachsgelb geworden, früher hatte sie immer auffallend rote Wangen gehabt, selbst als sie schon krank war.

Bei der letzten Begegnung streichelte ich sie. Wenn sie endlich wieder im Garten «werkeln» könnte, würde sie auch wieder eine gute Gesichtsfarbe bekommen. Sie lächelte. Nein, das sei endgültig vorbei:

«Habe ich dir nicht immer gesagt: *Ein roter Apfel fault von innen?*» Das war einer ihrer oft zitierten Sprüche, die ich nie verstanden hatte.

Sie behielt Recht: In der darauf folgenden Nacht starb sie.

Lange habe ich mir Vorwürfe gemacht, dass ich nicht geblieben bin und ihr weiter vom Leben erzählt habe, vielleicht hätte ich den Tod so bannen können. Aber als ihr Mann am Abend gekommen war, bin ich aufgestanden und sofort gegangen, auch wenn er mich diesmal nicht mit seinem Lieblingsspruch weggeschickt hatte:

«Was hat denn der SS-Bankert da schon wieder verloren?»

Die Beerdigung im Juli, ein sehr heißer Tag. Meine Tante hatte die Sonne nie gut vertragen. Ich war deshalb froh, dass sie ihr Grab an einem schattigen Platz bekam.

Ich stand abseits, als die vielen Menschen Schlange standen, um dem Onkel, den Vettern, meiner Mutter und meiner Großmutter zu kondolieren.

Wie erstarrt stand meine Oma am Grab ihrer Tochter. Als sie die Schaufel Erde hinunterwarf, murmelte sie etwas. Beim Kaffeetrinken später wiederholte sie es laut:

«Ich habe zum Herrgott gesacht: Jetzt haben wir geteilt – vier hast Du mir geschenkt, zwei hast Du mir wieder genommen. Die anderen beiden will ich nicht überleben, die sollen an *meinem* Grab stehn.»

Wenige schüttelten mir die Hand, die meisten Leute kannten mich nicht mehr, wir waren ja schon vor Jahren nach München gezogen. Ich hörte eine alte Frau zu meinem Vetter sagen:

«Dass Ihre Frau Mutter auch so bald hat sterben müssen. Sie war doch so eine gute Haut. Aber sie hat sich halt auch kaputtgemacht für die Familie. Wie sie das nur durchgestanden hat, die schwere Zeit ohne den Herrn Vater, der dann auch nach dem Krieg noch so lange in Gefangenschaft war! Und dann hat sie die ausgebombte Mutter aufgenommen und auch noch das *norwegische Waisenkind* aufgezogen, wo sie doch kaum ihre eigenen Kinder ernähren konnte. Das hat sie bestimmt viel Kraft gekostet!»

Das war das letzte Mal, dass ich diese Bemerkung gehört habe – und ich habe meiner Tante ein letztes Mal gedankt, dass sie mich für eine Weile angenommen hat wie ein eigenes Kind.

Als mein Onkel starb, ging ich nicht zur Beerdigung, und seit er hier an der Seite seiner Frau liegt, war ich auch nicht mehr an diesem Grab.

Warum hat er mich, den «SS-Bankert», so gequält?

Er musste doch meinen Vater gekannt haben, er war es doch, der meiner Mutter die Stelle in der Junkerschule vermittelt hatte. Welche Funktion er in der Partei hatte, habe ich nicht herausgefunden. Ich weiß nur, dass er von Anfang an begeisterter «PG» war und im Umkreis des Gauleiters zu tun hatte. Er war auch nicht in «Gefangenschaft», sondern in einem «Internierungslager». Diese Lager der Alliierten waren nicht für «Mitläufer» bestimmt. Wie die meisten hat er seine NS-Vergangenheit nach dem Krieg heruntergespielt:

«Wir Nationalsozialisten waren doch in erster Linie Sozialisten.»

Onkel Hans muss gewusst haben, wer mein Vater war. Gab es eine alte «Rechnung» zwischen ihm und meinem Vater zu begleichen? Musste er sich an ihm rächen, indem er mich misshandelte? Oder war ich für ihn der klassische Sündenbock? Hat er eigene «Schuld», die er sich selbst nicht eingestehen konnte, auf dieses «SS-Produkt» projiziert? War dies sein Weg, mit dem eigenen Versagen umzugehen?

Vielleicht, aber er hat dafür ein Kind missbraucht. Vielleicht hätte es mir geholfen, wenn er mir wenigstens später, als ich erwachsen war, sein Bedauern gezeigt hätte. Nichts davon, jedes Mal, wenn er mich sah, hat er sich mokiert über mich, meine Ehe, meine Kinder, meinen Beruf.

«De mortuis nihil nisi bene» fällt mir bei ihm schwer. Meinen Blumenstrauß lege ich auf die Seite des Grabes, wo auf dem Stein der Name der Tante steht.

Am nächsten Tag will ich zurückkehren zu dem Haus, in dem ich die allererste Zeit meines Lebens nach der Ankunft aus Oslo verbrachte, bis es im Herbst 1946 von den Amerikanern beschlagnahmt wurde.

Schon Anfang Mai 1945 war die ehemalige Junkerschule zu

einem amerikanischen Hauptquartier erklärt worden. Die 3. US Army Division zog in den bereits aus der Luft ausgewählten Gebäudekomplex ein.

Vermutlich war diese Nutzung schon länger geplant, die Kaserne blieb nämlich von den Bombenangriffen auf das nahe gelegene München verschont, obwohl die Alliierten sehr wohl über die Ausbildung der «Elitetruppe» in Tölz unterrichtet waren, wie bereits 1943 in der Londoner «Times» unter dem Titel: «Hitler's Pretorian Guard» zu lesen war. Als die Familien der US-Offiziere 1946 nachkamen, wurden alle Einfamilienhäuser im gesamten Umkreis samt Inventar beschlagnahmt. Den Besitzern blieben nur wenige Tage Zeit, eine Unterkunft zu finden. Der Stadtrat reagierte rasch und ordnete die Einquartierung in Stadthäuser an. So mussten auch wir das Haus meiner Tante verlassen.

Drei amerikanische Soldaten standen vor der Tür, wedelten mit einem Papier und schoben meinen «großen Bruder» zur Seite. Einer von ihnen sah schrecklich aus. Er hatte ein schwarzes Gesicht! Er bleckte die Zähne, als er das kleine blonde Mädchen entdeckte, beugte sich herunter und hob es mit seinen großen schwarzen Händen hoch in die Luft. Wahrscheinlich fand er mich goldig und wollte zeigen, dass er als Mensch, vielleicht als Vater eines gleichaltrigen Kindes, ins Haus kam, und nicht als Feind – die Geste ging gründlich daneben, ich schrie voller Angst, und erschrocken setzte er mich wieder auf den Boden. Ich war erst drei Jahre alt, hatte noch nicht einmal Bilder von Menschen anderer Hautfarbe gesehen und war zu Tode erschrocken.

Ohne Erklärung inspizierten sie jeden Raum und machten Notizen. Einer nahm das gerahmte Porträt meines Onkels in Wehrmachtsuniform von der Wand, schleuderte es zu Boden, trat mit dem Absatz ins splitternde Glas und spuckte dem Feindesbild ins Gesicht. Meine Großmutter bückte sich laut weinend, hob das Foto auf und barg es an ihrer Brust.

Meine Mutter sagte: «This is her son. He is dead.»

Und der Amerikaner antwortete:

«Anyway – he died for Hitler – his choice! And you better watch your tongue – come and show me the rooms upstairs!»

Er nahm ihren Arm und zog sie die Treppe hinauf. Der zweite Mann folgte, der Dunkelhäutige hielt die «Mutti» fest, als sie ihrer Schwester nachgehen wollte. Als Anni aber oben in Panik «Maria!» rief, riss sie sich los und rannte nach oben, die Söhne ihr nach, und der farbige Soldat hat wohl nicht gewagt, meine weinende Großmutter mit dem schreienden Kind im Arm festzuhalten. Er hat dann sogar gegen den Protest seines Kameraden geholfen, das Kinderbett zu zerlegen und auf den Leiterwagen zu packen, der zum Transport unserer wenigen Habe ausreichen sollte.

Viel später, als alte Frau, hat meine Mutter mir die bedrohliche Szene noch einmal geschildert. Sie konnte noch immer die Angst von damals spüren, als die beiden Soldaten die Tür des Schlafzimmers absperren wollten und ihre Schwester gerade noch den Fuß dazwischenschob und die Neffen sie aufstießen.

Meine Tante, erzählte sie, habe sich bei der Militärregierung beschwert und man habe erklärt, dass man alles tun werde, um Übergriffe amerikanischer Soldaten auf deutsche Frauen zu verhindern. Von da an seien MP-Patrouillen auch nachts mit ihren Jeeps durch Tölz gefahren. Dennoch habe es etliche Vergewaltigungen gegeben. Ein junges Mädchen sei sogar von einem Soldaten ermordet worden.

In meiner frühesten Erinnerung waren amerikanische Soldaten allerdings Lebensretter.

Am 3. Mai 1945 hatte die Sonne endlich den späten Schnee weggeschmolzen. Narzissen und Tulpen richteten sich wieder auf, nur wenige hatte der schwere Schnee abgeknickt. Die ersten Kirschblüten öffneten sich, die Wiese war übersät von Gänseblümchen.

Jetzt durfte das kleine Mädchen endlich die neuen roten Schuhe anziehen, die ersten richtigen kleinen Halbschuhe. Die Winterstiefelchen waren sowieso zu klein geworden, es hatte geweint, als die Großmutter sie ihm in den letzten Tagen wieder angezogen hatte.

Mit den neuen Schuhen lief es zum großen Bruder und sagte: «Schau, Schuh!»

Dann drehte es sich mit ausgestreckten Armen im Kreis. Der Junge lachte:

«Bist jetzt a Chines'? I hab oiwei g'moant, du bist a Norweger, kloane ‹Schauschuh›!»

Eine Weile würde er sie so nennen …

Endlich wieder draußen im Garten spielen! Die großen Buben warfen sich den Ball zu, rollten ihn gelegentlich zu dem kleinen Mädchen hin, das ihn jauchzend aufhob und einem der Brüder reichte.

Plötzlich fielen Schüsse, gefolgt von einem heftigen Schlag.

«Was soll denn des?», rief Heini, «Tölz ist doch befreit und die SS is' abg'haun! Jetz' is' der Kriag vorbei, ham s' g'sagt. Wer spinnt denn da?»

Die Neugierde siegte über die Bedenken.

«Geh weiter, kloane Schauschuh, da schaug'n ma nach!»

Sie ließen den Ball fallen, nahmen das kleine Mädchen an der Hand, auf das sie wie so oft aufpassen mussten, weil die Mutter in der Stadt war, um ein paar Lebensmittel aufzutreiben. Das war ein langwieriges Unterfangen, die Regale in den Geschäften waren fast leer. Die Großmutter saß drüben bei der Nachbarin an der Nähmaschine und versuchte, aus einem alten Vorhang ein Sommerkleid zu schneidern. Dafür war ihr ein halbes Pfund Butter versprochen worden. Die Schwester der Nachbarin war Bäuerin.

Die Kinder liefen hinauf zur steinernen Gaißacher Brücke über das Bahngleis, hörten weiter das helle Peitschen der Schüsse, bis sie wie erstarrt an der Wiese hinter der Straßenbiegung stehen blieben.

«Der Feind», murmelte Herbert tonlos und deutete auf die Soldaten in den olivgrünen Uniformen, die gleich neben der Straße im Gras lagen und sich mit Gewehren im Anschlag auf dem Bauch an die vier großen Geschütze heranrobbten, die weiter unten am Abhang postiert waren. Die Artilleriegeschütze zielten in Richtung Gaißach und Wackersberg. Feuer stob aus den Rohren, Gewehrsalven folgten, von irgendwo dort drüben kamen Schüsse zurück.

Die Kinder standen da wie angewurzelt, bis sich endlich ein Amerikaner umdrehte und sie entdeckte. Er sprang auf und brüllte etwas in seiner Sprache.

«Get away immediately», hat er wohl gerufen und: «You gonna get killed here!», während er mit dem Gewehr gestikulierend auf die Kinder zurannte.

Die waren vor Angst und Schrecken wie gelähmt und meinten vermutlich, «der Feind» würde sie nun erschießen. Der aber packte den größeren Jungen an den Schultern, drehte ihn um, wies mit den Fingern zur Brücke hinüber und schrie:

«Get away, get away! Go home!»

Da endlich nahmen sie die Kleine in die Mitte und rannten um ihr Leben. Das Mädchen freute sich erst, als es an den Armen hochgerissen wurde, weil so auch das Spiel «Engele, Engele – flieg!» anfing. Aber als es die Füßchen kaum noch auf den Boden brachte und die Arme schmerzten, fing es an zu weinen. Und als sich auch noch das Schuhband vom rechten Schuh löste und der Schuh in hohem Bogen davonflog, rief es:

«Schuh weg!»

Den Brüdern war freilich der Verlust des Schuhs vollkommen egal, Hauptsache, sie erreichten das schützende Haus, ehe ihnen die Kugeln um die Ohren pfiffen. Gleich hinter der Brücke kam ihnen schon die Mutter entgegen, schneeweiß im Gesicht. Voller Angst war sie nach Hause gerannt, als man die Schüsse auch unten in der Stadt hörte, und hatte die Kinder vergeblich im Haus gesucht.

«Seid ihr denn von allen guten Geistern verlassen?», rief sie, hob das zitternde, weinende Kind hoch und verpasste den abenteuerlustigen Söhnen eine heftige Ohrfeige. Die nahmen das klaglos hin, erleichtert, dass sie die Mutter wieder sahen, und gehorchten dem Befehl: «Marsch in den Keller» gerne. Dort saß schon die Großmutter auf einem alten Gartenstuhl und schüttelte nur stumm den Kopf.

Den Rest des Tages saßen auch die Kinder still da, nur der Älteste murmelte manchmal etwas vor sich hin, das wie «Get away, go home» klang.

Gut, dass niemand mehr das Haus zu verlassen wagte: Im Bericht eines Chronisten wird später zu lesen sein, dass an diesem Tag in der Gemeinde Gaißach durch amerikanischen Artilleriebeschuss elf Bauernanwesen abbrannten und etliche Menschen getötet wurden, weil sich in den Höfen einzelne SS-Männer verschanzt hatten.

Bis zum Einbruch der Dunkelheit blieb man im Keller, und alle erschraken, als oben die Haustür aufgesperrt wurde. Die Großmutter legte den Finger auf ihre Lippen und verschloss vorsorglich mit der anderen Hand dem kleinen Mädchen den Mund. Alle hielten den Atem an, bis eine vertraute Stimme rief: «Wo seid ihr denn alle?»

Es war Tante Anni, die mit dem Fahrrad gekommen war.

Nein, Schüsse habe sie keine gehört, es sei alles ganz ruhig dort oben. Sie selbst wäre allerdings schon viel eher da gewesen, wenn sie nicht bei Holzkirchen stundenlang im Straßengraben gelegen hätte: «Wegen der Tiefflieger.»

Sie war schmutzig und erschöpft. Schon gestern Abend habe sie Steinhöring verlassen, auf Waldwegen sich durchgekämpft, weil auf den Straßen die amerikanischen Truppen entgegengekommen seien. Sie habe vergeblich versucht, sich in der Nacht in einem Heustadel für ein paar Stunden auszuruhen.

«Ich hab kein Auge zugetan … Wenn die mich gefunden hätten!» Ganz früh am Morgen sei sie weitergefahren, habe den Lenker des Fahrrads gar nicht gespürt, so kalt sei es gewesen, und sei «irgendwie» in einem großen Bogen um München herumgekommen, bis dann die Tiefflieger auftauchten.

«Viele Leut' waren auf der Straße unterwegs, die Flieger haben genau auf uns gezielt! Ein Mann hat mich vom Fahrrad gezerrt und mich in den Graben geschubst – ich glaub, ich wär sonst einfach weiterg'fahren. Jetzt ist's schon wurscht, hab ich gedacht, jetzt erwischen sie mich doch noch. Aber dann hab ich noch das Kofferl und die Decke vom Radl gerissen, hab mich auf den Koffer draufgelegt und die Decke über den Kopf gezogen und gewartet, bis ich keine Flugzeuggeräusche und keine Schüsse und keine Schreie mehr gehört hab. Dann bin ich aufgestanden und die anderen Leut' auch – net alle, ein paar hat's derwischt.»

Wie in Trance sei sie dann weitergefahren.

«Aber jetzt kann ich nimmer – jetzt mag ich bloß noch in die Badewanne und ins Bett.»

Ihre Schwester fragte:

«Und – in Steinhöring … ist alles erledigt?»

Tante Anni nickte ganz langsam, und ihre Schwester holte tief Luft, stand wortlos auf, füllte einen Eimer mit Kohlen und ging nach oben, um den Badeofen anzuheizen.

Jetzt erst nahm die Heimgekehrte das kleine Mädchen vom Schoß ihrer Mutter, strich ihr wie abwesend übers Haar, bis ihr Blick auf die Füße fiel.

«Wo hast du denn den zweiten Schuh?»

Nachdem sie die Geschichte gehört hatte, stand sie auf:

«Den Schuh muss ich finden. Ich kann keine neuen kaufen.»

Gegen den Protest von Mutter und Schwester nahm sie die Taschenlampe vom Haken an der Tür und ging langsam in der Dunkelheit hinauf zur Eisenbahnbrücke.

«Du bist ja noch verrückter als die Kinder!», rief ihr die Großmutter noch nach, dann sank sie leise schluchzend auf einen Stuhl und faltete die Hände.

Die «Mutti» kochte Tee, alle setzten sich schweigend an den Küchentisch, es gab ein paar harte Brotstücke zum Eintunken.

Als Tante Anni zurückkam, war sie noch weißer als zuvor. Sie stellte schweigend den kleinen Schuh auf den Tisch. Das Rot war kaum noch zu sehen, so dreckverkrustet war er. Die Großmutter wusch ihn ab, rieb ihn sorgfältig mit einem Lappen trocken und gab ihn dem Kind.

Es strahlte, bestand darauf, ihn wieder anzuziehen.

«Schau, Schuh!», rief es gleichzeitig mit den großen Buben, alle lachten außer der Tante, die das Zimmer sofort verlassen hatte. Sie war zu müde, um zu warten, bis das Badewasser heiß genug war. Sie sank aufs Bett, ohne die schmutzigen Kleider auszuziehen, und ihre Schwester deckte sie zu.

Die Großmutter hatte Mühe, dem Kind die roten Schuhe wieder von den Füßen zu ziehen. Erst als sie versprach, dass es sie mit ins Bett nehmen dürfe, hörte es auf zu strampeln.

In dieser Nacht lag die heiß geliebte Stoffpuppe Anna nicht in seinen Armen, jede Hand umschloss fest einen roten Schuh.

Das Kasernengelände habe ich mir aufgehoben bis kurz vor meiner Abfahrt nach Hause. Es liegt so weit draußen, dass ich vom Badeteil aus nicht zu Fuß hinauslaufen möchte.

Seit dem Abzug der Amerikaner gehört es der Stadt zu vielfältiger Nutzung, jeder kann das Gelände betreten, das Hallenschwimmbad steht allen offen.

Das große Eingangstor ist noch da, die hohen Eisengitter sind verschwunden. Ich kann mit dem Auto in den großen Innenhof fahren; als ich am Haus des früheren Wachtpostens vorbeikomme, wird mein Herzklopfen stärker.

Auf dem ehemaligen Exerzierplatz ist heute ein Markttag für Gebrauchtwagen. Niemandem fällt auf, dass ich lange in meinem Auto sitzen bleibe, dann langsam umherwandere, auf alte Pflastersteine schaue, vor Türen und Fenstern stehen bleibe.

Hier also war mein Vater zwei Jahre lang der Chef, nach eigenem Wunsch von seinen Männern «KKK» genannt, «Kamerad Kommandant Kettler». Zugleich war er Chef der Lehrkompanie und Leiter der Standortabteilung. Trotz der Mehrfachbelastung nahm er sich Zeit, als Taktiklehrer im Fernmeldewesen zu unterrichten, das war ihm schon seit 1931 die liebste Tätigkeit.

Hier also war meine Mutter die erste und für eine Weile die einzige Frau in einer Domäne von «Elitemännern» gewesen. Hier haben sie Hunderte von Augenpaaren verfolgt, wenn sie – «endlich mit Stöckelschuhen» – über den Hof schritt, hier hat sie so viel Bewunderung bekommen wie nie zuvor in ihrem Leben, hier also haben sich meine Eltern kennen und lieben (?) gelernt.

Meine gertenschlanke Mutter (die alten Kleider, die im Speicher in der «Faschingstruhe» lagen, konnte ich zuletzt mit achtzehn Jahren kaum noch anziehen) im eleganten Kostüm mit hochgestecktem Haar, den Notizblock unterm Arm, kann ich mir gut vorstellen. Den Befehle bellenden Offizier in schwarzer oder feldgrauer Uniform, den Mann mit dem Totenkopf auf der Mütze gar nicht.

Obwohl ich Fotos meines Vaters in seinen verschiedenen Uniformen zu sehen bekommen habe, passt das Bild eines SS-Offiziers gar nicht zu dem freundlichen, älteren Herrn im Trenchcoat und mit grauem Hut, den ich im November 1962 kennen gelernt habe.

Nach unserer ersten Begegnung in München haben meine «neue» Schwester und ich beraten, wie man mich am besten in die Familie einführen könne. Der Vater wurde gleich nach ihrer Rückkehr eingeweiht, und er ließ mich durch Gudrun seine große Freude wissen, er brenne darauf, mich bald kennen zu lernen.

Den ursprünglich in meinem Zorn nach der Entdeckung der Adresse geplanten «Fahrradüberfall» an der Bergstraße hatte ich für diesen Sommer gestrichen, stattdessen eine wunderschöne Bergwanderung mit Ludwig gemacht – von Hütte zu Hütte. Die Moralpredigt meines Vormunds konnte ich nur mit einem milden Lächeln quittieren, ich hatte jetzt einen *Vater*. Auch wenn der keinerlei juristische Legitimation für mich hatte, fand ich, dass der *Vormund* jetzt nichts mehr zu sagen hatte.

Gudrun war nicht mit den Eltern von Frankfurt nach Weinheim gezogen, sie wollte ihre Lehrstelle nicht aufgeben und war allein in Untermiete dort geblieben. Wir vereinbarten, dass wir ihren neunzehnten Geburtstag gemeinsam bei ihr feiern würden und dass ihr, nein, *unser* Vater dazukommen sollte. Der Geburtstag war ein guter Grund für meinen Vater, allein nach Frankfurt zu fahren, um seine Tochter zu besuchen, ohne dass seine Frau und die andere Tochter Verdacht schöpfen würden. Die beiden sollten, ebenso wie der verheiratete Bruder, vorerst noch nichts erfahren. Der andere Bruder wäre zu gern dazugekommen, aber sein Standort bei der Bundeswehr an der Nordsee war zu weit weg.

Ich fuhr schon am Abend vor ihrem Geburtstag zu Gudrun. Wir wollten uns vor der Begegnung mit dem gemeinsamen Vater noch ein wenig näher kennen lernen.

Wir saßen in ihrer kleinen Bude, sie briet Spiegeleier, wir tranken billigen Rotwein und erzählten uns die halbe Nacht von unseren so verschiedenen Kindheiten.

Sie wusste nicht, warum ich in Oslo geboren wurde, und ich erzählte ihr die Geschichte von der Flucht meiner Mutter wegen der heimlichen Schwangerschaft. Sie erzählte mir, dass sie in Metz geboren worden sei, weil der Vater im Januar 1943 nach Metz versetzt worden war, um dort eine Nachrichtenschule aufzubauen und zu führen.

«Später wurde er dann Stadtkommandant, als die Stadt vom Oberkommando der Wehrmacht aus Verteidigungsgründen zur ‹Feste› erklärt wurde.»

Ich habe diese Sätze behalten, weil sie aus ihrem Mund kamen, mich erst später über ihr militärisches Wissen gewundert. Ich erfuhr, dass mein Vater Ende November 1942 von einem «Fronteinsatz» zurückgekommen und also tatsächlich in Russland gewesen war – aber vor meiner Zeugung. Die muss dann unmittelbar danach erfolgt sein, wie wir errechneten. So war ich wohl ein Begrüßungs- und Abschiedsgeschenk zugleich an meine Mutter vor dem Umzug seiner Familie nach Metz, wo Gudrun im Februar 1943 am neuen Standort entstanden sein muss ...

Am nächsten Morgen konnte ich auf dem Weg zum Bahnhof vor Aufregung nicht mehr sprechen. Als der Zug einfuhr, wurde die Spannung unerträglich. Nach so vielen Jahren würde ich nun meinen Vater doch am Bahnhof abholen ...

Dann sah ich, wie ein netter älterer Herr im Trenchcoat seinen Hut vom Kopf zog und ihn lachend hoch über dem Kopf schwenkte. Gudrun rief: «Das ist der Vati!», und lief mit mir an der Hand auf ihn zu.

Er setzte den Hut wieder auf. Ich registrierte trotz meiner

Aufregung eine Frisur wie auf meinem verloren gegangenen Foto: die grauen Haare bis über die Ohren hochgeschoren, ein korrekter Seitenscheitel.

Der freundliche Herr breitete beide Arme aus und rief: «Was habe ich für zwei wunderschöne Töchter!», umarmte uns beide gleichzeitig und küsste mich, ohne zu zögern, ebenso wie Gudrun auf die Wange.

Alle Fantasien, die in einem ganzen Jahr durch meinen Kopf gegeistert waren, passten nicht. Keine Ablehnung, keine Konfrontation, keine tränenreiche Reueszene – der Mann lachte einfach voller Freude und strahlte mich an mit fröhlichen Augen, die noch intensiver blau waren als die von meinem Ludwig. Und diese Nase! Es passierte etwas völlig Unerwartetes: Meine alten Gefühle von Hass, Wut und Rache waren wie weggeblasen, ich schloss diesen herzlichen Fremden ohne Bitterkeit sofort in mein Herz. Ich konnte nicht anders, als verstohlen meine Tränen wegzuwischen und mitzulachen. Gudrun und ich hakten uns bei ihm unter, und er ging mit stolzgeschwellter Brust mit seinen großen, blonden Töchtern zum Ausgang.

In der Straßenbahn schon sagte er mir, er sei stolz und glücklich, dass ich studieren und Lehrerin werden wolle:

«Das hast du bestimmt von mir, ich war immer am liebsten Lehrer.»

Ich wollte ihn nicht enttäuschen mit dem Einwand, dass es mütterlicherseits bis zurück zum Urgroßvater Lehrer gab.

«Und – hast du denn auch schon einen Verlobten wie deine Schwester?»

Ja, den hatte ich, noch nicht offiziell, aber wir sparten schon auf die Ringe, die wir uns zu Weihnachten kaufen wollten. Das Foto des jungen Mannes mit hellblondem Haar in meinem Geldbeutel gefiel ihm sehr:

«Wie schön, dass du auch so ganz in unserer Art bleibst.»

Jahre später, als ich Familientherapeutin geworden war und die Macht von «Familienbotschaften» kennen lernte, habe ich mich gefragt, ob ich nicht bei dieser ersten Begegnung von meinem Vater so etwas wie einen «Auftrag» übernommen und die «Lebensborn»-Idee verinnerlicht habe.

Ich habe den Mann, der meiner Mutter und jetzt auch meinem Vater so gut gefiel, geheiratet, obwohl wir uns nur äußerlich ähnlich waren. Und ich habe, viel zu früh für mich, meinen ersten Sohn geboren, auf den mein Vater besonders stolz war: Er war sein erster männlicher Enkel, und er entsprach genau dem arischen Idealbild. So sehr, dass er später als erwachsener Schauspieler die Rollen ablehnte, die man ihm besonders gern anbot: die in einer schwarzen SS-Uniform …

Es wurde ein fröhlicher Tag damals in Frankfurt bei meiner Schwester, unser Vater erzählte Anekdoten aus seinem Leben, Gudrun die Streiche der Kinder, zuweilen hatte ich Probleme mit dem Kloß im Hals. Über meine Mutter wurde nicht viel gesprochen:

«Sie war eine schöne, kluge und sehr fröhliche Frau, ich habe sie sehr geschätzt.»

Meine Mutter und fröhlich? Zu gern hätte ich mehr gehört über sie beide und eine «große Liebe», aber selbst wenn es so etwas Ähnliches gewesen sein sollte, hätte er schließlich nicht vor seiner ehelichen Tochter darüber sprechen können.

Bei einer späteren Begegnung, unter vier Augen, hat er mir erzählt, dass sie gewissermaßen beruflich doch die «Frau an seiner Seite» gewesen sei. Sie sei mehr und mehr «hineingewachsen» in die komplizierte Struktur der Junkerschule mit ihrer differenzierten waffentechnischen und taktischen Ausbildung, sie habe mehr und mehr seine Idealvorstellung von der Zukunft des Landes mit ihm geteilt:

«Mit ihr konnte ich stundenlange Gespräche führen über meine Arbeit, meine Lehrpläne, über die Probleme mit den Junkern, die es freilich auch gab. Ich musste doch zwölf Nationen unter einem Dach zusammenhalten. Das war eine wunderbare Aufgabe, du hättest sehen sollen, mit welchem Leuchten in den

Augen sie von einem vereinten Europa unter dem Führer sprachen! Mit welchem Enthusiasmus sie sich klaglos dem härtesten Training unterwarfen, um dabei zu sein beim Endsieg! Aber freilich gab es da auch Konflikte, da ist sie mir zur Seite gestanden mit Rat und Tat. So manche dicke Luft löste sich ganz einfach auf, wenn meine ‹Königin› mit strahlendem Lächeln in den Sitzungssaal kam und Kaffee und Cognac brachte! Sie hat nicht nur zugehört und mitgeschrieben, wenn ich diktiert habe, sie hat mitgedacht; meine Reden und Taktikpapiere wurden durch ihre Hinweise noch besser. Meine Frau hat das alles nicht interessiert, für sie war mein Beruf einer wie jeder andere auch, am liebsten wäre ihr wohl gewesen, dass ich am Abend nach Hause gekommen wäre und die Uniform abgelegt hätte wie ein Klempner seinen Montageanzug und in die Pantoffeln geschlüpft wäre.»

Wie um Verständnis bittend sagte er damals zu Gudrun gewandt:

«Deine Mutter war so ganz anders, sie war immer die wunderbare Köchin und Hausfrau und liebevolle Mutter, die du kennst. Aber mit meinen Gedankengebäuden konnte sie nicht viel anfangen.»

Gudrun lachte: «Das ist heute auch nicht anders, Papa! Wenn du beim Essen deine Vorträge hältst, sagt sie immer noch: ‹Dein Essen wird kalt, Vati!› Aber sie war doch auch stolz auf dich, dass du es bis zum Oberst gebracht hast; als ihr geheiratet habt, warst du doch gerade mal Wachtmeister!»

Er ging nicht weiter auf seine Dienstgrade ein bei diesem ersten Treffen, auch das Stichwort «SS» fiel nicht.

Er sprach weiter von seiner Frau: «Das schon, aber sie hatte trotzdem kein Bedürfnis, sich mit mir zu zeigen, es war ihr eigentlich ganz recht, dass meine Sekretärin mich zu allen offiziellen Veranstaltungen begleitet hat, sie konnte die langen Reden auf den ausgiebigen Banketts nicht leiden.»

Und mehr zu mir als zu Gudrun: «So sind wir uns halt immer näher gekommen, deine Mutter und ich.»

Es wäre seiner Frau gewiss nicht recht gewesen, wenn sie geahnt hätte, wie nah ...

«Bis ich unterwegs war», ergänzte ich, «wie hast du das aufgenommen?»

Er habe sich gefreut: «Jawoll, aber sehr doch!» – konnte es denn etwas Schöneres geben, als gesunde Kinder zu bekommen, so viele wie möglich?

«Die Einstellung damals war eine andere, es wurde nicht viel Aufhebens gemacht um die Unehelichkeit, im Gegenteil, es war doch eher eine Ehre, Mutter werden zu dürfen.»

«Deine Frau sollte es aber dennoch nicht erfahren?»

«Hanna war sehr bürgerlich, sie ist nicht so schnell mitgekommen mit der neuen Zeit, ich hätte es ihr schon noch beigebracht, wenn ...»

Er brach ab und lachte:

«Beinahe wäre es ja 1943 schon aufgekommen! Als deine Mutter im Oktober aus Oslo zurückkam und dich in Tölz zu Maria brachte, wollte ich ihr einen Kinderwagen für dich schenken. Das schönste Modell habe ich ausgesucht und gleich zwei bestellt, weil ja auch die Geburt von Gudrun bevorstand. Freilich sollte ein Wagen nach Tölz und der andere nach Metz geliefert werden, aber die Firma hat einen Wurm reingebracht, und es standen in Metz zwei gleiche dunkelblaue Kinderwagen vor der Tür.

Ich habe meinen Adjutanten vor meiner Frau zurechtgewiesen, ihn dann aber mit dem Kinderwagen im Auto nach Tölz geschickt – mit irgendeinem Kurierdienst zur Junkerschule.»

«Du kannst ja von Glück reden, Papa, dass die bei der Kinderwagenfirma dir nicht gleich einen Zwillingskinderwagen geliefert haben!»

Wir lachten alle drei, aber mir war nicht wohl bei dem Gedanken an die hochschwangere Frau, die derart ausgetrickst wurde. Ich fürchtete mich vor der Begegnung mit ihr.

Die Kinderwagengeschichte erklärte mir jedenfalls etwas, worüber ich mich schon lange gewundert hatte: Auf den allerersten

Babyfotos in meinem Album liege ich in demselben alten, weißen Korbkinderwagen wie meine Vettern vor mir. Später schiebt
eine elegante, große Frau mit Blaufuchs um die Schultern und
einem großen Hut auf dem Kopf einen dunklen Kinderwagen
mit eleganten, hohen Rädern.

Wenn Gudrun und ich von Fremden gefragt werden, wer die Ältere von uns ist, sagen wir der Wahrheit entsprechend: «Wir
sind beide gleich alt!» Über die Feststellung «Ach so, Sie sind
zweieiige Zwillinge!» lachen wir, weil wir an den «Zwillingswa-
gen» denken und weil wir uns sehr nah sind:
     «Ja, gewissermaßen sind wir das!»

Hier auf dem Gelände, auf dem meine Mutter «die Frau an seiner Seite» war, denke ich wieder über die Äußerung meines Vaters nach, dass die Einstellung unehelichen Müttern gegenüber
damals eine andere gewesen sei, und die Andeutung, er hätte
«es» seiner Frau schon noch «beigebracht».
     Die Tatsache, dass er ein uneheliches Kind gezeugt hatte oder
dass er gewissermaßen eine «Zweitfrau» hatte?
     Nach SS-Moral war das schon während des Krieges nichts
Ungewöhnliches. Es gab angeblich sogar Überlegungen von
Hitler und Himmler, dass es ja nach dem (gewonnenen) Krieg
durch den hohen Verlust an Männern sehr viel mehr gebärfähige
Frauen geben würde, die die Möglichkeit haben müssten, Kinder zu bekommen und aufzuziehen. Hitler erklärte 1942: *«Nach
dem Dreißigjährigen Krieg wurde weithin die Vielweiberei gestattet.
Durch das illegitime Kind ist eine Nation wieder in die Höhe gekommen.»*
     Himmlers «Lebensborn»-Projekt würde dazu gute Dienste
leisten. Es gab aber auch Pläne, für die SS und andere Soldaten
mit hohen Auszeichnungen eine «Doppelehe» einzuführen.
     Himmler und einige andere hohe SS-Führer warteten aller-
dings nicht bis zu diesem Zeitpunkt: Sie zeigten ganz offen, dass
Familienleben und «Zweitfrau» möglich sind:
     Himmlers Sekretärin gebar ihm zwei Kinder; der Chef des

SS-Verwaltungshauptamtes, Pohl, lebte mit Ehefrau und Sekretärin, von der er eine Tochter bekam; der Chef des Reichssicherheitshauptamtes, Kaltenbrunner, hatte Zwillinge mit seiner Geliebten. Waren das nicht «gute Vorbilder» aus den eigenen Reihen für meinen Vater? Hatte er auch deshalb die Fantasie, seiner Frau «beizubringen», dass es noch eine Zweitfrau gäbe und dass sie den «Zeitgeist» schon noch verstehen und es akzeptieren würde?

Ich habe nie gewagt, ihm diese Frage zu stellen, ich kann nur Schlüsse aus seinen Bemerkungen ziehen, dass er mit meiner Mutter bis Kriegsende immer «in Kontakt» geblieben sei; dass meine Mutter Bayern nicht habe verlassen wollen, als er nach Berlin und dann nach Metz versetzt wurde, obwohl er ungern auf ihre «kompetente Mitarbeit» verzichtet habe. Und:

«Ich wäre dir sehr gerne Vater gewesen, wenn sie das gestattet hätte.»

Also doch die Fantasie mit der Zweitehe? Ich fantasiere auch: Wie gerne hätte ich mit dieser Familie gelebt, die ich so spät kennen und lieben gelernt habe!

Meine Mutter hingegen sagt, sie habe sich nie in diese Ehe einmischen wollen, schon gleich gar nicht erwartet, dass er sich scheiden ließe. Sie habe ihn zwar geliebt, aber so groß sei die Liebe nun auch wieder nicht gewesen, dass sie ihm nachgezogen wäre wie eine Marketenderin. Sie wollte frei sein und ihren Lebensunterhalt selbst verdienen, ja, und sie hätte noch nicht einmal die Alimente haben wollen, zu deren Zahlung er sich mit der Anerkennung der Vaterschaft verpflichten musste.

Ein einziges Mal, Ende der siebziger Jahre, habe ich meine beiden Eltern zusammen gesehen. Er übernachtete während einer Tagung in München bei mir und ich wünschte mir ein Abendessen zu dritt, bevor er abreiste. Er hat zögerlich zugestimmt, mir das Versprechen abgenommen, dass «Hanna und die Kinder» es nicht erfahren sollten, das würde nur «alte Wunden aufreißen». Meine Mutter hatte «eigentlich kein Interesse», ihn wieder zu sehen.

Mir «zuliebe» kam sie dann doch. Sie hatte sich zurechtgemacht und sah toll aus, worauf er ihr, leicht nervös, wie mir schien, Komplimente machte. Am nervösesten war ich, vor Aufregung wäre mir beinahe der Schweinebraten angebrannt. Wie würden sie sich gegenüberstehen, sie sind sich doch seit meiner Geburt nicht mehr begegnet!

Die beiden begrüßten sich herzlich, als ob sie sich gestern erst gesehen hätten. Sie lachten und scherzten, und ich saß ziemlich stumm dazwischen, schaute von ihm, der seinen ganzen Charme aufwandte, zu ihr, die angeregt plauderte und lachte, wie ich sie nicht kannte. Ich bekam eine Ahnung von der Frau, die er mir beschrieben hatte, und ich wusste nicht, ob ich mitlachen sollte und mich freuen, dass sie beide an meinem Tisch saßen, oder weinen über eine Familie, die ich nie hatte. Ich war so verwirrt, dass ich nicht einmal ein Foto von ihnen gemacht habe, sodass es tatsächlich nur das Bild in meiner Erinnerung gibt und auch keines von uns dreien.

Beide haben mir bei dieser Begegnung verschwiegen, dass ihr Treffen gar nichts Besonderes war, weil sie sich sehr wohl auch nach dem Krieg immer wieder getroffen hatten. Er hätte mich bei diesen Begegnungen gerne kennen gelernt, was sie auf keinen Fall wollte. Er hat das nicht nur mühsam respektiert, sondern er hat es mir auch später verheimlicht.

Er hat nie davon gesprochen, wie sehr er sich darum bemüht hat, und nie davon, dass sie es untersagt hat, mich zu treffen, weil sie glaubte, es sei besser für mich, einen «in Russland vermissten» Vater zu haben als einen lebenden, anderswo eingebundenen Familienvater …

Ob er meine Mutter in Schutz nehmen wollte oder mich nicht in einen neuen Konflikt mit seiner Familie bringen wollte, die auch nichts von den heimlichen Begegnungen und Bemühungen um mich wusste – ich werde es nicht mehr erfahren.

Erst vor kurzem fand ich einen alten Brief von ihm, der bestätigt, wie gerne er mir Vater gewesen wäre, «wenn sie es gestattet hätte».

Nach der Oslo-Reise hatte ich meine Mutter um Geburts- und Vormundschaftspapiere gebeten, die sie mir vermutlich versehentlich «unzensiert» gab. So entdeckte ich auf der Urkunde zur «Anerkennung der Vaterschaft» des Herrn SS-Standartenführer Kettler den Satz: «Vormund des Kindes ist SS-Standartenführer Max Sollmann in München» ... Anfang der fünfziger Jahre hat dann mein zweiter Vormund meinen Vater aufgefordert, die seit Kriegsende nicht mehr bezahlten Alimente nachzuzahlen:

«In pflichtgemäßer Wahrnehmung der Interessen meines Mündels Gisela habe ich dem Vormundschaftsgericht München auf dessen Aufforderung in bezug auf die Wegfertigung des Rückstands der Unterhaltsleistungen folgende Abrechnung gemacht: ...»

Überrascht genug, dass mein Onkel also damals schon die Adresse meines Vaters herausgefunden hatte und also auch genau wusste, wer mein Vater war, fand ich einen Brief meines Vaters zwischen den Seiten des amtlichen Schriftverkehrs:

Mit Maschine getippt steht da mit Datum vom 3. März 1954 an die *«Hochverehrte gnädige Frau!»*:

«Im Interesse der ordnungsgemäßen Versorgung Ihrer Tochter werden Sie gebeten, baldmöglichst die beglaubigte Abschrift einer Geburtsurkunde nach hier zu senden. Ich darf hoffen, daß es Ihnen und Ihrem Fräulein Tochter gut geht, und verbleibe mit herzlichen Grüssen und Wünschen Ihr Ergebener ...»

Und darunter geht es handschriftlich weiter: *«soweit das Diktat – nun kommt der Mensch.»* Ich habe mit großer Mühe die verblichene Sütterlinschrift weitgehend entziffern können. Mein Vater bedankt sich für den *«lieben Geburtstagsgruß»* und spricht dann von seinem schlechten Gewissen, dass er sie und mich nicht versorgen könne. Er erkundigt sich liebevoll nach mir, fragt, ob mir das Weihnachtspäckchen gefallen hat, bittet sie, *«das Gisilein»* endlich sehen zu dürfen, und hofft, *«daß ich Dir ein klein wenig helfen darf bei dem Schaffen einer guten Lebensbasis für Klein-Gisi».* Der Brief endet mit einem deutlich in Druckschrift geschriebenen Appell: *«Laß mich dieses Kindes Vater werden!»*

Etwa zwei Jahre nach der vermeintlich einzigen Begegnung meiner Eltern seit meiner Geburt heiratete ich zum zweiten Mal. Die Hochzeit sollte auch ein Fest der Familienzusammenführung werden. Wie habe ich mir gewünscht, dass sie alle dabei wären: meine Mutter, mein Vater, seine Frau und meine Geschwister – und sich alle versöhnen würden an diesem Tag!

Mein Vater und seine Kinder fanden die Idee gut. Nicht aber die beiden Frauen. Meine Mutter wollte der Trauung fernbleiben, falls SIE dabei wäre. Und seine Frau sagte ab, weil ihr die Fahrt zu weit sei …

Mein Vater hatte schon eine Rede vorbereitet (vor der ich mich allerdings fürchtete) – dann wurde er krank und war nicht reisefähig.

Als meine Schwester Gudrun und ich an jenem Geburtstagsabend 1962 unseren Vater in Frankfurt zum Bahnhof gebracht hatten, geschah etwas Merkwürdiges: Ich wollte nicht mehr wissen, wer dieser Mann früher gewesen war, ich hatte mich Hals über Kopf geradezu in ihn verliebt. Als ob die herzliche Wärme, die er ausstrahlte, das kalte Entsetzen, das ich früher bei der Assoziation «SS» empfunden hatte, ausgelöscht hätte. Ich wollte nicht mehr an die schwarze Uniform und die Mütze mit dem Totenkopf denken, nicht mehr an die Bilder des Grauens von Krieg und «Endlösung», an das Leiden und Sterben von Millionen.

Mein Vater hatte damit nichts zu tun. Er war Lehrer für das Fernmeldewesen und Kommandant von Nachrichtenschulen gewesen und Kommandant einer Stadt, er hatte nichts zu tun mit der Judenvernichtung, mit KZ-Gräueln …

Ich wollte es einfach ausblenden, dass dieser Mann auch «Des Teufels Offizier» gewesen war.

Ich war glücklich, endlich einen Vater zu haben, einen liebevollen noch dazu. Seit unserer Begegnung bis zu seinem Tod hat er sich genauso um mich gekümmert wie um seine ehelichen Kinder. Er hat sich gesorgt, wenn es mir schlecht ging, mich in die Arme genommen und getröstet. Nach der Scheidung von Ludwig bin ich noch am selben Tag mit meinem Sohn Michael zu ihm gefahren, ich konnte meinen Kopf an seine Schulter lehnen und tun, was ich bei meiner Mutter nie konnte: mich ausweinen.

Es war sicher nicht leicht für ihn, aber er hat mit Unterstützung von Gudrun und Knut darauf bestanden, dass ich sehr bald Zugang zu seiner Familie bekam, und es dauerte nicht lange, bis Eva, die Jüngste, mir eine freundliche Einladung zu ihrer Konfirmation schickte. Ich konnte nicht glauben, dass seine Frau damit einverstanden war, aber Gudrun versicherte mir, dass sie es geschafft hätten, sie zu überzeugen.

Vorher trafen wir beide uns noch einmal zusammen mit dem Bruder Knut, der sehr neugierig auf mich war. Es war auch besser, die Familie Kettler dosiert kennen zu lernen, alle auf einmal hätte ich nicht verkraftet. Wie gut, dass mir mein Halbbruder Knut nicht zufällig irgendwo anders begegnet ist, vermutlich hätte ich mich – jedenfalls nach der Trennung von Ludwig – in diesen gut aussehenden jungen Mann verliebt! Er hat mit über eins neunzig auch noch meine Traumgröße. Später hat er mich oft besucht, wir sind zusammen ausgegangen, und ich konnte noch ein wenig nachholen, was ich mir als junges Mädchen so sehr gewünscht hatte: einen großen Bruder zu haben.

Nun also sollte ich die ganze Familie anlässlich Evas Konfirmation treffen. Gudrun und Knut holten mich vom Bahnhof ab, und wir fuhren zuerst zur Wohnung des Ältesten, damit ich ihn, Karl, und seine Frau kennen lernen konnte, bevor wir hinausfuhren zur Industriestraße.

Wie völlig anders war nun auch diese Begegnung an der Adresse, die ich mir eineinhalb Jahre zuvor im Zorn eingeprägt hatte! Eva kam die Treppe herunter, sie war viel kleiner als ich und sprang mir in die Arme und fand es einfach toll, noch eine große Schwester zu haben. Sie nahm mich an der Hand, Gudrun an der anderen, und so zogen sie mich in die Küche. Ihre Mutter stand am Spülbecken und wusch das Geschirr, sie war klein und rundlich und sah mich freundlich an. Dann trocknete sie ihre

Hände, hielt sie mir entgegen und wischte meine große Angst und meine Schuldgefühle einfach weg:

«Guten Tag, Gisela – wir beide können nichts dafür. Du kannst mich einfach ‹Tante Hanna› nennen.»

Zu ihren Töchtern sagte sie: «Abtrocknen, bitte!», und drückte auch mir ein Küchentuch in die Hand:

«Hier, du gehörst jetzt auch dazu!»

So gern habe ich in meinem Leben noch nie abgetrocknet. Meine neue «Tante» Hanna fing an zu singen und die beiden Töchter fielen ein, wie sie es immer taten bei gemeinsamer Hausarbeit, und ich sang zögernd mit.

Hanna hat meine Mutter damals nicht und später nie auch nur mit einem Wort erwähnt.

Solange Hanna lebte, bewunderte ich die Güte und Großzügigkeit dieser Frau, die Selbstverständlichkeit, mit der auch sie mich in ihre Familie integriert hat. Sie hat mich nie spüren lassen, welche Schmerzen sie das vermutlich gekostet hat. Sie muss ihren Mann sehr geliebt haben, um so mit dem Produkt seiner außerehelichen Beziehung umgehen zu können – ideologisch verbrämt oder nicht, er war ihr untreu gewesen, und das hat ihr wehgetan.

Sie muss ihm alles verziehen haben, sonst hätte sie den Absturz aus den «Höhen» der SS-Gesellschaft in die bittere Armut, das Verstecken und Verheimlichen, die häufigen Umzüge nicht so klaglos hingenommen.

Sie hat ihre vier Kinder großgezogen, hat nachts geschneidert, lange Zeit damit das Existenzminimum für die große Familie verdient.

Als ihr Mann bettlägerig krank wurde, hat sie ihn fast ein Jahr lang Tag und Nacht versorgt und gepflegt. Sie erschien mir dennoch immer heiter, sie hat viel gesungen.

Die Lieder waren dann auch der einzige Zugang zu ihr, als sie nicht lang nach dem Tod ihres Mannes an Alzheimer erkrankte und sich mehr und mehr in sich zurückzog. Es war kein Gespräch mehr möglich, lediglich manchmal ein Aufblitzen von Erkennen, ein Signal des Verstehens.

Als ich sie zuletzt sah, an ihrem 85. Geburtstag, saß sie in ihrem Rollstuhl, ein winzig gewordenes, weißhaariges Weiblein, das rastlos die Finger bewegte und ausdruckslos vor sich hin starrte. Als aber die Töchter anfingen, Volkslieder zu singen, da fiel sie mit ihrer immer noch hellen Stimme ein und sang mit, den «Jäger aus Kurpfalz» und «Im Frühtau zu Berge wir zieh'n fallera!», sang sämtliche Strophen, als wir schon längst aufgehört hatten, weil uns die Texte nicht mehr einfielen.

Da hockte ich mich neben ihren Rollstuhl und bedankte mich für ihre liebevolle Fürsorge, mit der sie mich und meine Söhne in ihre Familie aufgenommen hatte. Obwohl ich nicht wusste, ob ich sie noch erreichte, hatte ich das Bedürfnis, sie stellvertretend für meine Mutter um Verzeihung zu bitten für das Leid, das sie ihr zugefügt hatte.

Für einen Moment hielten die flatternden Hände inne, sie wandte sich mir zu, nahm Blickkontakt auf, und es kam ein tiefer Seufzer: «Ach, ja.»

Für einen Moment ließ sie es zu, dass ich ihre Hand nahm, die einen Augenblick lang die meine festhielt, ehe sie sich entzog und die Hände wieder über die Decke irrten und ihre Augen wieder ins Leere schauten.

Ich war so glücklich damals bei Evas Konfirmation, dass die Familie mich aufnahm, als hätte ich schon immer dazugehört. Und ich sah ein, dass man natürlich nach außen hin nicht am Konfirmationsfest der Jüngsten plötzlich des Hausherrn uneheliche älteste Tochter präsentieren konnte.

Schon hatte ich wieder eine neue Vorzeige-Identität: das bislang unbekannte, uneheliche Kind des gefallenen, jüngeren Bruders, das unerwartet aufgetaucht war, weil es endlich die Verwandten seines Vaters entdeckt hatte ...

Meine «Cousinen und Vettern» haben sich aber nicht lang an diese Vereinbarung gehalten, mein Vater stellte mich bald seinen Kameraden als seine Tochter vor, und auch Hanna sprach irgendwann von ihren fünf Kindern.

Endlich hatte ich eine «richtige Familie», ich liebte sie mehr und mehr und wollte sie nie wieder verlieren. Vielleicht habe ich auch deshalb nicht gewagt zu widersprechen, wenn mein Vater «seine» Waffen-SS als «normale militärische Truppe» verteidigte, ich *wollte* es ihm glauben, dass diese Männer nichts mit der «anderen» SS zu tun hatten.

Ich habe in seiner Bibliothek nach der Bestätigung seiner Rechtfertigungen gesucht, in Büchern mit Titeln wie *«Soldaten wie andere auch – Der Weg der Waffen-SS»* und *«Die guten Glaubens waren»*. Ich habe das Vereinsblatt *«Der Freiwillige»* studiert, in dem er selbst schrieb.

In diesen Büchern und Artikeln stand nichts von Draufgängertum und blindem Gehorsam, von «Soldatentugenden» war da die Rede, von Idealismus und nationalem Ethos, von Kultur des Verstandes, vom Wert des Charakters, von Herzensbildung und immer wieder von Anstand, Kameradschaft, Ehre und Treue.

Ich wollte nicht daran zweifeln, dass *er* diese «Tugenden» in seinem Berufsleben gelebt hat, ich habe ihn selbst nicht anders erlebt als gebildet und klug, herzlich und zuverlässig.

Die Zusammenhänge interessierten mich damals nicht, ich wusste nicht, dass die «Waffen-SS» ihre Wurzeln in Hitlers «Leibstandarte» und «Verfügungstruppe» hatte, habe das alles erst lange nach seinem Tod gelesen in Kogons *«Der SS-Staat»* und Höhnes *«Der Orden unter dem Totenkopf»*.

Ich hörte gerne seine Geschichten von der vorübergehenden «Befreiung» Russlands von kommunistischer Herrschaft: Wie «seine» Division «Wiking» 1942 die «Bolschewiken» vertrieben, wie er mit seiner Einheit ehemalige, als Parteibastionen missbrauchte Kirchen gestürmt habe. Wie sie die Altäre wieder aufgestellt hätten und er eigenhändig das Kreuz wieder aufgehängt habe und alte Frauen ihm dafür die Hand küssten …

Ich habe auch nicht gewagt, ihn nach den Gräueltaten der «anderen SS» zu fragen, der grausamen, menschenverachtenden Herren über Leben und Tod in den Konzentrationslagern. Immer wieder habe ich die Bemerkung hinuntergeschluckt, die mir auf der Zunge lag:

«Als hoher Offizier musst du es doch *gewusst* haben, welche Verbrechen dort geschehen sind, angeblich im Namen der ‹Ideale›, die doch auch deine gewesen sein müssen.»

Stattdessen habe ich ihn zu Kameradschaftstreffen begleitet, staunend gesehen, wie alte Männer ihrem «KKK» um den Hals fielen und kaum die Tränen der Rührung zurückhalten konnten.

Ich war mit ihm auf Veranstaltungen des «Kulturwerks Europäischen Geistes», dessen Vorstand er angehörte, und habe mir kommentarlos in einer Art Trance Reden angehört, die nichts mit meiner Weltsicht zu tun hatten.

Ich habe seinen Charme, seinen schlagfertigen Witz, sein herzliches Lachen geradezu aufgesogen, ich hing an seinen Lippen, auch wenn er Dinge sagte, die mich beinahe fassungslos machten: Nach dem berühmt gewordenen Kniefall des damaligen Bundeskanzlers Willy Brandt am Denkmal für die ermordeten Juden 1970 in Warschau sagte er mit Blick auf meinen damals sechsjährigen Sohn:

«Wenn unser *Brandt* weiterhin so nach Osten *lodert*, wird Michael noch *Rotarmist*.»

Später hat mir dieser «andere» Anteil meines Vaters mehr und mehr zu schaffen gemacht, je mehr ich mir erlaubte, die Widersprüche zwischen seinem beschönigenden Selbstbild und den historischen Fakten zu sehen. Seit meiner Heirat mit einem ausgewiesenen Kenner des Nationalsozialismus und der Neonazi-Szene gab es bei den selten gewordenen Treffen ein unausgesprochenes Tabu: Politik ist kein Gesprächsthema.

Als mein Vater schwer krank wurde und bald das Bett nicht mehr verlassen konnte, war es zu spät für eine Konfrontation, auf die ich mich früher nicht einlassen wollte und konnte.

Er, der so lange noch fit war, ist körperlich sehr schnell verfallen, als ihm die Beine den Dienst versagten. Aber er musste noch über ein Jahr unter großen Schmerzen weiterleben. Geistig rege bis zum Ende, hat er sich nie darüber beklagt. Disziplin oder Sühne?

An seinem 80. Geburtstag, das hatte ich mir fest vorgenommen, wollte ich dennoch auch zu ihm ehrlich sein, ihm sagen, was ich bisher in den zwanzig Jahren seiner «Vaterschaft» versäumt hatte.

In der Nacht vor dem Geburtstagsfest wurde ich krank. Ich musste meine Teilnahme am Familienfest absagen.

Aber ich wollte, dass er vor seinem Tod doch noch erfuhr, was mich beschäftigte. Ich schrieb ihm einen langen Brief über meine so ambivalenten Gefühle – meine Liebe zu ihm und meine Ablehnung des SS-Offiziers. Ich schilderte ihm, dass ich mir gewünscht hätte, meine Eltern wären auf der Seite derer gestanden, die versuchten, das SS-System zu Fall zu bringen, anstatt es zu stützen.

Mein Bruder las ihm den Brief vor. Es war das erste Mal, dass er seinen Vater weinen sah. Wenige Tage vor seinem Tod besuchte ich ihn noch einmal: Er gab mir eine letzte kurze Antwort auf meinen Brief.

Er sah mich offen an. Seine Augen waren noch immer leuchtend blau und klar, nicht trüb wie oft bei alten Menschen. Er erzählte, wie er als Siebzehnjähriger als «Freiwilliger» in die Reichswehr eingetreten und voller Idealismus aufgebrochen sei, um seinem Land zu dienen, und schon bald im Nationalsozialismus die strahlende Zukunft gesehen habe. Wie er in sechsundzwanzig Dienstjahren immer wieder unter Lebenseinsatz gekämpft habe gegen die «Bolschewisierung Deutschlands».

Er habe sich alles ganz anders vorgestellt, er habe dabei sein wollen, um die Welt zum Guten und nicht zum Schlechten zu verändern, und «niemand habe es so gewollt, wie es gekommen ist, dass unendlich viel guter Wille in einem Meer von Blut und Tränen erstickte».

Er wünsche mir und meinem Mann, die wir mit entgegengesetzten politischen Vorstellungen, aber ähnlichem Idealismus «das Beste» anstrebten, mehr Erfolg, als ihm gegönnt war …

Ich habe es so angenommen, habe ihm geglaubt und zu verstehen versucht, dass er es seinem Selbstbild schuldig war, an der Illusion des «Guten» festzuhalten, das er einmal angestrebt hatte.

Ich habe sehr um ihn getrauert, als er starb. Auch heute kann ich nichts anderes sagen, als dass ich ihn geliebt habe wie einen richtigen Vater und über seine Zuneigung glücklich war.

Und mir selbst versichere ich immer wieder, dass seine SS-Vergangenheit nichts mit meinem Leben zu tun hat.

Aber – gäbe es mich überhaupt ohne diese Vergangenheit?

Auf der Heimfahrt von Tölz frage ich mich, ob es nicht ungerecht ist, dass ich meinem Vater nichts mehr nachtrage, wohl aber meiner Mutter.

Kann ich es nicht einfach auch «so stehen lassen», dass sie trotz alledem versucht hat, mir Mutter zu sein, so gut sie es eben konnte? Dankbar sein, dass sie mich nicht zur Adoption freigegeben hat wie viele andere Frauen, die in Lebensborn-Heimen entbunden haben? Anerkennen, dass sie dafür auch «Opfer» gebracht hat; dass sie ohne mich nach dem Krieg vielleicht ein ganz anderes, freieres Leben hätte führen können?

Und kann ich nicht, ähnlich wie bei meinem Vater, ihre NS-Vergangenheit, die doch entschieden weniger bedeutend war als seine, endlich wegschieben? Kann ich nicht aufhören, sie damit zu quälen? Es muss ein Ende haben – ich will, dass dieses schier «endlose Jahr» des Misstrauens und der Zweifel endlich aufhört.

Zu Hause ist alles in Ordnung, sie hat im Haushalt geholfen, so gut sie es mit ihrem gestörten Gleichgewicht seit einer missglückten Hüftoperation eben kann. Sie hat Strümpfe gestopft und geflickt, im Sitzen gebügelt. Auch wenn sie nicht mehr viel kochen kann, sie war immer da, wenn die Kinder aus der Schule heimkamen. So waren sie während meiner Abwesenheit nie allein.

Das ist gut so, dafür bin ich ihr wirklich dankbar, dafür schulde ich ihr Anerkennung und Respekt.

Als sie sich kurz nach meiner Rückkehr sogar bereit erklärt, mit mir die Protokolle aus dem Staatsarchiv, die mir der Richter bei ihrer Vernehmung überlassen hat, durchzusehen, bewundere ich sie sogar ein wenig; das finde ich mutig.

Wir sprechen als Erstes über die dort erwähnten Personen. Bei der Nennung der Namen kann sie sich zunächst «überhaupt nicht erinnern».

Aber doch – Hauptsturmführer Ragaller, der bis zuletzt die Lebensborn-Stelle des Reichskommissariats in Oslo leitete, war zuvor ihr Chef in München gewesen, er war derjenige, der ihr vorgeschlagen hatte, sie nach Oslo zu versetzen. Er sei ein freundlicher und «feiner» Mann gewesen, und er habe sich richtig gefreut damals, als sie ihm von ihrer Schwangerschaft erzählte:

«Freuen Sie sich doch und seien Sie stolz, von einem solchen Mann ein Kind bekommen zu dürfen!»

Immerhin hat Ragaller am Kriegsende Verantwortung für die norwegischen Lebensborn-Kinder bewiesen. Er soll sich gegen die vom Reichskommissar angeordnete Vernichtung der Akten gewehrt haben mit der Bemerkung: «Wir dürfen diese Kinder nicht ihrer Identität berauben», und er sei es gewesen, der die gesamten Akten dem Internationalen Roten Kreuz übergeben habe, das sie später dem Reichsarchiv in Oslo zur Verfügung stellte. In Deutschland haben die Verantwortlichen die Adoptionsakten in erster Linie als Beweismittel eigener Untaten gesehen und die meisten vernichten lassen. Damit wurde das Leid vieler Menschen endlos gemacht; bis zum heutigen Tag sind Tausende noch immer verzweifelt auf der Suche nach ihrer wirklichen Identität – wie Herr Moser.

Auch prominente Namen bekommen in ihrer Schilderung neue Gesichter. So wird aus dem Rassenfanatiker Dr. Ebner ein «sehr freundlicher Mann mit einer warmen Ausstrahlung, dem die Frauen vertrauten»; aus meinem Ex-Vormund, dem anderswo als eiskalt und arrogant beschriebenen Standartenführer Max Sollmann, wird ein sehr gut aussehender Mann, ein «korrekter, zuverlässiger Vorgesetzter», der nur im eleganten Maßanzug ins Büro kam. Auf meine erstaunte Frage bestätigt sie, dass sie weder ihn noch die anderen männlichen Mitarbeiter der Dienststelle jemals in Uniform gesehen habe. Dabei hatten sie doch sämtlich je nach Position einen SS-Rang inne; die Beförderung in der Amtstätigkeit war an den SS-Dienstgrad gekoppelt.

Ein weiteres interessantes Indiz für die gezielte Camouflage der SS-Zugehörigkeit der «Firma Lebensborn», wie Ragaller den Verein laut Vernehmungsprotokoll in Nürnberg genannt hat! Die weiblichen Angestellten, die sich bei der Einstellung zum Lebensborn zwar der SS «dienstverpflichtet» hatten, aber selbst in höchsten Positionen keinen Rang bekamen, waren im Alltag nicht ständig mit den Uniformen konfrontiert. So konnten sie mit ihrem Engagement für verwaiste Kinder vielleicht wirklich «vergessen», wer die gut angezogenen Männer in Wirklichkeit waren, und den Idealismus einer «Elternvermittlungsstelle» sehen und nicht die rassenpolitischen «Ideale» der SS.

In der Erinnerung meiner Mutter werden die Amerikaner zu knallharten Verhörern, die den Zeugen Aussagen in den Mund legten und sie veranlasst hätten, Dinge zuzugeben, die so nicht passiert seien.

Sie habe es nicht selbst erlebt, aber es sei sehr wohl zu Übergriffen gekommen. Sie habe zum Beispiel für eine Weile ihre Zelle mit Hitlers Sekretärin Johanna Wolf geteilt. Diese sei von den Amerikanern, die sie zur Aussage zwingen wollten, so misshandelt worden, dass sie für den Rest ihres Lebens eine schwere Gehbehinderung davongetragen habe. «Das Wolferl» habe aber kein schlechtes Wort über den «Führer» gesagt und auch ihr gegenüber nichts über ihre langjährige Tätigkeit erzählt. Meine Mutter gehörte zu den wenigen, zu denen die verhärmte Frau, die sich ganz von der Außenwelt zurückgezogen hatte, noch Kontakt hielt. Vermutlich nur, weil meine Mutter sich an das strikte Verbot hielt, die Vergangenheit auch nur mit einem einzigen Wort zu erwähnen.

Auch aus den Internierungslagern habe man nichts Gutes gehört, die Amerikaner hätten die Gefangenen dort hungern lassen und geschlagen.

In unserem Gespräch entrüstet sie sich noch einmal vehement über das hartnäckige Gerücht, der Lebensborn sei eine «Zuchtanstalt» gewesen. Sie bestreitet jetzt ebenso wie in den Protokollen von Nürnberg die Behauptung, der Lebensborn habe irgendetwas mit der Entführung von Kindern aus dem Osten zu tun gehabt. Und wenn es «so etwas» gegeben haben sollte, obwohl sie in ihrer Position davon nichts gehört und gesehen haben will, so sei das über das Rasse- und Siedlungshauptamt und die «VoMi» gelaufen, die «Volksmittelstelle» der NSV, der Nationalsozialistischen Volkswohlfahrt, die wohl eigene Übergangsheime zur «Eindeutschung» arischer Kinder polnischer Herkunft unterhalten habe.

Aus dem Vernehmungsprotokoll mit dem Schwerpunkt «Rechtmäßigkeit» der Adoption von norwegischen Kindern in Deutschland konnte ich entnehmen, dass sie vom 1. November 1943 «bis zum Schluss» als «Sachbearbeiterin» zuständig war für die Vermittlung der «Norwegerkinder» an deutsche Pflege- und Adoptivstellen.

Meine lang gehegte Hoffnung, endlich Genaueres über ihre Tätigkeit erfahren zu können, muss ich wohl aufgeben; heute wie damals beteuert sie, dass es auch aus Norwegen keine «Entführungen» gab, alle Kinder seien mit Einverständnis der Mütter nach Deutschland gebracht worden:

«Ich kann nichts anderes sagen. Ich sehe genau das Formblatt vor mir mit der Unterschrift der Mutter, und dabei war eine norwegische Erklärung.»

Sie nickt zufrieden, als ich ihr den Wortlaut ihrer Aussage von damals vorlese.

«Genau so war es.»

Ich habe heftiges Herzklopfen bei der Aussage, die mich am meisten beunruhigt – auf die seltsame Frage des Mr. Meyer: *«Sie haben in Norwegen auch die Sache gemacht?»*, antwortete sie am 28.5.1947:

«Ich habe die Sache gemacht, habe mich mit den Müttern unterhalten, was sie mit den Kindern vorhaben.»

Fünfzig Jahre später kann sie nicht glauben, dass sie einen so «blöden Satz» gesagt haben soll:

«So ein Schmarr'n, da siehst es doch selber, dass die blöde Fragen gestellt haben und einfach irgendwas hingeschrieben haben! Welche ‹Sache› soll ich denn gemacht haben – so würd ich mich doch nie ausdrücken!»

Sie ist empört über meine Frage, die sich auf diese Aussage bezieht:

«Hattest du vielleicht den Auftrag, die Norwegerinnen zu überreden, ihre Kinder dem Lebensborn zu überlassen?»

Und dann nimmt sie alles zurück, was sie je über ihre Versetzung nach Oslo gesagt hat:

«Ich habe doch in Oslo sowieso nicht mehr *gearbeitet* – du weißt es doch am besten, dass ich nur zur Entbindung dort war!»

Es hat keinen Sinn, wir drehen uns im Kreis.

Sie wiederholt wieder die «Freiwilligkeit» und die «gute Lösung für alle Beteiligten» und beteuert wie immer, nichts «Unrechtes» getan zu haben und – dass die Adoption von Kindern nichts mit Politik zu tun gehabt habe.

«Wir haben doch nur geeignete Eltern für elternlose Kinder gesucht! Wir haben Kinder davor bewahrt, dass sie in Heimen groß werden mussten, und wir haben kinderlose Eltern glücklich gemacht! Ich bin mir da heut' noch keiner Schuld bewusst – das tät ich doch heut' wieder genauso machen!»

Beschwörend sagt sie noch einmal: «So glaub mir's doch bitte endlich: Ich hab nie politisch gedacht!» – und ich antworte:

«Ich glaub dir das ja – nur musst du doch wenigstens heute einsehen, dass dein *Handeln* politisch war, weil du ein politisches System unterstützt hast, ob du nun so *gedacht* hast oder nicht!»

Sie schweigt eine Weile, sieht mich dann offen an und sagt mit tiefem Ernst:

«Da hast du Recht, so wie du das jetzt gesagt hast, so habe ich das nie verstanden. So war's wahrscheinlich bei den meisten von uns: Wir haben nicht politisch gedacht, aber gehandelt.»

Ich bin so angerührt von dieser späten Einsicht meiner über achtzigjährigen Mutter, dass ich sie nur in den Arm nehmen kann. Sie weint und sagt: «Verzeih mir, ich hab es doch ganz anders gewollt, und ich wollte es dir doch nicht schwerer machen, sondern leichter! So viele Fehlentscheidungen in meinem Leben, ich kann sie doch nicht mehr rückgängig machen.»

«Ach Mutti, ich habe dir längst verziehen, du musst auch mir verzeihen, dass ich dich oft so hart und selbstgerecht beurteilt

297

habe und so inquisitorisch ausgefragt habe. Es ist eigentlich mehr eine Frage des Verstehens, nicht des Verzeihens. Ich möchte *verstehen*, warum du so gehandelt hast! Du kannst deine ‹Fehlentscheidungen› freilich nicht mehr rückgängig machen, bis auf eine: zu schweigen. Du kannst alles erzählen, was du noch weißt, du gehörst doch zu den letzten Zeitzeugen, vielleicht fällt dir doch das eine oder andere noch ein, wenn wir uns weiter unterhalten. Alles, was du erlebt hast, ist ein Stück Geschichte für die Generation deiner Enkel und Urenkel. Und alles, was du erzählst, kann dazu beitragen, dass sie aufmerksamer ist als die eure und hoffentlich rechtzeitig erkennt, wenn neonazistisches Gedankengut so weit um sich greift, dass es zu einer Gefahr für die Demokratie wird.»

Sie nickt:

«Erinnerst du dich, was ich g'sagt hab, als ich damals die ersten Bilder von den brennenden Asylhäusern gesehen hab?»

Ja, ich erinnere mich. Sie hat entsetzt ausgerufen:

«Merkt denn niemand, dass es schon wieder losgeht?»

Wir sprechen auch noch einmal über Moser, und wieder beteuert sie, dass sie nichts über ihn weiß, dass sie mich damals nur nicht über seinen Anruf informiert habe, weil sie ihn gar nicht «ernst genommen» habe und mich nicht beunruhigen wollte.

«Du hast doch immer schon auf das Wort ‹Lebensborn› allergisch reagiert.»

Das habe ich wohl. Gut, sie wollte mich schonen, wie immer. Ich will es glauben. Ich wage mich weiter vor.

«Du hast immer behauptet, dass du kein SS-Mitglied warst ...»

Sie unterbricht mich sofort:

«Ich war nicht in der SS, sonst hätten s' mich doch angeklagt in Nürnberg! Ich war doch nicht einmal in der Partei, ich schwör's dir!»

«Dass du kein SS-‹Mitglied› sein konntest wie die Männer, das habe ich inzwischen herausgefunden, Mutti. Ich weiß, dass Himmler einen Unterschied machte zwischen der an Diensträngen gekoppelten ‹SS-Mitgliedschaft› für seine Männer und den Frauen, die lediglich in die ‹Sippengemeinschaft der SS› aufgenommen wurden, selbst wenn sie für die SS arbeiteten. Aber warum musst du denn noch immer behaupten, dass du auch nicht in der Partei warst?»

Sie starrt mich an und insistiert:

«Ich war auch nie in der Partei! Wie oft soll ich dir das noch sagen! Warum glaubst du mir das nicht?»

«Es ist nicht so leicht für mich, dir zu glauben.»

«Aber du musst doch wissen, dass es nach dem Krieg die Spruchkammerverfahren gegeben hat, da hat man sich doch dem Entnazifizierungsverfahren stellen müssen! Und da bin ich freigesprochen worden!»

«Na ja, du bist eingestuft worden als ‹Mitläufer›, das sind andere auch, die in der Partei, waren, wenn sonst nichts gegen sie vorlag.»

«Ich war nicht in der Partei, und das hat auch niemand von mir verlangt – wenn sie es auch gern gesehen hätten.»

Es hat keinen Sinn, sie begreift es nicht, dass ich ihr eine Brücke bauen will. Soll ich den Auszug aus der NSDAP-Gaukartei aus der Tasche ziehen, auf den ich bei meinen Lebensborn-Recherchen gestoßen bin? Soll ich sie noch einmal konfrontieren und ihr die eigene Mitgliedsnummer, das Aufnahmedatum vorlesen?

Ich werde es lassen, ich werde aufhören, in sie zu dringen, selbst wenn ich glaubte, dass sie jetzt so weit sei, die *Wahrheit* zu sagen. Es ist *ihre Wahrheit*, die sie sich im Laufe der Jahrzehnte zurechtgelegt hat und an die *sie glaubt*!

Ich muss meiner Mutter endlich zugestehen, was mir bei Klienten selbstverständlich ist: Wahrheit ist immer relativ, und auch erdachte Erinnerungen können wie in jedem anderen Lernprozess durch ständige Wiederholung zu «Tatsachen» werden.

Es ist ihre «gelebte Biographie», die nicht mit der Realität der historischen und in Akten belegten Fakten übereinstimmt.

Sie glaubt an das Lebenskostüm, in das sie geschlüpft ist, sie kann es nicht noch einmal vertauschen gegen das alte. Damals

hat sie das alte Leben abgelegt wie ein gebrauchtes Kleidungs-
stück, das sie nun nicht mehr findet. Sie wäre nackt, wenn sie
nach fünfzig Jahren das heutige Kostüm abstreifen würde, in
dem sie sich «eingelebt» hat.

Hieße es nicht auch, sie ihrer letzten Würde zu berauben,
wenn ich sie nun noch einmal konfrontierte?

Ihre «Lügen» entsprangen der Not, mit dem Gefühl der
Schuld und der Scham nicht weiterleben zu können; sie entstanden aus Angst vor Urteil und Verlust.

Kann ich, darf ich noch einmal insistieren:

«Ich *weiß* es, dass du eine Realität verleugnest, die ich genau
kenne – ich habe es sogar schriftlich!»

Ich bin ihre Tochter, nicht ihre Richterin. Sie ist meine Mutter – ich verdanke ihr mein Leben.

Ich werde es nicht sagen, werde die Kopie in meiner Mappe
lassen und sie nie wieder nach ihrer Parteimitgliedschaft fragen.

Und doch – etwas will ich noch wissen.

«Es gibt noch etwas, was mich beunruhigt.»

Ich erzähle ihr die Geschichte von der schwarzen Ledermappe in ihrem Bücherschrank mit dem mysteriösen Anhänger.

«Aber die hast du doch immer als Schulmappe benutzt!»

Das sei schon richtig, aber ich hätte sie nicht mitgenommen,
als ich nach meiner Heirat auszog. Das kann sie sich gar nicht
vorstellen:

«Du hast die Mappe doch immer gern gehabt, weil so viele
Bücher reingepasst haben, auf der Uni hätt'st du sie sicher erst
recht brauchen können!»

«Mutti, die Mappe war doch ein Andenken an deinen Lieb-
haber, die habe ich mir ausgeliehen, aber behalten wollte ich sie
nicht.»

Es hilft nichts, sie ist überzeugt davon, dass ich die Tasche
mitgenommen habe, und über «so einen Anhänger» kann sie
nur lachen – im Leben hat sie nichts über ihren Tod aufgeschrieben! Mir wird schon wieder mulmig, ich breche das Gespräch
ab. Vielleicht waren es ja doch die Liebesbriefe des Tascheneig-

ners, die sie später verbrannt hat, und dann warf sie wahrscheinlich die Mappe weg. Jetzt ist es ihr peinlich, das zuzugeben.

Ich verstumme, aber ich spüre, dass mir die Freude am Frühlingsblühen schon wieder verloren geht, je näher der Jahrestag rückt, an dem der Anruf Mosers meine nach dem Oslo-Besuch nur scheinbar geheilte Welt so in Aufruhr versetzt hat.

Eines Morgens nun sitzt sie schweigsam beim gemeinsamen Frühstück, sie deutet auf die frischen Brötchen, schaut von einem zum anderen und schüttelt den Kopf.

«Was soll das, es ist doch egal, welches du nimmst, du brauchst doch nicht zu fragen!», herrsche ich sie an, weil es mir auf die Nerven geht, obwohl sie eben nicht einmal fragt. Sie nimmt eine Semmel, kaut sie sehr langsam und schweigt, antwortet auch auf die Fragen der Kinder nur mit einem Achselzucken. Irgendetwas ist ihr wohl «über die Leber gelaufen», ich bin mir keiner Schuld bewusst. Aber ich bin gereizt:

«Redest du jetzt nicht mehr mit uns?»

Sie schüttelt den Kopf, lächelt ein wenig. Sie deutet auf ihre leere Teetasse, ich fülle sie auf, frage sie, ob sie noch Schinken will, ehe ich den in den Kühlschrank zurückstelle. Gert und die Kinder sind längst vom Tisch aufgestanden. Sie zuckt wieder mit den Schultern, und erst auf meine erneute Aufforderung: «Jetzt sag doch endlich etwas!», fängt sie an zu lallen wie ein Kleinkind.

Langsam und mit großer Anstrengung kommen unverständliche Worttrümmer aus ihrem Mund, ihr Gesichtsausdruck ist eher erstaunt als verzweifelt. Ich warte auf ein Erschrecken in mir, das nicht aufkommt. Aufmerksam höre ich den Brocken zu, die sie wiederholt, und ich denke an ein sprachbehindertes Kind in meiner Zeit als Sonderschullehrerin, das mit großer *Selbstverständlichkeit* merkwürdige Sprachgebilde produzierte und sie so lange wiederholte, bis ich sie tatsächlich verstand. Und schließlich höre ich auch aus den mühsam formulierten Lauten meiner Mutter etwas heraus wie «kann nimmer reden» und «schon in der Früh».

Ich finde heraus, dass sie keine Schmerzen hat, dass sie mich gut versteht und nur ihre Motorik verlangsamt ist.

Ich rufe den Notarzt, flöße ihr aufgelöstes Aspirin ein. Als sie aufstehen will, wird ihr schwindelig, ich kann sie gerade noch festhalten und um Hilfe rufen, wir bringen sie gemeinsam zu Bett.

Die Diagnose des Notarztes bestätigt, was wir befürchten: Schlaganfall, sofortige Klinikeinweisung.

Sie tut mir sehr Leid, wie sie da auf die Liege gepackt wird und mich anschaut wie ein hilfloses Kind. Ich streichle sie sanft und küsse sie auf die Stirn. Das habe ich selten getan.

«Hab keine Angst, ich komme mit.»

Ich halte ihre Hand ganz fest, und sie lässt sie nicht mehr los auf dem Weg in die Klinik.

Noch immer ist sie im Krankenhaus und lernt mühsam wieder zu sprechen, als mein Sohn Michael anruft und mich bittet, den Bücherschrank in der Münchner Wohnung auszuräumen. Er kann mit den Büchern der Großmutter nichts anfangen, braucht aber dringend den Schrank.

Ich verstaue die Bücher in einem Karton. Eine dicke Schwarte, «Angelique und der König», rutscht mir aus der Hand, die Seiten öffnen sich. Ich hebe ein Lesezeichen auf, das herausgefallen ist.

Es ist kein Lesezeichen.

Es ist ein vergilbter, halb abgerissener Paketanhänger.

Der handgeschriebene Absender lautet:

Maria Müller, Bad Tölz, Gaißacherstraße

Ich bin gerührt, sicher bewahrt sie das Stück Karton auf, weil ihre vor fast vierzig Jahren verstorbene Schwester ihren Namen darauf geschrieben hat.

Als ich den zerrissenen Paketanhänger in «Angelique und der König» zurücklegen will, erkenne ich auf seiner Rückseite die Handschrift meiner Mutter:

Der Inhalt dieser Ta
ist nach meinem T
zu verbrennen.

Anhang

Der Lebensborn e. V. –
Eine Legende ohne Ende?

In den letzten fünf Jahrzehnten sind Tausende von Büchern über den Nationalsozialismus erschienen, seine Wurzeln und Ideologien, seine Organisationen und Verbrechen. Mit geringfügigen Abweichungen stimmen ernsthafte Historiker in der Einschätzung dieses verbrecherischen Regimes und seiner entsetzlichen Folgen überein, nicht zuletzt, weil es eine Fülle von Beweismaterialien in Form von Dokumenten und Augenzeugenberichten gibt. Nicht so beim Thema «Lebensborn», dem rassenpolitischen Machtinstrument, dessen Funktion noch immer umstritten ist. Trotz einiger ernst zu nehmender wissenschaftlicher Veröffentlichungen halten sich Gerüchte, werden noch immer Legenden gesponnen über eine wichtige Institution der SS, die die rassistischen Wahngebilde der Nazis in die Praxis umsetzte.

Besonders hartnäckig hält sich das Gerücht, die Lebensborn-Heime seien nichts anderes gewesen als «Zuchtanstalten», in denen «rassisch wertvolle» SS-Männer (und das waren sie per Definition, weil sie ohne entsprechende Einordnung auf der Werteskala der Rassengruppen gar nicht in die Elitetruppe Himmlers, die «Schutzstaffel», aufgenommen worden wären) vorzugsweise mit BDM-Mädchen (*Bund deutscher Mädchen*) «guten Blutes» arischen Nachwuchs produzierten.

Das Klischee, mit dem ich selbst als junges Mädchen konfrontiert und schwer belastet wurde, ist zu einer zählebigen Legende geworden. Sie begegnet mir bis heute. Die Journalistin *Dorothee Schmitz Köster* berichtet Ähnliches.

Ihr 1997 erschienenes Buch «*Deutsche Mutter, bist du bereit ...*» – *Alltag im Lebensborn*[1] – beginnt mit dem Vorurteil, auf das sie

---

1 Berlin 1997

von Anfang an bei ihren Recherchen zum Thema stieß: «*Ist es da wirklich so zugegangen? … Dass ausgesuchte Frauen und Männer zusammengebracht wurden, um Kinder zu zeugen?*»[2]

Nicht nur in Deutschland hält sich die Legende. Mehrere Hollywoodstreifen entstanden, zum Beispiel 1998 einer von David Stephans: «*Lebensborn*» – Strickmuster siehe oben.

Am 21. Januar 2000 erschien auf der ersten Seite der *Los Angeles Times* ein Artikel unter dem Aufmacher:

«*Breeding to Further the Reich: In Himmler's Lebensborn project 11 000 children were born to women who mated with elite SS-officers.*»

Die Schlagzeile wollte nicht etwa ein altes Gerücht befragen, sondern fasste zusammen, was im Folgenden behauptet wird:

«*… women who had the ‹desirable› physical qualities of blond hair and blue eyes were urged to have sexual relations with tall, fit officers of Hitler's elite SS troop to produce a master race for the Fuehrer.*»

Und im Oktober desselben Jahres lud Hollywood ein zur Pressevorführung eines neuen, diesmal tschechischen Films: «*Der Lebensborn – The Spring of Life*», mit der Inhaltsbeschreibung:

«*The film brings to light a little-known operation of the Nazi SS, started just before the outbreak of World War II. Through the careful selection and re-education of young women, it was the Nazis' mad dream to create an Aryan ‹master race› …*»[3]

Wie lange noch wird sich der Mythos von der «Zuchtanstalt» halten, warum ist das anscheinend noch immer die erste Assoziation zum Stichwort «Lebensborn», auch wenn danach meist eine vage Vorstellung von «Menschenraub» formuliert wird?

Georg Lilienthal erwähnt in der Einleitung seiner 1985 herausgegebenen, detaillierten wissenschaftlichen Publikation «*Der Lebensborn e. V.*»[4] die spektakulären «Tatsachenromane», bei-

2 a.a.O. S. 9
3 Einladungsschreiben an die Presse
4 Mainz, Stuttgart, New York 1985

spielsweise *Will Bertholds* in der Zeitschrift *Revue* (1958 als Serie erschienen und 1975 als Buch unter dem Titel «*Lebensborn e. V.*»[5]), dazu Filme und angebliche Interviews der sechziger und siebziger Jahre. Sie alle griffen das Gerücht auf, der Lebensborn sei nichts anderes als eine Zuchtanstalt gewesen.

Lilienthal meint, die strenge Geheimhaltung der Lebensborn-Einrichtungen habe wohl schon vor 1945 die sexuelle Fantasie der Menschen beflügelt. Geschichten über die Verkuppelung von rassisch ausgesuchten Mädchen mit SS-Elitemännern kursierten schon im Dritten Reich.

Von Anfang an unterlag die Arbeit des Lebensborn der Geheimhaltung, Veröffentlichungen zum Thema in der Presse waren verboten, über die «Erfolge» wurde nur SS-intern unterrichtet. Unter Umgehung von Rechtsvorschriften wurde der Meldepflicht scheinbar Genüge getan, die Geburten wurden von eigenen Standesämtern in den Heimen registriert – Einsicht in die Akten blieb aber der Öffentlichkeit verwehrt.

«Zusammengeführt» zwecks Zeugung wurde dort in den Heimen zwar niemand – aber es galt auch nicht als verwerflich, aufgrund einer kürzeren oder längeren unehelichen Liaison schwanger zu werden; es war im Gegenteil erwünscht. Nach Lilienthals intensiven Recherchen gibt es keine Belege für «gelenkte Zeugungen» und «Edelbordelle»; Grundlage für diese unwahren Annahmen sind lediglich einige wenig seriöse «Zeugenberichte», der erwähnte «Tatsachenroman» und als Hauptquelle ein Film mit dem Titel «*... dem Führer ein Kind schenken*» der französischen Journalisten *Marc Hillel* und *Clarissa Henry*, der 1975 auch im ZDF ausgestrahlt wurde, und deren gleichzeitig veröffentlichtes Buch «*Lebensborn e. V. – Im Namen der Rasse*»[6].

Obwohl Lilienthal die Ernsthaftigkeit ihrer Recherchen würdigt, weist er den Autoren detailliert[7] nach, dass ihre Behauptungen auf nicht belegbaren Thesen beruhen.

5 München 1975
6 Hamburg 1975
7 a.a.O. S. 155–160

Legende ohne Ende?

Solange noch immer, vor allem in den USA, die genannten Autoren als Hauptquelle angegeben werden und selbst Forschungsinstitute wie das *Simon Wiesenthal Center* weiterhin behaupten, der Lebensborn war «*a program to produce an Aryan master race by pairing males and females selected for their perfect Aryan features*»[8], bekommt vermutlich die Legende immer mehr den Anschein einer historischen Tatsache, wird ein Mythos zum Faktum.

Das ist umso bedauerlicher, als der rassistische Wahn des Lebensborn nicht nur im Versuch der *Züchtung* einer Rasse liegt, sondern in seiner Mitverantwortung an der *Vernichtung* von Leben:

Die «Züchtung» einer arischen Rasse war zwar geplant, erfolgte aber weniger in Form einer Zusammenführung zur Zeugung als vielmehr durch Kontrolle und Verhinderung von unerwünschten Ehen und Schwangerschaften und entsprechendem nichtarischen Nachwuchs. Für die SS-«Elite», die gewissermaßen als «Brutstätte» der neuen Rasse auserwählt war – und der die Lebensborn-Entbindungsheime auch zur Verfügung standen –, führte Himmler mit Wirkung vom 1. Januar 1932 eine «Heiratsgenehmigung» ein, die nur erteilt wurde, wenn auch die Bräute den für die SS-Männer notwendigen «Ariernachweis» vorlegen konnten und ihnen ärztlich «Erbgesundheit» und «Fruchtbarkeit» bestätigt worden waren:

«4. Die Heiratsgenehmigung wird einzig und alleine nach rassischen und erbgesundheitlichen Gesichtspunkten erteilt oder verweigert.

5. Jeder SS-Mann hat hierzu die Heiratsgenehmigung des Reichsführers-SS einzuholen.»

Wer versuchte, sich dieser absoluten Kontrolle zu entziehen, wurde *«aus der SS gestrichen».* Himmler schließt selbstzufrieden mit: *«10. Die SS ist sich selbst darüber im klaren, daß sie mit diesem Befehl einen Schritt von großer Bedeutung getan hat.»*[9]

---

8 zit. Timm, Annette, Program for Advanced German and European Studies, FU Berlin
9 Schwarz, Gudrun, Eine Frau an seiner Seite, Hamburg 1997, S. 24/25

Ganz sicher hat dieser Schritt entscheidend die weitere Richtung der Rassenpolitik bestimmt, es folgten 1935 die Nürnberger Rassengesetze, die Gesetze zur Vernichtung «unwerten Lebens» mit den Konsequenzen Euthanasie, Zwangssterilisation und schließlich Ermordung von Millionen.

Der Hintergrund für die Gründung des Lebensborn war zunächst ein pragmatischer. Bereits um die Jahrhundertwende war die Zahl der Geburten in Deutschland gesunken, was schon im späten Kaiserreich zu den Befürchtungen führte, das deutsche Volk befinde sich im Niedergang.

Nach dem 1. Weltkrieg mit unzähligen Todesopfern sank die Geburtenrate in Deutschland weiter – so rapide wie in keinem anderen Industriestaat.[10]

Die Nazis sahen einen wesentlichen Grund für die extrem niedrige Geburtenstatistik in der erschreckend hohen Zahl der Abtreibungen – man schätzte sie im Jahr 1934 auf 800 000 bis eine Million – und verschärften das Abtreibungsgesetz mehrmals, 1943 stand auf Abtreibung die Todesstrafe. 1934 wurde die *Nationalsozialistische Volkswohlfahrt NSV* gegründet, deren *Hilfswerk für Mutter und Kind* uneheliche Mütter betreute, sie unterstützte, wenn Väter die Alimente verweigerten, und versuchte, mit Darlehen einen Anreiz für Eheschließungen – allerdings nur für Paare mit «Ariernachweis» – zu bieten.

Als Chef der Gestapo und der Polizei war Heinrich Himmler durch die hohe Anzahl der rechtskräftig Verurteilten auf die Abtreibungsproblematik aufmerksam geworden. Er glaubte nicht, dass durch Strafmaßnahmen oder durch die Angebote der NSV die Abtreibungsdelikte entscheidend zu senken wären. Seiner Ansicht nach lag die Wurzel des Übels in der Gesellschaft, die nicht verheiratete Mütter ächtete und unehelichen Kindern den sozialen Aufstieg erschwerte, ja oft unmöglich machte.

Er kam zu der durchaus nachvollziehbaren Überzeugung, dass

---

10 Seidler, Franz, Lebensborn e. V. der SS, http://www.vaeter-aktuell.de/un-kinderrechtekonvention/Lebensborn01.htm

man schwangeren Frauen nur wirkliche Hilfe anbieten könne, wenn man sie der Diskriminierung der Gesellschaft erst gar nicht aussetzte. Er folgerte, man müsse diesen Frauen Gelegenheit geben, ihr Kind abgeschirmt von der Öffentlichkeit auszutragen und es unter Geheimhaltung zur Welt zu bringen. Dazu brauchte man geeignete Heime, Geld- und Rechtsmittel, die ein Verein zur Verfügung stellen sollte. Am 12.12.1935 wurde also auf Veranlassung des «Reichsführers-SS» Heinrich Himmler von zehn SS-Führern der *Lebensborn e. V.* gegründet. Als eingetragener Verein hatte der Lebensborn nach außen die Funktion einer selbständigen juristischen Person und konnte somit von Anfang an verschleiern, dass es sich de facto um eine SS-Organisation handelte.

Die Satzung definierte dagegen Zugehörigkeit und Zielsetzung ganz klar:

«Der Lebensborn e. V. wird vom Reichsführer-SS persönlich geführt, ist integrativer Bestandteil des Rasse- und Siedlungshauptamtes der SS und hat folgende Aufgaben:

1. Rassisch und erbbiologisch wertvolle kinderreiche Familien zu unterstützen.

2. Rassisch und erbbiologisch wertvolle werdende Mütter unterzubringen und zu betreuen, bei denen nach sorgfältiger Überprüfung der eigenen Familie und der Familie des Erzeugers anzunehmen ist, daß gleich wertvolle Kinder zur Welt kommen.

3. Für diese Kinder zu sorgen.

4. Für die Mütter dieser Kinder zu sorgen.»

Es wurde darin auch definiert, wie die SS in die Pflicht genommen wurde:

«Es ist eine Ehrenpflicht für jeden hauptamtlichen SS-Führer, Mitglied des Lebensborn zu sein. Die Beiträge sind gestaffelt nach Alter, Einkommen und Kinderzahl der SS-Führer, wobei als Selbstverständlichkeit unterstellt wird, daß der SS-Führer mit 26 Jahren heiratet. Ist bis zum 28. Lebensjahr kein Kind da, so tritt die erste Beitragserhöhung ein. Mit 30 Jahren sollte das zweite Kind da sein, sonst wird der Beitrag wieder höher.»

Kein Wunder, dass verheiratete kinderlose SS-Führer schon

zur Vermeidung der Beitragserhöhung gerne dem späteren Aufruf Himmlers zur außerehelichen Zeugung nachkamen ...

Diese freiwilligen «Dienstleistungen» seiner Schutzstaffel-Männer brachten dennoch nicht den erwünschten Erfolg, die «Produktion» bis zum Kriegsbeginn reichte nicht aus und veranlasste den Reichsführer am 28. Oktober 1939 zum «SS-Befehl für die gesamte SS und Polizei», in dem er behauptete, dass im Krieg ruhig nur sterben kann, «... *der weiß, daß seine Sippe, daß all das, was seine Ahnen und er selbst gewollt und erstrebt haben, in den Kindern seine Fortsetzung findet. (...) Über die Grenzen vielleicht sonst notwendiger bürgerlicher Gesetze und Gewohnheiten hinaus wird es auch außerhalb der Ehe für deutsche Frauen und Mädel guten Blutes eine hohe Aufgabe sein können, nicht aus Leichtsinn, sondern in tiefstem sittlichen Ernst Mütter der Kinder der ins Feld ziehenden Soldaten zu werden. (...) Niemals wollen wir vergessen, daß der Sieg des Schwertes und das vergossene Blut unserer Soldaten ohne Sinn wären, wenn nicht der Sieg des Kindes und das Besiedeln des neuen Bodens folgen würden.»*

Der *Befehl* endet mit dem Aufruf:

«*SS-Männer und Ihr Mütter dieser von Deutschland erhofften Kinder, zeigt, daß Ihr im Glauben an den Führer und im Willen zum ewigen Leben unseres Blutes und Volkes ebenso tapfer, wie Ihr für Deutschland zu kämpfen und zu sterben versteht, das Leben für Deutschland weiterzugeben willens seid!*»[11]

Von Anfang an beherrschte also kein karitativer Gedanke die scheinbar soziale Einrichtung. Die wahren Motive für die Errichtung des Lebensborn lagen in Himmlers (und natürlich auch Hitlers) Weltanschauung, die Machtpolitik und Rassenideologie zusammenbrachte, indem «*der Aufbau eines ‹Germanischen Reiches› die gewaltsame Eroberung fremden Territoriums und die Schöpfung einer rassischen Elite (erforderte). Beides war auf Dauer nur zu erreichen, wenn der Nachwuchs vermehrt und qualitativ verbessert wurde.*»[12]

11 Kopie des O-Blattes liegt vor
12 Lilienthal, a.a.O. S. 42

Dazu wurde der Lebensborn gebraucht, und ausschließlich Mütter, von denen erwünschter Nachwuchs zu erwarten war, profitierten von ihm; andere ledige Mütter wurden abgewiesen – und zwar mehr als die Hälfte der Hilfesuchenden –, auch wenn sie dringend Beistand gebraucht hätten. Letztlich wurde die soziale Notlage der Mütter durch den Verein ausgenutzt, der sie vorgeblich linderte. Ebenso beutete er das soziale Engagement von Mitarbeiterinnen aus, die tatsächlich Müttern und Kindern helfen wollten und das Ausmaß der Täuschung nicht erkannten.

«Der Lebensborn war dem Rassengedanken verpflichtet, nicht der sozialen Idee, wie nach dem Krieg behauptet wurde.»[13]

Doch die soziale Idee wurde mit Erfolg propagiert: Im «Nürnberger Prozess» wurde der Lebensborn 1948 vom Militärgericht der USA als Institution freigesprochen, die angeklagten Hauptfunktionäre erhielten ausschließlich wegen ihrer Mitgliedschaft in der SS, die als «verbrecherische Organisation» eingestuft worden war, geringfügige Gefängnisstrafen, nicht aber wegen ihrer Aktivitäten im Lebensborn!

In der Urteilsverkündung heißt es:

«Aus dem Beweismaterial geht klar hervor, daß der Verein Lebensborn, der bereits lange vor dem Krieg bestand, eine Wohlfahrtseinrichtung und in erster Linie ein Entbindungsheim war. Von Anfang an galt seine Fürsorge den Müttern, den verheirateten, sowie den unverheirateten, sowie den ehelichen und unehelichen Kindern. Der Anklagevertretung ist es nicht gelungen, mit der erforderlichen Gewißheit die Teilnahme des Lebensborn und der mit ihm in Verbindung stehenden Angeklagten an dem von den Nationalsozialisten durchgeführten Programm der Entführung zu beweisen. Der Lebensborn hat im allgemeinen keine ausländischen Kinder ausgewählt und überprüft. In allen Fällen, in denen ausländische Kinder von anderen Organisationen nach einer Auswahl und Überprüfung an den Lebensborn überstellt worden waren, wurden die Kinder bestens versorgt und niemals in irgendeiner Weise schlecht behandelt. Aus dem Beweismaterial geht klar hervor, daß der Lebensborn unter den zahlreichen Organisationen

13 Seidler, a.a.O.

*in Deutschland, die sich mit ausländischen nach Deutschland ver-
brachten Kindern befaßten, die einzige Stelle war, die alles tat, was in
ihrer Macht stand, um Kindern eine angemessene Fürsorge zuteil
werden zu lassen und die rechtlichen Interessen der unter seine Obhut
gestellten Kinder zu wahren.»*[14]

Auch bei nachweislicher «Fürsorge» für die Kinder war die
Institution durchaus an den verbrecherischen Aktivitäten des
Menschenraubs beteiligt, unterstand der Lebensborn doch den
Anweisungen der «anderen Organisation», des Rasse- und Sied-
lungshauptamtes – siehe Satzung!

Davon war auch der deutsche Anklagevertreter im Spruchkammerverfahren 1950, dem so genannten «Münchner Prozess», gegen die Hauptakteure des Lebensborn überzeugt. Dennoch fielen die Urteile sehr milde aus: Freispruch für sechs der
acht Angeklagten; geringfügige Bestrafung (die mit der Verur-
teilung von Nürnberg «verrechnet» werden musste!) für die
Hauptverantwortlichen, den Geschäftsführer SS-Standartenführer Max Sollmann, früherer Adjutant von Himmler, und den
Leitenden Arzt SS-Oberführer Dr. Gregor Ebner, Duzfreund
und früherer Hausarzt des Reichsführers-SS ...[15]

Schon vor dem Krieg, nämlich 1938, war Himmler bereits
entschlossen, zur Durchführung seiner Idee vom «germanischen Reich» Gewalt anzuwenden und «germanisches Blut in
der ganzen Welt zu holen, zu rauben und zu stehlen».[16] Erstes
Aktionsfeld für solche «Beutezüge» waren die Ostgebiete. Es
ging um die «Eindeutschung fremdvölkischer Kinder», deren
«äußere Rassemerkmale» erwünscht waren. Zunächst wurde behauptet (und im Nürnberger Prozess darauf bestanden), dass
man Waisenkinder aus polnischen Waisenhäusern zurückgeholt
habe, weil sie angeblich von volksdeutschen Eltern stammten
und «polonisiert» worden seien. So der Deckmantel der «Fürsorge»: Tatsächlich war der Leiter der Fürsorgeabteilung in der

14 Zitiert z. B. bei Seidler
15 Div. archiv. Zeitungsberichte über den Prozess
16 Rede Himmlers, zitiert bei Lilienthal a.a.O. S. 30

«Gauselbstverwaltung» im Warthegau (Gebiet um Posen), Dr. Fritz Bartels, zugleich als Lebensborn-Beauftragter für die Koordination und den Transport der «einzudeutschenden Waisen- und Pflegekinder» zuständig ...[17]

Jenem Dr. Bartels ist es mit seinen Aussagen als Zeuge im Nürnberger Prozess gelungen, die Amerikaner davon zu überzeugen, dass die verwirrende, oft mehrfache Umbenennung der Kinder ihre Ursache in der mangelhaften Verwaltung der polnischen Organisationen gehabt habe und nicht dazu dienen sollte, Menschenraub zu verschleiern. Bartels, der sicher einen erheblichen Beitrag zum Nürnberger Freispruch geleistet hat, war übrigens kurz nach dem Krieg bereits wieder im Fürsorge-Amt: als Referent des «Deutschen Instituts für Jugendhilfe» und ehrenamtlicher Geschäftsführer der «AG freie Wohlfahrtsverbände», einem Zusammenschluss der Arbeiterwohlfahrt, der Caritas, des Deutschen Roten Kreuzes, der Inneren Mission und der Jüdischen Wohlfahrtsverbände ...

Unbegreiflicherweise fand das Militärgericht nicht heraus und konnte auch im Münchner Spruchkammerprozess nicht überzeugend nachgewiesen werden, was Lilienthal mit seinen Recherchen so belegt:

«Das Ausleseverfahren war folgendermaßen geregelt: Die Jugendämter des Reichsgaues Wartheland ‹erfassen› die Kinder, die in ehemaligen polnischen Waisenhäusern und bei polnischen Pflegeeltern leben. Anschließend werden sie von der Außenstelle des RuSHA in Litzmannstadt rassisch überprüft. Die als eindeutschungsfähig bezeichneten Kinder werden der Gauselbstverwaltung übergeben, die sie in das Gaukinderheim in Brockau (...) bringt. Hier werden sie psychologisch begutachtet, anschließend beobachtet, und nach sechs Wochen wird vom Heimleiter über jedes Kind eine ‹charakterologische Beurteilung› abgegeben.» Nach weiterer Überprüfung und Entscheidung durch den RKFDV *(Reichskommissar für die Festigung deutschen Volkstums)* sind dann *«Abnahmestellen für die als eindeutschungsfähig erkannten Kinder im Alter von zwei bis sechs Jahren der Lebensborn*

---

17 Verhör von Fritz Bartels v. 29.1.1948, Protokoll Nürnberger Prozess

e. V. und für die Kinder im Alter von sechs bis zwölf Jahren der ‹Inspekteur der Deutschen Heimschulen›. Der Verein vermittelt dann die Kinder kinderlosen SS-Ehepaaren mit dem Ziel einer späteren Adoption.»[18]

In einem erst jüngst produzierten, am 8.03.2002 ausgestrahlten Fernsehfilm des WDR begleiten dessen Autoren zwei über sechzigjährige Männer, ehemals «eingedeutschte Ostkinder», die in deutschen Adoptivfamilien aufgewachsen waren und die seit Jahrzehnten auf der Suche nach ihrer wirklichen Herkunft sind, auf ihrer Spurensuche: Zeugen werden ausfindig gemacht und gehört, in Polen zusammengetragene Dokumentationen eingesehen. Daraus ergibt sich ein erschreckendes Bild menschlichen Leides. Nur ein Bruchteil der ursprünglichen Unterlagen wurde gefunden – man hat freilich das gesamte Material polnischer Waisenhäuser und Adoptionsstellen bei der «Eindeutschung» vernichtet. Das nur zu diesem Zweck ins Leben gerufene «Standesamt L» (mit Hauptsitz in München und Nebenstelle in Posen) hat den Kindern Geburtsscheine ausgestellt und ihre ursprünglichen Namen in deutsche geändert, wenn möglich in ähnlichem Lautklang. Rechtliche Probleme hat man in der erprobten SS-Manier umgangen, gesetzliche Vorschriften so umzufunktionieren, dass Vorgänge den Anschein der Legitimität erhielten: Man erklärte die Kinder, die man aus rassischen Gründen «ins Reich» holen wollte, kurzerhand, auch wenn die leiblichen Eltern noch lebten, zu «Findelkindern» ohne Papiere, bei denen nach § 25 des Personenstandsgesetzes Tag und Ort der Geburt nach Altersschätzung einzutragen und Vor- und Nachnamen zu bestimmen waren.

Bei Adoption erhielten sie den Namen der Pflegeeltern, oft genug auch einen neuen Vornamen, wenn den neuen Eltern der alte nicht gefiel, sodass häufig genug Kinder mehrmals umbenannt wurden, was sich gleichzeitig hervorragend zur Tarnung verbrecherischer Machenschaften eignete.

Der Lebensborn konnte in Nürnberg mit der Behauptung, in

---

18 Lilienthal a.a.O. S. 219

den Ostgebieten keine Heime unterhalten zu haben, den Vorwurf der Beteiligung am Menschenraub, für den angeblich der RKFDV *(Reichskommissar für die Festigung deutschen Volkstums)* und das RuSHA *(Rasse- und Siedlungshauptamt)* die Verantwortung zu tragen hatten, zurückweisen. Richtig ist, dass die vom NSV, der *Nationalsozialistischen Volkswohlfahrt*, getragenen Heime in den Ostgebieten tatsächlich der so genannten «*Volksdeutschen Mittelstelle*» zugeordnet wurden, die wiederum unter der *Gauselbstverwaltung* stand.

Das Wort «Mittelstelle» spricht für sich: Es handelte sich dabei um die «Zwischenstationen» für einen mehrwöchigen Aufenthalt zur psychologischen Begutachtung durch ausgewähltes Erziehungspersonal und zum Erlernen der deutschen Sprache. Danach wurden die Kinder bis zu sechs Jahren in kleinen Gruppen in Lebensborn-Heime gebracht, die schulpflichtigen in staatliche Internate und so bald wie möglich an «gute deutsche» Familien der Napola *(Nationalpolitische Erziehungsanstalten)* vermittelt. Diese gingen kein Risiko ein – wenn ihnen das Kind nicht die erwünschte Freude bereitete, konnten sie es ohne weiteres zurückgeben oder umtauschen:

«Kinder, die nicht einschlagen, sind zurückzugeben», hatte Himmler schon zu Beginn der Ostaktion beschlossen.[19]

Je weiter die Gewaltmaßnahmen fortschritten, umso mehr Menschenverachtung zeigen die Vorgänge, in die der Lebensborn auf Anordnung seines obersten Dienstherrn, des Reichsführers-SS, eingebunden wurde. So beauftragt der Reichsführer-SS den Geschäftsführer des Lebensborn, Sollmann, zum Beispiel nach der Strafaktion in Lidice (Litzmannstadt), das als Rache für das Attentat auf Heydrich in Prag 1943 dem Erdboden gleichgemacht wurde, sich sofort mit SS-Obergruppenführer Frank in Prag in Verbindung zu setzen:

«Die zur Lösung bestimmte Frage ist die Versorgung, Erziehung und Unterbringung von tschechischen Kindern, deren Väter bzw. Eltern als Angehörige der Widerstandsbewegung exekutiert werden

---

19 «Münchner Merkur» vom 25.3.1955

mußten. Die Entscheidung muß selbstverständlich eine sehr kluge sein. Die schlechten Kinder kommen in bestimmte Kinderlager. Die gutrassigen Kinder, die selbstverständlich die gefährlichsten Rächer ihrer Eltern werden könnten, wenn sie nicht menschlich und richtig erzogen werden, müssen, wie ich mir vorstelle, über ein Kinderheim des Lebensborn, in das sie zunächst probeweise aufgenommen werden und in denen sie möglichst charakterlich erkannt werden, in deutsche Familien als Pflege- oder Adoptionskinder vermittelt werden.»[20]

Der Geschäftsführer des Lebensborn, Standartenführer Max Sollmann, musste in Nürnberg immerhin zugeben, dass der Lebensborn an der «Eindeutschung» von «bindungslosen Kindern» aus dem Warthegau beteiligt war, weil das vermutlich nach der Aktenlage nicht zu leugnen war. Die Verantwortung für irgendwelche Aktionen, die mit «Menschenraub» zu tun gehabt hätten, wies er zurück – mit Erfolg.

Dabei sind – nach neueren Forschungsergebnissen auch polnischer Behörden – ebenso wie aus Osteuropa auch aus Südosteuropa Tausende von Kindern verschleppt worden. Die Aktionen gingen vom subtilen, scheinbar fürsorglichen «Umorganisieren» bis zu brutalen, überfallartigen Wegnahmeaktionen.[21] Man spricht immer wieder von bis zu 200 000 Kindern. Eine so hohe Zahl erscheint angesichts der weitgehend noch erhaltenen Heime mit einer relativ geringen Aufnahmekapazität eher unwahrscheinlich. Es ist bei den «Vomi»-Heimen immer wieder von kleinen Gruppen von 15 bis 20 Kindern die Rede, eine solche überschaubare Gruppengröße erscheint glaubhaft, wenn man bedenkt, dass diese Kinder in wenigen Wochen nach den Auslesekriterien beobachtet und schriftlich begutachtet werden mussten.

Letztlich ist es ähnlich wie bei dem unsäglichen Feilschen um «eine Million mehr oder weniger» in Konzentrationslagern vernichteter Menschen: Jeder Einzelne, den das Terrorregime ermordete, war einer zu viel, und jedes einzelne Kind, das seiner Identität beraubt wurde, jede Familie, die durch die rassenpoliti-

---

20 Prozess gegen Hauptkriegsverbrecher, Nürnberg, 1948
21 Lilienthal a.a.O. S. 220

schen Machenschaften lebenslanges Leid erfahren hat, ist als Opfer des Nationalsozialismus zu beklagen.

Ein weiterer Aufgabenbereich fiel dem Lebensborn durch die «Besatzungskinder» zu, freilich in enger Verbindung mit dem Ziel der «Aufnordung» der Deutschen. Die Zeugung von Kindern in den besetzten Ländern mit der überwiegend «nordischen Menschengruppe» oder den noch akzeptierten «Mischgruppen» wurde gerne toleriert. Der klare Zusammenhang zwischen der angeblichen Fürsorge für uneheliche Mütter und dem rassenpolitischen Machtinstrument wird auch hier wieder klar: Wie bereits erwähnt, wurden in Osteuropa keine Lebensborn-Heime eingerichtet, die NSV-Heime dienten als Zwischenstationen für dort bereits vorhandene «eindeutschungsfähige» Kinder. Die Zeugung «neuer» Kinder durch deutsche Soldaten «guten Blutes» war dort unerwünscht, hätte dies doch die gefürchteten «ostischen Anteile» in so erzeugten «Mischgruppen» zur Folge gehabt ...

Im Westen gab es insgesamt nur fünf Heime, während Nordeuropa nach Rassenlogik als bevorzugtes Gebiet zur «Aufnordung» angesehen wurde. Da Dänemark trotz deutscher Besatzung seine staatliche Souveränität bis 1943 aufrechterhalten konnte, erließ Himmler erst 1944 den Auftrag zur Errichtung einer Lebensborn-Dienststelle. Das zugehörige Heim in Kopenhagen konnte erst unmittelbar vor dem Zusammenbruch des Dritten Reiches im Mai 1945 fertig gestellt werden und diente dann dem Roten Kreuz als Frauenklinik für Ostflüchtlinge. So konzentrierte sich das «Aufnordungsprogramm» auf Norwegen. Gleich nach der Besetzung Norwegens im April 1940 wurde vom «Reichskommissar für die besetzten norwegischen Gebiete» die Einrichtung von Lebensborn-Heimen geplant. Damit wollte man einerseits verhindern, dass der in Aussicht genommene Geburtenzuwachs eine «Vergrößerung der Deutschfeinde» zur Folge hätte, und andererseits durch entsprechende Neufassungen der norwegischen Gesetze die SS in die Lage versetzen, *«rassisch wertvollen Nachwuchs zu übernehmen und dadurch unserer Volksgemeinschaft rassisch wertvolles Blut zuzuführen»*.

Zu Beginn des Jahres 1942 wurde von München aus durch SS-Sturmbannführer Tietgen eine Dienststelle beim Reichskommissar in Oslo errichtet und kurz danach das erste Heim in Oslo in Betrieb genommen. Bis Kriegsende gab es in ganz Norwegen verteilt neun Heime, das nördlichste in Trondheim, in denen bis Kriegsende mindestens 9000 Kinder geboren wurden. Der Lebensborn betreute die unehelichen Kinder deutscher Soldaten und norwegischer Mütter, gewährte für Mütter, die einen Deutschen heiraten wollten, Unterhaltsbeihilfe und Umzugskosten. Man richtete «Schulungsprogramme» zur Integration ein. Die Heirat mit Frauen aus Norwegen, Holland und Dänemark war erlaubt – mit Frauen der anderen besetzten Länder war sie verboten.

Im Laufe des Krieges wurden hunderte der «Norweger Kinder» nach Berlin und von dort in die Heime Kohren-Salis bei Leipzig oder Hohehorst bei Bremen gebracht, manche wurden den Familien ihrer Väter zugeführt, die meisten zur Adoption freigegeben.

Dass das Kapitel Lebensborn-Kinder in Norwegen auch ein sehr trauriges Nachspiel von Seiten des norwegischen Staates hatte, sei hier angemerkt:

Norwegen ist nach dem Krieg mit den zurückgebliebenen oder zurückgekehrten Frauen und Kindern deutscher Soldaten ähnlich rassistisch umgegangen wie die verhassten ehemaligen Besatzer.[22]

Mehr als 150 ehemalige «Kriegskinder» strengten im Oktober 2001 in Oslo einen Prozess gegen den norwegischen Staat an. Wenn ihre Klage auch zunächst zurückgewiesen wurde, so haben sie doch erreicht, dass der Staat Geld für ein Forschungsprojekt zur Verfügung gestellt hat, das endlich nach Jahrzehnten des Schweigens die traumatisierenden Umstände untersucht, unter denen in der Kindheit vieler «Deutschenkinder» Misshandlungen und Übergriffe zur Tagesordnung gehörten.

22 Drolshagen, Ebba D.: Nicht ungeschoren davonkommen, Hamburg 1998/München 2000

Anmerkung

Kursiv gedruckte Texte sind Zitate aus Tagebüchern, Briefen und Urkunden in meinem Besitz oder aus den im Literaturverzeichnis angegebenen Büchern.

Auf Literaturangaben oder Fußnoten mit Seitenzahlen wurde im literarischen Hauptteil verzichtet, im historischen Anhang sind sie selbstverständlich.

Literaturverzeichnis

BERTHOLD, Will, Lebensborn e. V., Tatsachenroman, München 1975

DROLSHAGEN, Ebba D., Nicht ungeschoren davonkommen, Die Geliebten der Wehrmachtssoldaten im besetzten Europa, Hamburg 1998

HILLEL, Marc/HENRY, Clarissa, Lebensborn e. V., Im Namen der Rasse, Hamburg 1975

HÖHNE, Heinz, Der Orden unter dem Totenkopf, Die Geschichte der SS, München, o. J.

KOGON, Eugen, Der SS-Staat, München 1974

LILIENTHAL, Georg, Der «Lebensborn e. V.», Ein Instrument nationalsozialistischer Rassenpolitik, Stuttgart/New York 1985, Frankfurt am Main 1993

MASER, Werner, Nürnberg, Düsseldorf 1977

SCHMITZ-KOSTER, Dorothee, «Deutsche Mutter, bist du bereit ...», Alltag im Lebensborn, Berlin 1997

SCHNITZER, Christoph, Die NS-Zeit im Altlandkreis Bad Tölz, Bad Tölz, 1995

SCHULZE-KOSSENS, Richard, Militärischer Führungsnachwuchs der Waffen-SS, Die Junkerschulen, Osnabrück 1982

SCHWARZ, Gudrun, Eine Frau an seiner Seite, Ehefrauen in der «SS-Sippengemeinschaft», Hamburg 1997

SIGMUND, Anna Maria, Die Frauen der Nazis, Wien 1998

Ders., Die Frauen der Nazis II, Wien 2000

WALB, Lore, Ich, die Alte – ich, die Junge, Konfrontation mit meinen Tagebüchern, Berlin 1997

Dank

Allen, die mich ermutigten, dieses Buch zu schreiben und meine Zweifel zerstreut haben. Allen, die mir geholfen haben, in schwerer Zeit nicht aufzugeben.

Lore Walb, deren Selbstkonfrontation und Suche nach Wahrheit in ihrem Buch «Ich, die Alte – ich, die Junge» mich beeindruckt und angeregt haben.

Meiner Mentorin Ortrud Grön, die mich gelehrt hat, meine Träume als Wegweiser zu verstehen.

Ganz besonders meinem Mann für Rat und Tat, klärende Gespräche und Geduld.

Allen, die mich bei den Recherchen unterstützt haben, den hilfsbereiten Mitarbeitern von Bundes- und Staatsarchiv und des Instituts für Zeitgeschichte und Ebba D. Drolshagen für norwegische Informationen.

Dr. Dörthe Binkert und Dr. Uwe Heldt, die mir geholfen haben, das Manuskript zum Buch zu machen.

Und meiner Mutter, ohne die diese Lebensgeschichte nicht zustande gekommen wäre.